鹿鼎記

前頁圖／

郎世寧「花下小彪」——

郎世寧(Giuseppe Castiglione)，

意大利耶穌會教士，

年紀比韋小寶小，

於康熙五十四年到北京，

歷康雍乾三朝為清廷畫家。

圖中小狗為清宮的御犬之一。

本頁圖／

吳梅村像——

禹之鼎作。

吳梅村，江蘇太倉人。

禹之鼎，揚州人。

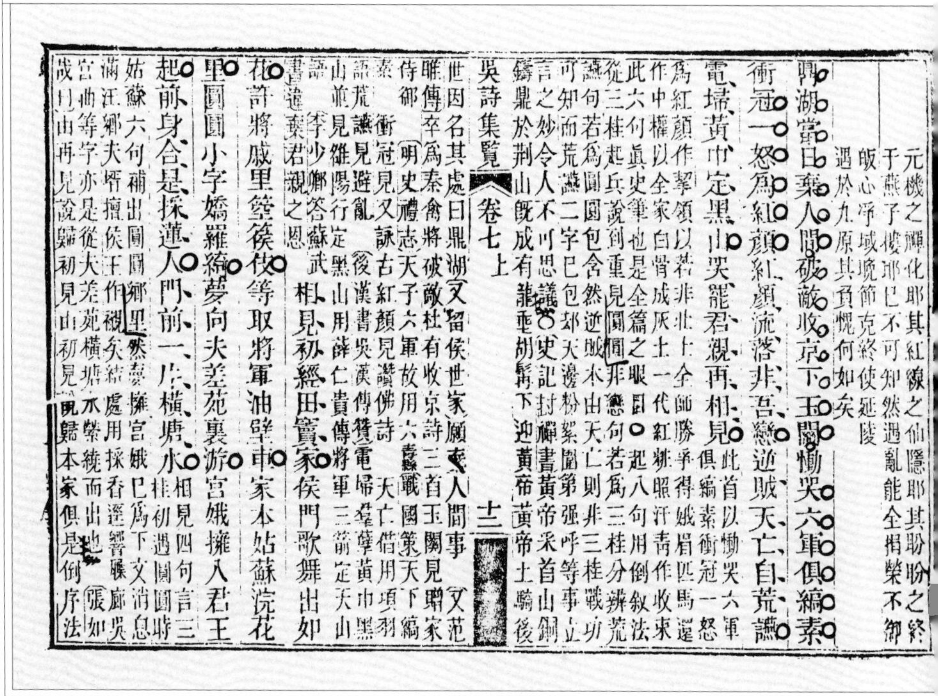

元機之禪化耶其紅線之仙隱耶其盼盼之終
于燕子樓耶已不可知然遇亂能全揭槃不御
皈心淨域晚節克終使延陵
遇於九原其負愧何如矣
鼎湖當日棄人間破敵收京下玉關慟哭六軍俱縞素
衝冠一怒爲紅顏紅顏流落非吾戀逆賊天亡自荒讌
電埽黃巾定黑山哭罷君親再相見此首以慟哭六軍
俱縞素衝冠一怒
爲紅顏作挈領以若非壯士全師勝爭得娥眉匹馬還
作中權以全家白骨成灰土一代紅妝照汗青作收束
此六句眞史筆也是全篇之眼目○起八句用倒敘法
從三桂起兵說到重見圓圓非戀句若爲三桂分辨荒
讌句若爲圓圓包含然逆賊本由天亡則非三桂戰功
可知而荒讌二字已包却天邊粉絮闖弟強呼等事立
言之妙令人不可思議○史記封禪書黃帝采首山銅
鑄鼎於荊山既成有龍垂胡髯下迎黃帝黃帝上騎後
吳詩集覽　卷七上　十二
世因名其處曰鼎湖又留侯世家顧老人間事又范
雎傳卒爲秦禽將破敵杜有收京詩三首玉關見蹟家
侍御〔明史禮志〕天子六軍故用六軍戰國策天下縞
素衝冠見又詠古紅顏見讚佛詩天亡借用項羽
語荒讌見避亂〔後漢書吳漢傳〕贊電埽群孽黃巾黑
山並見雜陽行定黑山用薛仁貴傳將軍三箭定天山
語〔李少卿答蘇武
書〕追乘君親之恩相見初經田竇家侯門歌舞出如
花許將戚里箜篌伎等取將軍油壁車家本姑蘇浣花
里圓圓小字嬌羅綺夢向夫差苑裏遊宮娥擁入君王
起前身合是採蓮人門前一片橫塘水○相見四句言三
桂初遇圓圓時
姑蘇六句補出圓圓鄉里然藝擅宮娥已爲下文消息
滿汪鄉夫晉擅侯王作襯矣結處用採香逕響屧廊吳
宮曲等字亦是從夫差苑橫塘水縈繞而出也〔張如
哉〕曰由再見說歸初見由初見說歸本家俱是倒序法

原刊吳梅村「圓圓曲」之一頁。

上圖／
太和殿寶座及圍屏。
左下圖／
太和殿寶座椅背上的龍形木雕。

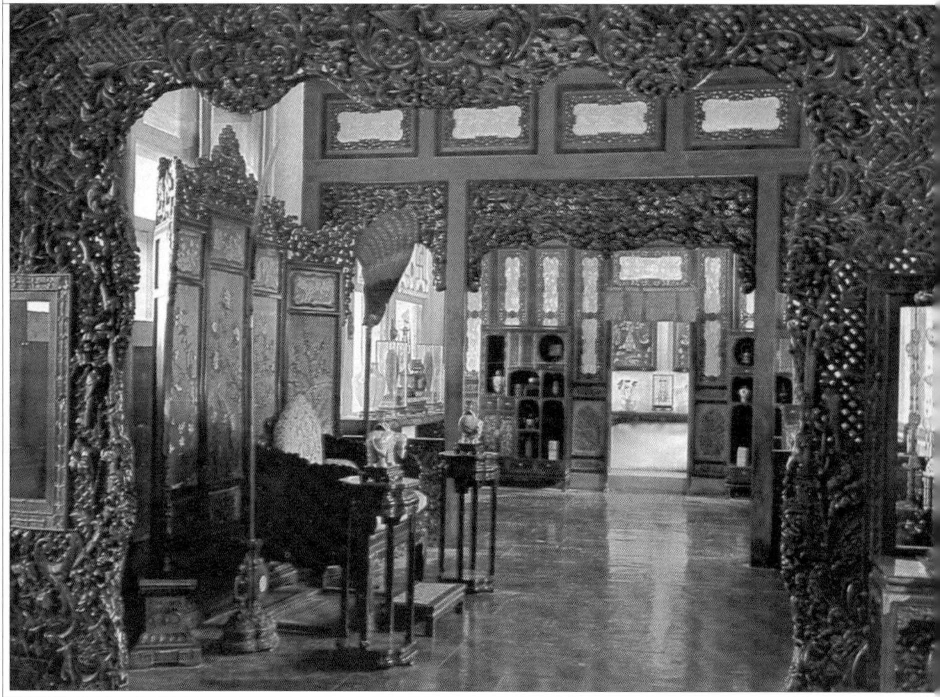

清宮內院的室內裝置。

右圖／康熙的算草。

左圖／康熙八年南懷仁所製的渾天儀。

右圖／身穿旗服的南懷仁(Ferdinandus Verbiest)像。

左圖／湯若望(Joannes Adam Schall Von Bell)像。

邵樱「清宫御花园千秋亭」——邵樱，当代版画家。

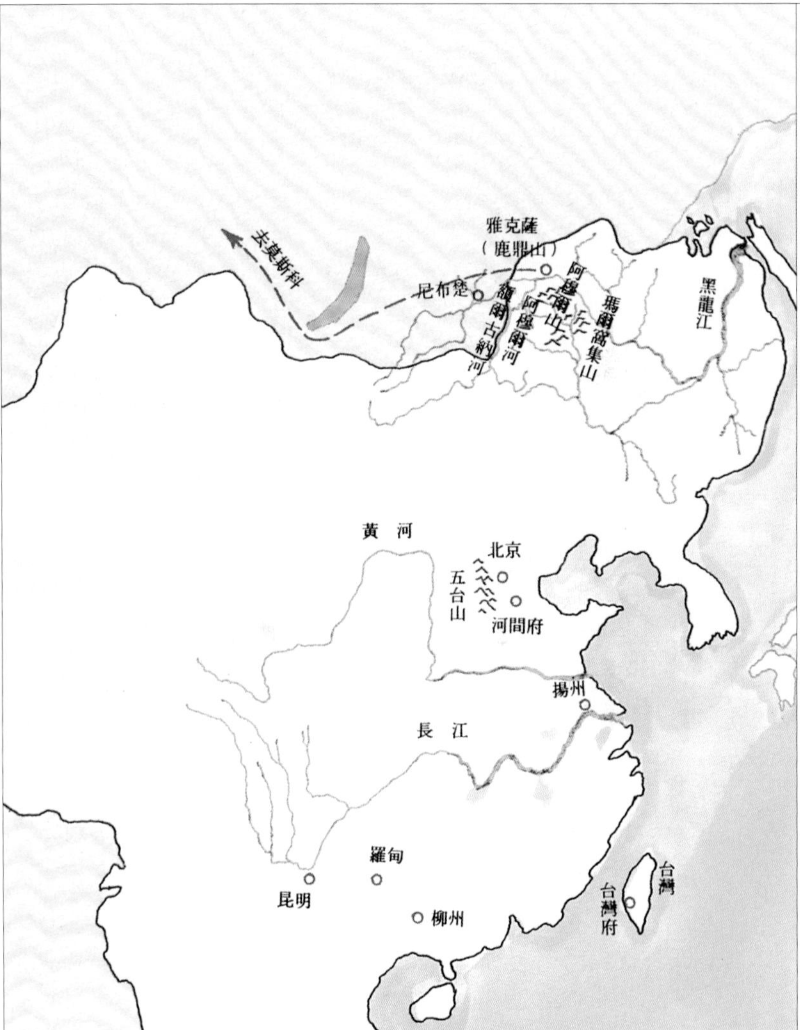
雅克薩
（鹿鼎山）
去莫斯科
尼布楚
額爾古納河
阿穆爾山
阿穆爾河
瑪爾窩集山
黑龍江
黃河
北京
五台山
河間府
揚州
長江
羅甸
昆明
柳州
台灣
台灣府

韋小寶行跡圖——王司馬繪。

中國東北的梅花鹿羣。

右圖／

羅剎國女攝政蘇菲亞公主像——

Ullstein Bilderdienst繪，

現藏柏林博物館。

左圖／

俄國銀幣——

幣上之像為沙皇亞力克西斯及皇后。

沙皇為蘇菲亞公主及彼得大帝的父親，

皇后娜塔麗亞為彼得之母，

蘇菲亞非她所生，

即韋小寶稱之為「羅剎老婊子」者也。

俄國貴族的雪橇車——
蘇菲亞公主和韋小寶
乘此類雪橇車赴莫斯科。
英國人J. A. Atkinson及J. Walker
所著《俄國人習俗娛樂風貌》
一書中的彩色銅版畫。

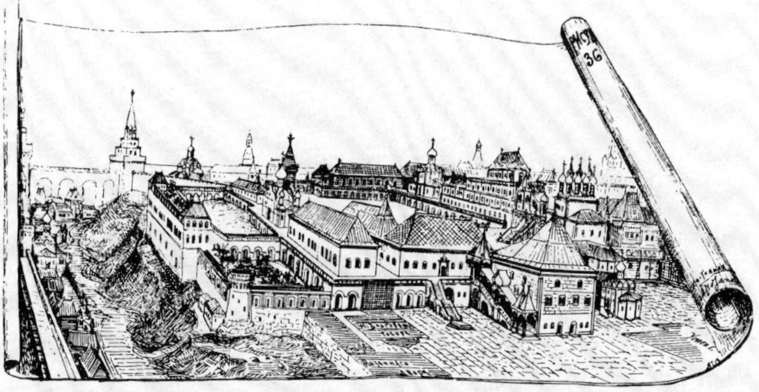

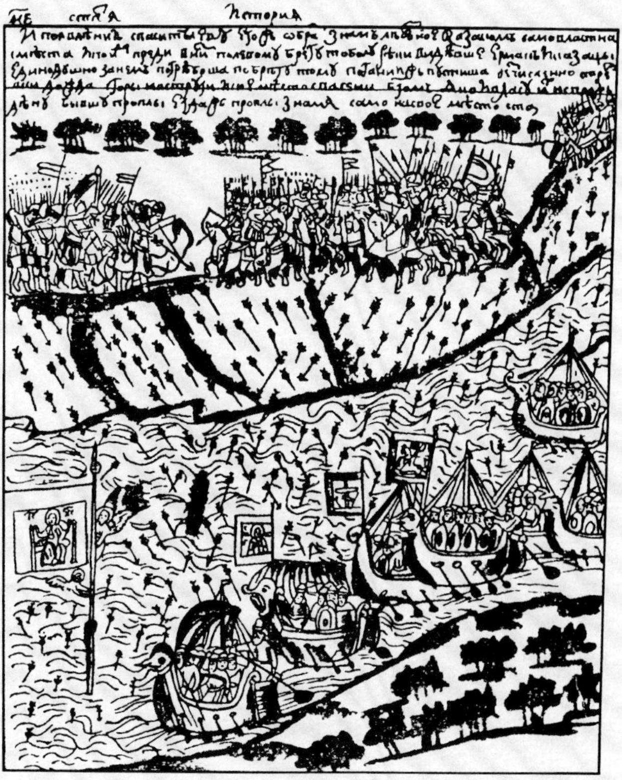

上圖／莫斯科克里姆林宮——十七世紀（康熙時代）的沙皇皇宮。Potapov繪，錄自《古俄國的建築》一書。

下圖／哥薩克兵侵略西伯利亞時，遭遇當地人民襲擊。據說忽有天使持基督之旗幟引導脫險。法國所出版S.Remezov著《萊曼卓夫紀事錄》中的插畫。

十七世紀時的莫斯科，街道為原木所鋪。A.Vasnetsov 繪，俄國明斯克畫院藏。

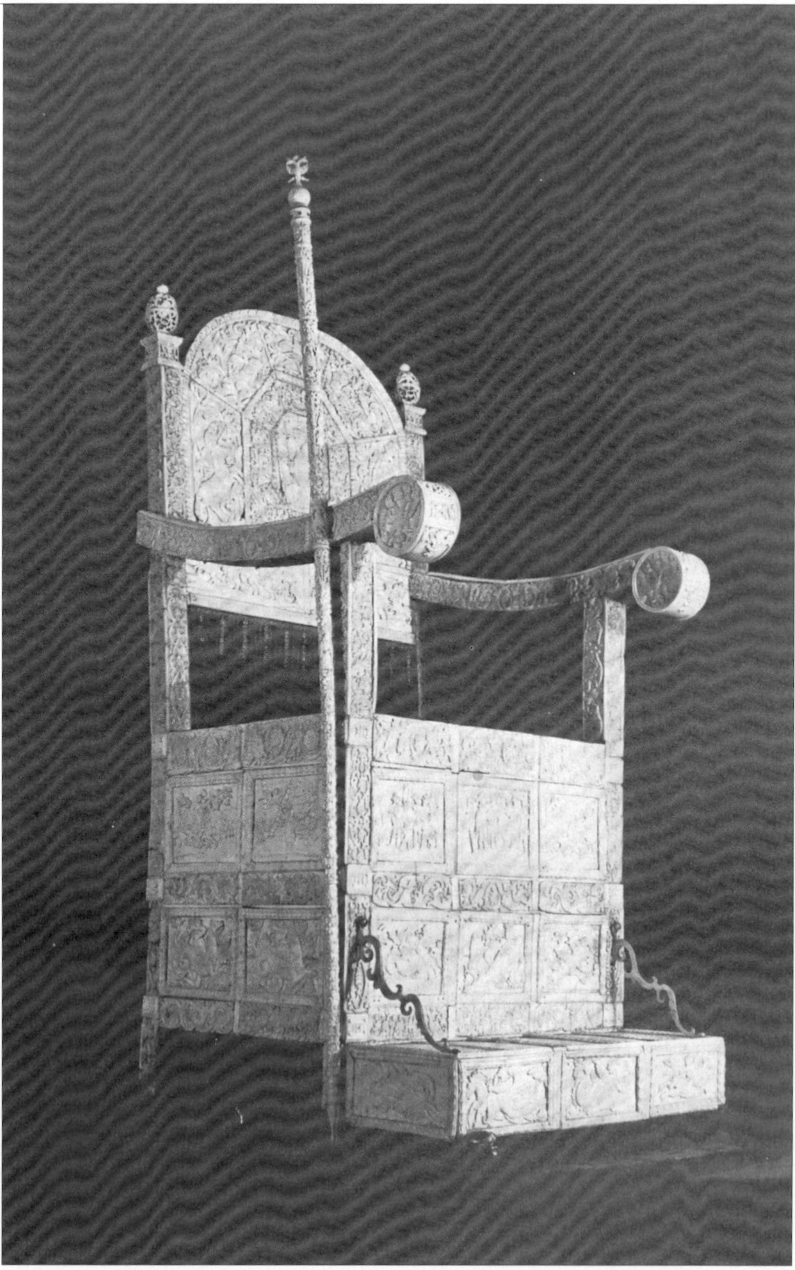

羅剎國沙皇的寶座——木雕而鑲以象牙。沙皇「恐怖伊凡」時所製。

清宮戲劇畫冊之一頁「柴桑口」——「柴桑口」即「臥龍弔孝」。韋小寶自此戲得到啟發而上王屋山弔祭司徒伯雷，收服王屋派。

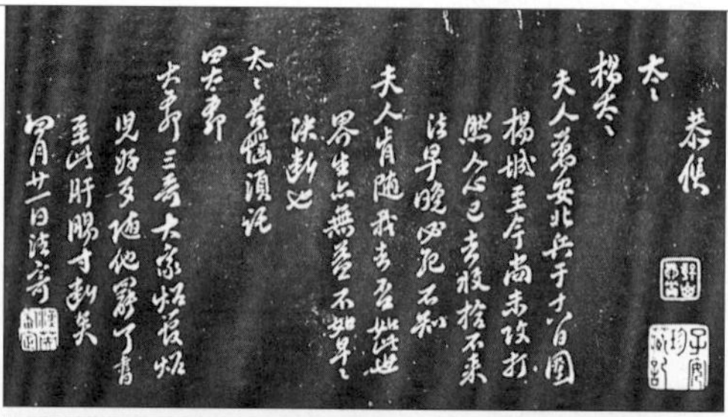

恭候
太太
楊太太
夫人萬安北兵于十八日圍
揚城至今尚未攻打
然人心已去收拾不來
法早晚必死不知
夫人肯隨我去否如此世
界生亦無益不如早早
決斷也
太太苦惱須托
四太爺
大爺三老大家照管炤
兒好歹隨他罷了書
至此肝腸寸斷矣
四月廿一日法寄

右上圖／
史可法遺夫人書——
原書石刻，在揚州史公祠。

右下圖／
揚州梅花嶺史公祠祭殿——
對聯當為清亡後所書，
清朝不會准許
「一坏故土還留勝國衣冠」之語。

左圖／
史可法像。

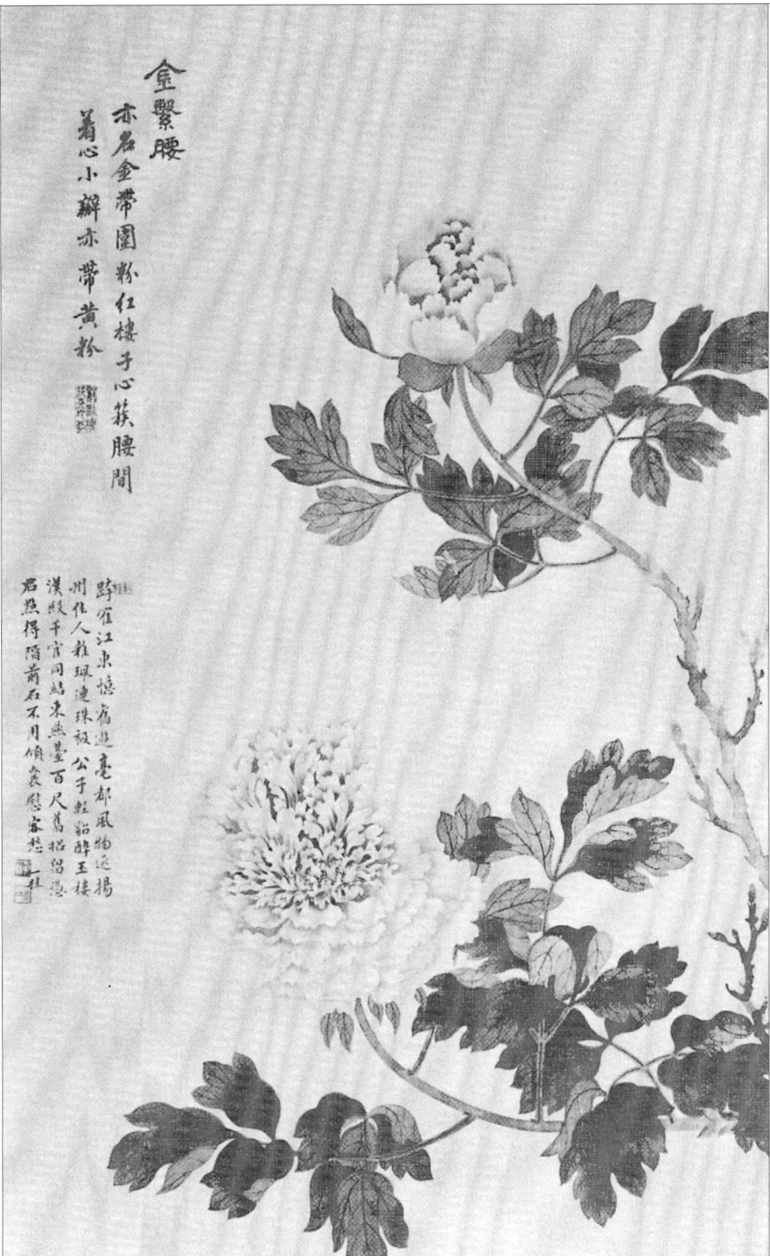

鄒一桂「金繫腰」——金繫腰亦名金帶圍，芍藥名種。揚州禪智寺芍藥天下聞名，賴此名花，免遭韋小寶之劫。

鄒一桂，江蘇無錫人，康熙廿五年生，善繪花卉。

英國畫家筆下的清代揚州運河兩岸——W. Beeit 繪。本書作者在倫敦一家古董店中購得。

揚州名勝——
瘦西湖上的五亭橋。

梁元仍舊鎮此地屢稱兵禍福憑方士干戈盡弟兄戎
衣臨講殿詩句到巡城世亂文何用君王乃好名
枇杷門外路降表是前驅建業無王氣湘東只霸圖占
星憂客位給札咲家奴秋草荒郊徧元陵問有無
南郡風流地雄藩轂久推梨花前隊擁紅粉後車來馬
酒分麞飫狐裘遂兎回明明軍令在蜀道幾時開

洪武銅砲歌

荆州城頭古銅砲洪武元年戊申造土花剝蝕鏽微生
首尾摚撐任顛倒憶時僞漢方縱横虎視江東勢輕剽
旄鉞鄱陽一戰收割耳淋漓行告廟荆湘指顧入圖版
駕幸武昌懾苗獠遂令守土須火器何異分藩鎮險要
邪許聲中走百夫巨材作架牛皮冒二百餘年烽燧冷
講武承平背時好何來冦賊忽披猖將士倉皇棄牙纛
可憐櫜鞬等無用下策火攻恃騰趠底貢初曾致島夷
後來特賜紅夷號豈知將軍竟負國俯視焦原縱群盜
彼非吾產且勿論爾獨胡爲亦忘報萇弘碧血釁未足
鴟夷懸目慘無告巖顛劉蹶誰惜之去者自悲來自咲
而今西南又轉戰形制雖存力難効我來見汝荆棘中
并與江山作憑弔金狄摩挲總泪流有情爭忍長登眺

荆州護國寺古鼎歌

臨淮王氣日盪摩東吳西漢兩燭蛾天教禹鼎歸一統
掃蕩不再煩熷鎔煌煌開基自建鄷豐沛大風時作歌

查慎行原刊《敬業堂詩集》之一頁「洪武銅砲歌」。

向來俯首問羲皇
汝是何人到此鄉
未有畫前開鼻孔
滿天浮動古馨香
所南翁

鄭所南畫蘭——
鄭所南，南宋人，
宋亡後所畫蘭花無根，
指國土淪於異族。

善和坊裏李端端信是
能行白牡丹誰信揚州金
滿市臙脂價到屬窮酸
唐寅畫并題

唐寅「李端端圖」——從圖中可見明代揚州名妓的風姿。

鹿鼎記

(四)

金庸

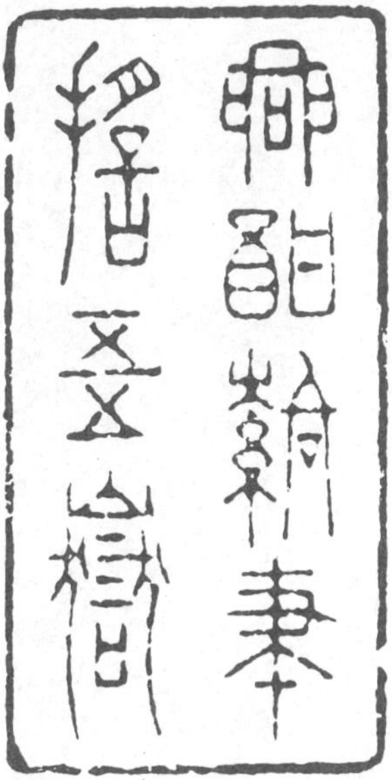

《鹿鼎記》目錄

公主縮在床角，拉了錦被擋在胸口，雪白的大腿露在被外，雙臂赤裸，顯然全身沒穿衣衫。吳應熊赤條條的躺在地下，一動不動，下身全是鮮血，右手中握著一柄短刀。

第三十一回

羅甸一軍深壁壘　滇池千頃沸波濤

韋小寶晚飯過後，又等了大半個時辰，才踱到建寧公主房中。

公主早等得心焦，怒道：「怎麼到這時候才來？」韋小寶氣忿忿的道：「你公公拉住了我說話，口出大逆不道的言語，我跟他爭辯了半天。若不是牽記著你，我這時候還在跟他爭呢。」公主道：「他說甚麼了？」韋小寶道：「他說皇上老疑心他是奸臣，心裏很不舒服。我說皇上若有疑心，怎會讓公主下嫁你的兒子？他說皇上定是不喜歡你，有意坑害你。」

公主大怒，伸手在桌上重重一拍，喝道：「這老烏龜胡說八道，我去扯下他的鬍子來。你叫他快快來見我！」

韋小寶也滿臉怒容，罵道：「他奶奶的，當時我就要跟他拚命。我說：皇上最喜歡公主不過。公主又貌美，又聰明，你兒子那一點兒配得上了？我又說：你膽敢說這等話，公主不嫁了，我們明天立刻回北京。像公主這等人才，天下不知有多少人爭著要娶她爲妻。我心裏有一句話沒說出來。我實在想跟老烏龜說：我韋小寶巴不得想娶了公主呢。」

公主登時眉花眼笑，說道：「對，對！你幹麼不跟他說？小寶，咱們明日就回北京去。我去跟皇帝哥哥說，非嫁了你不可。」

韋小寶搖頭道：「老烏龜見我發怒，登時軟了下來，說他剛才胡言亂語，不過說笑，千萬不可當眞，更加不可傳進公主的耳裏。我說，我姓韋的對皇上和公主最忠心不過，從來不敢有半句話瞞騙皇上和公主。」

公主摟住他脖子，在他臉上輕輕一吻，說道：「我早知你對我十分忠心。」

韋小寶也吻她一下，說道：「老烏龜慌了，險些兒跪下來求我，又送了兩把羅剎人的火槍給我，要我一力爲他遮掩。」說著取出火槍，裝了火藥鐵彈，讓公主向花園中發射。公主依法開槍，見這火槍一聲巨響，便轟斷了一根大樹枝，伸了伸舌頭，說道：「好厲害！」

韋小寶道：「你要一枝，我要一枝，兩根火槍本來是一對兒。」公主嘆道：「兩根火槍一雄一雌，並排睡在這木盒兒裏，何等親熱？一分開，兩個兒都孤另另的十分淒涼了。我不要，還是你一起收著罷。」說這話時，想到皇帝旨意畢竟不可更改，自己要嫁韋小寶，終究是一句虛話罷啦。

韋小寶摟住了她著意慰撫，在她耳邊說些輕薄話兒。公主聽到情濃處，不禁雙頰暈紅，吃吃而笑。韋小寶爲她寬衣解帶，拉過錦被蓋住她赤裸的身子，心想：「怎地大漢奸的手下還不放火？最好他們衝到這裏來搜查，撞見了公主赤身裸體，公主便可翻臉發作。」

他坐在床沿，輕輕撫摸公主的臉蛋，豎起了耳朵傾聽屋外動靜。公主鼻中唔唔作聲，昵聲道：「我……我這可要睡了。你……你……」

耳聽得花園裏已打初更，韋小寶正自等得不耐，突然間鑼聲鏜鏜響動，有十餘人大叫：「走水啦，走水啦！」公主一驚坐起，摟住韋小寶脖子，顫聲問道：「走水？」韋小寶怒道：「他媽的，定是老烏龜放火，要燒死你我二人滅口，免得洩漏了他今日的胡話。」公主更加驚慌，問道：「那……那怎麼辦？」

韋小寶道：「別怕。韋小寶赤膽忠心，就是性命不保，也要保衛我的親親好公主平安周全。」輕輕掙脫了她摟抱，走到房門口，如見有人衝來，自己可先得走出公主臥房。

但聽得人聲鼎沸，四下裏吶喊聲起：「走水！走水！快去保護公主。」韋小寶往窗外張去，只見花園中十餘人快步而來，心想：「大漢奸這些手下人來得好快。他們早就進了安阜園，伏在隱蔽之處，一聽得火警，便即現身。」回頭對公主道：「公主，沒甚麼大火，你不用怕。老烏龜是來捉姦。」

公主顫聲道：「捉……捉甚麼？」韋小寶道：「他定是疑心你跟我好，想來捉姦。」說著打開了屋門，說道：「你躺在被窩裏不用起身，我站在門外。倘若眞有火頭燒過來，我就揹了你逃走。」公主大是感激，說道：「小寶，你……你待我眞好。」

韋小寶在屋門外一站，大聲叫道：「大家保護公主要緊。」呼喝聲中，已有平西王府的家將衛士飛奔而至，叫道：「韋爵爺，園子中失火，世子已親來保護公主。」只見東北角上兩排燈籠，擁著一行人過來，當先一人正是吳應熊。

韋小寶心想：「爲了搜查那蒙古大鬍子，竟由小漢奸親自出馬帶隊，可見對大鬍子十分看重。勾結蒙古、羅剎國造反之事，定然不假。」只聽得吳應熊遙遙叫道：「公主殿下平安嗎？」一名衛士叫道：「韋爵爺已在這裏守衛。」吳應熊道：「那好極了！韋爵爺，這可辛苦你了，兄弟感激不盡。」韋小寶心道：「我辛苦甚麼？我摟著公主親熱，好辛苦麼？你爲此對我感激不盡嗎？這倒不用客氣了。」

接著韋小寶所統帶的御前侍衛、驍騎營佐領等也紛紛趕到。各人深夜從床上驚跳起身，都衣衫不整，有的赤足，有的沒穿上衣，模樣十分驚惶，大家一聽得火警，便想：「倘若燒死了公主，那是殺頭的大罪。」是以忙不迭的趕來。

韋小寶吩咐衆侍衛官兵分守四周。張康年一扯他衣袖，韋小寶走開了幾步。張康年低聲道：「韋副總管，這事有詐。」韋小寶道：「怎麼？」張康年道：「火警一起，平西王府家將便四面八方跳牆進來，顯是早就有備。他們口中大叫救火，卻到各間房中搜查，咱們兄弟喝罵阻攔也是無用，已有好幾人跟他們打了架。」韋小寶點頭道：「吳三桂疑心我們打他的主意，我看他要造反！」

張康年吃了一驚，向吳應熊瞧去，低聲道：「當眞？」韋小寶道：「讓他們搜查好了，不用阻攔。」張康年點點頭，悄悄向北京來的官兵傳令。

這時園子西南角和東南角都隱隱見到火光，十幾架水龍已在澆水，水頭卻射向天空，一道道白晃晃的水柱，便似大噴泉一般。

韋小寶走到吳應熊身前，說道：「小王爺，你神機妙算，當眞令人佩服，當年諸葛亮、劉伯溫也不及你的能耐。」吳應熊一怔，道：「韋爵爺取笑了。」韋小寶道：「決非取笑。你定然屈指算到，今晚初更時分，安阜園中要起火，燒死了公主，那可不是玩的，因此預先穿得整整齊齊，守在園子之外，耐心等候。一待火起，一聲令下，大夥兒便跳進來救火。哈哈，好本事，好本事！」

吳應熊臉上一紅，說道：「倒不是事先料得到，這也是碰巧。今晚我姊夫夏國相請客，兄弟吃酒回來，帶領了衛士家將路過此地，正好碰上了園中失火。」

韋小寶點頭道：「原來如此。我聽說書先生說道：『諸葛一生惟謹慎』。我說小王爺勝過了諸葛亮，那是一點也不錯的。小王爺到姊夫家裏喝酒，隨身也帶了水龍隊，果然大有好處，可不是在這兒用上了麼？」

吳應熊知他瞧破了自己的布置，臉上又是一紅，訕訕的道：「這時候風高物燥，容易起火，還是小心些好的，這叫做有備無患。」韋小寶道：「正是。只可惜小王爺還有一樣沒見到。」吳應熊道：「倒要請教。」韋小寶道：「下次小王爺去姊夫家喝酒，最好再帶一隊泥水木匠，挑備磚瓦、木材、石灰、鐵釘。」吳應熊問道：「卻不知爲了何用？」韋小寶道：「萬一你姊夫家裏失火，水龍隊只朝天噴水，不肯救火，你姊夫家不免燒成了白地。小王爺就可立刻下令，叫泥水匠給你姊夫重起高樓。這叫做有備無患啊。」

吳應熊嘿嘿嘿的乾笑幾聲，向身旁衛士道：「韋爵爺查到水龍隊辦事不力，你去將正副隊長抓了起來，回頭打斷了他們狗腿子。」那衛士奉命而去。

韋小寶問道：「小王爺，你將水龍隊正副隊長的狗腿子打斷之後，再升他們甚麼官？」吳應熊一怔，道：「韋爵爺，這句話我可又不明白了。」韋小寶道：「我可也不明白了。我想，嘿，小王爺只好在黑坎子再起兩座大監獄，派這兩個給打斷了腿的正副隊長去當典獄官。」

吳應熊臉上變色，心想：「你這小子好厲害，盧一峯當黑坎子監獄典獄官，你竟也知道了。」當下假作不明其意，笑道：「韋爵爺眞會說笑話，難怪皇上這麼喜歡你。」

打定主意：「回頭就命人去殺了盧一峯，給這小子來個死無對證。」

不久平西王府家將衛士紛紛回報，火勢並未延燒，已漸漸小了下來。韋小寶細聽各人言語，並未察覺打何暗語，但見吳應熊每聽一人回報，臉上總微有不愉之色，顯是得知尙未查到罕帖摩，不知他們使何暗語。留神察看衆家將的神情，亦無所見。忽見一名家將又奔來稟報，說道火頭突然轉大，似向這邊延燒，最好請公主啓駕，以防驚動。吳應熊點了點頭。

韋小寶站在一旁，似乎漫不在意，其實卻在留神他的神色舉止，只見吳應熊眼光下垂，射向那家將右腿。韋小寶順著他眼光瞧去，見那家將右手拇指食指搭成一圈，貼於大腿旁。韋小寶登時恍然：「原來兩根手指搭成一圈，便是說沒找到罕帖摩。說話中卻無暗號。」

吳應熊道：「韋爵爺，火頭既向這邊燒來，咱們還是請公主移駕罷，倘若驚嚇了公主殿下，那可罪該萬死。」

韋小寶知道平西王府家將到處找不著罕帖摩，園中只賸下公主的臥房一處未搜，他們一不做、二不休，連公主臥房也要搜上一搜，不由得心頭火起，一時童心大盛，提起右手，拇指和食指扣成一圈，在吳應熊臉前晃了幾晃。

這個記號一打，吳應熊固然大吃一驚，他手下衆家將也都神色大變。吳應熊顫聲問道：「韋……韋爵爺，這……這是甚麼意思？」韋小寶笑道：「難道這個記號的意思你也不懂？」吳應熊定了定神，說道：「這記號，這記號，嗯，我明白了，這是銅錢，韋爵爺是說要銀子銅錢，公主才能移駕。」韋小寶心道：「小漢奸的腦筋倒也動得好快。」當下笑笑不答。吳應熊笑道：「銅錢銀子的事，咱們是自己兄弟，自然一切好商量。」

韋小寶道：「小王爺如此慷慨大方，我這裏代衆位兄弟多謝了。小王爺，請公主移駕的事，你自己去辦罷。」笑了笑道：「你們是夫妻，一切好商量。深更半夜的，小將可不便闖進公主房裏去。」心想：「就讓你自己去看個明白，那蒙古大鬍子是不是躲在房裏。」

吳應熊微一躊躇，點了點頭，推開屋門，走進外堂，在房門外朗聲道：「臣吳應熊在此督率人衆救火，保護公主。現下火頭向這邊延燒，請公主移駕，以策萬全。」隔了一會，只聽得房內一個嬌柔的聲音「嗯」的一聲。吳應熊心想：「你我雖未成婚，但我是額駙，名份早定，此刻事急，我進你房來，也不算越禮。罕帖摩的事不查個明白，終究不妥。除我之外，旁人也不能進你房來。」當即推開房門，走了進去。

韋小寶和百餘名御前侍衛、驍騎營將官、平西王府家將都候在屋外。過了良久，始終不聞房中有何動靜。

又過一會，衆人你瞧瞧我，我瞧瞧你，臉邊嘴角，均含笑意，大家心中所想的全是同一回事：「這對未婚夫妻從未見過面，忽在公主閨房中相會，情況定極香艷。不知兩人要說些甚麼話？小王爺會不會將公主摟在懷裏，抱上一抱？親上一親？」只有韋小寶心中大有醋意，雖知吳應熊志在搜查罕帖摩，這當兒未必會有心情和公主親熱，但公主這騷貨甚麼事都做得出，吳應熊遠比自己高大英俊，公主自行去跟吳應熊親熱，那也難說得很。

突然之間，聽得公主尖聲叫道：「大膽無禮！你……你……不可這樣，快出去。」屋外衆人相顧而嘻，均想：「小王爺忍不住動手了。」只聽得公主又叫：「你……你不能，不能脫我衣衫，我不脫！你剝我褲子，那成甚麼樣子？滾出去！啊喲，救命，救命！這人強姦我哪！他強姦我，救命，救命！」

衆人忍不住好笑，均覺吳應熊太過猴急，忒也大膽，雖然公主終究是他妻子，怎可尚未成婚，便即胡來？有幾名武將終於笑出聲來。御前侍衛等都瞧著韋小寶，候他眼色行事，是否要保護公主，心中均想：「吳應熊這小子強姦公主，雖然無禮，但畢竟是他們夫妻間的私事。我們做奴才的妄加干預，定然自討沒趣。」

韋小寶心中卻怦怦亂跳：「這小漢奸爲人精明，怎地如此胡鬧？難道他……他眞想加害公主嗎？」當即大聲叫道：「小王爺，請你快快出來，不可得罪了公主。」

公主突然大叫：「救命！」聲音悽厲之極。韋小寶大吃一驚，手一揮，叫道：「鬧出大事來啦！」搶步入屋。幾名御前侍衛和王府家將跟了進去。

只見寢室房門敞開，公主縮在床角，身上罩了錦被，一雙雪白的大腿露在被外，雙臂裸露，顯然全身沒穿衣衫。吳應熊衣褲皆脫，赤條條的躺在地下，一動不動，下身全是鮮血，右手中握著一柄短刀。衆人見了這等情狀，都驚得呆了。王府家將忙去察看吳應熊的死活，一探鼻息，尚有呼吸，心臟也尚在跳動，卻是暈了過去。

公主哭叫：「這人……這人對我無禮……他是誰？韋爵爺，快快抓了他去殺了。」韋小寶道：「他便是額駙吳應熊。」公主叫道：「不是的，不是的。他剝光了我衣褲，自己又脫了衣衫，他要強姦我……這惡徒，快把他殺了！」

一衆御前侍衛均感憤怒，自己奉皇命差遣，保護公主，公主是今上御妹，金枝玉葉的貴體，卻受吳應熊這小子如此侮辱，每人都可說是有虧職守。王府家將卻個個神色尷尬，內心有愧。其中數人精明能幹，心想事已至此，倘能在公主房中查到罕帖摩，或能對公主反咬一口，至少也有些強辭奪理的餘地，當下假裝手忙腳亂的救護吳應熊，其實眼光四射，連床底也瞧到了，卻那裏有罕帖摩的影蹤？

突然之間，一名王府家將叫了起來：「世子……世子的下身……下身……」吳應熊下身鮮血淋漓，衆人都已看到，初時還道是他對公主無禮之故，這時聽那人一叫，都向他下身瞧去，只見鮮血還在不住湧出，顯是受了傷。衆家將都驚慌起來，身邊攜有刀傷藥的，忙取出給他敷上。

韋小寶喝道：「吳應熊對公主無禮，犯大不敬重罪，先扣押了起來，奏明皇上治罪。」衆侍衛齊聲答應，上前將他拉起。

王府家將親耳所聞，親眼所見，吳應熊確是對公主無禮，絕難抵賴，聽韋小寶這樣說，只有暗叫：「糟糕，糟糕！」誰也不敢稍有抗拒之心。一名家將躬身說道：「韋爵爺開恩。世子受了傷，請韋爵爺准許世子回府醫治。我們王爺必感大德。世子確是萬分不是，還請公主寬宏大量，韋爵爺多多擔待。」

韋小寶板起了臉，說道：「這等大罪，我們可不敢欺瞞皇上，有誰擔待得起？有話到外面去說，大夥兒擁在公主臥房之中，算甚麼樣子？那有這等規矩？」

衆家將喏喏連聲，扶著吳應熊退出，衆侍衛也都退出，只賸下公主和韋小寶二人。

公主忽地微笑，向韋小寶招招手。韋小寶走到床前，公主摟住他肩頭，在他耳邊低聲說道：「我閹割了他。」韋小寶大吃一驚，問道：「你……你甚麼？」公主在他耳中吹了一口氣，低聲笑道：「我用火槍指住他，逼他脫光衣服，然後用槍柄在他腦袋上重擊一記，打得他暈了過去，再割了他的討厭東西。從今而後，他只能做我太監，不能做我丈夫了。」

韋小寶又好笑，又吃驚，說道：「你大膽胡鬧，這禍可闖得不小。」

公主道：「闖甚麼禍了？我這可是一心一意爲著你。我就算嫁了他，也只是假夫妻，總而言之，不會讓你戴綠帽做烏龜。」

韋小寶心下念頭急轉，只這件事情實在太過出於意外，不知如何應付才好。公主又道：「強姦無禮甚麼都是假的。不過我大叫大嚷，你們在外面都聽見了，是不是？」韋小寶點點頭。公主微笑道：「這樣一來，咱們還怕他甚麼？就算吳三桂生氣，也知道是自己兒子不好。」韋小寶唉聲嘆氣，道：「倘若他給你一刀割死了，那可如何是好？」公主道：「怎麼會割死？咱們宮裏幾千名太監，那一個給割死了？」

韋小寶道：「好，你一口咬定是他強姦你，拿了刀子逼你。你拚命抗拒，伸手推他。他手裏拿著刀子，又脫光了衣服，就這樣一推一揮，自己割了去。」

公主埋首錦被，吃吃而笑，低聲道：「對啦，就這樣說，是他自己割了的。自己割自己，又怪得誰了？」

韋小寶回到屋外，將吳應熊持刀強逼、公主竭力抗拒、掙扎之中吳應熊自行閹割之事，低聲向衆侍衛說了。衆人無不失驚而笑，都說吳應熊色膽包天，自遭報應。有幾名吳應熊的家將留著探聽動靜，在旁偷聽到後，都臉有愧色。

安阜園中鬧了這等大事出來，王府家將迅即撲滅火頭，飛報吳三桂，一面急傳大夫給吳應熊治傷。御前侍衛將吳應熊受傷的原因立即傳了開去，連王府家將也均衆口一詞，都說全因世子對公主無禮而起。各人不免加油添醬，有的說聽到世子如何強脫公主衣衫，怎樣自己脫光衣褲；有的說世子如何手持短刀，強行威迫。至於世子如何慘遭閹割，各人更說得活龍活現，世子怎樣用刀子架在公主頸中，公主怎樣掙扎阻擋，怎樣推動世子手臂，一刀揮過，就此糟糕。種種情狀，皆似親眼目睹一般。說者口沫橫飛，連說帶比；聽衆目瞪口呆，不住點頭。

過得小半個時辰，吳三桂得到急報，飛騎到來，立即在公主屋外磕頭謝罪，氣急敗壞的連稱：「罪該萬死！」

韋小寶站在一旁，愁形於色，說道：「王爺請起，小將給你進去探探公主的口氣。」

吳三桂從懷中掏出一把翡翠珠玉，塞在他手裏，說道：「韋兄弟，小王匆匆趕來，沒帶銀票，這些珠寶，請你分賞給各位侍衛兄弟。公主面前，務請美言。」

韋小寶將珠寶塞還他手中，說道：「王爺望安，小將只要能出得到力氣的，決計盡力而為，暫且不領王爺的賞賜。這件事實在太大，小將自上到下，個個是殺頭的罪名，只盼不要滿門抄斬就好了。唉，這位公主性子高傲，她是三貞九烈、嬌生慣養的黃花閨女，便是太后和皇上也容讓她三分，世子實在……實在太大膽了些。」吳三桂道：「是，是。韋兄弟在公主跟前說得了話，千萬拜託。」

韋小寶點點頭，臉色鄭重，走到公主屋門前，朗聲說道：「啓稟公主：平西王爺親來謝罪，請公主念他是有功老臣，從寬發落。」

吳三桂低聲道：「是，是！老臣在這裏磕頭，請公主從寬發落。」

過了半晌，公主房中並無應聲，韋小寶又說了一遍，忽聽得砰的一聲，似是一張櫈子倒地。韋小寶和吳三桂相顧驚疑。只聽得一名宮女叫了起來：「公主，公主，你千萬不可自尋短見！」

吳三桂嚇得臉都白了，心想：「公主倘若自盡而死，雖然眼下諸事尚未齊備，也只有立刻舉兵起事了。逼死公主的罪名，卻如何擔當得起？」

但聽房中幾名宮女哭聲大作。一名宮女匆匆走出，哭道：「韋……韋爵爺，公主殿下懸樑自盡，你……你快來救……救……」

韋小寶躊躇道：「公主的寢殿，我們做奴才的可不便進去。」

吳三桂輕輕推他背心，說道：「事急從權，快救公主要緊。」轉頭對家將道：「快傳大夫。」說著又在韋小寶背上推了一把。

韋小寶搶步進房，只見公主躺在床上，七八名宮女圍著哭叫。韋小寶道：「我有內功，救得活公主。」衆宮女讓在一旁。只見公主雙目緊閉，呼吸低微，頭頸裏果然勒起了一條紅印，樑上懸著一截繩索，另有一截放在床頭，一張櫈子翻倒在地，韋小寶心下暗笑：「做得好戲！這騷公主倒也不是一味胡鬧的草包。」搶到床邊，伸指在她面頰上輕輕一彈，又在她上唇人中重重一捏。

公主嚶的一聲，緩緩睜眼，有氣沒力的說道：「我……我不想活了。」

韋小寶道：「公主，你是萬金之體，一切看開些。平西王在外邊磕頭請罪。」公主哭道：「你……你叫他將這壞人快快殺了。」韋小寶以身子擋住了衆宮女的眼光，伸手入被，在她腰裏捏了一把。公主就想笑了出來，強行忍住，伸指甲在他手臂上狠狠一戳，大聲哭道：「我不想活了，我……我今後怎麼做人？」

吳三桂在屋外隱隱約約聽得公主的哭叫之聲，得悉她自殺未遂，不禁長長舒了一口氣，又聽她哭叫「今後怎麼做人」，心想：「這事也眞難怪她著惱。小倆口子動槍動刀也罷了，別的地方甚麼不好割，偏偏倒霉，一刀正好割中那裏。應熊日後就算治好，公主一輩子也是守活寡了。眼前只有盡力掩飾，別張揚出去。」

過了半晌，韋小寶從屋裏出來，不住搖頭。吳三桂忙搶上一步，低聲問道：「公主怎麼說？」韋小寶道：「人是救過來了。只是公主性子剛強，說甚麼也勸不聽，定要尋死覓活。我已吩咐宮女，務須好好侍候公主，半步不可離開。王爺，我躭心她服毒。」吳三桂臉色一變，點頭道：「是，是。這可須得小心提防。」

韋小寶低聲道：「王爺，公主萬一有甚麼三長兩短，小將是皇上差來保護公主的，這條小命那也決計不保的了。到那時候，王爺你可得給我安排一條後路。」吳三桂一凜，問道：「甚麼後路？」韋小寶道：「這句話現下不能說，只盼公主平安無事，大家都好。不過性命是她的，她當眞要死，阻得她三四天，阻不了十天半月。小將有一番私心，只盼公主早早嫁到你王府之中，小將就少了一大半干係啦。」

吳三桂心頭一喜，說道：「那麼咱們趕快辦理喜事，這是小兒胡鬧闖出來的禍，韋兄弟一力維持，小王已感激不盡，決不能再加重韋兄弟肩上的擔子。」壓低嗓子問道：「只不知公主還肯……還肯下嫁麼？」心想：「我兒子已成廢人，只盼公主年幼識淺，不明白男女之事，剛才這麼一刀，她未必知道斬在何處，胡裏胡塗的嫁了過來，木已成舟，已無話可說，說不定她還以爲天下男子都是這樣的。」

韋小寶低聲道：「公主年輕，這種事情是不懂的，她是尊貴之人，也說不出口。」

吳三桂大喜，心想：「英雄所見略同。」隨即轉念：「他媽的，這小子是甚麼英雄了，居然跟我相提並論？」說道：「是，是。咱們就是這麼辦。剛才的事，咱們也不是膽敢隱瞞皇上。不過萬歲爺日理萬機，憂心國事，已忙碌之極，咱們做奴才的忠君愛國，可不能再多讓皇上操心。太后和皇上鍾愛公主，聽到這種事情，只怕要不快活。韋兄弟，咱們做官的要訣，是報喜不報憂。」

韋小寶一拍胸膛，又彈了彈自己帽子，慨然道：「小將今後全仗王爺栽培提拔，這件事自當拚了小命，憑著王爺吩咐辦理。」吳三桂連連稱謝。韋小寶道：「不過今晚之事，見到的人多，若有旁人洩漏出去，可跟小將沒干係。」

吳三桂道：「這個自然。」心中已在籌劃，待韋小寶等一行回京之時，先派兵掘斷雲貴之間的要道，說是山洪暴發，沖壞道路，教韋小寶不得不改道去廣西，那時再點一支兵馬，假扮強盜，到廣西境內埋伏，一古腦兒的將他們盡數殺了。廣西是孫延慶的轄地，他妻子孔四貞是定南王孔有德的女兒，太后收了她爲乾女兒，封爲和碩格格，朝廷甚是寵幸。治境不靖、盜賊戕殺欽差的大罪名，就由孔四貞去擔當罷。

韋小寶雖然機靈，究不及吳三桂老謀深算，見他心有所思，只道他還在躭心此事洩漏於外，笑道：「王爺放心，小將盡力約束屬下，命他們不得隨口亂說。」

吳三桂道：「韋兄弟今日幫了我這個大忙，那不是金銀珠寶酬謝得了的。不過韋兄弟統帶的官兵不少，要塞住他們的嘴巴，總得讓小王盡些心意，回頭就差人送過來。」韋小寶道：「這就多謝了。只不知世子傷勢怎樣，咱們去瞧瞧，只盼傷得不重才好。」

吳三桂和他同去探視。那大夫皺眉道：「世子性命是不礙的，不過……不過……」吳三桂點頭道：「性命不礙就好。」生怕韋小寶要扣押兒子，吩咐家將立即送世子回府養傷，親自絆住了韋小寶，防有變卦，直至吳應熊出了安阜園，身在平西王家將擁衛之下，這才告辭。

韋小寶心想：「小漢奸醒轉之後，定要說明眞相，但那有甚麼用？誰信得過一位金枝玉葉的公主，平白無端的會將丈夫閹了？就是大漢奸自己，也決計不信，多半還會狠狠將兒子痛罵一頓。」又想：「公主這一嫁出，回北京之時，我一路上可有機會向阿珂大下功夫了。」

回到住處，徐天川、玄貞等早已得訊，無不撫掌稱快。韋小寶也不向他們說明實情，問起嫖院之事，羣雄說道依計行事，一切順利。韋小寶心想：今晚發生了這件大事，倘若立即派兵回京，大漢奸必定疑心我是派人去向皇上稟告，還是待事定之後，再送這蒙古大鬍子出去。

忙亂了一夜，羣雄正要退出，忽然御前侍衛趙齊賢匆匆走到門外，說道：「啓稟副總管：平西王遇刺！」

韋小寶大吃一驚，忙問：「刺死了嗎？刺客是誰？」他不想讓趙齊賢見到天地會羣雄深夜在他房中聚會，當即走到門外，又問：「大漢……大……平西王死了麼？」

趙齊賢道：「沒死，聽說受傷也不重。刺客當場逮住，原來……原來是公主身邊的宮女。」韋小寶又是一驚，連問：「是公主身邊的宮女？那一個宮女？爲甚麼要行刺平西王？」趙齊賢道：「詳情不知。屬下一得平西王遇刺的訊息，即刻趕來稟報。」韋小寶道：「快去查明回報。」

趙齊賢答應了，剛回身走出幾步，只見張康年快步走來，說道：「啓稟副總管：行刺平西王的宮女，名叫王可兒。」韋小寶身子一晃，幾欲暈倒，顫聲道：「她……她……爲甚麼？」他早知阿珂假扮宮女時，化名爲王可兒。

張康年道：「平西王已將她帶回府中，說是要親自審問，到底是何人指使。」韋小寶一聽得心上人受逮，腦中一片混亂，再也想不出主意。張康年道：「大家都說，又有誰主使她了？這王可兒是個十七八歲的小姑娘，定是她忠於公主，眼見公主受辱自盡，心下不忿，因此要爲公主出氣報仇。」

韋小寶在一團漆黑之中，陡然見到一線光明，忙道：「對，對，定是如此。這樣一個美貌小姑娘，跟平西王有甚麼怨仇？咱們就是要行刺平西王，也決不會派個小姑娘去。」

趙齊賢和張康年互望一眼，均想：「韋副總管說話有些亂了，咱們怎會派人去行刺平西王？」張康年道：「想來平西王也不會疑心到別人頭上。這件事張揚開來，誰都沒好處。他多半派人悄悄將這宮女殺了，就此了事。」韋小寶顫聲道：「殺不得，殺不得！他如殺了，老子跟他拚命，跟這老烏龜大漢奸白刀子進，紅刀子出。」

趙張二人又對望一眼，心下起疑：「難道是韋副總管惱怒公主受辱，派這宮女行刺？」二人垂手站立，不敢接口。

韋小寶道：「那怎麼辦？那怎麼辦？」

張康年見他猶如神不守舍，焦急萬狀，安慰他道：「韋副總管，這事當眞鬧將出來，告到皇上跟前，追究罪魁禍首，那也是吳三桂父子的不是。強姦公主，那還了得？何況吳三桂又沒死，就算他查明了指使之人，咱們給他抵死不認，他也無可奈何。」

韋小寶搖頭苦笑，說道：「的的確確，不是我指使她的。咱們自己兄弟，難道還用得著相瞞？」趙齊賢和張康年登時放心，同時長長舒了口氣。趙齊賢道：「那就好辦了，咱們蒙頭大睡，詐作不知，也就是了。」

韋小寶道：「不行。兩位大哥，請你們辛苦一趟，拿我的名帖去見平西王，說道王可兒衝撞了王爺，十分不該，我很惱怒，但這是公主的貼身宮女，請王爺將這妞兒交給你們帶來，由我稟明公主，重重責打，給王爺出氣。」趙張二人答應了自去，都覺未免多此一舉，由吳三桂將這宮女悄悄殺了，神不知，鬼不覺，大家太平無事。

韋小寶匆匆來到九難房外，推門而進，見她在床上打坐，剛行功完畢，說道：「師父，你知道師姊……師姊的……的事嗎？」九難問道：「甚麼事？這樣慌慌張張的。」韋小寶道：「師……師姊她……她去行刺大漢奸，卻給……給逮住了。」九難眼中光芒一閃，問道：「可刺死了沒有？」韋小寶道：「沒有。可是……可是師姊給他捉去了。」

九難哼了一聲，臉有失望之色，冷冷的道：「不中用的東西。」

韋小寶微覺奇怪，心想：「她是你徒兒，她給大漢奸捉了去，你卻毫不在乎。」轉念一想，登時明白，說道：「師父，你有搭救師姊的法子，是不是？」九難瞪了他一眼，搖頭道：「沒有。這不中用的東西！」

韋小寶一路之上，眼見師父對這師姊冷冷淡淡的，並不如何疼愛，遠不及待自己好。可是師父不喜歡她，我韋小寶卻喜歡得要命，急道：「大漢奸要殺了她的，只怕現下已打得她死去活來，說是要……要查明指使之人。」

九難冷冷的道：「是我指使的。大漢奸有本事，讓他來拿我便了。」

九難指使徒兒去行刺吳三桂，韋小寶聽了倒毫不詫異。她是前明崇禎皇帝的公主，大明江山送在吳三桂手裏，對此人自然恨之切骨，而她自己，也就曾在五台山上行刺過康熙。可是阿珂武功平平，吳三桂身邊高手衛士極多，就算行刺得手，也難以脫逃，師父指使她去辦這件事，豈不是明明要她去送命？韋小寶心中疑團甚多，卻也不敢直言相詢，說道：「師姊決不會招出師父來的。」九難道：「是嗎？」說著閉上了眼。

韋小寶不敢再問，走出房外。料想趙張兩人向吳三桂要人，不會這麼快就能回來，在廳上踱來踱去，眼見天色漸明，接連差了三批侍衛去打探消息，一直不見回報。到後來實在忍不住了，點了一隊驍騎營軍士，親自率領了，向平西王府行去，開到離王府三里處的法慧寺中紮下，又差侍衛飛馬去探。

過了一頓飯時分，只聽得蹄聲急促，張康年快馬馳來，向韋小寶稟報：「屬下和趙齊賢奉副總管之命去見平西王。王爺一直沒接見。趙齊賢還在王府門房中相候。」韋小寶又急又怒，頓足罵道：「他媽的，吳三桂好大架子！」張康年道：「他是威鎮一方的王爺，天下除了皇上，便是他大。他不見我們小小侍衛，那也平常得緊。」韋小寶怒道：「我親自去見他，你們都跟我來！」

韋小寶回頭吩咐一名驍騎營的佐領：「把我們的隊伍都調過來，在吳三桂這狗窩子外候命。」那佐領接令而去。

張康年等衆人聽了，均有驚懼之色，瞧韋小寶氣急敗壞的模樣，簡直便是要跟吳三桂火拚；可是平西王麾下兵馬衆多，從北京護送公主來滇的只兩千多官兵，倘若動手，只怕不到半個時辰，就給殺得乾乾淨淨。張康年道：「韋副總管，你是欽差大臣，奉皇上之命來到昆明，有甚麼事跟他好好商量，平西王不能不賣你的面子。以屬下之見，不妨慢慢的來。」

韋小寶怒道：「他媽的，吳三桂甚麼東西？咱們倘若慢慢的來，他把我老……把那王可兒殺了，誰能救得活她？」

張康年見他疾言厲色，不敢再說，心想：「殺一個宮女，又有甚麼大不了？她又不是你親妹子，用得著這麼大動陣仗？」

韋小寶連叫：「帶馬，帶馬！」翻身上馬，縱馬疾馳，來到平西王府前。

王府的門公侍衛見是欽差大臣，忙迎入大廳，快步入內稟報。

夏國相和馬寶兩名總兵雙雙出迎。夏國相是吳三桂的女婿，位居十總兵之首，向韋小寶行過禮後，說道：「韋爵爺，王爺遇刺的訊息，想來你已得知了。王爺受傷不輕，不能親自迎接，還請恕罪。」

韋小寶吃了一驚，道：「王爺受了傷？不是說沒受傷嗎？」夏國相臉有憂色，低聲道：「王爺胸口給刺客刺了一劍，傷口有三四寸深……」韋小寶失驚道：「啊喲，這可糟了。」夏國相皺起眉頭，說道：「王爺這番能……能不能脫險，眼前還難說得很。我們怕動搖了人心，因此沒洩漏，只說並沒受傷。韋爵爺是自己人，自然不能相瞞。」韋小寶道：「我去探望王爺。」夏馬二人對望一眼。夏國相道：「小人帶路。」

來到吳三桂的臥房，夏國相道：「岳父，韋爵爺探您老人家來啦。」聽得吳三桂在帳中呻吟了幾聲，並不答應。夏國相揭起帳子，只見吳三桂皺眉咬牙，正自強忍痛苦，床褥被蓋上都濺滿了鮮血，胸口綁上了繃帶，帶中仍不斷滲出血水。床邊站著兩名大夫，都愁眉深鎖。

韋小寶沒料到吳三桂受傷如此沉重，原來的滿腔怒氣，刹那間化爲烏有，不由得大爲躭心。吳三桂是死是活，他本也不放在心上，但此人若傷重而死，要救阿珂是更加難了，低聲問道：「王爺，你傷口痛得厲害麼？」

吳三桂「嗬嗬」的叫了幾聲，雙目瞪視，全無光采。夏國相又道：「岳父，是韋爵爺來探望你老人家。」吳三桂「唉唷，唉唷」的叫將起來，說道：「我……我……我不成啦。你們……你們快去把應熊……應熊這小畜生殺了，都……都是他害……害死我的……」夏國相不敢答應，輕輕放下了帳子，和韋小寶走出房外。

夏國相一出房門，便雙手遮面，哭道：「韋爵爺，王爺……王爺是不成的了。他老人家一生爲國盡忠，卻落得如此下場，當眞……當眞是皇天不祐善心人了。」

韋小寶心道：「爲國盡個屁忠！皇天不祐大漢奸，那是天經地義。」說道：「夏總兵，我看王爺雖然傷重，卻一定死不了。」夏國相道：「謝天謝地，但願如爵爺金口。卻不知何以見得？」韋小寶道：「我會看相。王爺的相，貴不可言。他將來做的官兒，比今日還要大上百倍。這一次決不會死的。」

吳三桂貴爲親王，雲貴兩省軍民政務全由他一人統轄，爵位已至頂峯，官職也已到了極點，要再大一級也大不了。韋小寶說他將來做的官兒比今日還要大上百倍，除了做皇帝之外，還有甚麼官比平西王大上百倍？夏國相一聽，臉色大變，說道：「皇恩浩蕩，我們王爺的爵祿已到極頂，再升是不能升了。只盼如韋爵爺金口，他老人家能逢凶化吉，遇難呈祥。」

韋小寶見了他的神色，心想：「吳三桂要造反，你十九早已知道了，否則為甚麼我一說他要高升百倍，你就嚇成這個樣子？我索性再嚇他一嚇。」說道：「夏總兵儘管放心，我看你的相，那也是貴不可言，日後還得請你多多提拔，多多栽培。」

夏國相請了個安，恭恭敬敬的道：「欽差大人言重了。大人獎勉有加，小將自當忠君報國，不敢負了欽差大人的期許。」

韋小寶笑道：「嘿嘿，好好的幹！你們世子做了額駙，便官封少保，兼太子太保。一就是當年岳飛岳爺爺，朱仙鎮大破金兵，殺得金兀朮屁滾尿流，也不過是官封少保。一做公主的丈夫，就能有這般好處。夏總兵，好好的幹！」一面說，一面向外走出。

夏國相嚇得手心中全是冷汗，心道：「聽這小子的說話，竟是指明我岳父要做皇帝。難道……難道這事竟走漏了風聲？還是這小子不知天高地厚，滿口胡說八道？」

韋小寶滿口胡言，意在先嚇他個心神不定，以便探問眞相，走到迴廊之中，站定了腳步，問道：「行刺王爺的刺客，可逮到了？到底是甚麼人？是誰指使的？是前明餘孽？還是沐王府的人？」

夏國相道：「刺客是個女子，名叫王可兒，有人胡說……說她是公主身邊的宮女。小將就是不信，多半是冒充。欽差大人明見，小將拜服之至，這人只怕是沐家派來的。」

韋小寶驀地一驚，暗叫：「不好！他們不敢得罪公主，誣指阿珂是沐王府的人，便能胡亂處死了。這可糟糕之極。」說道：「王可兒？公主有個貼身宮女，就叫王可兒。

公主喜歡她得緊，片刻不能離身。這女子可是十七八歲年紀，身材苗條，容貌十分美麗的？」

夏國相微一遲疑，說道：「小將一心掛念王爺的傷勢，沒去留意刺客。這女子若不是冒充宮女，便是名同人不同。欽差大人請想，這位姓王的宮女既深得公主寵愛，平素受公主教導，定然知書識禮，溫柔和順，那有行刺王爺之理？這決計不是。」

他越是堅稱刺客絕非公主的宮女，韋小寶越是心驚，顫聲問道：「你們已……已殺了她麼？」夏國相道：「那倒沒有，要等王爺痊愈，親自詳加審問，查明背後指使之人。」韋小寶心中略寬，說道：「你帶我去瞧瞧這個刺客，是眞宮女還是假宮女，我一看便知。」夏國相道：「這可不敢勞動欽差大人的大駕。這刺客決計不是公主身邊的宮女，外面謠言很多，大人不必理會。」

韋小寶臉色一沉，道：「王爺遇刺，傷勢很重，倘若有甚麼三長兩短，兩短三長，那可誰也脫不了干係。本人回到北京，皇上自然要仔仔細細的問上一番，刺客是甚麼人？何人指使？我如不親眼瞧個清清楚楚，皇上問起來，又怎麼往上回？難道你叫我胡說一通嗎？這欺君之罪，我自然擔當不起。夏總兵，嘿嘿，只怕你也擔當不起哪。」

他一抬出皇帝的大帽子，夏國相再也不敢違抗，連聲答應：「是，是。」卻不移步。

韋小寶臉色不愉，說道：「夏總兵老是推三阻四，這中間到底有甚麼古怪？你想要掉槍花，擺圈套，卻也不妨拿出來瞧瞧，看我姓韋的是否對付得了。」他因心上人遭擒，眼見凶多吉少，焦急之下，說話竟不留絲毫餘地，官場中的虛僞面目，全都撕下來了。

夏國相急道：「小將怎敢向欽差大人掉槍花？不過……不過這中間實在有個難處。」韋小寶冷冷的道：「是嗎？」夏國相道：「不瞞欽差大人說，我們王爺向來御下很嚴，小將是他老人家女婿，王爺對待小將加倍嚴厲，以防下屬背後說他老人家不公。」

韋小寶微微一笑，說道：「你這女婿，是不好做得很了。王爺的王妃聽說叫做陳圓圓，乃天下第一美人。我大清得這江山，跟陳王妃很有些干係。你丈母娘既有羞花閉月之貌，你老婆大人自然也有沉魚落雁之容了。你這個女婿做得過，做得過之至，只要多見丈母娘幾次，給丈人打幾次屁股，那也稀鬆平常……」夏國相道：「小將的妻室……」韋小寶說得高興，又道：「常言道得好：丈母看女婿，饞唾滴滴涕。我瞧你哪，丈母娘這麼美貌，這句話要反過來說了：女婿看丈母，饞唾吞落肚。哈哈，哈哈！」

夏國相神色尷尬，心想：「這小子胡說八道，說話便似個市井流氓，那裏有半分大官的樣子？」說道：「小將的妻室不是陳王妃所生。」

韋小寶嘆道：「可惜，可惜，你運氣不好。」臉色一沉，說道：「我要去審問刺客，你卻儘來跟我東拉西扯，直扯到你丈母娘身上，嘿嘿，眞是奇哉怪也！」

夏國相越來越怒，臉上仍一副恭謹神色，說道：「欽差大人要去審問刺客，那是再好不過，欽差大人問一句，勝過我們問一百句、一千句。就只怕王爺……王爺……」韋小寶怒道：「王爺怎麼了？他不許我審問刺客麼？」夏國相忙道：「不是，不是。欽差大人不可誤會。大人去瞧瞧刺客，查明這女子的來歷，我們王爺只有感激，決無攔阻之理。小將斗膽，有一句話，請大人別見怪。」韋小寶頓足道：「唉，你這人說話吞吞吐吐，沒半點大丈夫氣概，定是平日在老婆床前跪得多了。快說，快說！」

夏國相心中罵道：「你姓韋的十八代祖宗，個個都是畜生。」說道：「就只怕那刺客萬一就是公主身邊的宮女，大人一見之下，便提了去，王爺要起人來，小將交不出，那……那可糟糕之極了。」韋小寶心道：「你這傢伙當真狡猾得緊。把話兒說在前頭，要我答允不提刺客。你奶奶的，這刺客是我親親老婆，豈容你們欺侮？」笑道：「你說過刺客決非公主的宮女，那又何必躭心？」夏國相道：「那是小將的揣測，究竟如何，實在也不明白。」韋小寶道：「你是不許我把刺客提走？」

夏國相道：「不敢。欽差大人請在廳上稍行寬坐，待小將去稟明王爺，以後的事，自有王爺跟欽差大人兩位作主。就算王爺生氣，也怪不到小將頭上。」

韋小寶心道：「原來你是怕給岳父打屁股，不肯擔干係。」嘿嘿一笑，說道：「好，你去稟告罷。我跟你說，不管王爺是睡著還是醒著，你給我即刻回來。你王爺身子要緊，我們公主的死活，卻也不是小事。公主殿下給你世子欺侮之後，這會兒不知怎樣了，我可得趕著回去瞧瞧。」他生怕吳三桂昏迷未醒，夏國相就此守在床邊，再也不出來了。

夏國相躬身道：「決不敢誤了欽差大人的事。」

韋小寶哼了一聲，冷笑道：「這是你們的事，可不是我的事。」

夏國相進去之後，畢竟還是過了好一會這才出來，韋小寶已等得十分不耐，連連跺腳。夏國相道：「王爺仍未十分清醒。小將怕欽差大人等得心焦，匆匆稟告之後，來不及等候王爺的諭示，這就來侍候大人去審問刺客。欽差大人請。」

韋小寶點點頭，跟著他走向內進，穿過了幾條迴廊，來到花園之中。只見園中數十名家將手執兵刃，來回巡邏，戒備森嚴。

夏國相引著他走到一座大假山前，向一名武官出示一支金批令箭，說道：「奉王爺諭，侍候欽差大人前來審訊刺客。」那武官驗了令箭，躬身道：「欽差大人請，總兵大人請。」側身讓在一旁。夏國相道：「小將帶路。」從假山石洞中走了進去。

韋小寶跟著入內，走不幾步，便見到一扇大鐵門，門旁有兩名家將把守。原來這假山是地牢的入口。一連過了三道鐵門，漸行漸低，來到一間小室之前。室前裝著粗大鐵柵，柵後一個少女席地而坐，雙手捧頭，正低聲飲泣。牆上裝有幾盞油燈，發出淡淡黃光。

韋小寶快步而前，雙手握住了鐵柵，凝目注視著那少女。

夏國相喝道：「站起來，欽差大人有話問你。」

那少女回過頭來，燈光照到她臉上。韋小寶和她四目交投，都「啊」的一聲驚呼。

那少女立即站起，手腳上的鐵鍊發出嗆嗆啷啷聲響，說道：「怎……怎麼你在這裏？」

兩人都驚奇之極。

韋小寶萬萬想不到，這少女並非阿珂，而是沐王府的小郡主沐劍屏。

他定了定神，轉頭問夏國相：「爲甚麼將她關在這裏？」夏國相道：「大人識得刺客？她……她果然是服侍公主的宮女嗎？」臉色之詫異，實不下於韋小寶與沐劍屏。韋小寶道：「她……她是行刺吳……行刺王爺的刺客？」夏國相道：「是啊，這女子膽大之極，幹這等犯上作亂之事，到底是誰人主使，還請大人詳加審問。」

韋小寶稍覺放心：「原來大家都誤會了，行刺吳三桂的不是阿珂，卻是沐家的小郡主。她父親給吳三桂害死，她出手行刺，爲父親報仇，自然毫不希奇。」又問夏國相：「她自己說名叫王可兒？是公主身邊的宮女？」

夏國相道：「我們抓到了之後，問她姓名來歷、主使之人，她甚麼也不肯說。但有人認得她是宮女王可兒。不知是也不是，要請大人見示。」

韋小寶思忖：「小郡主遭擒，我自當設法相救。她也是我的老婆，做人不可偏心。」說道：「她自然是公主身邊的宮女，公主是十分喜歡她的。」說著向沐劍屏眨了眨眼睛，說道：「你幹麼來行刺平西王？不要小命了嗎？到底是誰主使？快快招來，免得皮肉受苦。」

沐劍屏慨然道：「吳三桂這大漢奸，認賊作父，把大明江山奉送給了韃子，凡是漢人，那一個不想取他性命？我只可惜沒能殺了這奸賊。」韋小寶假意怒道：「小小丫頭，這等無法無天。你在宮裏躭了這麼久，竟一點規矩也不懂。膽敢說這等大逆不道的話？你不怕殺頭嗎？」沐劍屏道：「你在宮裏躭得比我久得多，你又知道甚麼規矩？我怕殺頭，也不來昆明殺吳三桂這大漢奸了。」

韋小寶走上一步，喝道：「快快招來，到底是誰指使你來行刺？同黨還有何人？」一面說，一面右手拇指向身後指了幾指，要小郡主誣攀夏國相。他身子擋住了手指，夏國相站在他後面，見不到他手勢和擠眉弄眼的神情。

沐劍屏會意，伸手指著夏國相，大聲道：「我的同黨就是他，是他指使我的。」夏國相大怒，喝道：「胡說八道！」沐劍屏道：「你還想賴？你叫我行刺吳三桂。你說吳三桂這人壞極了，大家都恨死了他。你說……你說刺死了吳三桂後，你就可以……可以……」她不知夏國相是甚麼身分，又不善說謊，一時接不下去。

韋小寶道：「他就可以升官發財，從此沒人打他罵他？」

沐劍屏大聲道：「對啦，他說吳三桂常常打他罵他，待他很兇，他心裏氣得很，早就想親手殺了吳三桂，就是……就是沒膽子。」夏國相連聲喝罵，沐劍屏全不理會。

韋小寶喝道：「你說話可得小心些。你知道這將軍是誰？他是平西王的女婿夏國相夏總兵，平西王雖然有時打他罵他，那都是為了他好。」說著在胸前豎起大拇指，讚她說得好。

沐劍屏道：「這夏總兵對我說，一殺了吳三桂，他自己就可做平西王。他說不論行刺成不成功，他都會放我出去，不讓我吃半點苦頭。可是他卻關了我在這裏。夏總兵，我聽你吩咐，幹了大事，你甚麼時候放我出去？」

夏國相怒極，心想：「你這臭丫頭本來又不認得我，全是這小子說的。這混帳小子為了要救你，拿老子來開玩笑。你二人原來相識，可真萬萬料想不到。」喝道：「你再胡言亂語，我打得你皮開肉綻，死去活來。」

沐劍屏一驚，便不敢再說，心想韋小寶倘若相救不得，這武官定會狠狠對付自己。

韋小寶道：「你心裏有甚麼話，不妨都說出來。這位夏總兵是我的好朋友，倘若眞是他指使你行刺平西王，你老老實實跟我說，我也不會洩漏出去。」說著又連使眼色。

沐劍屏道：「他……他要打死我的，我不敢說了。」

韋小寶道：「如此說來，這話是眞的了。」說著嘆了口氣，退後幾步，搖了搖頭。

夏國相道：「大人明鑒，反賊誣攀長官，事所常有，自然當不得眞。」

韋小寶沉吟道：「話是不錯。不過平西王平時對夏總兵很嚴，夏總兵心下惱恨，想殺了岳父老頭兒，這些話，只怕她一個小小女孩兒憑空也揑造不出。待平西王傷愈之後，我要好好勸他，免得你們丈人和女婿勢成……勢成那個水甚麼，火甚麼的。」

先前夏國相聽得沐劍屏誣攀，雖然惱怒，倒也不怎麼在意，自己一生功名富貴，全由平西王所賜，沒人相信自己會有不軌圖謀，但韋小寶若去跟平西王說及此事，岳父定然以爲自己心中懷恨，竟對外人口出怨言；岳父近年來脾氣暴躁，御下極嚴，一聽了這番話，只怕立有不測之禍，忙道：「王爺對待小將仁至義盡，便當是親生兒子一般，小將心中感激萬分。欽差大人千萬不可跟王爺說這等話。」

韋小寶見他著急，微微一笑，說道：「人無傷虎意，虎有害人心。恩將仇報的事情，世上原是有的。平西王待我不錯，我定要勸他好好提防，免得遭了自己人的毒手。平西王兵強馬壯，身邊有無數武功高手防衛，外人要害他，如何能夠成功？可是內賊難防，自己人下毒手，只怕就躲不過了。」

夏國相越聽越心驚，明知韋小寶的話無中生有，用意純在搭救這少女，可是平西王疑心極重，對人人都有猜忌之心，前幾日他親兄弟吳三枚走入後堂，忘了除下佩刀，就給他親手摘下刀來，痛罵一頓。韋小寶倘若跟平西王去說甚麼「外敵易禦，內賊難防」的話，平西王就算不信，這番話在他心中生下了根，於自己前程必定大大有礙，當即低聲道：「欽差大人提拔栽培，小將永遠不敢忘了您老的大恩大德，大人但有所命，小將赴湯蹈火，在所不辭。便有天大的干係，小將也一力承擔了。」

韋小寶笑道：「我是為你著想啊。這丫頭的話，天知地知，你知我知，還有小丫頭知，一共是三個人知道。本來嘛，你早早將她一刀殺了滅口，倒也乾淨利落。這時候言入我耳，你再要滅口，須得把我也一刀殺了。我手下的侍衛兵將，早就防了這著，幾千人都候在王府之外，你要殺我，比較起來要難上這麼一點兒。」

夏國相臉色一變，請了個安，道：「小將萬萬不敢。」

韋小寶笑道：「既然滅不了口，這番話遲早都要傳入平西王耳中。夏總兵，你是十大總兵的頭兒，又是平西王的女婿，其餘九位總兵，還有王府中的文武百官，喝你醋的人恐怕不少。常言道得好：開門七件事，柴米油鹽醬醋茶。既然有人喝醋，加油添醬的事也就免不了啦。只要漏出了這麼一點兒風聲出去，平西王的耳根就不怎麼清淨了。人人在他老人家耳邊說你壞話。加柴添草，煽風點火，平西王受了傷，病中脾氣不會很好罷？這個……這個……唉！」說著連連搖頭。

韋小寶只不過照常情推測，夏國相卻想這小子於我王府的事倒知得清楚，妒忌我的人確然不少，說道：「大人為小將著想，小將感激不盡，只不知如何才好？」

韋小寶道：「這件事辦起來，本來很有些爲難，好罷，我就擔些干係，交了你這朋友。你把這小丫頭交給我帶去，說是公主要親自審問。」湊嘴到他耳邊，低聲道：「今兒晚上我把她殺了，傳了消息出來，說她抵死不招，受刑不過，就此嗚呼哀哉。那不是大事化小，小事化無，一乾二淨，一清二楚嗎？」

夏國相早料到他要說這幾句話，心道：「他媽的混帳臭小子，你想救這小丫頭，卻還要我承你的情，是你臭小子幫了我一個大忙。只不過你怎會識得這小丫頭，可眞奇了。」問道：「大人的確認清楚了，她是公主身邊的宮女？但小將剛才盤問她之時，她對公主相貌年紀、宮裏的情形，說得都不大對。」

韋小寶道：「她不願連累了公主，自然要故意說錯了。這小丫頭忠於公主，又不負你夏總兵的重託，很好，很好。」

夏國相聽他話頭一轉，又套到了自己頭上，忙道：「大人妙計，果然高明。就請大人寫個手諭，說將犯人提了去，好讓小將向王爺交代。」

韋小寶笑罵：「他媽的，老子瞎字不識，寫甚麼手諭腳諭了？」伸手入懷，摸出一柄短銃火槍，說道：「這是你王爺送給我的禮物，你去拿給王爺瞧瞧，就說我奉公主之命，把犯人提去，這把火槍就是證物。」

夏國相雙手接過，放入懷中，出去叫了兩名武官進來，吩咐打開鐵柵，除去沐劍屛的足鐐，但仍戴著手銬。夏國相手握手銬上連著的鐵鍊，直送到王府門外，將鐵鍊交在韋小寶手裏，又將手銬的鑰匙交給他，大聲說道：「欽差大人奉公主殿下諭示，將女犯一名提去審問，大夥兒小心看守，可別給犯人跑了。」

韋小寶笑道：「你怕我提了犯人會抵賴麼？這裏人人都瞧見了，都聽見了。我想要賴，也賴不了啦。」夏國相躬身道：「大人取笑了，小將決無此意。」韋小寶道：「你去跟王爺說，我挺惦念他老人家的身子，明日再來請安問候。」夏國相又躬身道：「不敢當。」

韋小寶帶著沐劍屏回到安阜園自己屋裏，關上了房門，笑嘻嘻的問道：「好老婆，到底是怎麼回事？」

沐劍屏小臉羞得通紅，嗔道：「一見面就不說好話。」手一抬，手銬上鐵鍊叮叮噹噹發聲，道：「你先把這個除去了再說。」韋小寶笑道：「我先得跟你親熱親熱，一除去手銬，你就不肯了。」說著伸手抱住她纖腰。沐劍屏大急，道：「你……你又來欺侮我。」

韋小寶笑道：「好，我不欺侮你，那麼你來欺侮我。」將自己面頰湊到她嘴唇上輕輕一觸，取出夏國相交來的鑰匙開了手銬，拉著她並肩坐在床邊，這才問起行刺吳三桂的情由。

沐劍屏道：「洪教主和夫人收到你送去的東西，很是歡喜，讓我服了解藥，解去身上的毒，派了赤龍副使帶同我來見你，要你忠心辦事。夫人說，教主和夫人知道你想要見我，所以……所以……」韋小寶握住她手，道：「所以派你來給我做老婆？」沐劍屏急道：「不，不是的。夫人說怕你心中牽記我，不能安心辦事。她眞的沒說別的。」韋小寶道：「夫人一定說了的，你自己瞞著不說就是了。」沐劍屏道：「你如不信，見到夫人時問她好了。」

韋小寶見她急得淚珠在眼眶中滾動，怕逗得她哭了，便溫言道：「好，好。夫人沒說。不過你自己，是不是也眞牽記我？也想見我？」沐劍屏轉過臉去，輕輕點了點頭。

韋小寶道：「那赤龍副使呢？怎麼你又去行刺吳三桂？」沐劍屏道：「我們大前天來到昆明，就想來見你，不料在西門外遇見了我哥哥跟柳師父。」韋小寶道：「啊，你哥哥和柳師父都到了昆明，我可不知道。」沐劍屏道：「敖師哥、劉師哥他們也都來了，只吳師叔生了病沒來。大家來到昆明，安排了個計策，要刺殺建寧公主。」

韋小寶吃了一驚，道：「要刺殺公主，那爲甚麼？公主可沒得罪你們沐王府啊。」

沐劍屏道：「我哥哥說，我們要扳倒吳三桂這大漢奸，眼前正有個大好機會。韃子皇帝將妹子嫁給吳三桂的兒子，我們如把公主殺了，皇帝一定怪吳三桂保護不周，下旨責罰，多半就會逼得吳三桂造反。」

韋小寶聽到這裏，手心中全是冷汗，暗想：「這計策好毒。我一心在圖謀吳三桂，沒想到如何好好保護公主，倘若給沐王府先下手爲強，這可糟了。」問道：「後來怎樣？」

沐劍屏道：「我哥哥叫我假扮宮女，混到公主身邊行刺，他們在外接應，一等我得手，就救我出去。赤龍副使聽到了他們的計策，對我說，白龍使負責保護公主，倘若殺了公主，只怕要連累了你。我想這話不錯，想來跟你商量。不料給柳師父知道了，一刀就將赤龍副使殺了。」說到這裏，身子微微發抖，顯是想起當時情景，兀自心有餘悸。

韋小寶緊緊握住沐劍屏的手，安慰道：「別怕，別怕。你都是爲了我，多謝你得很。」沐劍屏淚水滾下面頰，抽抽噎噎的道：「可是……可是你一見我，就來欺侮我，又……又不信我的話。」韋小寶拿起她手來，打了自己一記耳光，罵道：「該死的混蛋，打死你這婊子兒子！」沐劍屏忙拉住他手，說道：「不，我不要你打自己、罵自己。」韋小寶又拿起她手，輕輕在自己臉頰上打了一下，說道：「總之是韋小寶該死，你的好老婆沐家親親小寶貝給吳三桂捉去了，怎麼不早些去救？」

沐劍屏道：「你這可不是救了我出來嗎？不過咱們可得趕快想法子，怎生去救哥哥和柳師父。」韋小寶微微一驚，問道：「你哥哥和柳師父也都給捉去了？」

沐劍屏道：「前天晚上，我們住的地方忽然給吳三桂手下的武士圍住了。他們來的人很多，武功很高的人也有二十多個，我們寡不敵衆，敖師哥當場給殺了。我哥哥、柳師父，還有我自己，都讓他們捉了。」韋小寶嘆道：「敖師兄給大漢奸殺了，可惜，可惜。」又問：「你給他們拿住之後，怎麼又能去行刺吳三桂？」

沐劍屏道：「行刺吳三桂？我沒有啊。我當然想殺了大漢奸，可是……可是這些壞人給我戴了腳鐐手銬，我又怎能行刺？」

韋小寶越聽越奇，問道：「你前天晚上就給捉住了？這兩天在那裏？」沐劍屏道：「我一直給關在一間黑房裏，今天他們帶我去關在那地牢裏，過得不久，你就來了。」韋小寶隱隱知道不妙，顯已上了夏國相的大當，只是其中關竅，卻想不出來，沉吟道：「今天吳三桂給人行刺，受傷很重，不是你刺的？」

沐劍屏道：「自然不是，我從來沒見過吳三桂。他會死嗎？死了就好啦！」

韋小寶搖頭道：「我不知他死不死。你自已的身分來歷，有沒跟他們說？」沐劍屏道：「沒有。我甚麼也不說，審問我的武官很生氣，問我是不是啞巴。韋大哥，你從前也說過我是啞巴。」韋小寶在她臉上輕輕一吻，道：「你是我的親親小啞巴，我還說要在你臉上雕一隻小烏龜呢。」沐劍屏又羞又喜，眼光中盡是柔情，卻不敢轉頭去瞧他。

韋小寶心中卻在大轉念頭：「夏國相爲甚麼要小郡主來冒充宮女？是了，他要試試我，跟沐王府的人是否相識。我這一救小郡主，顯然便招承跟他們同是一夥。他是布了個陷阱，要我踏將下去。眼下老子不小心，已落入了他的圈套，這可糟了，大大的糟了。老子大大的糟了之後，下一步又如何糟法？」

他雖機警狡獪，畢竟年幼，眞正遇上了大事，可不是吳三桂、夏國相這些老奸巨猾之人的對手，心中一急，全身都是汗水，說道：「親親好老婆，你在這裏待著，我得去跟人商量商量，怎生救你哥哥和柳師父。」

當下來到西廂房，召集天地會羣雄，將這些情由跟衆人說了。徐天川等一聽，均覺其中大有蹊蹺。玄貞道：「莫非咱們假裝殺了罕帖摩的把戲，給吳三桂瞧出了破綻？」錢老本道：「吳三桂不知如何得到訊息，半夜裏去擒拿沐王府的朋友？」

韋小寶心念一動，說道：「沐王府有個傢伙，名叫劉一舟，此人跟我有樑子，爲人又貪生怕死，多半是他通風報訊。」錢老本道：「想必如此。可是韋香主，你是韃子皇帝寵信的欽差大臣，大漢奸說甚麼也不會疑心你跟沐王府的人有甚麼牽連。這中間……」皺起了眉頭，苦苦思索。

祁彪清道：「依我推想，大漢奸決不是疑心韋香主跟沐王府的人本來相識，那只是誤打誤撞，事有巧合。」韋小寶忙問：「怎地誤打誤撞，事有巧合？」祁彪清道：「行刺大漢奸的，多半眞是公主身邊那宮女王可兒，大家都這麼說，不能無中生有的揑造。」韋小寶道：「是，是，那王可兒確是失了蹤，定是給大漢奸逮去了。」祁彪清道：「大漢奸自然料到公主會派韋香主去要人，礙著公主和欽差大人的面子，他不能不放人，卻又不甘心就此放了刺客。恰好沐家小郡主給他們逮著，他們就說這是刺客。韋香主到牢裏一看，自然認得她不是王可兒。這一來，韋香主便束手無策了。」

韋小寶一拍大腿，說道：「對，對，究竟祁三哥是讀書人，理路清楚。他們就算沒逮到沐家小郡主，一般能隨便找個姑娘來塞給我，說道：『欽差大人，這是刺客，您老人家要不要？要就提去，不必客氣。她不是公主身邊的宮女嗎？那好極了！』他奶奶的，那時老子最多只能說公主走失了一個宮女，要他們在昆明城裏用心找找，可不能硬要提人了。我居然認得沐家小郡主，一定大出他們意料之外。這件事大漢奸問起來，倒也不易搪塞。」

祁彪清道：「韋香主，事已如此，那只好跟吳三桂硬挺。你跟他說，你是奉了皇帝的聖旨，才跟沐家結交的。」

韋小寶給他一語提醒，當即哈哈大笑，說道：「不錯，不錯。我放了吳立身這一干人，的的確確是……」說到這裏，立即住嘴，心想：「皇上親口下旨，要我釋放吳立身等人，這話卻不能說。」轉口道：「我雖可說奉的是皇帝聖旨，就怕騙不過這大漢奸。」

錢老本道：「眞要騙倒大漢奸，自然不易。不過韋香主只須一口咬定是皇帝的主意，大漢奸就算不信，那也無可奈何。他總不能去問皇帝，拆穿韋香主的假話。總而言之，韋香主只要不跟他翻臉，一等離了雲貴兩省，就不怕他了。」徐天川點頭道：「這計策挺高。大漢奸做了虧心事，不免疑神疑鬼，躭心小皇帝會知道他造反的陰謀。要是吳立身吳二哥在這裏，一定不會贊成。」

韋小寶道：「沐王府的人明知我奉旨保護公主，卻想來刺死她，太也不講義氣。」

祁彪清道：「他們知道韋香主身在曹營心在漢，也不是當眞忠心給韃子皇帝辦事，因此沒顧慮到此節。咱們天地會和沐王府雖然打賭爭勝，但大家敵愾同仇，柳大洪等又是響噹噹的好漢子，咱們可不能袖手旁觀，置之不理。」

說到如何拯救沐劍聲、柳大洪等人，此事殊非容易，羣雄都想不出善策。商議良久，韋小寶道：「這些法子恐怕都不管用，待我見了大漢奸後，再瞧有沒有機會。」

羣雄辭出後，韋小寶心想：「說不定我那阿珂老婆並沒去行刺大漢奸，也沒給逮了去，那是旁人誤傳。」

來到九難房中，不見阿珂，問道：「師父，師姊不在嗎？」九難一怔，道：「吳三桂放了她出來？他知……知道了麼？」說這話時神色有異，聲音也有些發顫。韋小寶奇道：「吳三桂知道甚麼？」九難默然，隔了一會，問道：「這大漢奸傷勢如何？」韋小寶道：「傷得很重。弟子剛才見到了他，他昏迷不醒，只怕未必能活。」九難臉上喜色一現，隨即又皺起了眉頭，低聲道：「須得讓他知道。」

韋小寶想問讓他知道甚麼，但見師父神色鄭重，不敢多問，退了出去。

他心中還存了萬一的指望，去查問阿珂的所在。「王可兒」這宮女平日極少露面，她又化了裝，麗色盡掩，向來沒人留意，安阜園中一衆宮女、太監、侍衛，都說沒見到。有的侍衛則說：「王可兒，那不是行刺平西王的宮女嗎？平西王放了人嗎？可沒見到。」

他忙了一天一晚，實在倦得很了，回到房中，跟沐劍屏說得幾句閒話，倒頭便睡。

注：羅甸在貴州省中部，吳三桂駐有重兵。

陳圓圓唱到這個「流」字，

歌聲曼長，琵琶聲調轉高，蓋過了歌聲，

歌聲和琵琶聲漸緩漸低，

琮琮樂音之中似乎微聞嘆息，到後來幾乎細不可聞。

第三十二回

歌喉欲斷從絃續　舞袖能長聽客誇

次日韋小寶去探吳三桂的傷勢。吳三桂的次子出來接待，說道多謝欽差大人前來，王爺傷勢無甚變化，此刻已經安睡，不便驚動。韋小寶問起夏國相，說道正在帶兵巡視彈壓，以防人心浮動，城中有變，再問吳應熊的傷勢，也無確切答覆。

韋小寶隱隱覺得，平西王府已大起疑心，頗含敵意，這時候要救沐王府人，定難成功；要救阿珂更難上加難，只怕激得王府立即動手，將自己一條小命送在昆明。

又過一日，他正在和錢老本、徐天川、祁彪清等人商議，高彥超走進室來，說道有一名老道姑求見。韋小寶奇道：「老道姑？找我幹甚麼？是化緣麼？」高彥超道：「屬下問她為了何事，她說是奉命送信來給欽差大人的。」說著呈上一個黃紙信封。

韋小寶皺眉道：「相煩高大哥拆開來瞧瞧，寫著些甚麼。」高彥超拆開信封，取出一張黃紙，看了一眼，讀道：「阿珂有難……」韋小寶一聽到這四字，便跳了起來，急道：「甚麼阿珂有難？」天地會羣雄並不知九難和阿珂之事，都茫然不解。高彥超道：「信上這樣寫的。這信無頭無尾，也沒署名，只說請你隨同送信之人，移駕前往，共商相救之策。」

韋小寶問道：「這道姑在外面麼？」高彥超剛說得一句：「就在外面。」韋小寶已直衝出去。來到大門側的耳房，只見一個頭髮花白的道姑坐在板櫈上相候。守門的侍衛大聲叫道：「欽差大臣到。」那道姑站起身來，躬身行禮。

韋小寶問道：「是誰差你來的？」那道姑道：「請大人移步，到時自知。」韋小寶道：「到那裏去？」那道姑道：「請大人隨同貧道前去，此刻不便說。」韋小寶道：

「好，我就同你去。」叫道：「套車，備馬！」那道姑道：「請大人坐車前往，以免驚動了旁人。」韋小寶點點頭，便和那道姑出得門外，同坐一車。

徐天川、錢老本等生怕是敵人布下陷阱，遠遠跟隨在後。

那道姑指點路徑，馬車逕向西行，出了西城門。韋小寶見越行越荒涼，微覺躭心，問道：「到底去那裏？」那道姑道：「不久就到了。」又行了三里多路，折而向北，道路狹窄，僅容一車，來到一小小庵堂之前。那道姑道：「到了。」

韋小寶跳下車來，見庵前匾上寫著三字，第一字是個「三」字，其餘兩字就不識得了，回頭一瞥，見高彥超等遠遠跟著，料想他們會四下守候，於是隨著那道姑進庵。

但見四下裏一塵不染，天井中種著幾株茶花，一樹紫荊，殿堂正中供著一位白衣觀音。神像相貌極美，莊嚴寶相之中帶著三分俏麗。韋小寶心道：「聽說吳三桂新娶的老婆之中，有一個外號四面觀音，又有一個叫作八面觀音。不知是不是眞有觀音菩薩這麼好看。他媽的，大漢奸艷福不淺。」

那道姑引著他來到東邊偏殿，獻上茶來，韋小寶揭開碗蓋，一陣清香撲鼻，碗中一片碧綠，竟是新出的龍井茶葉，微覺奇怪：「這龍井茶葉從江南運到這裏，價錢可貴得緊哪，庵裏的道姑還是尼姑，怎地如此闊綽？」那道姑又捧著一隻建漆托盤，呈上八色細點，白磁碟中盛的是松子糖、小胡桃糕、核桃片、玫瑰糕、糖杏仁、綠豆糕、百合酥、桂花蜜餞楊梅，都是蘇式點心，細巧異常。這等江南點心，韋小寶當年在揚州妓院中倒也常見，嫖客光臨，老鴇取出待客，他乘人不備，不免偷吃一片兩粒，不料在雲南一座小小庵堂中碰到老朋友，心下大樂：「老子可回到揚州麗春院啦。」

那道姑奉上點心後便即退出。茶几上一隻銅香爐中一縷青煙裊裊升起，燒的是名貴檀香，韋小寶是識貨之人，每次到太后慈寧宮中，都聞到這等上等檀香的氣息，突然心中一驚：「啊喲，不好，莫非老婊子在此？」當即站起。

只聽得門外腳步之聲細碎，走進一個女子，向韋小寶合什行禮，說道：「出家人寂靜，參見韋大人。」語聲清柔，說的是蘇州口音。

這女子四十來歲年紀，身穿淡黃道袍，眉目如畫，清麗難言，韋小寶一生之中，從沒見過這等美貌的女子。他手捧茶碗，張大了口竟然合不攏來，剎時間目瞪口呆，手足無措。

那女子微笑道：「韋大人請坐。」韋小寶茫然失措，道：「是，是。」雙膝一軟，跌坐入椅，手中茶水濺出，衣襟上登時濕了一大片。

天下男子一見了她便如此失魂落魄，這麗人生平見得多了，自不以為意，但韋小寶只是個十五六歲的少年，竟也為自己的絕世容光所鎮懾。那麗人微微一笑，說道：「韋大人年少高才，聽人說，從前甘羅十二歲做丞相，韋大人卻也不輸於他。」

韋小寶道：「不敢當。啊喲，甚麼西施、楊貴妃，一定都不及你。」

那麗人伸起衣袖，遮住半邊玉頰，嫣然一笑，登時百媚橫生，隨即莊容說道：「西施、楊貴妃，也都是苦命人。小女子只恨天生這副容貌，害苦了天下蒼生，這才長伴青燈古佛，苦苦懺悔。唉，就算敲穿了木魚，唸爛了經卷，卻也贖不了從前造孽的萬一。」

說到這裏，眼圈一紅，忍不住便要流下淚來。

韋小寶不明她話中所指，但見她微笑時神光離合，愁苦時楚楚動人，不由得滿腔都是憐惜之意，也不知她是甚麼來歷，胸口熱血上湧，只覺得就算爲她粉身碎骨，也甘之如飴，一拍胸膛，站起身來，慷慨激昂的道：「有誰欺侮了你，我這就去爲你拚命。你有甚麼爲難的事兒，儘管交在我手裏，倘若辦不到，我韋小寶割下這顆腦袋來給你。」說著伸出右掌，在自己後頸中重重一斬。如此大丈夫氣概，生平殊所罕見，這時卻半點不是做作。

那麗人向他凝望半晌，嗚咽道：「韋大人雲天高義，小女子不知如何報答才是。」忽然雙膝下跪，盈盈拜倒。

韋小寶叫道：「不對，不對。」也即跪倒，向著她鼕鼕的磕了幾個響頭，說道：「你是仙人下凡，觀音菩薩轉世，該當我向你磕頭才是。」那麗人低聲道：「這可折殺我了。」伸手托住他雙臂，輕輕扶住。兩人同時站起。

韋小寶見她臉頰上掛著幾滴淚水，晶瑩如珠，忙伸出衣袖，給她輕輕擦去，柔聲安慰：「別哭，別哭，便有天大的事兒，咱們也非給辦個妥妥當當不可。」以那麗人年紀，儘可做得他母親，但她容色舉止、言語神態之間，天生一股嬌媚婉孌，令人不自禁的心生憐惜，韋小寶又問：「你到底爲甚麼難過？」

那麗人道：「韋大人見信之後，立即駕到，小女子實是感激……」

韋小寶「啊喲」一聲，伸手在自己額頭一擊，說道：「胡塗透頂，那是爲了阿珂：

……」雙眼呆呆的瞪著那麗人，突然恍然大悟，大聲道：「你是阿珂的媽媽！」

那麗人低聲道：「韋大人好聰明，我本待不說，可是你自己猜到了。」

韋小寶道：「這容易猜。你兩人相貌很像，不過……不過阿珂師姊不及……你美麗。」

那麗人臉上微微一紅，光潤白膩的肌膚上滲出一片嬌紅，便如是白玉上抹了一層胭脂，低聲問道：「你叫阿珂做師姊？」

韋小寶道：「是，她是我師姊。」當下毫不隱瞞，將如何和阿珂初識、如何給她打脫了臂骨、如何拜九難爲師、如何同來昆明的經過一一說了，自己對阿珂如何傾慕，而她對自己又如何絲毫不瞧在眼裏，種種情由，也都坦然直陳。只是九難的身世，以及自己意欲不利於吳三桂的圖謀，畢竟事關重大，略過不提。

那麗人靜靜的聽著，待他說完，輕嘆一聲，低吟道：「妻子豈應關大計？英雄無奈是多情。紅顏禍水，眼前的事，再明白也沒有了。韋大人前程遠大……」

韋小寶搖頭道：「不對，不對！『紅顏禍水』這句話，我倒也曾聽說書先生說過，甚麼妲己，甚麼楊貴妃，說這些美女害了國家。其實呢，天下倘若沒這些糟男人、糟皇帝，美女再美，也害不了國家。大家說平西王爲了陳圓圓，這才投降清朝，依我瞧哪，要是吳三桂當眞忠於明朝，便有十八個陳圓圓，他奶奶的吳三桂也不會投降大清啊。」

那麗人站起身來，盈盈下拜，說道：「多謝韋大人明見，爲賤妾分辨千古不白之冤。」

韋小寶急忙回禮，奇道：「你……你……啊……啊喲，是了，我當眞混蛋透頂，你若不是陳圓圓，天下那……那……有第二個這樣的美人？不過，唉，我可越來越胡塗了，你不是平西王的王妃嗎？怎麼會在這裏搞甚麼帶髮修行？阿珂師姊怎麼又……又是你的女兒？」

那麗人站起身來，說道：「賤妾正是陳圓圓。這中間的經過，說來話長。賤妾一來有求於韋大人，諸事不敢隱瞞；二來聽得適才大人爲賤妾辨冤的話，心裏感激。這二十多年來，賤妾受盡天下人唾罵，把亡國的大罪名加在賤妾頭上。當世只有兩位大才子，才明白賤妾的冤屈。一位是大詩人吳梅村吳才子，另一位便是韋大人。」

其實韋小寶於國家大事，渾渾噩噩，胡裏胡塗，那知道陳圓圓冤枉不冤枉，只是一見到她驚才絕艷的容色，大爲傾倒，對吳三桂又十分痛恨，何況她又是阿珂的母親，她便有千般不是，萬般過錯，這些不是與過錯，也一古腦兒、半絲不賸的都派到了吳三桂頭上。聽她稱自己爲「大才子」，這件事他倒頗有自知之明，急忙搖手，說道：「我西瓜大的字識不上一擔，你要稱我爲才子，不如在這稱呼上再加上『狗屁』兩字。這叫做狗屁才子韋小寶。」

陳圓圓微微一笑，說道：「詩詞文章作得好，不過是小才子。有見識、有擔當，方是大才子。」

韋小寶聽了這兩句奉承，不禁全身骨頭都酥了，心道：「這位天下第一美女，居然說我是大才子。哈哈，原來老子的才情還眞不低。他媽的，老子自出娘胎，倒是第一次聽見。」

陳圓圓站起身來，說道：「請大人移步，待小女子將此中情由，細細訴說。」

韋小寶道：「是。」跟著她走過一條碎石花徑，來到一間小房之中。

房中不設桌椅，地下放著兩個蒲團，牆上掛著一幅字，看上去密密麻麻的，字數也眞不少，旁邊卻掛著一隻琵琶。

陳圓圓道：「大人請坐。」待韋小寶在一個蒲團上坐下，走到牆邊，將琵琶摘了下來，抱在手中，在另一個蒲團上坐了，指著牆上那幅字，輕輕說道：「這是吳梅村才子爲賤妾所作的一首長詩，叫作〈圓圓曲〉。今日有緣，爲大人彈奏一曲，只是有污清聽。」

韋小寶大喜，說道：「妙極，妙極。不過你唱得幾句，須得解釋一番，我這狗屁才子，學問可平常得緊。」

陳圓圓微笑道：「大人過謙了。」當下調了一調絃索，叮叮咚咚的彈了幾下，說道：「此調不彈已久，荒疏莫怪。」韋小寶道：「不用客氣。就算彈錯了，我也不知道。」

只聽她輕攏慢撚，彈了幾聲，曼聲唱道：

「鼎湖當日棄人間，破敵收京下玉關。慟哭六軍俱縞素，衝冠一怒爲紅顏。」

唱了這四句，說道：「這是說當年崇禎天子歸天，平西王和滿清聯兵，打敗李自成，攻進北京，官兵都爲皇帝戴孝。其實平西王所以出兵，卻是爲了我這不祥之人。」

韋小寶點頭道：「你這樣美貌，吳三桂爲了你投降大清，倒也怪他不得。倘若是我韋小寶，那也是要投降的。」

陳圓圓眼波流轉，心想：「你這個小娃娃，也跟我來調笑。」但見他神色儼然，才知他言出由衷，不由得微生知遇之感，繼續唱道：

「紅顏流落非吾戀，逆賊天亡自荒宴。電掃黃巾定黑山，哭罷君親再相見。」

說道：「這裏說的是王爺打敗李自成的事。詩中說：李自成大事不成，是他自己不好，得了北京之後，行事荒唐。王爺見了這句話很不高興。」韋小寶道：「是啊，他怎麼高興得起來？曲裏明明說打敗李自成，並不是他的功勞。」

陳圓圓道：「以後這段曲子，是講賤妾的身世。」唱道：

「相見初經田竇家，侯門歌舞出如花。許將戚里箜篌伎，等取將軍油壁車。家本姑蘇浣花里，圓圓小字嬌羅綺。夢向夫差苑裏游，宮娥擁入君王起。前身合是採蓮人，門前一片橫塘水。」

曲調柔媚宛轉，琵琶聲緩緩盪漾，猶似微風起處，荷塘水波輕響。

陳圓圓低聲道：「這是將賤妾比作西施了，未免過譽。」韋小寶搖頭道：「比得不對，比得不對！」陳圓圓微微一怔。韋小寶道：「西施又怎及得上你？」陳圓圓微現羞色，道：「韋大人取笑了。」韋小寶道：「決不是取笑。其中大有緣故。我聽人說，西施是浙江紹興府諸暨人，相貌雖美，紹興人說話『娘個賤胎踏踏叫』，那有你蘇州人說話又嗲又糯。」陳圓圓巧笑嫣然，道：「原來還有這個道理。想那吳王夫差也是蘇州人，怎麼會喜歡西施？」韋小寶搔頭道：「那吳王夫差耳朵不大靈光，也是有的。」陳圓圓掩口淺笑，臉現暈紅，眼波盈盈，櫻唇細顫，一時愁容盡去，滿室皆是嬌媚。韋小寶只覺暖洋洋地，醉醺醺地，渾不知身在何處。但聽得她繼續唱道：

「橫塘雙槳去如飛，何處豪家強載歸？此際豈知非薄命，此時只有淚沾衣。薰天意氣連宮掖，明眸皓齒無人惜。奪歸永巷閉良家，教就新聲傾座客。」

唱到這裏，輕輕一嘆，說道：「賤妾出於風塵，原不必相瞞……」韋小寶道：「甚麼叫做出於風塵？你別跟我掉文，一掉文我就不懂。」陳圓圓道：「小女子本來是蘇州倡家的妓女……」韋小寶拍膝叫道：「妙極！」陳圓圓微有慍色，低聲道：「那是賤妾命薄。」韋小寶興高采烈，說道：「我跟你志同道合，我也是出於風塵。」陳圓圓睜著一雙明澈如水的鳳眼，茫然不解，心想：「他一定不懂出於風塵的意思。」

韋小寶道：「你出身於妓院，我也出身於妓院，不過一個是蘇州，一個是揚州。我媽媽是在揚州麗春院做妓女的。不過她相貌跟你相比，那是一個天上，一個地下。」陳圓圓大為奇怪，柔聲問道：「這話不是說笑？」韋小寶道：「那有甚麼好說笑的？唉，我事情太忙，早該派人去接了我媽媽來，不能讓她做妓女了。不過我見她在麗春院嘻嘻哈哈的挺熱鬧，接到了北京，只怕反而不快活。」

陳圓圓道：「英雄不怕出身低，韋大人光明磊落，毫不諱言，正是英雄本色。」韋小寶道：「我只跟你一個兒說，對別人可決計不說，否則人家指著我罵婊子王八蛋，可吃不消。在阿珂面前，更加不能提起，她已經瞧我不起，再知道了這事，那是永遠不會睬我了。」陳圓圓道：「韋大人放心，賤妾自不會多口，其實阿珂她……她自己的媽媽，也並不是甚麼名門淑女。」韋小寶道：「總之你別跟她說起。她最恨妓女，說道這種女人壞得不得了。」

陳圓圓垂下頭來，低聲道：「她……她說妓院裏的女子，是壞得……壞得不得了的？」韋小寶忙道：「你別難過，她決不是說你。」陳圓圓黯然道：「她自然不會說我。阿珂不知道我是她媽媽。」韋小寶奇道：「她怎會不知道？」

陳圓圓搖搖頭，道：「她不知道。」側過了頭，微微出神，過了一會，緩緩道：「崇禎天子的皇后姓周，也是蘇州人。崇禎天子寵愛田貴妃。皇后跟田貴妃鬥得很厲害。皇后的父親嘉定伯將我從妓院裏買了出來，送入宮裏，盼望分田貴妃的寵……」韋小寶道：「這倒是一條妙計。田貴妃可就糟糕之極了。」陳圓圓道：「卻也沒甚麼糟糕。崇禎天子憂心國事，不喜女色，我在宮裏沒躭得多久，皇上就吩咐周皇后送我出宮。」

韋小寶大聲道：「奇怪，奇怪！我聽人說崇禎皇帝有眼無珠，只相信奸臣，卻把袁崇煥這樣大大的忠臣殺了。原來他瞧男人沒眼光，瞧女人更加沒眼光，連你這樣的人都不要，嘖嘖，嘖嘖！」連連搖頭，只覺天下奇事，無過於此。

陳圓圓道：「男人有的喜歡功名富貴，有的喜歡金銀財寶，做皇帝的便只想到如何保住國家社稷，倒也不是個個都喜歡美貌女子的。」韋小寶道：「我就功名富貴也要，金銀財寶也要，美貌女子更加要，就只皇帝不想做，給了我做，也做不來。啊哈，這昆明城中，倒有一位仁兄，做了天下第一大官，成爲天下第一大富翁，娶了天下第一大美人，居然還想弄個皇帝來做做。」陳圓圓臉色微變，問道：「你說的是平西王？」韋小寶道：「我誰也沒說，總而言之，既不是你陳圓圓，也不是我韋小寶。」

陳圓圓道：「這曲子之中，以後便講我怎生見到平西王。他向嘉定伯將我要了去，自己去山海關鎮守，把我留在他北京家裏，不久闖……闖……李闖就攻進了京城。」唱道：

「座客飛觴紅日暮，一曲哀弦向誰訴？白皙通侯最少年，揀取花枝屢迴顧。早攜嬌鳥出樊籠，待得銀河幾時渡？恨殺軍書抵死催，苦留後約將人誤。相約恩深相見難，一朝蟻賊滿長安。可憐思婦樓頭柳，認作天邊粉絮看。」

唱到這裏，琵琶聲歇，怔怔的出神。

韋小寶只道曲已唱完，鼓掌喝采，道：「完了嗎？唱得好，唱得妙，唱得刮刮叫。」陳圓圓道：「倘若我在那時候死了，曲子作到這裏，自然也就完了。」韋小寶臉上一紅，心道：「他媽的，老子就是沒學問。李闖進北京，我師公崇禎皇帝的曲子是唱完了，陳圓圓的曲子可沒唱完。」

陳圓圓低聲道：「李闖把我奪了去，後來平西王又把我奪回來。我不是人，只是一件貨色，誰力氣大，誰就奪去了。」唱道：

「遍索綠珠圍內第，強呼絳樹出雕欄。若非壯士全師勝，爭得蛾眉匹馬還？蛾眉馬上傳呼進，雲鬟不整驚魂定。蠟炬迎來在戰場，啼妝滿面殘紅印。專征簫鼓向秦川，金牛道上車千乘。斜谷雲深起畫樓，散關日落開妝鏡。

「傳來消息滿江鄉，烏桕紅經十度霜。教曲伎師憐尚在，浣紗女伴憶同行。舊巢共是銜泥燕，飛上枝頭變鳳凰。長向尊前悲老大，有人夫婿擅侯王。」

她唱完「擅侯王」三字，又凝思出神，這次韋小寶卻不敢問她唱完了沒有，拿定了主意：「除非她自己說唱完了，否則不可多問，以免出醜。」只聽她幽幽的道：「我跟著平西王打進四川，他封了王。消息傳到蘇州，舊日院子裏的姊妹人人羨慕，說我運氣好。她們年紀大了，卻還在院子裏做那種勾當。」

韋小寶道：「我在麗春院時，曾聽她們說甚麼『洞房夜夜換新人』，新鮮熱鬧，也沒甚麼不好啊。」陳圓圓向他瞧了一眼，見他並無譏嘲之意，微喟道：「大人，你還年少，不明白這中間的苦處。」彈起琵琶，唱道：

「當時只受聲名累，貴戚名豪競延致。一斛明珠萬斛愁，關山漂泊腰肢細。錯怨狂風颺落花，無邊春色來天地。

「嘗聞傾國與傾城，翻使周郎受重名。妻子豈應關大計，英雄無奈是多情。全家白骨成灰土，一代紅妝照汗青。」

眼眶中淚珠湧現，停了琵琶，哽咽著說道：「吳梅村才子知道我雖名揚天下，心中卻苦。世人罵我紅顏禍水，誤了大明的江山，吳才子卻知我小小一個女子，又有甚麼能爲？是好是歹，全是男子漢做的事。」

韋小寶道：「是啊，大清成千上萬的兵馬打進來，你這樣嬌滴滴的一個美人兒，能擋得住嗎？」又想：「她這樣又彈又說，倒像是蘇州說書先生的唱彈詞。我跟她對答幾句，幫腔幾聲，變成說書先生的下手了。咱二人倘若到揚州茶館裏去開檔子，管教轟動了揚州全城，連茶館也擠破了。我靠了她的牌頭，自然也大出風頭。」正想得得意，只聽她唱道：

「君不見，館娃初起鴛鴦宿，越女如花看不足。香徑塵生鳥自啼，屧廊人去苔空綠。換羽移宮萬里愁，珠歌翠舞古梁州。為君別唱吳宮曲，漢水東南日夜流。」

唱到這個「流」字，歌聲曼長不絕，琵琶聲調轉高，漸漸淹沒了歌聲，過了一會，琵琶漸緩漸輕，似乎流水汩汩遠去，終於寂然無聲。

陳圓圓長嘆一聲，淚水簌簌而下，嗚咽道：「獻醜了。」站起身來，將琵琶掛上牆壁，回到蒲團坐下，說道：「曲子最後一段，說的是當年吳王夫差身死國亡的事。當年我很不明白，曲子說的是我的事，爲甚麼要提到吳宮？就算將我比作西施，上面也已提過了。吳宮，吳宮，難道是說平西王的王宮嗎？近幾年來我卻懂了。王爺操兵練馬，窮奢極欲，只怕……只怕將來……唉，我勸了他幾次，卻惹得他很生氣。我在這三聖庵出家，帶髮修行，懺悔自己一生的罪孽，只盼大家平平安安，了此一生，那知道……那知道阿珂……阿珂……」說到這裏，嗚咽不能成聲。

韋小寶聽了半天曲子，只因歌者色麗，曲調動聽，心曠神怡之下，竟把造訪的來意置之腦後，聽她提起阿珂，心中一凜，當即站起，問道：「阿珂到底怎麼了？她有沒行刺平西王？她是你女兒，那麼是王爺的郡主啊。啊喲，糟了，糟了！」陳圓圓驚問：「甚麼事糟了？」

韋小寶神思不屬，隨口答道：「沒……沒甚麼。」原來他突然想到，阿珂本就瞧不起自己，她既是平西王的郡主，和自己這個婊子的兒子，更加天差地遠。

陳圓圓道：「阿珂生下來兩歲，半夜裏忽然不見了。王爺派人搜遍了全城，全無影蹤。我疑心……疑心……」忽然臉上一紅，轉過了臉。韋小寶問道：「疑心甚麼？」陳圓圓道：「我疑心是王爺的仇人將這女孩兒偷了去，或者是要脅，要不然就是敲詐勒索。」

韋小寶道：「王府中有這麼多高手衞士和家將，居然有人能神不知、鬼不覺的將阿珂師姊偷了出去，那人的本事可夠大了。」

陳圓圓道：「是啊。當時王爺大發脾氣，把兩名衞隊首領都殺了，又撤了昆明城裏提督和知府的差。查了幾天查不到影蹤，王爺又要殺人，總算是我把他勸住了。這十多年來，始終沒阿珂的消息，我總道……總道她已經死了。」

韋小寶道：「怪不得阿珂說是姓陳，原來她是跟你的姓。」

陳圓圓身子一側，顫聲道：「她……她說姓陳？她怎會知道？」

韋小寶心念一動：「老漢奸日日夜夜怕人行刺，戒備何等嚴密。要從王府中盜一個嬰兒出去，說不定還難於刺殺了他，天下除了九難師父，只怕沒第二個了。」說道：「多半是偷了她去的那人跟她說的。」陳圓圓緩緩點頭，道：「不錯，不過……不過爲甚麼不跟她說姓……姓……」韋小寶道：「不說姓吳？哼，平西王的姓，不見得有甚麼光采。」

陳圓圓眼望窗外，呆呆出神，似乎沒聽到他的話。

韋小寶問道：「後來怎樣？」陳圓圓道：「我常常惦念她，只盼天可憐見，她並沒死，總有一日能再跟她相會。昨天下午，王府裏傳出訊息，說王爺遇刺，身受重傷。我忙去王府探傷。原來王爺遇刺是真，卻沒受傷。」

韋小寶吃了一驚，失聲道：「他身受重傷，全是假裝的？」陳圓圓道：「王爺說，他假裝受傷極重，好讓對頭輕舉妄動，便可一網打盡。」韋小寶茫然失措，喃喃道：「果然是假的，我……我這大蠢蛋，早該想到了。」心想：「大漢奸果然已對我大起疑心。」

陳圓圓道：「我問起刺客是何等樣人。王爺一言不發，領我到廂房去。床上坐著一個少女，手腳上都戴了鐵銬。我不用瞧第二眼，就知是我的女兒。她跟我年輕時候生得一模一樣。她一見我，呆了一陣，問道：『你是我媽媽？』我點點頭，指著王爺，道：『你叫爹爹。』阿珂怒道：『他是大漢奸，不是我爹爹。他害死了我爹爹，我要給爹爹報仇。』王爺問她：『你爹爹是誰？』阿珂說：『我不知道。師父說，我見到媽後，媽自會對我說。』王爺問她師父是誰，她不肯說，後來終於露出口風，她是奉了師父之命，前來行刺王爺。」

韋小寶聽到這裏，於這件事的緣由已明白了七八成，料想九難師父恨極了吳三桂，單是殺了他還不足以洩憤，因此將他女兒盜去，教以武功，要她來行刺自己的父親。他站起身來，走到窗邊，隨即想到：「是了，師父一直不喜歡阿珂，雖教她武功招式，內功卻半點不傳，阿珂所會的招式固然高明，可是亂七八糟，各家各派都有，澄觀老師姪這樣淵博，也瞧不出她門派。嗯，師父不肯讓她算是鐵劍門的，我韋小寶才是鐵劍門的嫡派傳人。」想到九難報仇的法子十分狠毒，不由得打了個冷戰。

陳圓圓道：「她師父深謀遠慮，恨極了王爺，安排下這個計策。倘若阿珂刺死了王爺，那是報了大仇。如行刺不成，王爺終於也會知道，來行刺他的是他親生女兒，心裏的難過，那也不用說了。」韋小寶道：「現下可甚麼事都沒有啊。她沒刺傷王爺，反而你們一家團圓，你向阿珂說明這中間的情由，豈不是大家都高興麼？」陳圓圓嘆道：「倘使是這樣，那倒謝天謝地了。」

韋小寶道：「阿珂是你親生女兒，憑誰都一眼就看了出來。不是你這樣沉魚落雁的母親，也生不出那樣羞花閉月的女兒。」他形容女子美麗，翻來覆去也只有「沉魚落雁、羞花閉月」八個字，再也說不出別的字眼，頓了一頓，又道：「王爺不肯放了阿珂，難道要責打她麼？她兩歲時給人盜了去，怎會知道自己身世？怎能因此怪她？」

陳圓圓道：「王爺說：『你既不認我，你自然不是我女兒。別說你不是我女兒，就眞是我親生之女，這等作亂犯上，無法無天，一樣不能留在世上。』說著摸了摸鼻子。」韋小寶微笑道：「他愛摸自己的鼻子嗎？」陳圓圓顫聲道：「你不知道，這是王爺向來的習性，他一摸鼻子，便要殺人，從來不例外。」韋小寶叫聲「啊喲」，說道：「那可如何是好？他……他殺了阿珂沒有？」陳圓圓道：「這會兒還沒有。王爺他……他要查知背後指使的人是誰，阿珂的爹爹又究竟是誰？」

韋小寶笑道：「王爺就是疑心病重，實在有點傻裏傻氣。我一見到你，就知你是阿珂的媽媽，他又怎會不是阿珂的爸爸？想來阿珂行刺他，他氣得很了。」說到這裏，臉色轉爲鄭重，道：「咱們得快想法子相救阿珂才是。如果王爺再摸幾下鼻子，那就大事不好了。」

陳圓圓道：「小女子大膽邀請大人過來，就爲了商量這事。我想大人是皇上派來的欽差大臣，王爺定要賣你面子，阿珂冒充公主身邊宮女，只有請大人出面，說是公主向他要人，諒來王爺也不會推搪。」

韋小寶彎起右手食指，不住在自己額頭敲擊，說道：「笨蛋，笨蛋，上了他大當。」說道：「你的計策我非但早已想到，而且已經使過。那知道這大……大王爺棋高一著，小笨蛋縛手縛腳。我已向王爺要過人，王爺已經給了我，但這人不是阿珂。原來我們想到的這著棋，王爺也先想到了。」

於是將夏國相如何帶自己到地牢認人，如何見到一個熟識的姑娘，如何以爲訊息傳錯，刺客並非阿珂，如何冒認那姑娘是公主身邊的宮女、將她帶了出來等情由，一一說了，又道：「夏國相這廝早有預謀，在王府之前當著數百人大聲嚷嚷，說道已將公主的宮女交了給我。我又怎能第二次向他要人？不用說，這廝定會大打官腔，說道：『韋大人哪，你這可是跟小將開玩笑了。公主那宮女行刺王爺，小將衝著大人的面子，拚著頭上這頂官帽兒不要，拚著給王爺責打軍棍，早已讓大人帶去了。王府前成千上百人都是見證。王爺吩咐，盼望大人將這宮女嚴加處分，查明指使之人。大人又來要人，這……這個玩笑可開得太大了。』」他學著夏國相的語氣，倒也唯肖唯妙。

陳圓圓眉頭深鎖，說道：「大人說得不錯，夏姑爺確是這樣的人。原來……原來他們早安排了圈套，好塞住大人的口。」

韋小寶頓足罵道：「他奶奶個雄……」向陳圓圓瞧了一眼，道：「他們如碰了阿珂一根寒毛，老子非跟這大……大混蛋拚命不可。」

陳圓圓斂衽下拜，說道：「大人如此愛護小女，小女子先謝過了。只不過……」

韋小寶急忙還禮，說道：「我這就去帶領兵馬，衝進平西王府，殺他個落花流水。救不出阿珂，我跟大漢奸的姓，老子不姓韋，姓吳！他媽的，老子是吳小寶！」

陳圓圓見他神情激動，胡說八道，微感害怕，柔聲道：「大人對阿珂的一番心意……」韋小寶道：「甚麼大人小人，你如當我自己人，就叫我小寶好了。我本該叫你一聲伯母，不過想到那個他媽的伯伯，實在教人著惱。」

陳圓圓走近身去，伸手輕輕按住他肩頭，說道：「小寶，你如不嫌棄，就叫我阿姨好了。」韋小寶大喜，說道：「好極了！我就叫你阿姨，不過我在揚州麗春院裏……」說到這裏，急忙住口。

陳圓圓卻已明白，他在麗春院裏，對每個妓女都叫阿姨。她通達世情，善解人意，說道：「我有了你這樣個好姪兒，可眞歡喜死了。小寶，我們可不能跟王爺硬來，昆明城裏，他兵馬衆多，就算你打贏了，他把阿珂先一刀殺了，你我二人都要傷心一世。」

她說的是吳儂軟語，先已動聽，言語中又把韋小寶當作了自己人，只聽得他滿腔怒火，登時化爲烏有，問道：「好阿姨，那你有甚麼救阿珂的法子？」

陳圓圓凝思片刻，說道：「我只有勸阿珂認了王爺作爹爹，他再忍心，也總不能害死自己的親生女兒……」

忽聽得門外一人大聲喝道：「認賊作父，豈有此理！」門帷掀處，大踏步走進一個身材高大的老僧，手持一根粗大鑌鐵禪杖，重重往地下一頓，杖上鐵環噹噹亂響。這老僧一張方臉，頦下一部蒼髯，目光炯炯如電，威猛已極。就這麼一站，便如是一座小山移到了門口，但見他腰挺背直，如虎如獅，氣勢懾人。

韋小寶吃了一驚，退後三步，幾乎便想躲到陳圓圓身後。

陳圓圓卻喜容滿臉，走到老僧身前，輕聲道：「你來了！」那老僧道：「我來了！」聲音轉低，目光轉爲柔和。兩人四目交投，眼光中都流露出愛慕歡悅的神色。

韋小寶大奇：「這老和尚是誰？難道……難道是阿姨的姘頭？是她從前做妓女時的嫖客？和尚嫖妓女，那也太不成話了。嗯，這也不奇，老子從前做和尚時，就曾嫖過院。」

陳圓圓道：「你都聽見了？」那老僧道：「聽見了。」陳圓圓道：「謝天謝地，那孩兒還……還活著，我……」忽然哇的一聲，哭了出來，撲入老僧懷裏。那老僧伸左手輕輕撫摸她頭髮，安慰道：「咱們說甚麼也要救她出來，你別著急。」雄壯的嗓音中充滿了深情。陳圓圓伏在他懷裏，低聲啜泣。

韋小寶又奇怪，又害怕，一動也不敢動，心道：「你二人當我是死人，老子就扮死人好了。」

陳圓圓哭了一會，哽咽道：「你……你眞能救得那孩兒嗎？」那老僧森然道：「盡力而爲。」陳圓圓站直身子，擦了擦眼淚，問道：「怎麼辦？你說？怎麼辦？」那老僧皺眉道：「總而言之，不能讓她叫這奸賊作爹爹。」陳圓圓道：「是，是，是我錯了。

我爲了救這孩子，沒爲你著想。我……我對你不起。」

那老僧道：「我明白，我並不怪你。可是不能認他作父親，不能，決計不能。」他話聲不響，可是語氣中自有一股凜然之威，似乎眼前便有千軍萬馬，也會一齊俯首聽令。

忽聽得門外靴聲橐橐，一人長笑而來，朗聲道：「老朋友駕臨昆明，小王的面子可大得緊哪！」正是吳三桂的聲音。

韋小寶和陳圓圓立時臉色大變。那老僧卻恍若不聞，只雙目之中突然精光大盛。

驀地裏白光閃動，嗤嗤聲響，但見兩柄長劍劍刃晃動，割下了房門的門帷，現出吳三桂笑吟吟的站在門口。跟著砰蓬之聲大作，泥塵木屑飛揚而起，四周牆壁和窗戶同時給人以大鐵鎚鎚破，每個破洞中都露出數名衛士，有的彎弓搭箭，有的手持長矛，箭頭矛頭都對準了室內。眼見吳三桂只須一聲令下，房內三人身上矛箭叢集，頃刻間便都變得刺蝟一般。

吳三桂喝道：「圓圓，你出來。」

陳圓圓微一躊躇，跨了一步，便又停住，搖頭道：「我不出來。」轉頭輕推韋小寶肩後，說道：「小寶，這件事跟你不相干，你出去罷！」

韋小寶聽到她話中對自己的迴護之意甚是誠摯，大爲感動，大聲道：「老子偏不出去。辣塊媽媽，吳三桂，你有種，就連老子一起殺了。」

那老僧搖頭道：「你二人都出去罷。老僧在二十多年前，早就該死了。」

陳圓圓過去拉住他手，道：「不，我跟你一起死。」

韋小寶大聲道：「阿姨有義氣，韋小寶難道便貪生怕死？阿姨，我也跟你一起死。」

吳三桂舉起右手，怒喝：「韋小寶，你跟反叛大逆圖謀不軌，我殺了你，奏明皇上，有功無過。」向陳圓圓道：「圓圓，你怎麼如此胡塗？還不出來？」陳圓圓搖了搖頭。

韋小寶道：「甚麼反叛大逆？我知你就會冤枉好人。」

吳三桂氣極反笑，說道：「小娃娃，我瞧你還不知這老和尚是誰。他把你蒙在鼓裏，你到了鬼門關，還不知爲誰送命。」

那老僧厲聲道：「老夫行不改姓，坐不改名，奉天王姓李名自成的便是。」

韋小寶大吃一驚，道：「你……你便是李闖李自成？」

那老僧道：「不錯。小兄弟，你出去罷！大丈夫一人作事一身當，李某身經百戰，年近七十，也不要你這小小的韃子官兒陪我一起送命。」

驀地裏白影晃動，屋頂上有人躍下，向吳三桂頭頂撲落。吳三桂一聲怒喝，他身後四名衛士四劍齊出，向白影刺去，那人袍袖一拂，一股勁風揮出，將四名衛士震得向後退開，跟著一掌拍在吳三桂背心。吳三桂立足不定，摔入房中。那人如影隨形，跟著躍進，右手一掌斬落，正中吳三桂肩頭。吳三桂哼了一聲，坐倒在地。

那人將手掌按在吳三桂天靈蓋上，向四周衆衛士喝道：「快放箭！」

這一下變起俄頃，衆衛士都驚得呆了，眼見王爺已落入敵手，誰敢稍動？

韋小寶喜叫：「師父！師父！」從屋頂躍下制住吳三桂的，正是九難。韋小寶來到三聖庵，她暗中跟隨，一直躲在屋頂。平西王府成千衛士團團圍住了三聖庵，守在庵外的高彥超等人不敢貿然動手。九難以絕頂輕功，蜷縮在簷下，眾衛士竟未發覺。

九難瞪眼凝視李自成，森然問道：「你當眞便是李自成？」李自成道：「不錯。」九難道：「聽說你在九宮山上給人打死了，原來還活到今日？」李自成點了點頭。九難道：「阿珂是你跟她生的女兒？」李自成嘆了口氣，向陳圓圓瞧了一眼，又點了點頭。

吳三桂怒道：「我早該知道了，只有你這逆賊才生得出這樣……」

九難在他背後踢了一腳，罵道：「你兩個逆賊，半斤八兩，也不知是誰更加奸惡些。」

李自成提起禪杖，在地下砰的一登，青磚登時碎裂數塊，喝道：「你這賤尼是甚麼人，膽敢如此胡說？」

韋小寶見師父到來，精神大振，李自成雖然威猛，他也已絲毫不懼，喝道：「你膽敢衝撞我師父，活得不耐煩了嗎？你本來就是逆賊，我師父他老人家的話，從來不會錯的……」

忽聽得呼呼聲響，窗外飛進三柄長矛，疾向九難射去。九難略一回頭，左手袍袖一拂，已捲住兩柄長矛，反擲了出去，右手接住第三柄長矛。窗外「啊、啊」兩聲慘叫，兩名衛士胸口中矛，立時斃命。第三柄長矛的矛頭已抵住吳三桂後心。

吳三桂叫道：「不可輕舉妄動，大家退後十步。」眾衛士齊聲答應，退開數步。

九難冷笑道：「今日倒也眞巧，這小小禪房之中，聚會了一個古往今來天下第一大反賊，一個古往今來天下第一大漢奸。」韋小寶道：「還有一位古往今來天下第一大美人，一位古往今來天下第一武功大高手。」九難冷峻的臉上忍不住露出一絲微笑，說道：「天下武功第一，如何敢當？你倒是古往今來天下第一小滑頭。」

韋小寶哈哈大笑，陳圓圓也輕笑一聲。吳三桂和李自成卻繃緊了臉，念頭急轉，籌思脫身之計。這兩人都是畢生統帶大軍、轉戰天下的大梟雄，生平也不知已經歷過了多少艱危凶險，但當此處境，竟一籌莫展，腦中各自轉過了十多條計策，卻覺沒一條管用。

李自成向九難厲聲喝道：「你待怎樣？」

九難冷笑道：「我待怎樣？自然是要親手殺你。」

陳圓圓道：「這位師太，你是我女兒阿珂的師父，是嗎？」九難冷笑道：「你女兒是我抱去的，我教她武功可不存好心，我要她親手刺死這個大漢奸。」說著右手微微用力，長矛下沉，矛尖戳入吳三桂肉裏半寸，他忍不住「啊」的一聲，叫了出來。

陳圓圓道：「這位師太，他……他跟你老人家可素不相識，無冤無仇。」

九難仰起頭來，哈哈一笑，道：「他……他跟我無冤無仇？小寶，你跟她說我是誰，也好教大漢奸和大反賊兩人死得明明白白。」

韋小寶道：「我師父她老人家，便是大明崇禎皇帝的親生公主，長平公主！」

吳三桂、李自成、陳圓圓三人都「啊」的一聲，齊感驚詫。

李自成哈哈大笑，說道：「很好，很好。我當年逼死你爹爹，今日死在你手裏，比死在這大漢奸手裏勝過百倍。」說著走前兩步，將禪杖往地下一插，杖尾入地尺許，雙手抓住胸口衣服兩下一分，嗤的一響，衣襟破裂，露出毛茸茸的胸膛，笑道：「公主，你動手罷。李某沒死在漢奸手裏，沒死在韃子手裏，卻在大明公主的手下喪生，那好得很！」

九難一生痛恨李自成入骨，但只道他早已死在湖北九宮山頭，難以手刃大仇，今日得悉他尚在人間，可說是意外之喜，然而此刻見他慷慨豪邁，坦然就死，竟無絲毫懼色，心底也不禁佩服，冷冷的道：「閣下倒是條好漢子。我今日先殺你的仇人，再取你性命，讓你先見仇人授首，死也死得痛快。」

李自成大喜，拱手道：「多謝公主，在下感激不盡。我畢生大願，便是要親眼見到這大漢奸死於非命。」

九難見吳三桂呻吟矛底，全無抗拒之力，倒不願就此一矛刺死了他，對李自成道：「索性成全你的心願，你來殺他罷！」

李自成喜道：「多謝了！」俯首向吳三桂道：「奸賊，當年山海關一片石大戰，你得辮子兵相助，我才不幸兵敗。眼下你給公主擒住，我若就此殺你，撿這現成便宜，諒你死了也不心服。」抬起頭來，對九難道：「公主殿下，請你放了他，我跟這奸賊拚個死活。」

九難長矛一提，說道：「且看是誰先殺了誰。」吳三桂伏在地下哼了幾聲，突然躍起，搶過禪杖，猛向九難腰間橫掃。九難斥道：「不知死活的東西！」右手長矛一轉，已壓住了禪杖，內力發出，吳三桂只覺手臂一陣酸痲，禪杖落地，長矛矛尖已指住他咽喉。吳三桂雖然武勇，但在九難這等內功深厚的大高手之前，卻如嬰兒一般，連一招也抵擋不住。他臉如死灰，不住倒退，矛尖始終抵住他喉頭。

李自成俯身拾起禪杖。九難倒轉長矛，交在吳三桂手裏，說道：「你兩個公公平平的打一架罷。」吳三桂喝道：「好！」挺矛向李自成便刺。李自成揮杖架開，還了一杖。兩人便在這小小禪房之中惡鬥起來。

九難一扯韋小寶，叫他躲在自己身後，以防長兵刃傷到了他。

陳圓圓退在房角，臉色慘白，閉住了眼睛，腦海中閃過了當年一幕幕情景：

「我在明朝皇宮裏，崇禎皇帝黃昏時臨幸，讚嘆我的美貌。第二天皇帝沒上朝，一直在寢殿中陪伴著我，叫我唱曲子給他聽，為我調脂抹粉，拿起眉筆來給我畫眉。他答允要封我做貴妃，將來再封我做皇后。他說從今以後，皇宮裏的妃嬪貴人，再也沒一個瞧得上眼了。皇帝很年輕，笑得很歡暢的時候，突然間會怔怔的發愁。他是皇帝，但在我心裏，他跟從前那些來嫖院的王孫公子也沒甚麼兩樣。三天之中，他日日夜夜，一步也沒離開我。

「第四天早晨，我先醒了過來，見到身邊枕頭上一張沒絲毫血色的臉，臉頰凹了進去，眉頭皺得緊緊的，就是睡夢之中，他也在發愁。我想：『這就是皇帝麼？他做了皇帝，為甚麼還這樣不快活？』

「這天他去上朝了，中午回來，臉色更加白了，眉頭皺得更加緊了。他忽然向我大發脾氣，說我躭誤了國事。他說，他是英明之主，不能沉迷女色，成為昏君。他要勵精圖治，於是命周皇后立刻將我送出宮去。他說我是誤國的妖女，說我在宮裏躭了三天，反賊李自成就攻破了三座城市。

「我也不傷心，男人都是這樣的，甚麼事不如意，就來埋怨女人。皇帝整天在發愁，心裏怕得要死，他怕的是個名叫李自成的人。我那時心想：『李自成可了不起哪，他能教皇帝害怕，不知是怎樣的一個人？』」

陳圓圓睜開眼來，只見李自成揮舞禪杖，一杖杖向吳三桂打去。吳三桂閃避迅捷，禪杖始終打不中他。陳圓圓心想：「他身手還是挺快。這些年來，他天天還是在練武，因爲……因爲他想做皇帝，要帶兵打上北京去。」

她想起從皇宮出來之後，回到周國丈府裏。有一天，國丈府大宴賓客，叫她出來歌舞娛賓，就在那天晚上，吳三桂見到了她。此刻仍清清楚楚的記得，燭火下那滿是情慾的火熾眼光，隔著酒席射過來。這種眼光她生平見得多了，隨著這樣的眼光，那野獸般的男人就會撲上來，緊緊抱住她，撕去她的衣衫，只不過那時候是在大庭廣衆之間……

忽想：「剛才那個娃娃大官見到我的時候，也露出過這樣的眼光，當眞好笑，這樣一個小娃娃，也會對我色迷迷。唉！男人都是這樣的，老頭子是這樣，連小孩子也這樣。」

她抬起頭來，向韋小寶瞧了一眼，只見他臉上充滿了興奮之色，注視李吳二人搏鬥，這時候吳三桂在反擊了，長矛不斷刺出。

「他向周國丈把我要了去。過不了幾天，皇帝便命他去鎮守山海關，以防備滿洲兵打進來。可是李自成先攻破了北京，崇禎皇帝在煤山上吊死了。李自成的部下捉了我去，獻了給他。這個粗豪的漢子，就是崇禎皇帝在睡夢中也在害怕的人嗎？

「他攻破了北京，忙碌得很，明朝許多大官都給他殺了。他部下在北京城裏奸淫擄掠，捉了許許多多人來拷打勒贖，好多無辜百姓也都給害死了。可是他每天晚上陪著我的時候，總是很開心，笑得很響。他鼻鼾聲很大，常常半夜裏吵得我醒了過來。他手臂上、大腿上、胸口的毛眞長，眞多。我從來沒見過這樣的男人。

「吳三桂本來已經投降了他，可是知道他把我搶了去，就去向滿洲人借兵，引著清兵打進關來。唉，這就是『衝冠一怒爲紅顏』了。李自成帶了大軍出去，在一片石跟吳三桂大戰，滿洲精兵突然出現，李自成的部下就潰敗了。他們說，一片石戰場上滿地是鮮血，幾十里路之間，躺滿了死屍。他們說，這些人都是爲我死的。是我害死了這十幾萬人。我身上當眞負了這樣大的罪業嗎？

「李自成敗回北京，就登基做了皇帝，說是大順國皇帝。他帶著我向西逃走，吳三桂一路跟著追來。李自成雖打了敗仗，還是笑得很爽朗。他手下兵將一天天少了，局面越來越不利，他卻不在乎。他說他本來甚麼也沒有，最多也不過仍舊甚麼都沒有，又有甚麼希罕了？他說他生平做了三件得意事，第一是逼死了明朝皇帝，第二是自己做過皇帝，第三是睡過了天下第一美人。這人說話眞粗俗，他說在三件事情之中，最得意的還是第三件。

「吳三桂一心一意的也想做皇帝，他從來沒說過，可是我知道。只不過他心裏害怕，老是在猶豫，又想動手，又是不敢。只要他今天不死，總有一天，他會做皇帝的；就算只在昆明城裏做做也好，只做一天也好。永曆皇帝逃到緬甸，吳三桂追去把他殺了。人家說，有三個皇帝斷送在我手裏，崇禎、永曆，還有李自成這個大順國皇帝。怎麼崇禎皇帝的帳也算在我頭上呢？今日吳三桂不知道會不會死？如果他將來做了皇帝，算我又多害死一個皇帝了。大明的江山，幾十萬兵將、幾百萬百姓的性命，還有四個皇帝，都是我陳圓圓害死的。

「可是我甚麼壞事也沒做，連一句害人的話也沒說過。」

她耳中盡是乒乒乓乓的兵刃撞擊之聲，抬起頭來，但見李自成和吳三桂竄高伏低，鬥得好狠。二人年紀都老了，身手卻仍都十分矯捷。她生平最怕見的就是男人廝殺，臉上不自禁現出厭憎之色，又回憶起了往事：

「李自成打了個大敗仗，手下兵馬都散了。黑夜之中，他也跟我失散了。吳三桂的部下遇到了我，急忙送我去獻給大帥。他自然歡喜得甚麼似的。他說人家罵他是大漢奸，可是為了我，負上這惡名也挺值得。我很感激他的情意。他是大漢奸也好，是大忠臣也好，總之是對我一片眞情，為了我，甚麼都不顧了。除他之外，誰也沒這樣做過。那時候我想，從今以後，可以安安穩穩的過日子了。甚麼一品夫人、二品夫人，我也不希罕，只盼再也不必在許多男人手裏轉來轉去。

「可是……可是……在昆明住了幾年，他封了親王，親王就得有福晉。他元配夫人早已去世。他的弟弟吳三枚來跟我說，王爺為了福晉的事，心下很煩惱。按理說，該當讓我當福晉，只是我的出身天下皆知，如把我名字報上去求皇上誥封，未免褻瀆了朝廷。我自然明白，他做了親王，嫌我是妓女出身的下賤女子，配不上受皇帝誥封。我不願讓他因我爲難，不等吳三枚的話說完，就說這事好辦，請王爺另選名門淑女做福晉，以免污了他的名頭。他來向我道歉，說這件事很對我不起。

「哼，做不做福晉，那有甚麼大不了？不過我終究明白，他對我的情意，也不過是這樣罷了。我從王府裏搬了出來，因爲王爺要正式婚配，要立福晉。

「就在那時候，忽然李自成出現在我面前。他已做了和尚。我嚇了一跳。我只道他早已死了，也曾傷心了好幾天，那想到他居然還活著。李自成說他改穿僧裝，只是掩人耳目，同時也不願薙頭，穿韃子的服色。他說他這幾年來天天想念我，在昆明已住了三年多，總想等機會能見我一面，直等到今天。唉，他對我的眞情，比吳三桂要深得多罷？他天天晚上來陪我，直到我懷了孕，有了這女娃娃。我不能再見他了，須得立刻回王府去。我跟王爺說，我想念他得很，要他陪伴。王爺對他的福晉從來就沒眞心喜歡過，高高興興的接我回去。後來那女娃娃生了下來，也不知他有沒疑心。

「這女孩兒在兩歲多那一年，半夜裏忽然不見了。我雖然捨不得，但想定是李自成派人來盜去了。這是他的孩子，他要，那也好。他一個人淒然寂寞，有個孩子陪在身邊，也免得這麼孤苦伶仃。那知道……唉，那知道全不是這麼一回事……」

突然之間，一點水滴濺上了她手背，提手一看，卻是一滴血。她吃了一驚，看相鬥的兩人時，只見吳三桂滿臉鮮血，兀自舞矛惡鬥，這一滴血，自然是從他臉上濺出來的。房外官兵大聲吶喊，有人向李自成和九難威嚇，但生怕傷了王爺，不敢進來助戰。

吳三桂不住喘氣，眼光中露出恐懼神色。驀地裏矛頭一偏，挺矛向陳圓圓當胸刺來。陳圓圓「啊」的一聲驚呼，腦子中閃過一個念頭：「他要殺我！」噹的一聲，這一矛給李自成架開了。吳三桂似乎發了瘋，長矛急刺，一矛矛都刺向陳圓圓。李自成大聲喝罵，拚命擋架，再也沒法向吳三桂反擊。

韋小寶躲在師父身後，大感奇怪：「大漢奸為甚麼不刺和尚，卻刺老婆？」隨即明白：「啊，是了，他惱怒老婆偷和尚，要殺了她出氣。」

九難卻早看出了吳三桂所出招數的眞意：「這惡人奸猾之至，他鬥不過李自成，便行此毒計。」

果然李自成為了救援陳圓圓，心慌意亂之下，杖法立顯破綻。吳三桂忽地矛頭一偏，噗的一聲，刺在李自成肩頭。李自成右手無力，禪杖脫手。吳三桂乘勢而上，矛尖指住了他胸口，獰笑道：「逆賊，還不跪下投降？」李自成道：「是，是。」雙膝緩緩屈下跪倒。

韋小寶心道：「我道李自成有甚麼了不起，卻也是個貪生……」念頭甫轉，忽見李自成一個打滾，避開了矛尖，跟著搶起地下禪杖，揮杖橫掃，吳三桂小腿上早著。李自成躍起身來，一杖又擊中了吳三桂肩頭，第三杖更往他頭頂擊落。

韋小寶卻不知道，當情勢不利之時，投降以求喘息，俟機再舉，原是李自成生平最擅長的策略。當年他舉兵造反，崇禎七年七月間被困於陝西興安縣車箱峽絕地，官軍四面圍困，無路可出，兵無糧，馬無草，轉眼便要全軍覆沒，李自成便即投降，給收編為官軍，待得一出棧道，立即又反。此時向吳三桂屈膝假降，只不過是故技重施而已。九難心想：「這二人一般的兇險狡猾，難怪大明江山會喪在他二人手裏。」

眼見李自成第三杖擊落，吳三桂便要腦漿迸裂。陳圓圓忽然縱身撲在吳三桂身上，叫道：「你先殺了我！」

李自成大吃一驚，這一杖猛擊勢道淩厲，他右肩受傷，無力收杖，當即左手向右臂推出，砰的一聲大響，鐵禪杖擊在牆上，怒叫：「圓圓，你幹甚麼？」陳圓圓道：「我跟他做了二十多年夫妻，當年他……他曾眞心對我好過。我不能讓他爲我而死。」

李自成喝道：「讓開！我跟他有血海深仇，非殺了他不可。」陳圓圓道：「你將我一起殺了便是。」李自成嘆了口氣，說道：「原來……原來你心裏還是向著他。」

陳圓圓不答，心中卻想：「如果他要殺你，我也會跟你同死。」

屋外衆官兵見吳三桂倒地，又即大聲呼叫，紛紛逼近。一名武將大聲喝道：「快放了王爺，饒你們不死。」正是吳三桂的女婿夏國相，又聽他叫道：「你們的同伴都在這裏，倘若傷了王爺一根寒毛，立即個個人頭落地。」

韋小寶向外看去，只見沐劍聲、柳大洪等沐王府人衆，徐天川、高彥超、玄貞道人等天地會人衆，趙齊賢、張康年等御前侍衛，驍騎營的參領、佐領，都給反綁了雙手，每人背後有一名平西王府家將，執刀架在頸中。

韋小寶心想：「就算師父帶得我逃出昆明，這些朋友不免個個死得乾乾淨淨，要殺吳三桂，也不忙在一時。」當下拔出匕首，指住吳三桂後心，說道：「王爺，大夥兒死在一起，也沒甚麼味道，不如咱們做個買賣。」

吳三桂哼了一聲，問道：「甚麼買賣？」

韋小寶道：「你答允讓大夥兒離去，我師父就饒你一命。」李自成道：「這奸賊是反覆小人，說話作不得數。」九難眼見外面受綁人衆，也覺今日已殺不得吳三桂，說道：「你下令放了衆人，我就放你。」

韋小寶大聲道：「阿珂呢？那女刺客呢？」夏國相喝道：「帶刺客。」兩名王府家將推著一個少女出來，正是阿珂。她雙手反綁，頸中也架著明晃晃一柄鋼刀。

陳圓圓道：「小寶，你……你總得救救我孩兒一命。」

韋小寶心道：「這倒奇了，你不求老公，不求姘頭，卻來求我。難道阿珂是我跟你生的？」但他一見了阿珂楚楚可憐的神情，早已打定了主意，就算自己性命不要，也要救她；再加上陳圓圓楚楚可憐的神情，更加不必多想，說道：「你們兩個，」說著向李自成一指，道：「如果親口答允，將阿珂許了給我做老婆，我自己的老婆，豈有不救之理？」

九難向他怒目瞪視，喝道：「這當兒還說這等輕薄言語！」

陳圓圓和韋小寶相處雖暫，但對他脾氣心意，所知已多於九難，心想這小滑頭此時若不乘火打劫，混水摸魚，也不會小小年紀就做上了這樣的大官，便道：「好，我答允你就是。」韋小寶轉頭問李自成道：「你呢？」李自成臉有怒色，便欲喝罵，但見陳圓圓臉上顯出求懇的神色，當下強忍怒氣，哼了一聲，道：「她說怎樣，就怎樣便了。」

韋小寶嘻嘻一笑，向吳三桂道：「王爺，我跟你本來河水不犯井水，何不兩全其美？你做你的平西王，我做我的韋爵爺？」吳三桂道：「好啊，我跟韋爵爺又有甚麼過不去了？」韋小寶道：「那麼你下令把我的朋友一起都放了，我也求師父放了你，這好比推牌九，前一道彎十，後一道至尊，不輸不贏，不殺不賠。你別想大殺三方，我也不鑊你的莊。有賭未爲輸，好過大夥兒一齊人頭落地。」

吳三桂道：「就是這麼一句話。」說著慢慢站起。

韋小寶道：「請你把世子叫來，再去接了公主。勞駕你王爺親自送我們出昆明城，再請世子陪著公主，回北京去拜堂成親。王爺，咱們話說在前頭，我是放心不下，要把世子作個當頭抵押。如你忽然反悔，派兵來追，我們只好拿世子來開刀。吳應熊、韋小寶，還有建寧公主，大家唏哩呼嚕，一塊兒見閻王便了，陰世路上倒也熱鬧好玩。」

吳三桂心想這小子甚是精明，單憑我一句話，自不能隨便放我，眼前身處危地，早一刻脫身好一刻，他當機立斷，說道：「大家爽爽快快，就這麼辦。」提高聲音，叫道：「夏總兵，快派人去接了公主和世子來這裏。」夏國相道：「得令。」世子已得到訊息，正帶了兵過來。」韋小寶讚道：「好孝順的兒子，乖乖弄的東，韭菜炒大蔥！」

不多時吳應熊率兵到來，他重傷未愈，坐在一頂軟轎中，八名親隨抬了，來到房外。

吳三桂道：「世子來了，大家走罷！」又下令：「把衆位朋友都鬆了綁。」對韋小寶道：「你跟師太兩位，緊緊跟在我身後，讓我送你們出門。倘若老夫言而無信，你們自然會在我背心戳上幾刀。師太武功高強，諒我也逃不出她如來佛的手掌心。」

韋小寶笑道：「妙極，王爺做事爽快，輸就輸，贏就贏，反明就反明，降清就降清，當眞是半點也不含糊的。」

吳三桂鐵青著臉，手指李自成道：「這個反賊，可不會是韋爵爺的朋友罷？」

韋小寶向九難瞧了一眼，還未回答，李自成大聲道：「我不是這韃子小狗官的朋友。」

九難讚道：「好，你這反賊，骨頭倒硬！吳三桂，你讓他跟我們在一起走。」

陳圓圓向九難瞧了一眼，目光中露出感激和懇求之情，說道：「師太……」

九難轉過了頭，不和她目光相觸。

吳三桂只求自己活命，殺不殺李自成，全不放在心上，走到窗口，大聲道：「世子護送公主，進京朝見聖上。恭送公主殿下啓駕。」

平西王麾下軍士吹起號角，列隊相送。

韋小寶和吳三桂並肩出房，九難緊跟身後。韋小寶走到暖轎之前，說道：「貨色眞假，查個明白。」掀起轎簾，向內張望，只見吳應熊臉上全無血色，斜倚在內，笑道：「世子，你好。」吳應熊叫道：「爹，你……你沒事罷？」這話是向著吳三桂而說，韋小寶卻應道：「我很好，沒事！」

到得三聖庵外，一眼望將出去，東南西北全是密密層層的兵馬，不計其數。韋小寶讚道：「王爺，你兵馬可眞不少啊，就是打到北京，我瞧也挺夠了。」

吳三桂沉著臉道：「韋爵爺，你見了皇上，倘若胡說八道，我當然也會奏告你跟反賊雲南沐家一夥、反賊李自成勾結之事。」韋小寶笑道：「咦，這可奇了。李自成只愛勾結天下第一大美人，怎會勾結我這天下第一小滑頭？」吳三桂大怒，握緊了拳頭，便欲一拳往他鼻樑上打去。

韋小寶道：「王爺不可生氣。你老人家望安。千里為官只為財，我若去向皇上胡說八道，皇上就有甚麼賞賜，總也不及你老人家年年送禮打賞，歲歲發餉出糧。咱哥兒倆做筆生意，我回京之後，只把你讚得忠心耿耿、天下無雙。我又一心一意，保護世子周全。逢年過節，你就送點甚麼金子銀子來賜給小將。你說如何？」說著和吳三桂並肩而行。

吳三桂道：「錢財是身外之物，韋爵爺要使，有何不可？不過你如真要跟我為難，老夫身在雲南，手握重兵，也不來怕你。」

韋小寶道：「這個自然，王爺手提一杖長矛，勇不可當，殺得天下反賊屁滾尿流。小將今日要告辭了，王爺以前答應我的花差花差，這就賞賜了罷。」

九難聽他嘮嘮叨叨的，不斷的在索取賄賂，越聽越心煩，喝道：「小寶，你說話恁地無恥！」韋小寶笑道：「師父，你不知道，我手下人員不少，回京之後，朝中文武百官，宮裏嬪妃太監，到處都得送禮。倘若禮數不周，人家都會怪在王爺頭上。」九難哼了一聲，便不再說。

其實韋小寶索賄為賓，逃生為主，他不住跟吳三桂談論賄賂，旨在令吳三桂腦子沒空，不致改變主意，又起殺人之念；再者，收賄之後，就決不會再跟人為難，乃是官場中的通例，韋小寶這番話，是要讓吳三桂安心，九難自然不明白這中間的關竅。

果然吳三桂心想：「他要銀子，事情便容易辦。」轉頭對夏國相道：「夏總兵，快去提五十萬兩銀子，犒賞韋爵爺帶來的侍衛官兵，再給韋爵爺預備一份厚禮，請他帶回京城，代咱們分送。」夏國相應了，轉頭吩咐親信去辦。

吳三桂和韋小寶都上了馬，並騎而行，見九難也上了馬，緊貼在後，知道這尼姑武功出神入化，休想逃得出她手下，又想：「如此善罷，倒也是美事，否則我就算能殺了這尼姑和小滑頭，殺了李自成和一衆反賊，戕害欽差，罪名極大，非立即起兵不可。此時外援尙未商妥，手忙腳亂，事非萬全。哼，日後打到北京，還怕這小滑頭飛上了天去？」當下也不想反悔，和九難、韋小寶一同去安阜園迎接了公主，一直送出昆明城外。

吳三桂手下衆兵將雖均懷疑，但見王爺安然無恙，也就遵令行事，更無異動。

韋小寶檢點手下兵馬人衆，阿珂和沐劍屏固然隨在身側，其餘天地會和沐王府人衆，以及侍衛官兵，全無缺失，向吳三桂笑道：「王爺遠送出城，客氣得緊。此番蒙王爺厚待，下次王爺來到北京，由小將還請罷。」吳三桂哈哈大笑，說道：「那定是要來叨擾韋爵爺的。」兩人拱手作別。

吳三桂走到公主轎前，請安告辭，然後探頭到吳應熊的軟轎之中，密密囑咐了一番，這才帶兵回城。

韋小寶見吳三桂部屬雖無突擊之意，終不放心，說道：「這傢伙說話不算數，咱們得快走，離得昆明越遠越好。」當即拔隊起行。行出十餘里，見後無追兵，這才駐隊稍歇。

李自成向九難道：「公主，蒙你相救，使我不死於大漢奸手下，實是感激不盡。你這就請下手罷。」說著拔出佩刀，倒轉刀柄，遞了過去。

九難嘿的一聲，臉有難色，心想：「他是我殺父大仇人，此仇豈可不報？但他束手待宰，我倒下不了手。」轉頭向阿珂望了一眼，沉吟道：「原來她……她是你的女兒……」阿珂大聲道：「他不是我爹爹。」九難怒道：「胡說，你媽媽親口認了，難道還有假的？」

韋小寶忙道：「他自然是你爹爹，他和你媽媽已將你許配給我做老婆啦，這叫做父母之命……」

阿珂滿腔怨憤，無處發洩，眼前只韋小寶一人可以欺侮，突然縱起身來，劈臉便是一拳。韋小寶猝不及防，這一拳正中鼻樑，登時鮮血長流，「啊喲」一聲，叫道：「謀殺親夫啦。」

九難怒道：「兩個都不成話！亂七八糟！」

阿珂退開數步，小臉脹得通紅，指著李自成，怒道：「你不是我爹爹！那女人也不是我媽媽。」指著九難道：「你……你不是我師父。你們……你們都是壞人，都欺侮我。我……我恨你們……」突然掩面大哭。

九難嘆了口氣，道：「不錯，我不是你師父，我將你從吳三桂身邊盜來，原本不安好心。你……你這就自己去罷。你親生父母，卻不可不認。」阿珂頓足道：「我不認，我不認。我沒爹沒娘，也沒師父。」

韋小寶道：「你有我做老公！」阿珂怒極，拾起一塊石頭，向他猛擲過去。韋小寶閃身避開。阿珂轉過身來，沿著小路往西奔去。韋小寶道：「喂，喂，你到那裏去？」阿珂停步轉身，怒道：「總有一天，教你死在我手裏。」韋小寶不敢再追，眼睜睜的由她去了。

九難心情鬱鬱，向李自成一擺手，一言不發，縱馬便行。

韋小寶道：「岳父大人，我師父不殺你了，你這就快快去罷。」李自成心中也是說不出的不痛快，向韋小寶怒目而視。韋小寶給他瞧得周身發毛，心中害怕，退了兩步。

李自成「呸」的一聲，在地下吐了口唾沫，轉身上了小路，大踏步而去。

韋小寶搖搖頭，心想：「阿珂連父母都不認，我這老公自然更加不認了。」一回頭，見徐天川和高彥超手執兵刃，站在身後。他二人怕李自成突然行兇，傷害了韋香主。

徐天川道：「這人當年翻天覆地，斷送了大明江山，到老來仍這般英雄氣概。」韋小寶伸伸舌頭，道：「厲害得很！」問道：「那罕帖摩帶著麼？」徐天川道：「這是要緊人物，不敢有失。」韋小寶道：「很好，兩位務須小心在意，別讓他中途逃了。」

一行人首途向北。韋小寶過去和沐劍聲、柳大洪等寒暄。沐劍聲等心情也甚不快，都想：「我們這一夥人的性命都是他救的，從今而後，沐王府怎麼還能跟天地會爭甚麼雄長？」柳大洪說道：「韋香主，扳倒吳三桂甚麼的，這事我們也不能再跟天地會比賽了。請你稟告陳總舵主，便說沐王府從此對天地會甘拜下風。韋香主的相救之德，只怕這一生一世，我們也報答不了啦。」

韋小寶道：「柳老爺子說那裏話來？大家死裏逃生，這條性命，人人都是撿回來的。」柳大洪恨恨的道：「劉一舟這小賊，總有一日，將他千刀萬剮。」韋小寶問道：「是他告的密？」柳大洪道：「不是他還有誰？這傢伙……這傢伙……」說到這裏，只氣得白鬚飛揚。韋小寶道：「他留在吳三桂那裏了嗎？」沐劍聲道：「多半是這樣。那天柳師父派他去打探消息，給吳三桂的手下捉了去。當天晚上，大隊兵馬就圍住了我們住所。我們住得十分隱秘，若不是這人說了，吳三桂決不能知道。」說到這裏，長長嘆了口氣，道：「只可惜敖大哥為國殉難。」向韋小寶抱拳道：「韋香主，天地會今後如有差遣，姓沐的自當效命。青山不改，綠水長流，咱們這就別過了。」

韋小寶道：「這裏還是大漢奸的地界，大夥兒在一起，人手多些。待得出了雲南，咱們再各走各的罷。」沐劍聲搖搖頭，說道：「多謝韋香主好意，倘若再栽在大漢奸手裏，我們也沒臉再做人了。」心想：「沐王府已栽得到了家，再靠韃子官兵保護，還成甚麼話？」帶領沐王府眾人，告別而去。

沐劍屏走在最後，走出幾步，回身說道：「我去了，你……你好好保重。」韋小寶道：「是。你自己也保重。」低聲道：「你跟著哥哥，別回神龍島去了。我天天想著你。」沐劍屏點點頭，小聲道：「我也是……」韋小寶牽過自己坐騎，將韁繩交在她手裏，說道：「我這匹馬給你。」沐劍屏眼圈一紅，接過韁繩，跨上馬背，追上沐劍聲等人去了。

大木一斷，馮錫範翻身入水。

胡逸之鋼刀脫手，刀尖對準了他腦門射去，勢道勁急。

馮錫範在水中難以閃避，急揮長劍擲出。

刀劍空中相撞，錚的一聲，激出數星火花。

第三十三回

誰無痼疾難相笑　各有風流兩不如

行了幾日，離昆明已遠，始終不見吳三桂派兵馬追來，衆人漸覺放心。

這天將到曲靖，傍晚時分，四騎馬迎面奔來，一人翻身下馬，對驍騎營的前鋒說道，有緊急軍情要稟報欽差大臣。韋小寶得報，當即接見。只見當先一人身材瘦小，面目黝黑，正要問他有何軍情，站在他身後的錢老本忽道：「你不是鄺兄嗎？」那人躬身道：「兄弟鄺天雄，錢大哥你好。」韋小寶向錢老本瞧去。錢老本點了點頭，低聲道：「是自己人。」韋小寶道：「很好，鄺老兄辛苦了，咱們到後邊坐。」

來到後堂，身後隨侍的都是天地會兄弟。錢老本道：「鄺兄弟，這位是我們青木堂韋香主。」鄺天雄抱拳躬身，說道：「天父地母，反清復明。赤火堂古香主屬下鄺天雄，參見韋香主和青木堂衆位大哥。」韋小寶道：「原來是赤火堂鄺大哥，幸會，幸會。」

錢老本跟這鄺天雄當年在湖南曾見過數次，當下爲他給李力世、祁彪清、樊綱、風際中、徐天川、玄貞道人、高彥超等人引見。鄺天雄所帶三人，也都是赤火堂的兄弟。衆人知赤火堂該管貴州，再行得數日，便到貴州省境，有本會兄弟前來先通消息，心下甚喜。

韋小寶道：「自和古香主在直隸分手，一直沒再見面，古香主一切都順利罷？」鄺天雄道：「古香主好。他吩咐屬下問候韋香主和青木堂衆位大哥。我們得知韋香主和衆位大哥近來幹了許多大事出來，好生仰慕，今日拜見，當眞三生有幸。」韋小寶笑道：「大家自己兄弟，客氣話不說了。我們過得幾日，就到貴省，盼能和古香主敘敘。」

鄺天雄道：「古香主吩咐屬下稟報韋香主，最好請各位改道向東，別經貴州。」韋小寶和羣雄都是一愕。

鄺天雄道：「古香主說，他很想跟韋香主和衆位大哥相敘，但最好在廣西境內會面。」韋小寶問道：「那爲甚麼？」鄺天雄道：「我們得到消息，吳三桂派了兵馬，散在宣威、虹橋鎭、新天堡一帶，想對韋香主和衆位大哥不利。」

青木堂羣雄都「啊」的一聲。韋小寶又驚又恐，罵道：「他奶奶的，這奸賊果然不肯就這樣認輸。他連兒子的性命也不要了。」

鄺天雄道：「吳三桂十分陰毒，他派遣了不少好手，說要纏住韋香主身邊一位武功極高的師太，然後將他兒子、韃子公主、韋香主三人擄去，其餘各人一概殺死滅口。眼下曲靖和霑益之間的松韶關已經封關，誰也不得通行。我們四人是從山間小路繞道來的，生怕韋香主得訊遲了，中了這大漢奸的算計，因此連日連夜的趕路。」

韋小寶見這四人眼睛通紅，面頰凹入，顯是疲勞已極，說道：「四位大哥辛苦了，實在感激得很。」鄺天雄道：「總算及時把訊帶到，沒誤了大事。」言下甚爲喜慰。

韋小寶問屬下諸人：「各位大哥以爲怎樣？」錢老本道：「鄺大哥可知吳三桂埋伏的兵馬，共有多少？」鄺天雄道：「吳三桂來不及從昆明派兵，聽說是飛鴿傳書，調齊了滇北和黔南的兵馬，共有三萬多人。」衆人齊聲咒罵。韋小寶所帶部屬不過二千來人，還不到對方的一成，自是寡不敵衆。

錢老本又問：「古香主要我們去廣西何處相會？」鄺天雄道：「古香主已派人知會廣西家后堂馬香主，韋香主倘若允准，三位香主便在廣西潞城相會。從這裏東去潞城，道路不大好走，路也遠了，不過沒吳三桂的兵馬把守，家后堂兄弟沿途接應，該當不出亂子。」

韋小寶聽得吳三桂派了三萬多人攔截，心中早就寒了，待聽得古香主已布置妥貼，馬香主派人接應，登時精神大振，說道：「好，咱們就去潞城。吳三桂這老小子，他媽的，總有一天要他的好看。」當即下令改向東南。命酈天雄等四人坐在大車中休憩。

衆軍聽說吳三桂派了兵在前截殺，無不驚恐，均知身在險地，當下加緊趕路，一路上不敢驚動官府，沿途都有天地會家后堂的兄弟接應，衆人每晚均在荒郊紮營。

不一日來到潞城。天地會家后堂香主馬超興、赤火堂香主古至中，以及兩堂屬下的爲首兄弟都已在潞城相候。三堂衆兄弟相會，自有一番親熱。當晚馬超興大張筵席，和韋小寶及青木堂羣雄接風。

席上羣雄說起沐王府從此對天地會甘拜下風，都是興高采烈。

筵席散後，赤火堂哨探來報，吳三桂部屬得知韋小寶改道入桂，提兵急追，到了廣西邊境，不敢再過來，已急報昆明請示，是否改扮盜賊，潛入廣西境內行事。馬超興笑道：「廣西不歸吳三桂管轄。這奸賊倘若帶兵越境，那是公然造反了。他如派兵改扮盜賊，想把這筆帳推在廣西孔四貞頭上，匆匆忙忙的，那也來不及了。」

衆人在潞城歇了一日。韋小寶終覺離雲南太近，心中害怕，催著東行。第三天早晨和古至中及赤火堂衆兄弟別過了，率隊而東。馬超興和家后堂衆兄弟一路隨伴。眼見離雲南越來越遠，韋小寶也漸放心。

在途非止一日，到得桂中，韋小寶不再嚴管下屬，一衆侍衛官兵驚魂大定，故態復萌，才重新起始勒索州縣，騷擾地方。這一日來到柳州，當地知府聽得公主到來，竭力巴結供應，不在話下。一衆御前侍衛和驍騎營官兵也是如魚得水，在城中到處大吃大玩。

第三日傍晚，韋小寶在廂房與馬超興及天地會衆兄弟閒談，御前侍衛領班張康年匆匆進來，叫了聲：「韋副總管。」便不再說下去，神色甚是尷尬。

韋小寶見他左臉上腫了一塊，右眼烏黑，顯是跟人打架吃了虧，心想：「御前侍衛不去打人，人家已經偷笑了，有誰這樣大膽，竟敢打了他？」他不願御前侍衛在天地會兄弟前失了面子，向馬超興道：「馬大哥請寬坐，兄弟暫且失陪。」馬超興道：「好說。韋爵爺請便。」在清廷官兵之前，天地會兄弟不叫他「韋香主」。

韋小寶走出廂房。張康年跟了出來，一到房外，便道：「稟告副總管：趙二哥給人家扣住了。」他說的趙二哥，便是御前侍衛的另一個領班趙齊賢。韋小寶罵道：「他媽的，誰有這般大膽，是柳州守備？還是知府衙門？犯了甚麼事？殺了人麼？」心想若不是犯了人命案子，當地官府決不敢扣押御前侍衛。

張康年神色忸怩，說道：「不是官府扣的，是……是在賭場裏。」韋小寶哈哈大笑，說道：「他奶奶的，柳州城的賭場膽敢扣押御前侍衛，當眞是天大的新聞了。你們輸了錢，是不是？」張康年點點頭，苦笑道：「我們七個兄弟去賭錢，賭的是大小。他媽的，這賭場有鬼，竟一連開了十三記大，我們七個已輸了千多兩銀子。第十四記上，趙二哥和我都說，這一次非開小不可……」韋小寶搖頭道：「錯了，錯了，多半還是開大。」張康年道：「可惜我們沒請副總管帶領去賭，否則也不會上這個當。我們七人把身邊的銀子銀票都掏了出來，押了個小。唉！」韋小寶笑道：「開了出來，又是個大。」

張康年雙手一攤，作個無可奈何之狀，說道：「寶官要收銀子，我們就不許，說道天下賭場，那有連開十四個大之理，定是作弊。賭場主人出來打圓場，說道這次不算，不吃也不賠。趙二哥說不行，這次本來是小，寶官做了手腳，我們已輸了這麼多錢，這次明明大贏，怎能不算？」

韋小寶笑罵：「他媽的，你們這批傢伙不要臉，明明輸了，卻去撒賴。別說連開十四記大，就是連開二十四記，我也見過。」

張康年道：「那賭場主人也這麼說。趙二哥說道，我們北京城裏天子腳下，就沒這個規矩。他一發脾氣，我就拔了刀子出來。賭場主人嚇得臉都白了，說道承蒙衆位侍衛大人瞧得起，前來耍幾手，我們怎敢贏衆位大人的錢，衆位大人輸了多少錢，小人盡數奉還就是。趙二哥就說，好啦，我們沒輸，只是給你騙了三千一百五十三兩銀子，零頭也不要了，算我們倒霉，你還我們三千兩就是。」

韋小寶哈哈大笑，一路走入花園，問道：「那不是發財了嗎？他賠不賠？」

張康年道：「這開賭場的倒也爽氣，說道交朋友義氣爲先，捧了三千兩銀子，就交給趙二哥。趙二哥接了，也不多謝，說道你招子亮，算你運氣，下次如再作弊騙人，可放你不過。」韋小寶皺眉道：「這就是趙齊賢的不是了。人家給了你面子，再讓你捧了白花花的銀子走路，又有面子，又有夾裏，還說這些話作甚？」張康年道：「是啊，趙二哥倘若說幾句漂亮話，謝他一聲，也就沒事了。可是，他拿了銀子還說話損人……」韋小寶道：「對啦！咱們在江湖上混飯吃，偷搶拐騙，甚麼都不妨，可不能得罪了朋友。有道是：『光棍劈竹不傷筍』。」張康年應道：「是，是。」心中卻想：「咱們明明在宮裏當差，你官封欽差大臣、一等子爵，怎麼叫在江湖上混飯吃？一個開賭場的，誰又跟他是朋友了？」

韋小寶又問：「怎麼又打起來啦？那賭場主人武功很高嗎？」

張康年道：「那倒不是。我們七人拿了銀子，正要走出賭場，賭客中忽然有人罵道：『他媽的，發財這麼容易，我們還賭個屁？不如大夥兒都到皇宮裏去伺候皇帝……皇帝……好啦。』副總管，這反賊說到皇上之時，口出大不敬的言語，我可不敢學著說。」

韋小寶點頭道：「我明白，這傢伙膽子不小哇。」

張康年道：「可不是嗎？我們一聽，自然心頭火起。趙二哥將銀子往桌上一丟，拔出刀來，左手便去揪那人胸口。那人砰的一拳，就將趙二哥打得暈了過去。我們餘下六人一齊動手。這反賊的武功可眞不低，我瞧也沒瞧清，臉上已吃了一拳，直摔出賭場門外，登時昏天黑地，也不知道後來怎樣了。等到醒來，只見趙二哥和五個兄弟都躺在地下。那人一隻腳踹住了趙二哥的腦袋，說道：『這裏六隻畜生，一千兩銀子一隻。你快去拿銀子來贖。老子只等你兩個時辰，過得兩個時辰不見銀子，老子要宰來零賣了。十兩銀子一斤，要是生意不差，一頭畜生也賣得千多兩銀子。』」

韋小寶又好笑，又吃驚，問道：「這傢伙是甚麼路道，你瞧出來沒有？」張康年道：「這人個子很高大，拳頭比飯碗還大，一臉花白絡腮鬍子，穿得破破爛爛的，就像是個老叫化。」韋小寶問道：「他有多少同伴？」張康年道：「這個……這個……屬下倒不大清楚。賭場裏的賭客，那時候有十七八個，也不知是不是他一夥。」

韋小寶知他給打得昏天黑地，當時只求脫身，也不敢多瞧，尋思：「這老叫化定是江湖上的英雄好漢，見到侍衛們賭得賴皮，忍不住出手，眞要宰了他們來零賣，倒也不見得。我看也沒甚麼人肯出十兩銀子，去買趙齊賢的一斤肉。我如調動大隊人馬去打他一人，不是好漢行徑。」又想：「這老叫化武功很好，倘若求師父去對付，自然手到擒來，可是師父怎肯去爲宮裏侍衛出力？這件事如讓馬香主他們知道了，定會笑我屬下這些侍衛膿包得緊。」覺得就是派風際中、徐天川他們去也不妥當。

突然間想起兩個人來，說道：「不用著急，我這就親自去瞧瞧。」張康年臉有喜色，道：「是，是。我去叫人，帶一百人去總也夠了。」韋小寶搖頭道：「不用帶這許多。」張康年道：「副總管還是小心些爲是。這老叫化手腳可著實了得。」

韋小寶笑道：「不怕，都有我呢。」回入自己房中，取了一大疊銀票，十幾錠黃金，放在袋裏，走到東邊偏房外，敲了敲門，說道：「兩位在這裏麼？」

房門打開，陸高軒迎了出來，說道：「請進。」韋小寶道：「兩位跟我來，咱們去辦一件事。」陸高軒和胖頭陀二人穿著驍騎營軍士的服色，一直隨伴著韋小寶，在昆明和一路來回，始終沒出手辦甚麼事，生怕給人瞧破了形跡，整日價躲在屋裏，早悶得慌了，聽韋小寶有所差遣，興興頭頭的跟了出來。

張康年見韋小寶只帶了兩名驍騎營軍士，心中大不以爲然，說道：「副總管，屬下去叫些侍衛兄弟來侍候副總管。」韋小寶道：「不用，人多反而麻煩。你叫一百個人，要是都給他拿住了，一千兩銀子一個，就得十萬兩，我可有點兒肉痛了。咱們這裏四個人，只不過四千兩，那是小事，不放在心上。」

張康年知他是說笑，但見他隨便帶了兩名軍士，就孤身犯險，實在太也托大，說道：「是，是。不過那反賊武功當眞是挺高的。」韋小寶道：「好，我就跟他比比，倘若輸了，只要他不是切了我來零賣，也沒甚麼大不了。」

張康年皺起眉頭，不敢再說。他可不知這兩個驍騎營軍士是武林中的第一流人物，賭場中一個無賴漢，不論武功高到怎樣，神龍教的兩大高手總不會拾奪不下。

當下張康年引著韋小寶來到賭場，剛到門口，聽得場裏有人大聲吆喝：「我這裏七點一對，夠大了罷？」另一人哈哈大笑，說道：「對不起之至，兄弟手裏，剛好有一對八點。」跟著啪的一聲，似是先一人將牌拍在桌上，大聲咒罵。

韋小寶和張康年互瞧一眼，心想：「怎麼裏面又賭起來了？」韋小寶邁步進去，張康年畏畏縮縮的跟在後面。陸高軒和胖頭陀二人走到廳口，便站住了，以待韋小寶指示。

只見廳中一張大枱，四個人分坐四角，正在賭錢。趙齊賢和五名侍衛仍躺在地下。東邊坐的是個絡腮鬍子，衣衫破爛，破洞中露出毛茸茸的黑肉來，自是那老叫化了。南邊坐著個相貌英俊的青年書生。韋小寶一怔，認得這人是李西華，當日在北京城裏曾經會過，他武功頗爲了得，曾中過陳近南的一下「凝血神抓」，此後一直沒再見面，不料竟會在柳州的賭場中重逢。西首坐的是個鄉農般人物，五十歲左右年紀，神色愁苦，垂眉低目，顯然已輸得抬不起頭來。北首那人形相極是奇特，又矮又胖，全身宛如個肉球，衣飾偏又十分華貴，長袍馬褂都是錦緞，臉上五官擠在一起，倒似給人硬生生的搓成了一團模樣。這矮胖子手裏拿著兩張骨牌，一雙大眼瞇成一線，全神貫注的在看牌。

韋小寶心想：「這李西華不知還認不認得我？隔了這許多時候，我今日穿了官服，多半不認得了，卻不忙跟他招呼。」笑道：「四位朋友好興致，兄弟也來賭一手，成不成啊？」說著走近身去，只見枱上堆著五六千兩銀子，倒是那鄉下人面前最多。他是大贏家，卻滿臉大輸家的淒涼神氣，可有點兒奇怪。

那矮胖子伸著三根胖手指慢慢摸牌，突然「啊哈」一聲大叫，把韋小寶嚇了一跳。只聽他哈哈大笑，說道：「妙極，妙極！這一次還不輸到你跳？」啪的一聲，將一張牌拍在桌上，是張十點「梅花」。韋小寶心想：「他手裏的另一張牌，多半也是梅花，梅花一對，贏面極高。」那矮胖子笑容滿面，啪的一聲，又將一張牌拍在桌上。餘人一看之下，都是一愣，隨即縱聲大笑，原來是張「四六」，也是十點，十點加十點，乃是個彆十，牌九中小到無可再小。他又是閒家，就算莊家也是彆十，彆十吃彆十，還是莊家贏。那鄉農卻仍愁眉苦臉，半絲笑容也無。韋小寶一看他面前的牌，是一對九，他正在做莊，跟矮胖子的牌相差十萬八千里，心想：「這人不動聲色，是個厲害賭客。」

矮胖子問道：「有甚麼好笑？」對那鄉農說：「我一對十點，剛好贏你一對九點。一百兩銀子，快賠來。」那鄉農搖搖頭道：「你輸了！」矮胖子大怒，叫道：「你講不講理？你數，這張牌一二三四五六七八九十，十點，那張牌也是一二三四五六七八九十，十點。還不是十點一對？」

韋小寶向張康年瞧了一眼，心道：「這矮胖子來當御前侍衛，倒也挺合式，贏了拿錢，輸了便胡賴。」

那鄉農仍搖搖頭，道：「這是彆十，你輸了。」矮胖子怒不可遏，跳起身來，不料他這一跳起，反而矮了個頭，原來他坐在櫈上，雙腳懸空，反比站在地下為高。他伸著胖手，指著鄉農鼻子，喝道：「我是彆十，你是彆九，彆十自然大過你的彆九。」那鄉農道：「我是一對九，你是彆十，彆十就是沒點兒。」矮胖子道：「這不明明欺侮人嗎？」

韋小寶再也忍耐不住，插口道：「老兄，你這個不是一對兒。」說著從亂牌中撿出一張梅花，一張四六，跟另外兩張梅花、四六分別湊成了對子，說道：「這才是一對，你兩張十點花樣不同，梅花全黑，四六有紅，不是對子。」

矮胖子兀自不服，指著那一對九點，道：「你這兩張九點難道花樣同了？一張全黑，一張有紅。大家都不同，還是十點大過九點。」韋小寶覺得這人強辭奪理，一時倒也說不明白，只得道：「這是牌九的規矩，向來就是這樣的。」矮胖子道：「就算向來如此，那也不通。不通就不行，咱們講不講理？」

李西華和老叫化只笑吟吟的坐著，並不插嘴。韋小寶笑道：「賭錢就得講規矩，倘若沒規矩，又怎樣賭法？」那矮胖子道：「好，我問你這小娃娃：爲甚麼我這一對十點，就贏不了他一對九點？」說著拿起兩張梅花，在前面一拍。韋小寶道：「咦，你剛才不是這兩張牌。」矮胖子怒極，兩邊腮幫子高高脹起，喝道：「混帳小子，誰說我不是這兩張牌？」拿起一對梅花，隨手翻過，在身前桌上一拍，又翻了過來，說道：「剛才我就拍過一拍，留下了印子，你倒瞧瞧！」

只見桌面牌痕清晰，一對梅花的點子凸了起來，手勁實是了得。韋小寶張口結舌，說不出話來。

那鄉農道：「對，對，是老兄贏。這裏是一百兩銀子。」拿過一隻銀元寶，送到矮胖子身前，跟著便將三十二張牌翻轉，搓洗了一陣，排了起來，八張一排，共分四排，擺得整整齊齊，輕輕將一疊牌推到桌子正中，跟著將身前的一大堆銀子向前一推。

韋小寶眼尖，已見到桌上整整齊齊竟有三十二張牌的印子，雖牌印遠不及那對梅花之深，只淡淡的若有若無，但如此舉重若輕的手法，看來武功不在那矮胖子之下。他將骨牌一推，已將牌印大部份遮沒。韋小寶一瞥之際，已看到一對對天牌、地牌、人牌排在一起，知道那鄉農在暗中弄鬼。

那矮胖子將二百兩銀子往天門上一押，叫道：「擲骰子，擲骰子！」又向李西華和老叫化道：「快押，這麼慢吞吞的。」李西華笑道：「老兄這麼性急，還是你兩個對賭罷。」矮胖子道：「很好。」轉頭問老叫化：「你押不押？」老叫化搖頭道：「不押，彆十贏彆九，這樣的牌九我可不會。」矮胖子怒道：「你說我不對？」老叫化道：「我說自己不會，可沒說你不對。」矮胖子氣忿忿的罵道：「他媽的，都不是好東西。喂，你這小娃娃在這裏嘰哩咕嚕，卻又不賭？」這句是對著韋小寶而說。

韋小寶笑道：「我幫莊。這位大哥，我跟你合夥做莊行不行？」說著從懷裏抓了八九個小金錠出來，放在桌上，金光燦爛的，少說也值得上千兩銀子。那鄉農道：「好，你小兄弟福大命大，包贏。」矮胖子怒道：「你說我包輸？」韋小寶笑道：「你如怕輸，少押一些也成。」矮胖子大怒，說道：「再加三百兩。」又拿兩隻元寶押在天門。

那鄉農道：「小兄弟手氣好，你來擲骰子罷。」

韋小寶道：「好！」拿起骰子在手中一掂，便知是灌了鉛的，不由得大喜，心想：「這裏賭場的骰子，果然也有這調調兒。」他本來還怕久未練習，手法有些生疏了，但一拿到灌鉛的骰子，登時放心，口中唸唸有詞：「天靈靈，地靈靈，賭神菩薩第一靈，骰子小鬼抬元寶，一隻一隻抬進門！通殺！」口中一喝，手指轉了一轉，將骰子擲了出去，果然是個七點。天門拿第一副，莊家拿第三副。

韋小寶看了桌上牌印，早知矮胖子拿的是一張四六，一張虎頭，只有一點，己方卻是個地牌對，對那鄉農道：「老兄，我擲骰子，你看牌，是輸是贏，各安天命。」那鄉農拿起牌來摸了摸，便合在桌上。

矮胖子「哈」的一聲，翻出一張四六，說道：「十點，好極！」又是「哈」的一聲，翻出一張虎頭，說道：「一二三四五，六七八九十，十一。十一點，好極。」伸手翻開莊家的牌，說道：「一二三四，一共四點，我是廿一點，吃你四點，贏了！」韋小寶和那鄉農面面相覷。矮胖子道：「快賠來！」

韋小寶道：「點子多就贏，點子少就輸，不管天槓、地槓，有對沒對，是不是？」矮胖子道：「怎麼不是？難道點子多的還輸給少的？你這四點想贏我廿一點麼？」韋小寶道：「很好，就是這個賭法。」賠了他四小錠金子，說：「每錠黃金，抵銀一百兩，你再押。」矮胖子大樂，笑道：「仍是押四百兩，押得多了，只怕你們輸得發急。」

韋小寶看了桌上牌印，擲了個五點，莊家先拿牌，那是一對天牌。矮胖子一張長三，一張板櫈，兩張牌加起來也不及一張天牌點子多，口中喃喃咒罵，只好認輸，當下又押了四百兩銀子，三副牌賭下來，矮胖子輸得乾乾淨淨，面前一兩銀子也不剩了。

他滿臉脹得通紅，便如是個血球，兩隻短短的胖手在身邊東摸西摸，再也摸不到甚麼東西好押，忽然提起躺在地下的趙齊賢，說道：「這傢伙總也值得幾百兩罷？我押他。」說著將趙齊賢橫在桌上一放。趙齊賢給人點了穴道，早已絲毫動彈不得。

那老叫化忽道：「且慢，這幾名御前侍衛，是在下拿住的，老兄怎麼拿去跟人賭博？」矮胖子道：「借來使使，成不成？」老叫化道：「倘若輸了，如何歸還？」矮胖子一怔，道：「不會輸的。」老叫化道：「倘若老兄手氣不好，又輸了呢？」矮胖子道：「那也容易。這當兒柳州城裏，御前侍衛著實不少，我去抓幾名來賠還你便是。」老叫化點點頭，說道：「這倒可以。」矮胖子催韋小寶：「快擲骰子。」

這一方牌已經賭完，韋小寶向那鄉農道：「請老兄洗牌疊牌，還是老樣子。」那鄉農一言不發，將三十二張骨牌在桌上搓來搓去，洗了一會，疊成四方。韋小寶吃了一驚，桌上非但不見有新的牌印，連原來的牌印，也給他潛運內力一陣推搓，都已抹得乾乾淨淨，唯有縱橫數十道印痕，再也分不清點子了。倘若矮胖子押的仍是金銀，韋小寶大可不理，讓這鄉農跟他對賭，誰輸誰贏，都不相干。但這時天門上押的是趙齊賢，這一莊卻非推不可，既不知大牌疊在何處，骰子上作弊便無用處，說道：「兩人對賭，何必賭牌九？不如來擲骰子，誰的點子大，誰就贏了。」

矮胖子將一個圓頭搖得博浪鼓般，說道：「老子就是愛賭牌九。」韋小寶道：「你不懂牌九，又賭甚麼？」矮胖子大怒，一把捉住他胸口，提了起來，一陣搖晃，說道：「你奶奶的，你說我不懂牌九？」

韋小寶給他這麼一陣亂搖，全身骨骼格格作響。忽聽得身後有人叫道：「快放手，使不得！」正是胖頭陀的聲音。

那矮胖子右手將韋小寶高高舉在空中，奇道：「咦，你怎麼來了？爲甚麼使不得？」只聽陸高軒的聲音道：「這一位韋……韋大人，大有來頭，千萬得罪不得，快快放下。」矮胖子喜道：「他……他是韋……韋……他媽的韋小寶？哈哈，妙極，妙極了！我正要找他，哈哈，這一下可找到了。」說著轉身便向門外走去，右手仍舉著韋小寶。

胖頭陀和陸高軒雙雙攔住。陸高軒道：「瘦尊者，你既已知道這位韋大人來歷，怎麼仍如此無禮？快快放下。」矮胖子道：「就是教主親來，我也不放。除非拿解藥來。」胖頭陀急道：「快別胡鬧，你又沒服豹……那個丸藥，要解藥幹甚麼？」矮胖子道：「哼，你懂得甚麼？快讓開，別怪我跟你不客氣。」

韋小寶身在半空，聽著三人對答，心道：「原來這矮胖子就是胖頭陀的師兄瘦頭陀，難怪胖得這等希奇，矮得如此滑稽。」那日在慈寧宮中，有個大肉球般的怪物躲在假太后被窩裏，光著身子抱了她逃出宮去。韋小寶後來詢問胖頭陀和陸高軒，知是胖頭陀的師兄瘦頭陀。只因那天他逃得太快，沒看清楚相貌，以致跟他賭了半天還認他不出。

轉念又想：「胖頭陀曾說，當年他跟師兄瘦頭陀二人，奉教主之命赴海外辦事，未能依期趕回，以致所服豹胎易筋丸的毒性發作，胖頭陀變得又高又瘦，瘦頭陀卻成了個矮胖子。現下他二人早已服了解藥，原來的身形卻已變不回了，這矮胖子又要解藥來幹甚麼？啊，是了，假太后老婊子身上的豹胎易筋丸毒性未解，這瘦頭陀跟她睡在一個被窩裏，自然是老相好了。」大聲道：「你要豹胎易筋丸解藥，還不快快將我放下？」

瘦頭陀一聽到「豹胎易筋丸」五字，全身肥肉登時一陣發顫，右臂一曲，放下韋小寶，伸出左手，叫道：「快拿來。」韋小寶道：「你對我如此無禮，哼！哼！你剛才說甚麼話？」瘦頭陀突然一縱而前，左手按住了韋小寶後心，喝道：「快給解藥。」他肥手所按之處，正是「大椎穴」，只須掌力一吐，韋小寶心脈立時震斷。

胖頭陀和陸高軒同時叫道：「使不得！」叫聲未歇，瘦頭陀身上已同時多了三隻手掌。老叫化的手掌按住了他頭頂「百會穴」，李西華的手掌按在他後腦的「玉枕穴」，那鄉農的手掌卻按在他臉上，食中二指分別按在他眼皮之上。百會、玉枕二穴都是人身要穴，而那鄉農的兩根手指更是稍一用力，便挖出了他一對眼珠。那瘦頭陀實在太矮了，比韋小寶還矮了半個頭，以致三人同時出手，都招呼在他那圓圓的腦袋之上，連胸背要穴都按不到。

胖頭陀和陸高軒見三人這一伸手，便知均是武學高手，三人倘若同時發勁，只怕立時便將瘦頭陀一個肥頭擠得稀爛，齊聲又叫：「使不得！」

老叫化道：「矮胖子，快放開了手。」瘦頭陀道：「他給解藥，我便放。」老叫化道：「你不放開，我要發力了！」瘦頭陀道：「反正是死，那就同歸於盡……」突然之間，胖頭陀的右掌已搭在老叫化脅下，陸高軒一掌按住了李西華後頸。胖陸二人站得甚近，身上穿的是驍騎營軍士服色，老叫化和李西華雖從他二人語氣中得知和瘦頭陀相識，沒料到這二人竟武功高強之至，一招之間，便已受制。胖陸二人同時說道：「大家都放手罷。」

那鄉農突從瘦頭陀臉上撤開手掌，雙手分別按在胖陸二人後心，說道：「還是你們二位先放手。」李西華笑道：「哈哈，眞好笑，有趣，有趣！」一撤手掌，快如閃電般一縮一吐，已按上了那鄉農的頭頂。

這一來，韋小寶、瘦頭陀、李西華、陸高軒、胖頭陀、鄉農、老叫化七人連環受制，每人身上的要害都處於旁人掌底。霎時之間七人便如泥塑木彫一般，誰都不敢稍動，其中只韋小寶是制於人而不能制人。

韋小寶叫道：「張康年！」這時賭場之中，除了縮在屋角的幾名夥計，只張康年一人閒著，他應道：「喳！」唰的一聲，拔了腰刀。瘦頭陀叫道：「狗侍衛，你有種就過來。」張康年舉起腰刀，生怕這矮胖子傷了韋小寶，竟不敢走近一步。

韋小寶身在垓心，只覺生平遭遇之奇，少有逾此，大叫：「有趣，有趣！矮胖子，你殺了我不打緊，你自己死了也不打緊，可是這豹胎易筋丸的解藥，你就一輩子拿不到了。你那老姘頭老婊子，全身一塊塊肉都要爛得掉下來，先爛成個禿頭，然後……」瘦頭陀喝道：「不許再說！」韋小寶笑道：「臉上再爛出一個個窟窿……」

正說到這裏，廳口有人說道：「在這裏！」又有一人說道：「都拿下了！」衆人一齊轉頭向廳口看去，突見白光閃動，有人手提長劍，繞著衆人轉了個圈子。衆人背心、脅下、腰間、肩頭各處要穴微微一麻，已遭點中穴道，頃刻間一個個都軟倒在地。

但見廳口站著三人，韋小寶大喜叫道：「阿珂，你也來……」說到這個「來」字，心頭一沉，便即住口，但見她身旁站著兩人，左側是李自成，右側卻是那個他生平最討厭的鄭克塽。東首一人已將長劍還入劍鞘，雙手叉腰，微微冷笑，卻是那「一劍無血」馮錫範。瘦頭陀、老叫化、李西華、胖頭陀、陸高軒、鄉農等六個好手互相牽制，此亦不敢動，彼亦不敢動，突然又來了個高手，毫不費力的便將衆人盡數點倒，連張康年也中了一劍。

瘦頭陀坐倒在地，跟他站著之時相比，身高卻也相仿，怒喝：「你是甚麼東西，膽敢點了老子的陽關穴、神堂穴？」馮錫範冷笑道：「你武功很不錯啊，居然知道自己給點了甚麼穴道。」瘦頭陀怒道：「快解開老子穴道，跟你鬥上一鬥。這般偷襲暗算，他媽的不是英雄好漢。」馮錫範笑道：「你是英雄好漢！他媽的躺在地下，動也不能動的英雄好漢。」瘦頭陀怒道：「老子坐在地下，不是躺在地下，他媽的你不生眼睛麼？」

馮錫範左足一抬，在他肩頭輕輕一撥，瘦頭陀仰天跌倒。可是他臀上肥肉特多，是全身重量集中之處，摔倒之後，雖然身上使不出勁，卻自然而然的又坐了起來。

鄭克塽哈哈大笑，說道：「珂妹，你瞧，這不倒翁好不好玩？」阿珂微笑道：「古怪得很。」鄭克塽道：「你要找這小鬼報仇，終於心願得償，咱們捉了去慢慢治他呢，還是就此一劍殺了？」

韋小寶大吃一驚，心想：「『小鬼』二字，只有用在我身上才合式，難道阿珂要找我報仇，我可沒得罪她啊。」

阿珂咬牙說道：「這人我多看一眼也生氣，一劍殺了乾淨。」說著唰的一聲，拔劍出鞘，走到韋小寶面前。

瘦頭陀、胖頭陀、陸高軒、老叫化、李西華、張康年六人齊叫：「殺不得！」

韋小寶道：「師姊，我可沒……」阿珂怒道：「我已不是你師姊了！小鬼，你總是想法兒來害我、羞辱我！」提起劍來，向他胸口刺落。衆人齊聲驚呼，卻見長劍反彈而出，原來韋小寶身上穿著護身寶衣，這一劍刺不進去。

阿珂一怔之間，鄭克塽道：「刺他眼睛！」阿珂道：「對！」提劍又即刺去。

屋角中突然竄出一人，撲在韋小寶身上，這一劍刺中那人肩頭。那人抱住了韋小寶一個打滾，縮在屋角，隨手抽出韋小寶身邊匕首，拿在手中。這人穿的也是驍騎營軍士的服色，身手敏捷，身材矮小，臉上都是泥污，瞧不清面貌。

眾人見他甘願爲韋小寶擋了一劍，均想：「這人倒挺忠心。」

馮錫範抽出長劍，慢慢走過去，突然長劍一抖，散成數十朵劍花。忽聽得叮的一聲響，馮錫範手中長劍斷成兩截，那驍騎營軍士的肩頭血流如注。原來他以韋小寶的匕首削斷了對方手中長劍，若不是匕首鋒利無倫，只怕此時已送了性命。再加上先前阿珂那一劍，他肩頭連受兩處劍傷。馮錫範臉色鐵青，哼了一聲，將斷劍擲下，一時拿不定主意，是否要另行取劍，再施攻擊。

韋小寶叫道：「哈哈，一劍無血馮錫範，你手中的劍只賸下半截，又把我手下小兵刺出了這許多血，你的外號可得改一改啦，該叫做『半劍有血』馮錫範。」

那驍騎營軍士左手按住肩頭傷口，右手在韋小寶胸口和後心穴道上一陣推拿，解開了他遭封的穴道。

胖瘦二頭陀、陸高軒、李西華等於互相牽制之際驟然受襲，以致中了暗算，人人都甚不忿，聽韋小寶這麼說，都哈哈大笑。那老叫化大聲道：「半劍有血馮錫範，好極，好極！天下無恥之徒，閣下算是第二。」李西華道：「他爲甚麼算是第二？倒要請教。」老叫化道：「比之吳三桂，這位半劍有血的道行似乎還差著一點兒。」眾人齊聲大笑。李西華道：「依我看來，相差也很有限。」

馮錫範於自己武功向來十分自負，聽眾人如此恥笑，不禁氣得全身發抖，此時若再換劍又攻那驍騎營軍士，要傷他自是易如反掌，但於自己身分可太也不稱，向那軍士瞪眼道：「你叫甚麼名字？今日暫不取你性命，下次撞在我手裏，教你死得慘不堪言。」

那軍士道：「我……我……」聲音甚爲嬌嫩。

韋小寶又驚又喜，叫道：「啊，你是雙兒。我的寶貝好雙兒！」伸手除下她頭上帽子，長髮散開，披了下來。韋小寶左手摟住她腰，說道：「她是我的親親小丫頭。半劍有血，你連我一個小丫頭也打不過，還胡吹甚麼大氣？」

馮錫範怒極，左足一抬，砰嘭聲響，將廳中賭枱踢得飛了起來，連著枱上的大批銀兩元寶，還有一個橫臥在上的趙齊賢，激飛而上，撞向屋頂。銀子、骨牌四散落下，摔向瘦頭陀等人頭上身上。各人紛紛大罵，馮錫範更不打話，轉身走出。

只見大門中並肩走進兩個人來，馮錫範喝道：「讓開！」雙手一推。那二人各出一掌，和他手掌相抵，三人同時悶哼。那二人倒退數步，背心重重撞到牆上。馮錫範身子晃了晃，深深吸一口氣，大踏步走了出去。那二人哇的一聲，同時噴出一大口鮮血，原來是風際中和玄貞道人。

韋小寶快步過去，扶住風際中，問玄貞道：「道長，不要緊麼？」玄貞咳了兩聲，說道：「不要緊，韋……韋大人，你沒事？」韋小寶道：「還好。」轉頭向風際中瞧去。風際中點點頭，勉強笑了笑。他武功比玄貞爲高，但適才對掌，接的是馮錫範右掌，所受掌力較爲強勁，因此受傷也比玄貞爲重。

李西華道：「韋兄弟，你驍騎營中的能人可眞不少哪！」原來風際中和玄貞二人，穿的也是驍騎營軍士的服色。韋小寶道：「慚愧，慚愧！」

只聽得腳步聲響，錢老本、徐天川、高彥超三人又走了進來。

阿珂眼見韋小寶的部屬越來越多，向李自成和鄭克塽使個眼色，便欲退走。

李自成走到韋小寶身前，手中禪杖在地下重重一頓，厲聲道：「大丈夫恩怨分明，那日你師父沒殺我，今日我也饒你一命。自今而後，你再向我女兒看上一眼、說一句話，我把你全身砸成了肉醬。」

韋小寶道：「大丈夫一言既出，那就怎樣？那日在三聖庵裏，你和你的露水夫人陳圓圓，已將阿珂許配我為妻，難道想賴麼？你不許我向自己老婆看上一眼、說一句話，天下哪有這樣的岳父大人？」

阿珂氣得滿臉通紅，道：「爹，咱們走，別理這小子胡說八道！」

韋小寶道：「好啊，你終於認了他啦。這父母之命，你聽是不聽？」

李自成大怒，舉起禪杖，厲聲喝道：「小雜種，你還不住口？」

錢老本和徐天川同時縱上，雙刀齊向李自成後心砍去。李自成回過禪杖，噹的一聲，架開了兩柄鋼刀。高彥超已拔刀橫胸，擋在韋小寶身前，喝道：「李自成，在昆明城裏，你父女的性命是誰救的？忘恩負義，好不要臉！」

李自成當年橫行天下，開國稱帝，舉世無人不知。高彥超一喝出他姓名，廳中老叫化、瘦頭陀等人都出聲驚呼。

李西華大聲道：「你……你便是李自成？你居然還沒死？好，好，好！」語音中充滿憤激之情。李自成向他瞪了一眼，道：「怎樣？你是誰？」李西華怒道：「我恨不得食你之肉，寢你之皮。我只道你早已死了，老天爺有眼，好極！」

李自成哼了一聲，冷笑道：「老子一生殺人如麻。天下不知有幾十萬、幾百萬人要殺我報仇，老子還不是好端端的活著？你想報仇，未必有這麼容易。」

阿珂拉了他衣袖，低聲道：「爹，咱們走罷。」

李自成將禪杖在地下一頓，轉身出門。阿珂和鄭克塽跟了出去。

李西華叫道：「李自成，明日此刻，我在這裏相候，你如是英雄好漢，就來跟我單打獨鬥，拚個死活。你有沒膽子？」

李自成回頭望了他一眼，臉上盡是鄙夷之色，說道：「老子縱橫天下之時，你這小子還沒出娘胎。李某是不是英雄好漢，用不著閣下定論。」禪杖一頓，走了出去。

衆人相顧默然，均覺他這幾句話大是有理。李自成殺人如麻，世人毀多譽少，但他是個敢作敢爲的英雄好漢，縱是對他恨之切骨的人，也難否認。此時他年紀已老，然顧盼之際仍神威凜凜，廳上衆人大都武功不弱，久歷江湖，給他眼光一掃，仍不自禁的暗生懼意。

韋小寶罵道：「他媽的，你明明已把女兒許配了給我做老婆，這時又來抵賴，我偏偏說你是狗熊，英個屁雄。」見雙兒撕下了衣襟，正在裹紮肩頭傷口，便助她包紮，問道：「好雙兒，你怎麼來了？幸虧你湊巧來救了我，否則的話，我這老婆謀殺親夫，已刺瞎了我眼睛。」雙兒低聲道：「不是湊巧，我一直跟在相公身邊，只不過你不知道罷了。」韋小寶大奇，連問：「你一直在我身邊？那怎麼會？」

瘦頭陀叫道：「喂，快把我穴道解開，快拿解藥出來，否則的話，哼哼，老子立刻就把你腦袋砸個稀巴爛！」

突然之間，大廳中爆出一聲哈哈、呵呵、嘿嘿、嘻嘻的笑聲。韋小寶的部屬不斷到來，而這極矮奇胖的傢伙穴道受封，動彈不得，居然還口出恐嚇之言，人人都覺好笑。

瘦頭陀怒道：「你們笑甚麼？有甚麼好笑？待會等我穴道解了，他如仍不給解藥，瞧我不砸他個稀巴爛。」

錢老本提起單刀，笑嘻嘻的走過去，說道：「此刻我如在你頭上砍他媽的三刀，老兄的腦袋開不開花？」瘦頭陀怒道：「那還用多問？自然開花！」錢老本笑道：「乘著你穴道還沒解開，我先把你砸個稀巴爛，免得你待會穴道解開了，把我主人砸了個稀巴爛。」眾人一聽，又都鬨笑。

瘦頭陀怒道：「我的穴道又不是你點的。你把我砸個稀巴爛，不算英雄。」錢老本笑道：「不算就不算，我本來就不是英雄。」說著提起刀來。

胖頭陀叫道：「韋……韋大人，我師哥無禮冒犯，請你原諒，屬下代爲賠罪。師哥，你快賠罪，韋大人也是你上司，難道你不知麼？」他頭頸不能轉動，分別對韋小寶和瘦頭陀說話，沒法正視其人。瘦頭陀道：「他如給我解藥，別說賠罪，磕頭也可以，給他做牛做馬也可以。不給解藥，就把他腦袋瓜兒砸個稀巴爛。」

韋小寶心想：「那老婊子有甚麼好，你竟對她這般有恩有義？」正要說話，忽見那鄉農雙手一抖，從人叢中走了出來，說道：「各位，兄弟失陪了。」說著拖著鞋皮，踢蹡踽蹡的走了出去。

衆人都吃了一驚，八人給馮錫範點中要穴，只韋小寶已由雙兒推拿解開，餘下七人始終動彈不得。那馮錫範內力透過劍尖入穴，甚是厲害，武功再高之人，也得有一兩個時辰不能行動。這鄉農宛如是個鄉下土老兒，雖然他適才推牌九之時，按牌入桌，印出牌痕，已顯了一手高深內功，但在這短短一段時候竟能自解穴道，委實難能。

韋小寶對錢老本道：「解了自己兄弟的穴道，這位李……李先生，也是自己人。」說著向李西華一指。錢老本應道：「是。」還刀入鞘，正要爲李西華解穴。那老叫化忽道：「明復清反，母地父天。」錢老本「啊」了一聲。

徐天川搶上前去，在那老叫化後心穴道上推拿了幾下，轉到他面前，雙手兩根拇指對著他面前一彎。天地會兄弟人數衆多，難以遍識，初會之人，常以「天父地母，反清復明」八字作爲同會記認。但若有外人在旁，不願洩漏了機密，往往便將這八字倒轉來說，外人驟聽之下，自是莫名其妙。徐天川向那老叫化屈指行禮，也是一項不讓外人得知的禮節。錢徐二人跟著給李西華、胖頭陀、陸高軒三人解開了穴道。

只餘下瘦頭陀一人坐在地下，滿臉脹得通紅，喝道：「師弟，還不給我解穴？他媽的，還等甚麼？」胖頭陀道：「解穴不難，你可不得再對韋大人無禮。」瘦頭陀怒道：「誰教他不給解藥？是他得罪我，又不是我得罪他！他給了解藥，就算是向我賠罪，老子不咎既往，也就是了。」胖頭陀躊躇道：「這個就爲難得很了。」

老叫化喝道：「你這矮胖子囉唆個沒完沒了，別說韋兄弟不給解藥，就算他要給，我也要勸他不給。」右手一指，嗤的一聲，一股勁風向瘦頭陀射去，跟著又是兩指，嗤嗤連聲，瘦頭陀身上穴道登時解開。

突見一個大肉球從地下彈起，疾撲韋小寶。老叫化呼的一掌，擊了出去。瘦頭陀身在半空，還了一掌，身子彈起，他武功也真了得，凌空下撲，雙掌向老叫化頭頂擊落。老叫化左足飛出，踢向他後腰。瘦頭陀又即揮掌拍落，掌力與對方腿力相激，一個肥大的身子又飛了起來。他身在空中，宛似個大皮球，老叫化掌拍足踢，始終打不中他一招。別瞧這矮胖子模樣笨拙可笑，出手竟靈活之極，足不著地，更加圓轉如意。

李西華和天地會羣雄都算見多識廣，但瘦頭陀這般古怪打法，卻也是生平未見。胖頭陀和陸高軒全神貫注，瞧著老叫化出手，眼見他每一招都勁力凌厲，瘦頭陀一個三百多斤的身軀，全憑借著老叫化的力道，才得在空中飛舞不落。

兩人越鬥越緊，拳風掌力逼得旁觀衆人都背靠牆壁。忽聽得瘦頭陀怪聲大喝，一招「五丁開山」，左掌先發，右拳隨出，向著老叫化頭頂擊落。老叫化喝道：「來得好！」蹲下身子，使一招「天王托塔」，迎擊而上。兩股巨力相撞，瘦頭陀騰身而起，背脊衝上橫樑，只聽喀喇喇一陣響，屋頂上瓦片和泥塵亂落，大廳中灰沙飛揚，瘦頭陀又已撲擊而下，老叫化縮身避開。瘦頭陀撲擊落空，砰的一聲，重重落地。

老叫化哈哈大笑，笑聲未絕，瘦頭陀又已彈起，迅捷無倫的將一個大腦袋當胸撞來。眼見他這一撞勢道威猛，老叫化側身避過，右掌已落在他屁股上，內勁吐出，大喝一聲。瘦頭陀的撞力本已十分厲害，再加上老叫化的內勁，兩股力道併在一起，眼見瘦頭陀急飛而出，腦袋撞向牆壁，勢非腦漿迸裂不可。

衆人驚叫聲中，胖頭陀抓起一名縮在一旁的賭場夥計，擲了出去，及時擋在牆上，波的一聲，瘦頭陀的頭顱撞入他胸腹之間，一顆大腦袋鑽入了那夥計的肚皮，嵌入牆壁，撞出一個大洞。

他搖搖晃晃的站起，一顆肥腦袋上一塌胡塗，沾滿了那夥計的血肉。他雙手在臉上一陣亂抹，怒罵：「他媽的，這是甚麼玩意？」衆人無不駭然。

老叫化喝道：「還打不打？」瘦頭陀道：「當年我身材高大之時，你打我不贏。」老叫化道：「現今呢？」瘦頭陀搖頭道：「現今我打你不贏，罷了，罷了！」忽地躍起，向牆壁猛撞過去，轟隆一聲響，牆上穿了個大洞，連著那夥計的屍身一齊穿了出去。

胖頭陀叫道：「師哥，師哥！」飛躍出洞。陸高軒道：「韋大人，我去瞧瞧。」腳前頭後，身子平飛，從洞中躍出，雙手兀自抱拳向韋小寶行禮，姿式美妙。衆人齊聲喝采。

徐天川、錢老本等均想：「韋香主從那裏收來這兩位部屬？武功比我們高出十倍。」

李西華拱手道：「少陪了。」從大門中快步走出。

韋小寶向老叫化拱手道：「這位兄台，讓他們走了罷？」說著向趙齊賢等一指。

老叫化呵呵笑道：「多有得罪。」隨手拉起趙齊賢等人，也不見他推宮解穴，只一抓之間，已解了幾名侍衛的穴道。

韋小寶道：「多謝。」吩咐趙齊賢、張康年等衆侍衛先行回去。

徐天川向雙兒瞧了一眼，問道：「這姑娘是韋香主的心腹？」韋小寶道：「是，咱們甚麼事都不必瞞她。」老叫化道：「這位姑娘年紀雖小，一副忠肝義膽，人所難及。剛才若不是她奮不顧身的忠心護主，韋兄弟的一雙眼珠已不保了。」韋小寶拉著雙兒的手，道：「對，對，幸虧是她救了我。」

雙兒聽兩人當眾稱讚自己，羞得滿臉通紅，低下了頭，不敢和眾人目光相接。

徐天川走上一步，對老叫化朗聲說道：「五人分開一首詩，身上洪英無人知。」

老叫化道：「自此傳得眾兄弟，後來相認團圓時。」

韋小寶初入天地會時，會中兄弟相認的各種儀節切口，已有人傳授了他，唸熟記住。這些句子甚是俚俗，文義似通非通，天地會兄弟多是江湖漢子，倒有一大半人和他一般目不識丁，切口句子倘若深奧了，會眾兄弟如何記得？這時聽那老叫化唸了相認的詩句，便接著唸道：「初進洪門結義兄，當天明誓表真心。」

老叫化唸道：「松柏二枝分左右，中節洪花結義亭。」韋小寶道：「忠義堂前兄弟在，城中點將百萬兵。」老叫化道：「福德祠前來誓願，反清復明我洪英。」韋小寶道：「兄弟韋小寶，現任青木堂香主，請問兄長高姓大名，身屬何堂，擔任何職。」

老叫化道：「兄弟吳六奇，現任洪順堂紅旗香主。今日和韋香主及眾家兄弟相會，十分歡喜。」

眾人聽得這人竟然便是天下聞名的「鐵丐」吳六奇，都又驚又喜，一齊恭敬行禮。徐天川等各通姓名，說了許多仰慕的話。

吳六奇官居廣東提督，手握一省重兵，當年受了查伊璜的勸導，心存反清復明之志，暗中入了天地會，任職洪順堂紅旗香主。天地會對這「洪」字甚是注重。一來明太祖的年號是「洪武」，二來這「洪」字是「漢」字少了個「土」字，意思說我漢人失了土地，爲胡虜所佔，會中兄弟自稱「洪英」，意謂不忘前本、決心光復舊土。紅旗香主並非正職香主，也不統率本堂兄弟，但位在正職香主之上，是會中十分尊崇的職份，僅次於總舵主而已。吳六奇是天地會中紅旗香主一事，甚是隱秘，連徐天川、錢老本等人也均不知。

吳六奇拉著韋小寶的手，笑道：「韋香主，你去雲南幹事，對付大漢奸吳三桂。總舵主傳下號令，命我廣東、廣西、雲南、貴州四省兄弟相機接應。我一接到號令，便派出了十名得力兄弟，到雲南暗中相助。不過韋香主處置得當，青木堂衆位兄弟才幹了得，諸事化險爲夷，我們洪順堂幫不上甚麼忙。前幾天聽說韋香主和衆位兄弟來到廣西，兄弟便化裝前來，跟各位聚會。」

韋小寶喜道：「原來如此。我恩師他老人家如此照應，吳香主一番好意，做兄弟的實在感激不盡。吳香主大名，四海無不知聞，原來是會中兄弟，那眞是刮刮叫，別別跳，乖乖不得了。」其實吳六奇的名字，他今日還是第一次聽見，見徐天川等人肅然起敬，喜形於色，便順口加上幾句。

吳六奇笑道：「韋兄弟手刃大奸臣鰲拜，那才叫四海無不知聞呢。大夥兒是自己兄弟，客氣話也不用說了。我得罪了韋兄弟屬下的侍衛，才請得你到來，還請勿怪。」

韋小寶笑道：「他奶奶的，這些傢伙狗皮倒灶，輸了錢就混賴。吳大哥給他們吃點兒苦頭，教訓教訓，教他們以後賭起錢來規規矩矩。兄弟還得多謝你呢。」

吳六奇哈哈大笑。衆人坐了下來，吳六奇問起雲南之事，韋小寶簡略說了。吳六奇聽說已拿到吳三桂要造反的眞憑實據，心中大喜，沒口子的稱讚，說道：「這奸賊起兵造反，定要打到廣東，這一次要跟他大幹一場。待得打垮了這奸賊，咱們再回師北上，打上北京。」

說話之間，家后堂香主馬超興也已得訊趕到，和吳六奇相見，自有一番親熱。談到剛才賭場中的種種情事，吳六奇破口大罵馮錫範，說他暗施偷襲，陰險卑鄙，定要跟他好好打上一架。韋小寶說到馮錫範在北京要殺陳近南之事。吳六奇伸手在賭枱上重重一拍，說道：「如此說來，咱們便在這裏幹了他，一來給關夫子報仇，二來給總舵主除去一個心腹大患，三來也可一雪今日遭他暗算的恥辱。」他一生罕遇敵手，這次竟給馮錫範制住了動彈不得，委實氣憤無比。

馬超興道：「李自成是害死崇禎天子的大反賊，既到了柳州，咱們可也不能輕易放過了。」天地會忠於明室，崇禎爲李自成所逼，吊死煤山，天地會自也以李自成爲敵。

韋小寶道：「臺灣鄭家打的是大明旗號，鄭克塽這小子卻去跟李自成做一路，那麼他也成了反賊，咱們一不做、二不休，連他一起幹了。更給總舵主除去了一個心腹大患。」

衆人面面相覷，均不接口。天地會是臺灣鄭氏的部屬，不妨殺了馮錫範，卻不能殺鄭二公子。何況衆人心下雪亮，韋小寶要殺鄭克塽，九成九是假公濟私。吳六奇岔開話頭，問起胖瘦二頭陀等人的來歷，韋小寶含糊以應，只說胖頭陀和陸高軒二人是江湖上的朋友，自己於二人有恩，因此二人對自己甚爲忠心。吳六奇對那自行解穴的鄉下老頭甚是佩服，說道：「兄弟生平極少服人，這位仁兄的武功高明之極，兄弟自愧不如。武林中有如此功夫的人寥寥可數，怎麼想來想去，想不出是誰。」

衆人議論了一會。馬超興派出本堂兄弟，去查訪李自成、馮錫範等人落腳的所在，一面給風際中、玄貞、雙兒三人治傷。

韋小寶問起雙兒如何一路跟隨著自己。原來她在五台山上和韋小寶失散後，到處尋找，後來向清涼寺的和尚打聽到已回了北京，於是跟著來到北京，韋小寶派去向她傳訊的人，自然便沒遇上。那時韋小寶卻又已南下，她當即隨後追來，未出河北省境便已追上。她小孩兒家心中另有念頭，躭心韋小寶做了韃子大官，不再要自己服侍了，不敢出來相認，偷了一套驍騎營軍士的衣服穿了，混在驍騎營之中，一直隨到雲南、廣西。直到賭場中遇險，阿珂要刺傷韋小寶眼睛，這才挺身相救。

韋小寶心中感激，摟住了她，往她臉頰上輕輕一吻，笑道：「傻丫頭，我怎會不要你服侍？我一輩子都要你服侍，除非你自己不願意服侍我了，想去嫁人了。」

雙兒又歡喜，又害羞，滿臉通紅，道：「不，不，我……我不會去嫁人的。」

當晚馬超興在柳州一家妓院內排設筵席，爲吳六奇接風。飲酒之際，會中兄弟來報，說道已查到李自成一行人的蹤跡，是在柳江中一所木排小屋之中。柳州盛產木材，柳州棺材天下馳名，是以有「住在蘇州，著在杭州，吃在廣州，死在柳州」之諺。木材紮成木排，由柳江東下。柳江中木排不計其數，在排屋之中隱身，確是人所難知，若非天地會在當地人多勢衆，只怕也難查到。

吳六奇拍案而起，說道：「咱們快去，酒也不用喝了。」馬超興道：「此刻天色尚早，兩位且慢慢喝酒。待兄弟先布置一下，可莫讓他們走了。」出去吩咐部屬行事。

待到二更天時，馬超興帶領衆人來到柳江江畔，上了兩艘小船。三位香主同坐一船。小船船夫不用吩咐，自行划出，隨後有七八艘小船遠遠跟來，在江上划出約莫七八里地，小船便即停了。一名船夫鑽進艙來，低聲道：「稟告三位香主：點子就在對面木排上。」

韋小寶從船篷中望出去，只見木排上一間小屋，透出一星黃光，江面上東一艘、西一艘盡是小船，不下三四十艘。馬超興低聲道：「這些小船都是我們的。」韋小寶大喜，心想一艘船中若有十人，便有三四百人，李自成和馮錫範再厲害，還能逃上了天去？

便在此時，忽聽得有人沿著江岸，一邊飛奔，一邊呼叫：「李自成……李自成……你縮頭縮腦，躲在那裏……李自成，有沒膽子出來……李自成……」卻是李西華的聲音。

木排上小屋中有人大聲喝道：「誰在這裏大呼小叫？」

江岸上一條黑影縱身飛躍，上了木排，手中長劍在冷月下發出閃閃光芒。

排上小屋中鑽出一個人來，手持禪杖，正是李自成，冷冷的道：「你活得不耐煩了，要老子送你小命，是不是？」

李西華道：「今日取你性命，就怕你死了，也還是個胡塗鬼。你可知我是誰？」李自成道：「李某殺人過百萬，那能一一問姓名。上來罷！」這「上來罷」三字，宛如半空中打個霹靂，在江上遠遠傳了出去，呼喝一聲，揮杖便向李西華打去。李西華躍起避開，長劍貼住杖身，劍尖凌空下刺。李自成挺杖向空戳去。李西華身在半空，無從閃避，左足在杖頭一點，借力一個觔斗翻出，落下時單足踏在木排邊上。

吳六奇道：「划近去瞧清楚些。」船夫扳槳划前。馬超興道：「有人來糾纏他一下，咱們正好行事。」向船頭一名船夫道：「發下號令。」那船夫道：「是。」從艙中取出一盞紅色燈籠，掛上桅桿，便見四處小船中都有人溜入江中。

韋小寶大喜，連叫：「妙極，妙極！」他武功不成，於單打獨鬥無甚興趣，這時以數百之衆圍攻對方兩人，穩操勝券，正投其所好，何況眼見己方會衆精通水性，只須鑽到木排底下，割斷排上竹索，木排散開，對方還不手到擒來？一想到木排散開，忙道：「馬大哥，那邊小屋中有個姑娘，是兄弟未過門的老婆，可不能讓她在江裏淹死了。」

馬超興笑道：「韋兄弟放心，我已早有安排。下水的兄弟之中，有十個專管救你這位夫人。這十個兄弟一等一水性，便一條活魚也捉上來了，包管沒岔子。」韋小寶喜道：「那好極了。」心想：「最好是淹死了那鄭克塽。」但要馬超興下令不救鄭克塽，這句話終究說不出口。

小船慢慢划近，只見木排上一團黑氣、一道白光，盤旋飛舞，鬥得甚緊。吳六奇搖頭道：「李自成沒練過上乘武功，全仗膂力支持，不出三十招，便會死在這李西華劍下。想不到他一代梟雄，竟會畢命於柳江之上。」韋小寶看不清兩人相鬥的情形，只見到李自成退了一步，又是一步。

忽聽得小屋中阿珂說道：「鄭公子，快請馮師父幫我爹爹。」鄭克塽道：「好。師父，請你把這小子打發了罷！」小屋板門開處，馮錫範仗劍而出。

這時李自成已給逼得退到排邊，只須再退一步，便踏入了江中。馮錫範喝道：「喂，小子，我刺你背心『靈台穴』了。」長劍緩緩刺出，果然是刺向李西華的「靈台穴」。李西華正要迴劍擋架，突然間小屋頂上有人喝道：「喂，小子，我刺你背心『靈台穴』了！」白光閃動，一人如飛鳥般撲將下來，手中兵刃疾刺馮錫範後心。

這一下人人都大出意料之外，沒想到在這小屋頂上另行伏得有人。馮錫範不及攻擊李西華，側身迴劍，架開敵刃，噹的一聲，嗡嗡聲不絕，來人手中持的是柄單刀。雙刃相交，兩人都退了一步，馮錫範喝問：「甚麼人？」那人笑道：「我認得你是半劍有血馮錫範，你不認得我麼？」韋小寶等這時都已看得清楚，那人身穿粗布衣褲，頭纏白布，腰間圍一條青布闊帶，足登草鞋，正是日間在賭場中自解穴道的那個鄉農。想是他遭了馮錫範的暗算，心中不忿，來報那一劍之辱。

馮錫範森然道：「以閣下如此身手，諒非無名之輩，何以如此藏頭露尾，躲躲閃閃？」那鄉農道：「就算是無名之輩，也勝於半劍有血。」馮錫範大怒，挺劍刺去。

那鄉農既不閃避，也不擋架，舉刀向馮錫範當頭砍落，驟看似是兩敗俱傷的拚命打法，其實這一刀後發先至，快得異乎尋常。馮錫範長劍劍尖離對方尚有尺許，敵刃已及腦門，大駭之下，忙向左竄出。那鄉農揮刀橫削，攻他腰脅。馮錫範立劍相擋，那鄉農手中單刀突然輕飄飄的轉了方向，劈向他左臂。馮錫範側身避開，還了一劍，那鄉農仍不擋架，揮刀攻他手腕。

兩人拆了三招，那鄉農竟攻了三招，他容貌忠厚木訥，帶著三分獃氣，但刀法之凌厲狠辣，武林中實所罕見。吳六奇和馬超興都暗暗稱奇。

馮錫範突然叫道：「且住！」跳開兩步，說道：「原來尊駕是百勝……」那鄉農喝道：「打便打，多說甚麼？」縱身而前，呼呼呼三刀。馮錫範便無餘暇說話，只得打起精神，見招拆招。馮錫範劍法上也真有高深造詣，這一凝神拒敵，那鄉農便佔不到上風。二人刀劍忽快忽慢，有時密如連珠般碰撞數十下，有時迴旋轉身，更不相交一招。

那邊廂李自成和李西華仍惡鬥不休。鄭克塽和阿珂各執兵刃，站在李自成之側，俟機相助。李自成一條禪杖舞將開來，勢道剛猛，李西華劍法雖精，一時卻也欺不近身。鬥到酣處，李西華忽地手足縮攏，一個打滾，直滾到敵人腳邊，劍尖上斜，已指住李自成小腹，喝道：「你今日還活得成麼？」這一招「臥雲翻」，相傳是宋代梁山泊好漢浪子燕青所傳下的絕招，小巧之技，迅捷無比，敵人防不勝防。

阿珂和鄭克塽都吃了一驚，待得發覺，李自成已然受制，不及相救。

李自成突然瞋目大喝，人人都給震得耳中嗡嗡作響，這一喝之威，直如雷震。李西華一驚，長劍竟然脫手。李自成飛起左腿，踢了他一個觔斗，禪杖杖頭已頂在他胸口，登時將他壓在木排之上，再也動彈不得。這一下勝敗易勢，只頃刻之間，眼見李自成只須禪杖舂落，李西華胸口肋骨齊斷，心肺碎裂，再也活不成了。

李自成喝道：「你如服了，便饒你一命。」李西華道：「快將我殺了，我不能報殺父大仇，有何面目活在人世之間？」李自成一聲長笑，說道：「很好！」雙臂正要運勁將禪杖插下，一片清冷的月光從他身後射來，照在李西華臉上，但見他臉色平和，微露笑容，竟全無懼意。李自成心中一凜，喝道：「你是河南人姓李嗎？」

李西華道：「可惜咱們姓李的，出了你這樣一個心胸狹窄、成不得大事的懦夫。」李自成顫聲問道：「李岩李公子是你甚麼人？」李西華道：「你既知道了，那就很好。」說著微微一笑。

李自成提起禪杖，問道：「你是李兄弟……兄弟的兒子？」李西華道：「虧你還有臉稱我爹爹為兄弟。」李自成身子晃了幾下，左手按住自己胸膛，喃喃的道：「李兄弟留下了後人？你……你是紅娘子生的罷？」李西華見他禪杖提起數尺，厲聲道：「快下手罷！儘說這些幹麼？」

李自成退開兩步，將禪杖拄在木排之上，緩緩的道：「我生平第一件大錯事，便是害了你爹爹。你罵我心胸狹窄，是個成不得大事的懦夫，不錯，一點不錯！你要為你爹爹報仇，原是理所當然。李自成生平殺人，難以計數，從來不放在心上，可是殺你爹爹，我……我好生有愧。」突然哇的一聲，噴出一大口鮮血。

李西華萬料不到有此變故，躍起身來，拾回長劍，眼見他白鬚上盡是斑斑點點的鮮血，長劍便刺不過去，說道：「你既內心有愧，勝於一劍將你殺了。」飛身而起，左足在繫排上的巨索上連點數下，已躍到岸上，幾個起落，隱入了黑暗之中。

阿珂叫了聲：「爹！」走到李自成身邊，伸手欲扶。李自成搖搖手，走到木排之側，左腳跨出，身子便沉入江中。阿珂驚叫：「爹！你……你別……」

衆人見江面更無動靜，只道他溺水自盡，無不駭異。過了一會，卻見李自成的頭頂從江面上探了出來，原來他竟是凝氣在江底步行，鐵禪杖十分沉重，身子便不浮起。但見他腦袋和肩頭漸漸從江面升起，踏著江邊淺水，一步步走上了岸，拖著鐵禪杖，腳步蹣跚，慢慢遠去。

阿珂回過身來，說道：「鄭公子，我爹爹……他……他去了。」哇的一聲，哭了出來，奔過去撲在鄭克塽懷中。鄭克塽左手摟住了她，右手輕拍她背脊，安慰道：「你爹爹走了，有我呢！」

一言未畢，突然間足下木材滾動。兩人大叫：「啊喲！」摔入江中。原來天地會家后堂精通水性的好手潛入江中，割斷了縛住木排的竹索，木材登時散開。

馮錫範急躍而起，看準了一根大木材，輕輕落下。那鄉農跟著追到，呼的一刀，迎頭劈下。馮錫範揮劍格開。兩人便在大木材上繼續廝拚。這番相鬥，比之適才在木排上過招，又難了不少。木材不住在水中滾動，立足固然難穩，又無從借力。馮錫範和那鄉農卻都站得穩穩地，刀來劍往，絲毫不緩。木材順著江水流下，漸漸飄到江心。

吳六奇突然叫道：「啊喲！我想起來了。這位仁兄是百勝刀王胡逸之。他……他……

……他怎地變成了這個樣子？快追，划船過去！」

馬超興奇道：「胡逸之？那不是又有個外號叫作『美刀王』的嗎？此人風流英俊，當年說是武林中第一美男子，居然扮作了個傻裏傻氣的鄉巴佬！」

韋小寶連問：「我老婆救起來了沒有？」

吳六奇臉有不悅之色，向他瞪了一眼，顯然是說：「百勝刀王胡逸之遭逢強敵，水面凶險，我們怎不立即上前相助？你老是記掛著女子，重色輕友，非英雄所爲。」

馬超興叫道：「快傳下令去，多派人手，務須救那姑娘。」後梢船夫大聲叫了出去。

忽見江中兩人從水底下鑽了上來，托起濕淋淋的阿珂，叫道：「女的拿住了。」跟著左首一人抓住鄭克塽的衣領，提將起來，叫道：「男的也拿了。」衆人哈哈大笑。

韋小寶登時放心，笑逐顏開，說道：「咱們快去瞧那百勝刀王，瞧他跟半劍有血打得怎樣了。」坐船於吳六奇催促之下，早就四槳齊划，迅速向胡馮二人相鬥的那根大木材駛去。溶溶月色之下，惟見江面上白光閃爍，二人兀自鬥得甚緊。

二人武功本來難分上下，但馮錫範日間和風際中、玄貞道人拚了兩掌，風際中內力著實了得，當時已覺胸口氣血不暢，此刻久鬥之下，更覺右胸隱隱作痛。在這滾動不休的大木之上，除了前進後退一步半步之外，絕無迴旋餘地，百勝刀王胡逸之的刀法招招險、刀刀狠，只攻不守，每一刀似乎都是要拚個同歸於盡。這等打法若在武藝平庸之人使來，本是使潑耍賴，但胡逸之刀法自成一家，雖險實安。他武功本已精奇，加上這一股凌厲無前的狠勁，馮錫範不由得心生怯意，又見一艘小船划將過來，船頭站著數人，一瞥之下，赫然有日間在賭場中相遇的老化子在內。

胡逸之大喝一聲，左一刀，右兩刀，上一刀，下兩刀，連攻六刀。馮錫範奮力抵住，百忙中仍還了兩劍，門戶守得嚴密異常。吳六奇讚道：「好刀法！好劍法！」胡逸之又揮刀迎面直劈。馮錫範退了半步，身子後仰，避開了這刀，長劍晃動，擋在身前。這時他左足已踏在大木末端，腳後跟浸在水中，便半寸也退不得了。胡逸之再砍三刀，馮錫範還了三劍，竟分毫不退。胡逸之大喝一聲，舉刀直砍下來。馮錫範側身讓開，不料胡逸之這一刀竟不收手，向下直砍而落，嚓的一聲，將大木砍為兩段。

馮錫範立足之處是大木的末端，大木一斷，他「啊」的一聲，翻身入水。胡逸之鋼刀脫手，刀尖對準了他腦門射去，勢道勁急。馮錫範身在水中，閃避不靈，眼見鋼刀擲到，急揮長劍擲出，錚的一聲，刀劍空中相撞，激出數星火花，遠遠盪了開去，落入江中。馮錫範潛入水中，就此不見。胡逸之暗暗心驚：「這人水性如此了得，剛才我如跟他一齊落水，非遭他毒手不可。」

吳六奇朗聲叫道：「百勝刀王，名不虛傳！今日得見神技，令人大開眼界。請上船來共飲一杯如何？」

胡逸之道：「叨擾了！」一躍上船。船頭只微微一沉，船身竟沒絲毫晃動。韋小寶不明這一躍之難，吳六奇、馬超興等卻均大為佩服。吳六奇拱手說道：「在下吳六奇。這位馬超興兄弟，這位韋小寶兄弟。我們都是天地會的香主。」

胡逸之大拇指一翹，說道：「吳兄，你身在天地會，此事何等隱秘，倘若洩漏了風聲，全家性命不保。今日初會，你竟對兄弟不加隱瞞，如此豪氣，令人好生佩服。」

吳六奇笑道：「倘若信不過百勝刀王，兄弟豈不成了卑鄙小人麼？」

胡逸之大喜，緊緊握住他手，說道：「這些年來兄弟隱居種菜，再也不問江湖之事，不料今日還能結交到鐵丐吳六奇這樣一位好朋友。」說著攜手入艙。他對馬超興、韋小寶等只微一點頭，並不如何理會。

韋小寶見他打敗了鄭克塽的師父，又佩服，又感謝，說道：「胡大俠將馮錫範打入江中，江裏的王八甲魚定然咬得他全身是血。半劍有血變成了無劍有血，哈哈！」

胡逸之微微一笑，說道：「韋香主，你擲骰子的本事可了得啊！」

這句話本來略有譏嘲之意，笑他武功不行，只會擲骰子作弊騙羊牯。韋小寶卻也不以爲忤，反覺得意，笑道：「胡大俠砌牌的本事，更是第一流高手。咱哥兒倆聯手推莊，贏了那矮胖子不少銀子，胡大俠要佔一半，回頭便分給你。」胡逸之笑道：「韋香主下次推莊，兄弟還是幫莊。跟你對賭，非輸不可。」韋小寶笑道：「妙極，妙極！」

馬超興命人整治杯盤，在小船中飲酒。

胡逸之喝了幾杯酒，說道：「咱們今日既一見如故，兄弟的事，自也不敢相瞞。說來慚愧，兄弟二十餘年來退出江湖，隱居昆明城郊，只不過爲了一個女子。」

韋小寶道：「那個陳圓圓唱歌，就有一句叫做英雄甚麼是多情。既是英雄，自然是要多情的。」吳六奇眉頭一皺，心想：「小孩子便愛胡說八道，你懂得甚麼？」

不料胡逸之臉色微微一變，嘆了口氣，緩緩道：「英雄無奈是多情。吳梅村這一句詩作得甚好，但那吳三桂並不是甚麼英雄，他也不是多情，只不過是個好色之徒罷了。」輕輕哼著〈圓圓曲〉中的兩句：「妻子豈應關大計，英雄無奈是多情。」對韋小寶道：「韋香主，那日你在三聖庵中，聽陳姑娘唱這首曲子，眞是耳福不淺。我在她身邊住了二十三年，斷斷續續的，這首曲子也只聽過三遍，最後這一遍，還是託了你的福。」

韋小寶奇道：「你在她身邊住了二十三年？你……你也是陳圓圓的姘……姘……麼？」

胡逸之苦笑道：「她……她……嘿嘿，她從來正眼也不瞧我一下。我在三聖庵中種菜掃地、打柴挑水，她只道我是個鄉下田夫。」

吳六奇和馬超興對望一眼，都感駭異，料想這位「美刀王」必是迷戀陳圓圓的美色，以致甘爲傭僕。此人武功之高，聲望之隆，當年在武林中都算得是第一流人物，居然心甘情願的去做此低三下四的賤業，實令人大惑不解。看胡逸之時，見他白髮蒼蒼，鬍子稀稀落落，也是白多黑少，滿臉皺紋，皮膚黝黑，又那裏說得上一個「美」字？

韋小寶奇道：「胡大俠，你武功這樣了得，怎地不把陳圓圓一把抱了便走？」

胡逸之一聽這話，臉上閃過一絲怒色，眼中精光暴盛。韋小寶嚇了一跳，手一鬆，酒杯摔將下來，濺得滿身都是酒水。胡逸之低下頭來，嘆了口氣，說道：「那日我在四川成都，無意中見了陳姑娘一眼，唉，那也是前生冤孽，從此神魂顚倒，不能自拔。韋香主，胡某是個沒出息、沒志氣的漢子。當年陳姑娘在平西王府中之時，我在王府裏做園丁，給她種花拔草。她去了三聖庵，我便跟著去做火伕。我別無他求，只盼早上晚間偷偷見到她一眼，便已心滿意足，怎……怎會有絲毫唐突佳人的舉動？」

韋小寶道：「那麼你心中愛煞了她，這二十幾年來，她竟始終不知道？」

胡逸之苦笑搖頭，說道：「我怕洩漏了身分，平日一天之中，難得說三句話，在她面前更啞口無言。這二十三年之中，跟她也只說過三十九句話。她倒向我說過五十五句。」

韋小寶笑道：「你倒記得眞清楚。」

吳六奇和馬超興均感惻然，心想他連兩人說過幾句話，都數得這般清清楚楚，眞是情痴已極。吳六奇生怕韋小寶胡言亂語，說話傷了他心，說道：「胡大哥，咱們性情中人，有的學武成痴，有的愛喝酒，有的愛賭錢。陳圓圓是天下第一美人，你愛鑑賞美色，可是對她清清白白，實在難得之極。兄弟斗膽，有一句話相勸，不知能採納麼？」

胡逸之道：「吳兄請說。」吳六奇道：「想那陳圓圓，當年自然美貌無比，但到了這時候，年紀大了，想來……」胡逸之連連搖頭，不願再聽下去，說道：「吳兄，人各有志。兄弟是個大傻瓜，你如瞧不起我，咱們就此別過。」說著站起身來。

韋小寶道：「且慢！胡兄，陳圓圓的美貌，非人世間所有，眞如天上仙女一般。幸好吳香主、馬香主沒見過，否則一見之後，多半也甘心要給她種菜挑水，我天地會中就少了兩位香主啦……」吳六奇心中暗罵：「他媽的，小鬼頭信口開河。」韋小寶續道：「……我這可是親眼見過的。她的女兒阿珂，只有她一半美麗，不瞞你說，我是打定了主意，就是千刀萬剮，粉身碎骨，也非娶她做老婆不可。昨天在賭場之中，她要挖我眼睛，心狠手辣，老子也不在乎，這個，你老兄是親眼所見，並無虛假。」

胡逸之一聽，登時大興同病相憐之感，嘆道：「我瞧那阿珂對韋兄弟，似乎有點流水無情。」韋小寶道：「甚麼流水無情？簡直恨我入骨。他媽的……胡大哥，你別誤會，我粗口說慣了，改不掉，可不是罵她的媽陳圓圓……那阿珂不是在我胸口狠狠刺了一劍麼？後來又刺我眼珠，若不是我運氣好，她早已謀殺了親夫。她……她……哼，瞧上了臺灣那鄭公子，一心一意想跟他做夫妻，偏偏那姓鄭的在江中又沒淹死。」

胡逸之坐了下來，握住他手，說道：「小兄弟，人世間情這個東西，不能強求，你能遇到阿珂，跟她又有師姊師弟的名份，那已是緣份，並不是非做夫妻不可的。你一生之中，已經看過她許多眼，跟她說過許多話。她罵過你，打過你，用刀子刺過你，那便是說她心中有了你這個人，這已是天大的福份了。」

韋小寶點頭道：「你這話很對。她如對我不理不睬，只當世上沒我這個人，這滋味就更不好受。我寧可她打我罵我，用刀子殺我。只要我沒給她殺死，也就是了。」

胡逸之嘆道：「就給她殺了，也很好啊。她殺了你，心裏不免有點抱歉，夜晚做夢，說不定會夢見你；日間閒著無事，偶然也會想到你。這豈不是勝於心裏從來沒你這個人嗎？」

吳六奇和馬超興相顧駭然，均想這人直是痴到了極處，若不是剛才親眼見到他和馮錫範相鬥，武功出神入化，眞不信他便是當年名聞四海、風流倜儻的「美刀王」。

韋小寶卻聽得連連點頭，說道：「胡大哥，你這番話，眞是說得再明白也沒有，我以前就沒想到。不過我喜歡了一個女子，卻一定要她做老婆，我可沒你這麼耐心。阿珂當眞要我種菜挑水，要我陪她一輩子，我自然也幹。但那鄭公子倘若在她身邊，老子卻非給他來個白刀子進、紅刀子出不可。」

胡逸之道：「小兄弟，這話可不大對了。你喜歡一個女子，那是要讓她心裏高興，爲的是她，不是爲你自已。倘若她想嫁給鄭公子，你就該千方百計的助她完成心願。倘若有人要害鄭公子，你爲了心上人，就該全力保護鄭公子，縱然送了自已性命，那也無傷大雅啊。」

韋小寶搖頭道：「這個可有傷大雅之至，連小雅也傷！賠本生意，兄弟是不幹的。胡大哥，兄弟對你十分佩服，很想拜你爲師。不是學你的刀法，而是學你對陳圓圓的一片痴情。這門功夫，兄弟可跟你差得遠了。」

胡逸之大是高興，說道：「拜師是不必，咱哥兒倆切磋互勉，倒也不妨。」

吳六奇和馬超興對任何女子都不瞧在眼裏，心想美貌女子，窯子裏有的是，只要白花花的銀子搬出去，要多少就有多少，看來這兩個傢伙都失心瘋了。

胡韋二人一老一少，卻越談越覺情投意合，眞有相見恨晚之感。其實韋小寶是要娶阿珂爲妻，那是下定決心，排除萬難，苦纏到底，和胡逸之的一片痴心全然不同，不過一個對陳圓圓一往情深，一個對陳圓圓之女志在必得，立心雖有高下之別，其中卻也有共通之處。何況胡逸之將這番深情在心中藏了二十三年，從未向人一吐，此刻得能盡情傾訴，居然還有人在旁大爲讚嘆，擊節不已，心中的痛快無可言喻。

馬超興見胡韋二人談得投機，不便打斷二人的興致，初時還聽上幾句，後來越聽越不入耳，和吳六奇二人暗皺眉頭，均想：「韋香主是小孩子，不明事理，那也罷了。你胡逸之卻爲老不尊，教壞了少年人。」不由得起了幾分鄙視之意。

胡逸之忽道：「小兄弟，你我一見如故，世上最難得的是知心人。常言道得好，得一知己，死而無憾。胡某人當年相識遍天下，知心無一人，今日有緣跟你相見，咱倆結爲兄弟如何？」韋小寶大喜，說道：「那好極了。」忽然躊躇道：「只怕有一件事不妥。」胡逸之問道：「甚麼事？」韋小寶道：「倘若將來你我各如所願，你娶了陳圓圓，我娶了阿珂，你變成我的丈人老頭兒了。兄弟相稱，可不大對頭。」

吳六奇和馬超興一聽，忍不住哈哈大笑。

胡逸之怫然變色，慍道：「唉，你總是不明白我對陳姑娘的情意。我這一生一世，決計不會伸一根手指頭兒碰到她一片衣角，若有虛言，便如此桌。」說著左手一伸，喀的一聲，抓下舟中小几的一角，雙手一搓，便成木屑，紛紛而落。吳六奇讚道：「好功夫！」胡逸之向他白了一眼，心道：「武功算得甚麼？我這番深情，那才難得。可見你不是我的知己。」

韋小寶沒本事學他這般抓木成粉，拔出匕首，輕輕切下小几的另一角，放在几上，提起匕首，隨手幾剁，將那几角剁成數塊，說道：「韋小寶倘若娶不到阿珂做老婆，有如這塊茶几角兒，給人切個大八塊，還不了手。」

旁人見匕首如此鋒利，都感驚奇，但聽他這般立誓，又覺好笑。

韋小寶道：「胡大哥，這麼說來，我一輩子也不會做你女婿啦，咱們就此結爲兄弟。」胡逸之哈哈大笑，拉著他手，來到船頭，對著月亮一齊跪倒，說道：「胡逸之今日和韋小寶結爲兄弟，此後有福共享，有難同當，若違此誓，教我淹死江中。」

韋小寶也依著說了，最後這句話卻說成「教我淹死在這柳江之中」，心想：「我決不會對不起胡大哥，不過萬一有甚麼錯失，我從此不到廣西來，總不能在這柳江之中淹死了。別的江河，那就不算。」

兩人哈哈大笑，攜手回入艙中，極是親熱。

吳六奇和馬超興向二人道喜，四人舉杯共飲。吳六奇怕這對痴情金蘭兄弟又說陳圓圓和阿珂之事，聽來著實厭煩，說道：「咱們回去罷。」胡逸之點頭道：「好。馬兄、韋兄弟，我有一事相求，這位阿珂姑娘，我要帶去昆明。」

馬超興並不在意。韋小寶卻大吃一驚，忙問：「帶去昆明幹甚麼？」

胡逸之嘆道：「那日陳姑娘在三聖庵中和她女兒相認，當日晚上就病倒了，只是叫著：『阿珂，阿珂，你怎麼不來瞧瞧你娘？』又說：『阿珂，娘只有你這心肝寶貝，娘想得你好苦。』我聽得不忍，這才一路跟隨前來。在路上我曾苦勸阿珂姑娘回去，陪伴她母親，她說甚麼也不肯。這等事情又不能用強，我束手無策，只有暗中跟隨，只盼勸得她回心轉意。現下她給你們拿住了，倘若馬香主要她答應回去昆明見母，方能釋放，只怕她不得不從。」

馬超興道：「此事在下並無意見，全憑韋香主怎麼說就是。」

胡逸之道：「兄弟，你要娶她爲妻，來日方長，但如陳姑娘一病不起，從此再也見不到她女兒，這……這可是終身之恨了。」說著語音已有些哽咽。

吳六奇暗暗搖頭，心想：「這人英雄豪氣，盡已消磨，如此婆婆媽媽，爲了吳三桂的一個愛妾，竟然這般神魂顛倒，豈是好漢子的氣概？陳圓圓是斷送大明江山的禍首之一，下次老子提兵打進昆明，先將她一刀殺了。」

韋小寶道：「大哥要帶她去昆明，那也可以，不過……不過不瞞大哥你說，我跟她明媒正娶，早已拜過天地，做媒人的是沐王府的搖頭獅子吳立身。偏偏我老婆不肯跟我成親，要去改嫁給那鄭公子。倘若她答允和我做夫妻，自然就可放她。」

吳六奇聽到這裏，勃然大怒，再也忍耐不住，舉掌在几上重重一拍，酒壺酒杯登時盡皆翻倒，大聲道：「胡大哥、韋兄弟，這小姑娘不肯去見娘，大大的不孝。她跟韋兄弟拜過了堂，已有夫妻名份，卻又要去跟那鄭公子，大大的不貞。這等不孝不貞的女子，留在世上何用？她相貌越美，人品越壞，我這就去把她的脖子喀喇一下扭斷，他媽的，省得教人聽著心煩，見了惹氣！」厲聲催促梢公：「快划，快划。」

胡逸之、韋小寶、馬超興三人相顧失色，眼見他如此威風凜凜，殺氣騰騰，額頭青筋脹了起來，氣惱已極，那敢相勸？

坐船漸漸划向岸邊，吳六奇叫道：「那一男一女在那裏？」一艘小船上有人答道：「在這裏綁著。」吳六奇向梢公一揮手，坐船轉頭偏東，向那艘小船划去。吳六奇對韋小寶道：「韋兄弟，你我會中兄弟，情如骨肉。做哥哥的不忍見你誤於美色，葬送了一生，今日為你作個了斷。」韋小寶顫聲道：「這件事……還得……還得仔細商量。」吳六奇厲聲道：「還商量甚麼？」

眼見兩船漸近，韋小寶憂心如焚，只得向馬超興求助：「馬大哥，你勸吳大哥一勸。」吳六奇道：「天下好女子甚多，包在做哥哥的身上，給你找一房稱心滿意的好媳婦就是。又何必留戀這等下賤女子？」韋小寶愁眉苦臉，道：「唉，這個……這個……」

突然間呼的一聲，一人躍起身來，撲到了對面船頭，正是胡逸之。只見他一鑽入船艙，跟著便從後梢鑽出，手中已抱了一人，身法迅捷已極，隨即躍到岸上，幾個起落，已在數十丈外，聲音遠遠傳來：「吳大哥、馬大哥、韋兄弟，實在對不住之至，日後上門請罪，聽憑責罰。」話聲漸遠，但中氣充沛，仍聽得清清楚楚。

吳六奇又驚又怒，待要躍起追趕，見胡逸之已去得遠了，轉念一想，不禁捧腹大笑。

韋小寶鼓掌叫好，料想胡逸之抱了阿珂去，自然是將她送去和陳圓圓相會，倒也並不躭心。

桌上一塊大白布上釘滿了繡花針，
幾千塊羊皮碎片已拼成一幅完整無缺的大地圖，
難得的是幾千片碎皮拼在一起，
既沒多出一片，也沒少了一片。

第三十四回

一紙興亡看覆鹿　千年灰劫付冥鴻

片刻間兩船靠攏，天地會兄弟將鄭克塽推了過來。韋小寶罵道：「奶奶的，你殺害天地會兄弟，又想害死天地會總舵主，非把你開膛剖肚不可。辣塊媽媽，你明知阿珂是我老婆，又跟她勾勾搭搭。」說著走上前去，左右開弓，啪啪啪啪，打了他四個耳光。

鄭克塽喝飽了江水，早已委頓不堪，見到韋小寶兇神惡煞的模樣，求道：「韋兄弟，求你瞧在我爹爹的份上，饒我一命。從今而後，我……再也不敢跟阿珂姑娘說一句話。」韋小寶道：「倘若她跟你說話呢？」鄭克塽道：「我也不答，否則……否則……否則怎樣，一時說不上來。韋小寶道：「你這人說話如同放屁。我先把你舌頭割了，好教你便想跟阿珂說話，也說不上。」說著拔出匕首，喝道：「伸舌頭出來！」鄭克塽大驚，忙道：「我決不跟她說話便是，只要說一句話，便是混帳王八蛋。」

韋小寶生怕陳近南責罰，倒也不敢眞的殺他，說道：「以後你再敢對天地會總舵主和兄弟們無禮，再敢跟我老婆不三不四，想弄頂綠帽給老子戴，老子一劍插在你這奸夫頭裏。」提起匕首輕輕一擲，那匕首直入船頭。

鄭克塽忙道：「不敢，不敢，再也不敢了。」

韋小寶轉頭對馬超興道：「馬大哥，他是你家后堂拿住的，請你發落罷。」馬超興嘆道：「國姓爺何等英雄，生的孫子卻這般不成器。」

吳六奇道：「這人回到臺灣，必跟總舵主爲難，不如一刀兩段，永無後患。」鄭克塽大驚，忙道：「不，不會的。我回去臺灣，求爹爹封陳永華陳先生的官，封個大大的官。」馬超興道：「哼，總舵主希罕麼？」低聲對吳六奇道：「這人是鄭王爺的公子，咱們倘若殺了，只怕陷得總舵主有『弒主』之名。」

天地會是陳永華奉鄭成功之命而創，陳永華是天地會首領，但仍是臺灣延平郡王府的下屬，會中兄弟若殺了延平王的兒子，陳永華雖不在場，卻也脫不了干係。吳六奇一想不錯，雙手一扯，拉斷了綁著鄭克塽的繩索，將他提起，喝道：「滾你的罷！」一把擲向岸上。

鄭克塽登時便如騰雲駕霧般飛出，在空中哇哇大叫，料想這一摔難免筋折骨斷，那知屁股著地，在一片草地上滑出，雖震得全身疼痛，卻沒受傷，爬起身來，急急走了。

吳六奇和韋小寶哈哈大笑。馬超興道：「這傢伙丟了國姓爺的臉。」吳六奇問道：「這傢伙如何殺傷本會兄弟，陷害總舵主？」韋小寶道：「這事說來話長，咱們上得岸去，待兄弟跟大哥詳說。」向天邊瞧了一眼，道：「那邊盡是黑雲，只怕大雨就來了，咱們快上岸罷。」一陣疾風颳來，只吹得各人衣衫颯颯作聲，口鼻中都是風。

吳六奇道：「這場風雨只怕不小，咱們把船駛到江心，大風大雨中飲酒說話，倒挺有趣。」韋小寶驚道：「這艘小船吃不起風，要是翻了，豈不糟糕？」馬超興微笑道：「那倒不用躭心。」轉頭向梢公吩咐了幾句。梢公答應了，掉過船頭，掛起風帆。

此時風勢已頗不小，布帆吃飽了風，小船箭也似的向江心駛去。江中浪頭大起，小船忽高忽低，江水直濺入艙來。韋小寶外號叫作「小白龍」，卻不識水性，他年紀是小的，這時臉色也已嚇得慘白，不過跟這個「龍」字，卻似乎拉扯不上甚麼干係了。

吳六奇笑道：「韋兄弟，我也不識水性。」韋小寶奇道：「你不會游水？」吳六奇搖頭道：「從來不會，我一見到水便頭暈腦脹。」韋小寶道：「那……那你怎麼叫船駛到江心來？」吳六奇笑道：「天下的事情，越是可怕，我越要去碰它一碰。最多是大浪打翻船，大家都做柳江中的水鬼，那也沒甚麼大不了。何況馬大哥外號『西江神蛟』，水上功夫何等了得？馬大哥，咱們話說在前，待會若是翻船，你得先救韋兄弟，第二個再來救我。」馬超興笑道：「好，一言爲定。」韋小寶稍覺放心。

這時風浪益發大了，小船隨著浪頭，驀地裏升高丈餘，突然之間，便似從半空中掉將下來，要鑽入江底一般。韋小寶給拋了上來，騰的一聲，重重摔上艙板，尖聲大叫：「乖乖不得了！」船篷上嘩喇喇一片響亮，大雨洒將下來，跟著一陣狂風颳到，將船頭、船尾的燈籠都捲了出去，船艙中的燈火也即熄滅。韋小寶又大叫：「啊喲，不好了！」

從艙中望出去，但見江面白浪洶湧，風大雨大，氣勢驚人。馬超興道：「兄弟莫怕，這場風雨果然厲害，待我去把舵。」走到後梢，叱喝舵手入艙。風勢奇大，兩名船夫剛到桅桿邊，便險些給吹下江去，緊緊抱住了桅桿，不敢離手。大風浪中，那小船忽然傾側。韋小寶向左摔去，尖聲大叫，心中痛罵：「老叫化出他媽的這古怪主意，你自己又不會游水，甚麼地方不好玩，卻到這大風大雨的江中來開玩笑？風大雨大，你媽媽的肚皮大，卻不知誰是你爹！」

狂風夾著暴雨，一陣陣打進艙來，韋小寶早已全身濕透。猛聽得豁喇喇一聲響，風帆落了下來，船身陡側，韋小寶向右撞去，砰的一聲，腦袋撞上小几，忽想：「我又沒對不起胡大哥，爲甚麼今日要淹死在這柳江之中？啊喲，是了，我起這個誓，就是存心不良，打了有朝一日要欺騙他的主意。玉皇大帝、十殿閻王、救苦救難觀世音菩薩，韋小寶誠心誠意，決計跟胡大哥有福共享，有難同當。共享甚麼福？他如娶了陳圓圓……難道我也……」

風雨聲中，忽聽得吳六奇放開喉嚨唱起曲來：

「走江邊，滿腔憤恨向誰言？老淚風吹面，孤城一片，望救目穿。使盡殘兵血戰，跳出重圍，故國悲戀，誰知歌罷剩空筵。長江一線，吳頭楚尾路三千，盡歸別姓，雨翻雲變。寒濤東捲，萬事付空煙。精魂顯大招，聲逐海天遠。」

曲聲從江上遠送出去，風雨之聲雖響，卻也壓他不倒。馬超興在後梢喝采不迭，叫道：「好一個『聲逐海天遠』！」韋小寶但聽他唱得慷慨激昂，也不知曲文是甚麼意思，心中罵道：「你有這副好嗓子，卻不去戲台上做大花面？老叫化，放開了喉嚨大叫：『老爺太太，施捨些殘羹冷飯。』倒也餓不死你。」

忽聽得遠處江中有人朗聲叫道：「千古南朝作話傳，傷心血淚洒山川。」那叫聲相隔甚遠，但在大風雨中清清楚楚的傳來，足見那人內力深湛。

韋小寶一怔之際，只聽得馬超興叫道：「是總舵主嗎？兄弟馬超興在此。」那邊答道：「正是。小寶在麼？」果是陳近南的聲音。韋小寶又驚又喜，叫道：「師父，我在這裏。」但狂風之下，他的聲音又怎傳得出去？馬超興叫道：「韋香主在這裏。還有洪順堂紅旗吳香主。」陳近南道：「好極了！難怪江上唱曲，高亢入雲。」聲音中流露出十分喜悅之情。吳六奇道：「屬下紅旗老吳，參見總舵主。」陳近南道：「自己兄弟，不必客氣。」聲音漸近，他的坐船向著這邊駛來。

風雨兀自未歇，韋小寶從艙中望出去，江上一片漆黑，一點火光緩緩在江面上移來，陳近南船上點得有燈。過了好一會，火光移到近處，船頭微微一沉，陳近南已跳上船來。韋小寶心想：「師父到來，這次小命有救了。」忙迎到艙口，黑暗中看不見陳近南面貌，大聲叫了聲「師父」再說。

陳近南拉著他手，走入船艙，笑道：「這場大風雨，可當眞了得。你嚇著了麼？」韋小寶道：「還好。」吳六奇和馬超興都走進艙來參見。

陳近南道：「我到了城裏，知道你們在江上，便來尋找，想不到遇上這場大風雨。若不是吳大哥一曲高歌，也眞還找不到。」吳六奇道：「屬下一時興起，倒教總舵主見笑了。」陳近南道：「大家兄弟相稱罷。吳大哥唱的是才子孔尚任所作的新曲嗎？」

吳六奇道：「正是。孔尚任是在下的好友，他心存故國，譜了一套曲子叫〈桃花扇〉，說的是南朝史閣部抗清的故事，這支曲子寫的是史閣部精忠抗敵，沉江殉難。近年來滿清大興文字獄，孔兄弟這套曲子不敢公開布露，在下平時聽孔兄弟唱得多了，此刻江上風雨大作，不禁唱了起來。」陳近南讚道：「唱得好，果然是好。」韋小寶心道：「甚麼曲不好唱，卻唱這倒霉曲？你要沉江，小弟恕不奉陪。」

陳近南道：「那日在浙江嘉興舟中，曾聽黃宗羲先生、呂留良先生、顧炎武先生三位江南名士，說到吳兄的事蹟，兄弟甚是佩服。你我雖是同會弟兄，只是兄弟事繁，一直沒能到廣東相見。吳兄身分不同，亦不能北來。不意今日在此聚會，大慰平生。」吳六奇道：「兄弟入會之後，無日不想參見總舵主。江湖上有言道：『平生不識陳近南，就稱英雄也枉然。』從今天起，我才可稱為英雄了，哈哈，哈哈。」陳近南道：「多承江湖上朋友抬舉，好生慚愧。」

兩人惺惺相惜，意氣相投，放言縱談平生抱負，登時忘了舟外風雨。

談了一會，風雨漸漸小了。陳近南問起吳三桂之事，韋小寶一一說了，遇到驚險之處，自不免加油添醬一番，種種經過，連馬超興也是首次得聞。陳近南聽說已拿到了蒙古使者罕帖摩，真憑實據，吳三桂非倒大霉不可，十分歡喜；又聽說羅剎國要在北方響應吳三桂，奪取關外大片土地，不由得皺起了眉頭，半晌不語。

韋小寶道：「師父，羅剎國人紅毛綠眼睛，倒也不怕，最多不向他們臉上多瞧就是了。他們的火器可真厲害，一槍轟來，任你英雄好漢，也抵擋不住。」陳近南道：「我也正為此躭心，吳三桂和韃子拚個兩敗俱傷，正是天賜恢復我漢家山河的良機，可是前門驅虎，後門進狼，趕走了韃子，來個比韃子更兇惡的羅剎國，又來佔我錦繡江山，那便如何是好？」吳六奇問道：「羅剎國的火器，當真沒法子對付嗎？」

陳近南道：「有一個人，兩位可以見見。」走到艙口，叫道：「興珠，你過來。」那邊小船中有人應道：「是。」跳上船來，走入艙中，向陳近南微微躬身，這人四十來歲年紀，身材瘦小，面目黝黑，滿是英悍之色。陳近南道：「見過了吳大哥、馬大哥。這是我的徒弟，姓韋。」那人抱拳行禮，吳六奇等都起身還禮。陳近南道：「這位林興珠林兄弟，一直在臺灣跟著我辦事，很是得力。當年國姓爺打敗紅毛鬼，攻克臺灣，林兄弟也是有功之人。」

韋小寶笑道：「林大哥跟紅毛鬼交過手，那好極了。羅刹鬼有槍砲火器，紅毛鬼也有槍砲火器，林大哥定有法子。」

吳六奇和馬超興同時鼓掌，齊道：「韋兄弟的腦筋眞靈。」吳六奇本來對韋小寶並不如何重視，料想他不過是總舵主的弟子，才做到青木堂香主的職司，青木堂近年來雖建功不少，也不見得是因這小傢伙之故，見他迷戀阿珂，更有幾分鄙夷，這時卻不由得有些佩服：「這小娃兒見事好快，倒也有些本事。」

陳近南微笑道：「當年國姓爺攻打臺灣，紅毛鬼砲火厲害，果然極難抵敵。我們當時便構築土堤，把幾千名紅毛兵圍在城裏，斷了城中水源，叫他們沒水喝。紅毛兵熬不住了，衝出來攻擊，我們白天不戰，只晚上跟他們近鬥。興珠，當時怎生打法，跟大家說說。」

林興珠道：「那是軍師的神機妙算……」陳近南爲鄭成功獻策攻臺，克成大功，軍中都稱他爲「軍師」。韋小寶道：「軍師？」見林興珠眼望陳近南，師父臉露微笑，已然明白，說道：「啊，原來師父你是諸葛亮。諸葛軍師大破籐甲兵，陳軍師大破紅毛兵。」

林興珠道：「國姓爺於永曆十五年三月初一日祭江，督率文武百官、親軍武衛，乘坐戰艦，自料羅灣放洋，二十四日到澎湖。四月初一日到達臺灣鹿耳門。門外有淺灘數十里，紅毛兵又鑿沉了船，阻塞港口。咱們的戰艦開不進去。正在無法可施的當兒，忽然潮水大漲，衆兵將歡聲震天，諸艦湧進，在水寨港登岸。紅毛兵就帶了槍砲來打。國姓爺對大夥兒說，咱們倘若後退一步，給趕入大海，那就死無葬身之地。紅毛鬼槍砲雖然厲害，大夥兒都須奮勇上前。眾兵將齊奉號令，軍師親自領了我們衝鋒。突然之間，我耳邊好像打了幾千百個霹靂，眼前煙霧瀰漫，前面的兄弟倒了一排。大家一慌亂，就逃了回來。」

韋小寶道：「我第一次聽見開紅毛槍，也嚇得一塌胡塗。」

林興珠道：「我正如沒頭蒼蠅般亂了手腳，只聽軍師大聲叫道：『紅毛鬼放了一槍，要上火藥裝鉛子，大夥兒衝啊！』我忙領著眾兄弟衝了上去，果然紅毛鬼一時來不及放槍。可是剛衝到跟前，紅毛鬼又放槍了，我立即滾在地下躲避，不少兄弟卻給打死了，沒法子，只得退了下來。紅毛鬼卻也不敢追趕。這一仗陣亡了好幾百兄弟，大家垂頭喪氣，一想到紅毛鬼的槍砲就心驚肉跳。」

韋小寶道：「後來終於是軍師想出了妙計？」

林興珠叫道：「是啊。那天晚上，軍師把我叫了去，問我：『林兄弟，你是武夷山地堂門的弟子，是不是？』我說是的。軍師道：『日裏紅毛鬼一放槍，你立即滾倒在地，身法很敏捷啊。』我十分慚愧，說道：『回軍師的話：小將不敢貪生怕死，明日上陣，決計不敢再滾倒躲避，折了我大明官兵的威風。否則的話，你殺我頭好了。』」

韋小寶道：「林大哥，我猜軍師不是怪你貪生怕死，是讚你滾地躲避的法子很好，要你傳授給眾兄弟。」陳近南向他瞧了一眼，臉露微笑，頗有讚許之意。

林興珠一拍大腿，大聲道：「是啊，你是軍師的徒弟，果然是明師出高徒……」韋小寶笑道：「你是我師父的部下，果然是強將手下無弱兵。」衆人都笑了起來。吳六奇暗暗點頭。

林興珠道：「那天晚上軍師當眞是這般吩咐。他說：『你不可會錯了意。我見你的「燕青十八翻」、「松鼠草上飛」的身法挺合用，可以滾到敵人身前，用單刀斫他們的腿。有一套「地堂刀法」，你練得怎樣？』我聽軍師不是責罵我膽小怕死，這才放心，說道：『回軍師的話：「地堂刀法」小將是練過的，當年師父說道，倘若上陣打仗，可以滾過去斫敵人的馬腳，不過紅毛鬼不騎馬，只怕沒用。』軍師道：『紅毛鬼雖沒騎馬，咱們斫他人腳，有何不可？』我一聽之下，恍然大悟，連說：『是，是，小將腦筋不靈，想不到這一點。』」

韋小寶微微一笑，心想：「你師父教你這刀法可斫馬腳，你就以爲不能斫人腳。老兄的腦筋，果然不大靈光。」

林興珠道：「當時軍師就命我演了一遍這刀法。他讚我練得還可以，說道：『你的地堂門刀法身法，若沒十多年的寒暑之功，練不到這地步，但咱們明天就要打仗，大夥兒要練，是來不及了。』我說：『是。這地堂門刀法小將練得不好，不過的確已練了十幾年。』軍師說道：『咱們趕築土堤，用弓箭守住，你馬上去教衆兵將滾地上前、揮刀砍足的法子。只須教三四下招式，大夥兒熟練就可以了，地堂門中太深奧巧妙的武功，一概不用教。』我接了軍師將令，當晚先去教了本隊士兵。第二天一早，紅毛鬼衝來，給我們一陣弓箭射了回去。本隊士兵把地堂刀法的基本五招練會了，轉去傳授別隊的官兵。軍師又吩咐大夥兒砍下樹枝，紮成一面面盾牌，好擋紅毛兵的鉛彈。第四日早上，紅毛兵又大舉衝來，我們上去迎戰，滾地前進，只殺得紅毛鬼落花流水，戰場上留下了幾百條毛腿。赤崁城守將紅毛頭的左腿也給砍了下來。這紅毛頭不久就此投降。後來再攻衛城，用的也是這法子。」

馬超興喜道：「日後跟羅刹鬼子交鋒打仗，也可用地堂功夫對付。」

陳近南道：「然而情形有些不同。當年在臺灣的紅毛兵，不過三四千人，死一個，少一個。羅刹兵如來進犯，少說也有幾萬人，源源而來，殺不勝殺，再說，地堂刀法只能用於近戰。羅刹兵如用大砲轟擊，那也難以抵擋。」

吳六奇點頭稱是，道：「依軍師之見，該當如何？」他聽陳近南對林興珠引見之時不稱自己為「香主」，雖想林興珠與陳近南同船而來，必已聽到各人對答，但料來他不是天地會中人，便也不以「總舵主」相稱。

陳近南道：「我中國地大人多，若無漢奸內應，外國人是極難打進來的。」眾人都道：「正是。韃子佔我江山，全仗漢奸吳三桂帶路。」陳近南道：「現今吳三桂又去跟羅刹國勾結，他起兵造反之時，咱們先一鼓作氣的把他打垮，羅刹國沒了內應，就沒那麼容易入侵。」馬超興道：「只是吳三桂倘若垮得太快，就不能跟韃子打個兩敗俱傷。」陳近南道：「這也不錯。但利害相權，比較起來，羅刹人比韃子更可怕。」

韋小寶道：「是啊。滿洲韃子也是黃皮膚，黑眼睛，扁鼻頭，跟我們沒甚麼兩樣，說的話也是一般。外國鬼子紅毛綠眼睛，說起話來嘰哩咕嚕，有誰懂得？」

眾人談了一會國家大事，天色漸明，風雨也已止歇。馬超興道：「大家衣衫都濕了，便請上岸去同飲一杯，以驅寒氣。」陳近南道：「甚好。」

這場大風將小船吹出三十餘里，待得回到柳州，已近中午。眾人在原來碼頭上岸。只見一人飛奔過來，叫道：「相公，你……你回來了。」正是雙兒。她全身濕淋淋的，臉上滿是喜色。韋小寶問：「你怎麼在這裏？」雙兒道：「昨晚大風大雨，你坐了船出去，我好生放心不下，只盼相公早些平安回來。」韋小寶奇道：「你一直等在這裏？」雙兒道：「是。我……我……只躭心……」韋小寶笑道：「躭心我坐的船沉了？」雙兒低聲道：「我知道你福氣大，船是一定不會沉的，不過……不過……」

碼頭旁一個船夫笑道：「這位小總爺，昨晚半夜三更裏風雨最大的時候，要僱我們的船出江，說是要尋人，先說給五十兩銀子，沒人肯去，他又加到一百兩。張老三貪錢，答允了，可是剛要開船，豁喇一聲，大風吹斷了桅桿。這麼一來，可誰也不敢去了。他急得只大哭。」

韋小寶心下感動，握住雙兒的手，說道：「雙兒，你對我眞好。」雙兒脹紅了臉，低下頭去。

一行來到馬超興的下處，換過衣衫。陳近南吩咐馬超興派人去打聽鄭公子和馮錫範的下落。馬超興答應了，派人出去訪查，跟著稟報家后堂的事務。

馬超興擺下筵席，請陳近南坐了首席，吳六奇坐了次席。要請韋小寶坐第三席時，韋小寶道：「林大哥攻破臺灣，地堂刀大砍紅毛火腿，立下如此大功，兄弟就是站著陪他喝酒，也是心甘情願。這樣的英雄好漢，兄弟怎敢坐他上首？」拉著林興珠坐了第三席。林興珠大喜，心想軍師這個徒弟年紀雖小，可著實夠朋友。

筵席散後，天地會四人又在廂房議事。陳近南吩咐道：「小寶，你有大事在身，你我師徒這次仍不能多聚，明天你就北上罷。」

韋小寶道：「是。只可惜這一次又不能多聽師父教誨。我本來還想聽吳大哥說說他的英雄事蹟，也只好等打平吳三桂之後，再聽他說了。」

吳六奇笑道：「你吳大哥沒甚麼英雄事蹟，平生壞事倒是做了不少。當年若不是丐幫孫長老一場教訓，直到今日，我還是在爲虎作倀、給韃子賣命呢。」

韋小寶取出吳三桂所贈的那枝洋槍，對吳六奇道：「吳大哥，你這麼遠路來看兄弟，實在感激不盡，這把羅刹國洋槍，請你留念。」吳三桂本來送他兩枝，另一枝韋小寶在領出沐劍屏時，交了給夏國相作憑證，此後匆匆離滇，不及要回。

吳六奇謝了接過，依法裝上火藥鐵彈，點火向著庭中施放一槍，火光一閃，砰的一聲大響，庭中的青石板石屑紛飛，衆人都嚇了一跳。陳近南皺起眉頭，心想：「羅刹國的火器竟這般厲利，倘若興兵進犯，可眞難以抵擋。」

韋小寶取出四張五千兩銀票，交給馬超興，笑道：「馬大哥，煩你代爲請貴堂衆位兄弟喝一杯酒，是我青木堂一點小意思。」馬超興笑道：「二萬兩銀子？可太多了，喝三年酒也喝不完。」謝過收了。

韋小寶跪下向陳近南磕頭辭別。陳近南伸手扶起，拍拍他肩膀，笑道：「你很好，不枉了是我陳近南之徒。」

韋小寶和他站得近了，看得分明，見他兩鬢斑白，神色憔悴，想是這些年來奔走江湖，大受風霜之苦，不由得心下難過，要想送些甚麼東西給他，尋思：「師父是不要銀子的，珠寶玩物，他也不愛。師父武功了得，也不希罕我的匕首和寶衣。」突然間一陣衝動，說道：「師父，有件事要稟告你老人家。」

吳六奇和馬超興知他師徒倆有話說，便即退出。

韋小寶伸手到貼肉衣袋內，摸出一包物事，解開縛在包外的細繩，揭開一層油布，再揭開兩層油紙，露出從八部《四十二章經》封皮中取出來的那些碎羊皮，說道：「師父，弟子沒甚麼東西孝敬你老人家，這包碎皮，請你收了。」

陳近南甚感奇怪，問道：「這是甚麼？」

韋小寶於是說了碎皮的來歷。陳近南越聽臉色越鄭重，聽得太后、皇帝、鰲拜、青海大喇嘛、獨臂尼九難、神龍教主等等大有來頭的人物，無不處心積慮的想得到這些碎皮，而其中竟隱藏著滿清韃子龍脈和大寶藏的秘密，當眞做夢也想不到。他細問經過情形，韋小寶一一說了，有些細節如神龍教教主教招、拜九難爲師等情，自然略過不提。

陳近南沉吟半晌，說道：「這包東西委實非同小可。我師徒倆帶領會中兄弟，去掘了韃子的龍脈，取出寶藏，興兵起義，自是不世奇功。不過我即將回臺謁見王爺，這包東西帶在身邊，海道來回，或恐有失。此刻還是你收著。我回臺之後，便來北京跟你相會，那時再共圖大事。」韋小寶道：「好！那麼請師父儘快到北京來。」

陳近南道：「你放心，我片刻也不停留。小寶，你師父畢生奔波，爲的就是圖謀興復明室，眼見日子一天天過去，百姓對前朝漸漸淡忘，韃子小皇帝施政又很妥善，興復大業越來越渺茫。想不到吳三桂終於要起兵造反，而你又得了這份藏寶圖，那眞是天大的轉機。」說到這裏，不由得喜溢眉梢。

他本來神情鬱鬱，顯得滿懷心事，這時精神大振，韋小寶瞧著十分歡喜。陳近南又問：「你身上中的毒怎樣了？減輕些了麼？」韋小寶道：「弟子服了神龍教洪教主給的解藥，毒性是完全解去了。」陳近南喜道：「那好極了。你這一雙肩頭，挑著反清復明的萬斤重擔，務須自己保重。」說著雙手按住他肩頭。

韋小寶道：「是。弟子亂七八糟，甚麼也不懂的。得到這些碎皮片，也不過碰上運氣罷了。每一次都好比我做莊，吃了閒家的夾棍，天槓吃天槓，彆十吃彆十，吃得舒舒服服。」

陳近南微微一笑，道：「你回到北京之後，半夜裏閂住了門窗，慢慢把這些皮片拼將起來，湊成一圖，然後將圖形牢牢記在心裏，記得爛熟，再無錯誤之後，又將碎皮拆亂，包成七八包，藏在不同的所在。小寶，一個人運氣有好有壞，不能老是一帆風順。如此大事，咱們不能專靠好運道。」

韋小寶道：「師父說得不錯。好比我賭牌九做莊，現今已贏了八鋪，如果一記通賠，這包碎皮片給人搶去了，豈不全軍覆沒，鏟了我的莊？因此連贏八鋪之後，就要下莊。」

陳近南心想，這孩子賭性眞重，微笑道：「你懂得這道理就好。賭錢輸贏，沒甚麼大不了。咱們圖謀大事，就算把性命送了，那也是等閒之事。但這包東西，天下千千萬萬人的身家性命都在上面，可萬萬輸不得。」韋小寶道：「是啊，我贏定之後，把銀子捧回家去，埋在床底下，斬手指不賭了，那就永遠輸不出去。」

陳近南走到窗邊，抬頭望天，輕輕說道：「小寶，我聽到這消息之後，就算立即死了，心裏也歡喜得緊。」

韋小寶心想：「往日見到師父，他總是精神十足，爲甚麼這一次老是想到要死？」問道：「師父，你在延平郡王府辦事，心裏不大痛快，是不是？」陳近南轉過身來，臉有詫異之色，問道：「你怎知道？」韋小寶道：「我見師父似乎不大開心。但想世上再爲難的事情，你也不放在心上。江湖上英雄好漢，又個個對你十分敬重。我想你連皇帝也不怕，普天之下只鄭王爺一人能給你氣受。」

陳近南嘆了口氣，隔了半晌，說道：「王爺對我一向禮敬有加，十分倚重。」韋小寶道：「嗯，定是鄭二公子這傢伙向你擺他媽的臭架子。」陳近南道：「當年國姓爺待我恩重如山，我早誓死相報，對他鄭家的事，那是鞠躬盡瘁，死而後已。鄭二公子年紀輕，就有甚麼言語不當，我也不放在心上。王爺的世子英明愛衆，不過乃是庶出。」韋小寶不懂，問道：「甚麼庶出？」陳近南道：「庶出就是並非王妃所生。」韋小寶道：「啊，我明白了，是王爺的小老婆生的。」

陳近南覺他出言粗俗，但想他沒讀過書，也就不加理會，說道：「是了。當年國姓爺逝世，跟這件事也很有關連，因此王太妃很不喜歡世子，一再吩咐王爺，要廢了世子，立二公子做世子。」韋小寶大搖其頭，說道：「二公子胡塗沒用，又怕死，不成的！這傢伙是個混蛋，膿包，他媽的混帳王八蛋。那天他還想害死師父您老人家呢。」

陳近南臉色微微一沉，斥道：「小寶，嘴裏放乾淨些！你這不是在罵王爺麼？」韋小寶「啊」的一聲，按住了嘴，說道：「該死！王八蛋這三字可不能隨便亂罵。」

陳近南道：「兩位公子比較起來，二公子確是處處及不上他哥哥，不過相貌端正，嘴頭又甜，很討得祖母的歡心……」韋小寶一拍大腿，說道：「是啊，婦道人家甚麼也不懂，見了個會拍馬屁的小白臉，就當是寶貝了。」陳近南不知他意指阿珂，搖了搖頭，說道：「改立世子，王爺是不答允的，文武百官也都勸王爺不可改立。因此兩位公子固然兄弟失和，太妃和王爺母子之間，也常爲此爭執。太妃有時心中氣惱，還叫了我們去訓斥一頓。」

韋小寶道：「這老……」他「老婊子」三字險些出口，總算及時縮住，忙改口道：「老太太們年紀一大，這就胡塗了。師父，鄭王爺的家事你既然理不了，又不能得罪他們，索性給他來個各人自掃門前雪，別管他家瓦上霜。」

陳近南嘆道：「我這條命不是自己的了，早已賣給了國姓爺。人生於世，受恩當報。當年國姓爺以國士待我，我須當以國士相報。眼前王爺身邊，人材日漸凋落，我決不能獨善其身，捨他而去。唉！大業艱難，也不過做到如何便如何罷了。」說到這裏，又有些意興蕭索起來。

韋小寶想說些話來寬慰，卻一時無從說起，過了一會，說道：「昨天我們本來想把鄭克塽這麼……」說著舉起手來，一掌斬落，「……一刀兩斷，倒也乾淨爽快。但馬大哥說，這樣一來，可教師父難以做人，負了個甚麼『撕主』的罪名。」

陳近南道：「是『弒主』。馬兄弟這話說得很對，倘若你們殺了鄭公子，我怎有面目去見王爺？他日九泉之下，也見不了國姓爺。」

韋小寶道：「師父，你幾時帶我去瞧瞧鄭家這王太妃，對付這種老太太，弟子倒有幾下散手。」心想自己把假太后這老婊子收拾得服服貼貼，連皇太后也對付得了，區區一個王太妃又何足道哉。陳近南微微一笑，說道：「胡鬧！」拉著他手，走出房去。

當下韋小寶向師父、吳六奇、馬超興告辭。吳馬二人送出門去。

吳六奇道：「韋兄弟，你這個小丫頭雙兒，我已跟她拜了把子，結成了兄妹。」

韋小寶和馬超興都吃了一驚，轉頭看雙兒時，只見她低下了頭，紅暈雙頰，神色甚是忸怩。韋小寶笑道：「吳大哥好會說笑話。」吳六奇正色道：「不是說笑。我這個義妹忠肝義膽，勝於鬚眉，正是我輩中人。做哥哥的對她好生相敬。我見你跟『百勝刀王』胡逸之拜把子，拜得挺有勁，我見樣學樣，於是要跟雙兒拜把子。她可說甚麼也不肯，說是高攀不上。我一個老叫化，有甚麼高攀、低攀了？我非拜不可，她只好答允。」馬超興道：「剛才你兩位在那邊房中說話，原來是商量拜把子的事。」吳六奇道：「正是。雙兒妹子叫我不可說出來，哈哈，結拜兄妹，光明正大，有甚麼不能說的？」

韋小寶聽他如此說，才知是眞，看著吳六奇，又看看雙兒，很是奇怪。

吳六奇道：「韋兄弟，從今而後，你對我這義妹可得另眼相看，倘若得罪了她，我可要跟你過不去。」雙兒忙道：「不……不會的，相公他……他待我很好。」韋小寶笑道：「有你這樣一位大哥撐腰，玉皇大帝、閻羅老子也不敢得罪她了。」三人哈哈大笑，拱手而別。

韋小寶回到下處，問起拜把子的事，雙兒很害羞，說道：「這位吳……吳爺……」韋小寶道：「甚麼吳爺？大哥就是大哥，拜了把子，難道能不算數麼？」雙兒道：「是。他說覺得我不錯，定要跟我結成兄妹。」從懷裏取出那把洋槍，說道：「他說身上沒帶甚麼好東西，這把洋槍是相公送給他的，他轉送給我。相公，還是你帶著防身罷。」

韋小寶連連搖手，道：「是你大哥給你的，又怎可還我？」想起吳六奇行事出人意表，不由得嘖嘖稱奇，又想：「他名字叫『六奇』，難怪，難怪！不知另外五奇是甚麼？」

一行人一路緩緩回京。路上九難傳了韋小寶一路拳法，叫他練習。但韋小寶浮動跳脫，說甚麼也不肯專心學武。九難吩咐他試演，但見他徒具架式，卻半分眞實功夫也沒學到，嘆道：「你我雖有師徒之名，但瞧你性子，實不是學武的材料。這樣罷，我鐵劍門中有一項『神行百變』功夫，是我恩師木桑道人所創，乃天下輕功之首。這項輕功須以高深內功爲根基，諒你也不能領會。你沒一門傍身之技，日後遇到危難，如何得了？我只好教你一些逃跑的法門。」

韋小寶大喜，說道：「腳底能抹油，打架不用愁。師父教了我逃跑的法門，那定是誰也追不上的了。」九難微微搖頭，說道：「『神行百變』，世間無雙，當年威震武林，今日卻讓你用來腳底抹油，恩師地下有知，定不肯認你這個沒出息的徒孫。不過除此之外，我也沒甚麼你學得會的本事傳給你。」

韋小寶笑道：「師父收了我這個沒出息的徒兒，也算倒足了大霉。不過賭錢有輸有贏，師父這次運氣不好，收了我這徒兒，算是大輸一場。老天爺有眼，保祐師父以後連贏八場，再收八個威震天下的好徒兒。」

九難嘿嘿一笑，拍拍他肩頭，說道：「也不一定武功好就是人好。你性子不喜學武，這是天性使然，無可勉強。你除了油腔滑調之外，總也算是我的好徒兒。」

韋小寶大喜，心中一陣激動，便想將那些碎羊皮取出來交給九難，隨即心想：「這些皮片我既已給了男師父，便不能再給女師父了。好在兩位師父都是在想趕走韃子，光復漢人江山，不論給誰都是一樣。」

當下九難將「神行百變」中不需內功根基的一些身法步法，說給韋小寶聽。說也奇怪，一般拳法掌法，他學時淺嚐即止，不肯用心鑽研，這些逃跑的法門，他卻大感興趣，一路上學得津津有味，一空下來便即練習。有時還要輕功卓絕的徐天川在後追趕，自己東跑西竄的逃避。徐天川見他身法奇妙，好生佩服。初時幾下子就追上了，但九難不斷傳授新的訣竅，到得直隸省境，徐天川說甚麼也已追他不上了。

九難見他與「神行百變」這項輕功頗有緣份，倒也大出意料之外，說道：「看來你天生是個逃之夭夭的胚子。」

韋小寶笑道：「弟子練不成『神行百變』，練成『神行抹油』，總算不是一事無成。」他沖了一碗新茶，捧到九難面前，問道：「師父，師祖木桑道長既已逝世，當今天下，自以你老人家武功第一了？」九難搖頭道：「不是。『天下武功第一』六字，何敢妄稱？」眼望窗外，幽幽的道：「有一個人，稱得上『天下武功第一』。」韋小寶忙問：「那是誰？弟子定要拜見拜見。」九難道：「他……他……」突然眼圈一紅，默然不語。韋小寶道：「這位前輩是誰？弟子日後倘若有緣見到，好恭恭敬敬的向他磕幾個頭。」

九難揮揮手，叫他出去。韋小寶甚爲奇怪，慢慢踱了出去，心想：「師父的神色好生古怪，難道這個天下武功第一之人，是她的老姘頭麼？」

九難這時心中所想的，正是那個遠在萬里海外的袁承志。她在木桑門下苦苦等候，袁承志卻始終負約不來。原來袁承志以恩義爲重，不肯負了舊情人，硬生生的忍心割捨了對九難的一番深情。九難多年來這番情意深藏心底，這時卻又給韋小寶撩撥了起來。

次日韋小寶去九難房中請安，卻見她已不別而去，留下了一張字條。韋小寶拿去請徐天川一唸，原來紙條上只寫著「好自爲之」四個字。韋小寶心中一陣悵惘，又想：「昨天我問師父誰是天下武功第一，莫非這句話得罪了她？」

不一日，一行人來到北京。建寧公主和韋小寶同去謁見皇帝。

康熙早已接到奏章，已覆旨准許吳應熊來京完婚，這時見到妹子和韋小寶，心下甚喜。

建寧公主撲上前去，抱住了康熙，放聲大哭，說道：「吳應熊那小子欺侮我。」康熙笑道：「這小子如此大膽，待我打他屁股。他怎麼欺侮你了？」公主哭道：「你問小桂子好了。他欺侮我，他欺侮我！皇帝哥哥，你非給我作主不可。」一面哭，一面連連頓足。康熙笑道：「好，你且回自己屋裏去歇歇，我來問小桂子。」

建寧公主早就和韋小寶商議定當，見了康熙之後，如何奏報吳應熊無禮之事。一等公主退出，韋小寶便詳細說來。

康熙皺了眉頭，一言不發的聽完，沉思半晌，說道：「小桂子，你好大膽！」韋小寶嚇了一跳，忙道：「奴才不敢。」康熙道：「你跟公主串通了，膽敢騙我。」韋小寶道：「沒有啊，奴才怎敢瞞騙皇上？」康熙道：「吳應熊對公主無禮，你自然並未親見，怎能憑了公主一面之辭，就如此向我奏報？」

韋小寶心道：「乖乖不得了，小皇帝好厲害，瞧出了其中破綻。」忙跪下磕頭，說道：「皇上明見萬里。吳應熊對公主如何無禮，奴才果然沒親見，不過當時許多人站在公主窗外，大家都親耳聽見的。」康熙道：「那更加胡鬧了。吳應熊這人我見過兩次，他精明能幹，是個人才。他又不很年輕了，房裏還少得了美貌姬妾？怎會大膽狂妄，對公主無禮。哼，公主的脾氣我還不知道？定是她跟吳應熊爭吵起來，割了……割了他媽的卵蛋。」說到這裏，忍不住哈哈大笑。

韋小寶也笑了起來，站起身來，說道：「這種事情，公主是不便細說的，奴才自然也不敢多問。公主怎麼說，奴才就怎麼稟告。」康熙點點頭，道：「那也說得是。吳應能這小子受了委屈，你傳下旨去，叫他們在京裏擇日完婚罷，滿了月之後，再回雲南。」

韋小寶道：「皇上，完婚不打緊，吳三桂這老小子要造反，可不能讓公主回雲南去。」

康熙不動聲色，點點頭道：「吳三桂果然要反，你見到甚麼？」韋小寶於是將吳三桂如何跟西藏、蒙古、羅刹國、神龍教諸方勾結的情形一一說了。康熙神色鄭重，沉吟不語，過了好一會，才道：「這奸賊！竟勾結了這許多外援！」韋小寶也早知這事十分棘手，不敢作聲。再過一會，康熙又問：「後來怎樣？」

韋小寶說道已將蒙古王子的使者擒來，述說自己如何假裝吳三桂的小兒子而騙出眞相，吳應熊如何想奪回罕帖摩，在公主住處放火，反而慘遭閹割，自己又如何派遣部屬化裝爲王府家將，在妓院中爭風吃醋、假裝殺死罕帖摩。

康熙聽得悠然神往，說道：「這倒好玩得緊。」又道：「吳三桂這人，我沒見過。那日宮中傳出父王賓天的訊息，吳三桂帶了重兵，來京祭拜。我原想見他一見，可是幾名顧命大臣防他擁兵入京，忽然生變，要他在北京城外搭了孝棚拜祭，不許他進北京城。」

說到這裏，站起身來，來回踱步，說道：「鰲拜這廝見事極不明白。倘若就心吳三桂入京生變，只須下旨要他父子入京拜祭，大軍駐紮在城外，他還能有甚麼作爲？他如不敢進城，那是他自己禮數缺了。不許他進城，那明明是跟他說：『我們怕了你的大軍，怕你進京造反，你還是別進來罷！』嘿嘿，示弱之至！吳三桂知朝廷對他疑忌，又怕了他，豈有不反之理？他的反謀，只怕就種因於此。」

韋小寶聽康熙這麼一剖析，打從心坎兒裏佩服出來，說道：「當時倘若他見了皇上，皇上好好開導他一番，說不定他便不敢造反了。」

康熙搖頭道：「那時我年紀幼小，不懂軍國大事，見了之後，沒甚麼厲害的話跟他說，他瞧我不起，說不定反得更快。」當下詳細詢問吳三桂的形貌舉止，又問：「他書房那張白老虎皮到底是怎樣的？」

韋小寶大為奇怪，描述了那張白老虎皮的模樣，說道：「皇上連這等小事也知道。」

康熙微笑不語，又問起吳三桂的兵馬部署，左右用事之人及十大總兵的性情才幹；問話之中，顯得對吳三桂的情狀所知甚詳，手下大將那一個貪錢，那一個好色，那一個勇敢，那一個胡塗，無不了然。

韋小寶既驚且佩，說道：「皇上，你沒去過雲南，可是平西王府內府外的事情，知道得比奴才還多。」突然恍然大悟，道：「啊，是了，皇上在昆明派得有不少探子。」

康熙笑道：「這叫做知己知彼，百戰百勝啊。他一心想要造反，難道咱們就毫不理會？小桂子，你這趟功勞很大，探明了吳三桂跟西藏、蒙古、羅剎國勾結。這樁大秘密，我那些探子就查不到。他們只能查小事，查不到大事。」

韋小寶全身骨頭大輕，說道：「那全仗皇上洪福齊天。」康熙道：「把那罕帖摩帶進宮來，讓我親自審問。」韋小寶答應了，率領十名御前侍衛，將罕帖摩送到上書房來。

康熙一見到，便以蒙古話相詢。罕帖摩聽到蒙古話，既感驚奇，又覺親切，見到宮中的派勢，再也不敢隱瞞，一五一十的說了實情。康熙一連問了兩個多時辰，除蒙古和吳三桂勾結的詳情外，又細問蒙古的兵力部署、錢糧物產、山川地勢、風土人情，以及蒙古各旗王公誰精明，誰平庸，相互間誰跟誰有仇，誰跟誰有親。

韋小寶在旁侍候，聽得二人嘰哩咕嚕的說個不休，罕帖摩一時顯得十分佩服，一時又顯得害怕，到最後跪下來不住磕頭，似是感恩之極。康熙命御前侍衛帶下去監禁。

一名小太監送上一碗參湯。康熙接過來喝了，對小太監道：「你給韋副總管也斟一碗來。」韋小寶磕頭謝恩，喝了參湯。

只聽得書房外腳步響聲，一名小太監道：「啓稟皇上：南懷仁、湯若望侍候皇上。」康熙點點頭。小太監傳呼出去，進來了兩個身材高大的外國人，跪下向康熙磕頭。

韋小寶大是奇怪：「怎麼有外國鬼子來到宮裏，眞是奇哉怪也。」

兩個外國人叩拜後，從懷中各取出一本書卷，放在康熙桌上。那個年紀較輕、名叫南懷仁的外國人道：「皇上，今兒咱們再說大砲發射的道理。」韋小寶聽他一口京片子，清脆流利，不由得「咦」的一聲，驚奇之極，心道：「希奇希奇眞希奇，鬼子不會放洋屁。」

康熙向他一笑，低頭瞧桌上書卷。南懷仁站在康熙之側，手指卷冊，解釋了起來。康熙聽到不懂的所在，便即發問。南懷仁講了半個時辰，另一個老年白鬍子外國人湯若望接著講天文曆法，也講了半個時辰，兩人磕頭退出。

康熙笑道：「外國人說咱們中國話，你聽著很希奇，是不是？」

韋小寶道：「奴才本來很奇怪，後來仔細想想，也不奇怪了。聖天子百神呵護。羅剎國圖謀不軌，上天便降下兩個會說中國話的洋鬼子來輔佐聖朝，製造槍砲火器，掃平羅剎。」

康熙道：「你心思倒也機靈。不過洋鬼子會說中國話，卻不是天生的。那個老頭兒，在前明天啓年間就來到中國了，他是日耳曼人。那年輕的是比利時人，是順治年間來的。他們都是耶穌會教士，來中國傳教的。要傳教，就得學說中國話。」

韋小寶道：「原來如此。奴才一直在躭心羅剎的火器厲害。今天一聽這外國人甚麼大砲短銃，說得頭頭是道，這可就放心啦。」

康熙在書房中緩緩踱步，說道：「羅剎人是人，我們也是人，他們能造槍砲，我們一樣也能造，只不過我們一直不懂這法子罷了。當年我們跟明朝在遼東打仗，明兵有大砲，我們很吃了些苦頭。太祖皇帝就爲砲火所傷，龍馭賓天。可是明朝的天下，還不是給我們拿下來了？可見槍砲是要人來用的，用的人不爭氣，槍砲再厲害也是無用。」

韋小寶道：「原來明朝有大砲。不知這些大砲現下在那裏？咱們拿了去轟吳三桂那老小子，轟他個一佛出世，二佛升天！」

康熙微微一笑，說道：「明朝的大砲就只那麼幾尊，都是向澳門紅毛人買的。單是買鬼子的槍砲，那可不管用。倘若跟鬼子打仗，他們不肯賣了，豈不糟糕？咱們得自己造，那才不怕別人制咱們死命。」

韋小寶道：「對極，對極。皇上還怕這些耶穌會教士造西貝貨騙你，因此自己來弄明白這個道理。從今而後，任他鬼子說得天花亂墜，七葷八素，都騙不了你。」

康熙道：「你明白我的心思。這些造槍砲的道理，也眞繁難得緊，單是鍊那上等精鐵，就大大不易。」

韋小寶自告奮勇，說道：「皇上，我去給你把北京城裏城外的鐵匠，一古腦兒的都叫了來，大夥兒拉起風箱，呼扯，呼扯，鍊他幾百萬斤上好精鐵。」

康熙笑道：「你在雲南之時，我們已鍊成十幾萬斤精鐵啦。湯若望和南懷仁正在監造大砲，幾時你跟我去瞧瞧。」韋小寶喜道：「那可太好了。」忽然想起一事，說道：「皇上，外國鬼子居心不良，咱們可得提防一二。那造砲的地方，又有火藥，又有鐵器，皇上自己別去，奴才給你去監督。」

康熙道：「那倒不用躭心。這件事情關涉到國家氣運，我如不是親眼瞧著，終不放心。南懷仁忠誠耿直。湯若望的老命是我救的，他感激得不得了。這二人決不會起甚麼異心。」韋小寶道：「皇上居然救了外國老鬼子的老命，這可奇了。」

康熙微笑道：「康熙三年，湯若望說欽天監推算日食有誤，和欽天監的漢官雙方激辯。欽天監的漢官楊光先辯不過，就找他的岔子，上了一道奏章，說道湯若望製定的那部《大清時憲曆》，一共只推算了二百年，可是我大清得上天眷祐，聖祚無疆，萬萬年的江山。湯若望止進二百年曆，那不是咒我大清只有二百年天下嗎？」

韋小寶伸了伸舌頭，說道：「厲害，厲害。這外國老鬼會算天文地理，卻不會算做官之人的手段。」康熙道：「可不是麼？那時候鰲拜當政，這傢伙胡裏胡塗，就說湯若望咒詛朝廷，該當凌遲處死。這道旨意送給我瞧，可給我看出了一個破綻。」韋小寶道：「康熙三年，那時你還只十歲啊，已經瞧出了其中有詐，當眞是聖天子聰明智慧，自古少有。」

康熙笑道：「你馬屁少拍。其實這道理說來也淺，我問鰲拜，這部《大清時憲曆》是幾時作好的。他說不知道，下去查了一查，回奏說道，是順治十年作好的，當時先帝下旨嘉獎，賜了他一個『通玄教師』的封號。我說：『是啊，我六七歲時，就已在書房裏見過這部《大清時憲曆》了。這部曆書已作成了十年，爲甚麼當時大家不說他不對？這時候爭他不過，便來翻他的老帳？那可不公道啊。』鰲拜想想倒也不錯，便沒殺他，將他關在牢裏。這件事我後來也忘了，最近南懷仁說起，我才下旨放了他出來。」

韋小寶道：「奴才去叫他花些心思，作一部大清萬年曆出來。」

康熙笑了幾聲，隨即正色道：「我讀前朝史書，凡是愛惜百姓的，必定享國長久，否則儘說些吉祥話兒，又有何用？自古以來，人人都叫皇帝作萬歲，其實別說萬歲，享壽一百歲的皇帝也沒有啊。甚麼『萬壽無疆』，都是騙人的鬼話。父皇諄諄叮囑，要我遵行『永不加賦』的訓諭，我細細想來，只要遵守這四個字，我們的江山就是鐵打的。甚麼洋人的大砲、吳三桂的兵馬，全都不用躭心。」

韋小寶不明白這些治國的大道理，只喏喏連聲，取出從吳三桂那裏盜來的那部正藍旗《四十二章經》，雙手獻上，說道：「皇上，這部經書，果然讓吳三桂這老小子給呑沒了，奴才在他書房中見到，便給他來個順手牽羊，物歸原主。」

康熙大喜，說道：「很好，很好。太后老是掛念著這件事。我去獻給她老人家，拿去太廟焚化了，不管其中有甚麼秘密，從此再也沒人知道。」

韋小寶心道：「你燒了最好！這叫做毀屍滅跡。我盜了經中碎皮片兒的事，就永遠不會發覺了。」

他回到了自己子爵府，天黑之後，閂上了門，取出那包碎皮片，叫了雙兒過來，說道：「有一椿水磨功夫，你給我做做。」吩咐她將幾千片碎皮片拼湊成圖。雙兒伏在案上，慢慢對著剪痕，一片片的拼湊。但數千片碎皮片亂成一團，要湊成原狀，當眞談何容易？韋小寶初時還坐在桌邊，出些主意，東拿一片，西拿一片，幫著拼湊，但搞了半天，連兩塊相連的皮片也找不出來，意興索然，逕自去睡了。

次日醒來，只見外邊房中兀自點著蠟燭，雙兒手裏拿著一片碎皮，正怔怔的凝思。韋小寶走到她身後，「哇」的一聲大叫。雙兒吃了一驚，跳起身來，笑道：「你醒了？」韋小寶道：「這些碎皮片兒可磨人得緊，我又沒趕著要，你怎地一晚不睡？快去睡罷！」雙兒道：「好，我先收拾起來。」

韋小寶見桌上一張大白紙上已用繡花針釘了十一二塊皮片，拼在一起，全然吻合，喜道：「你已找到了好幾片啦。」雙兒道：「就是開頭最難，現下我已明白了一些道理，以後就會拼得快些。」將碎皮片細心包在油布包裏，連同那張大白紙，鎖入一隻金漆箱中。

韋小寶道：「這些皮片很有用，可千萬不能讓人偷了去。」雙兒道：「我整日守在這裏，不離開半步便是。就是怕睡著出了事。」韋小寶道：「不妨，我去調一小隊驍騎營軍士來，守在屋外，給你保駕。」雙兒微笑道：「那就放心得多了。」

韋小寶見她一雙妙目中微有紅絲，足見昨晚甚是勞瘁，心生憐惜，說道：「快睡罷，我抱你上床去。」雙兒羞得滿臉通紅，連連搖手，道：「不，不，不好。」韋小寶笑道：「有甚麼好不好的？你幫我做事，辛苦了一晚，我抱你上床，有甚麼打緊？」說著伸手便抱。雙兒咭的一聲笑，從他手臂下鑽了過去。

韋小寶連抱幾次，都抱了個空，自知輕身功夫遠不及她，微感沮喪，嘆了口氣，坐倒在椅上。雙兒笑吟吟的走近，說道：「先服侍你盥洗，吃了早點，我再去睡。」韋小寶搖頭不語。雙兒見他不快，心感不安，低聲道：「相公，你……你生氣了嗎？」

韋小寶道：「不是生氣，我的輕功太差，師父教了許多好法門，我總是學不會。連你這樣一個小姑娘也捉不到，有甚麼屁用？」雙兒微笑道：「你要抱我，我自然要拚命的逃。」韋小寶突然一縱而起，叫道：「我非捉到你不可。」張開雙手，向她撲去。雙兒格格一笑，側身避開。韋小寶假意向左方一撲，待她逃向右方，一伸手扭住了她衫角。雙兒「啊」的一聲呼叫，生怕給他扯爛了衫子，不敢用力掙脫。

韋小寶雙臂攔腰將她抱住。雙兒只是嘻笑。韋小寶右手抄到她腿彎裏，將她橫著抱起，放到自己床上。雙兒滿臉通紅，叫道：「相公，你……你……」

韋小寶笑道：「我甚麼？」拉過被子蓋在她身上，俯身在她臉上輕輕一吻，笑道：「快合上眼，睡罷。」轉身出房，帶上了門，心道：「這丫頭怕我著惱，故意讓我抱住的。」來到廳上，吩咐親兵傳下令去，調一隊驍騎營軍士來自己房外守衛。

這幾天之中，他將雲南帶來的金銀禮物分送宮中妃嬪、王公大臣、侍衛、太監；心中盤算：「若說是吳三桂送的，倒讓人領了這老小子的情，不如讓老子自己來做好人。」於是吳三桂幾十萬兩金銀，都成了欽差大臣、驍騎營都統韋小寶的禮物。收禮之人自是好評潮湧。宮中朝中，都說皇上當眞聖明，所提拔的這個少年都統精明幹練，居官得體。

這些日子中，雙兒每日都在拼湊破碎羊皮，一找到吻合無誤的皮片，便用繡花針釘住。韋小寶每晚觀看，見拼成的圖形越來越大，圖中所繪果然都是山川地形，圖上註著彎彎曲曲的文字。雙兒道：「這些都是外國字，我可一個也不識。」韋小寶在宮中住得久了，卻知寫的是滿洲字，反正連漢字他也不識，圖中所寫不論是甚麼文字，也都不放在心上。

到得第十八天晚上，韋小寶回到屋裏，只見雙兒滿臉喜容。他伸手摸了摸她下巴，問道：「甚麼事這樣開心？」雙兒微笑道：「相公，你倒猜猜看。」

昨晚臨睡之時，韋小寶見只餘下二三百片碎皮尙未拼起。這門拼湊功夫，每拼起一片，餘下來的少了一片，就容易了一分。最初一兩天最是艱難，一個時辰之中，未必能找到兩片相吻合的碎皮，到後來便進展迅速了。他料想雙兒已將全圖拼起，是以喜溢眉梢，笑道：「讓我猜猜看。嘿，你定是裹了幾隻湖州粽子給我吃。」雙兒搖頭道：「不是。」

韋小寶道：「你在地下撿到了一件寶貝？」雙兒道：「不是。」韋小寶道：「你義兒從廣東帶了好東西來送給你？」雙兒道：「不是，路這麼遠，怎會送東西來啊。」韋小寶道：「莊家三少奶捎了信來？」雙兒搖搖頭，眉頭微蹙，輕聲道：「沒有。莊家三少奶她們不知好不好，我常常想著。」韋小寶叫道：「我知道了，今天是你生日。」雙兒微笑道：「不是的，我生日不是今天。」韋小寶道：「是那一天？」雙兒道：「是九月十……」忽然臉上一紅，道：「我忘記了。」韋小寶道：「你騙人，自己生日怎會忘記了？對了，對了。一定是這個，你在少林寺的那個老和尚朋友瞧你來啦。」雙兒噗哧一笑，連連搖頭，說道：「相公說話眞好笑，我有甚麼少林寺的老和尚朋友？你才有啦。」

韋小寶搔搔頭皮，沉吟道：「這也不是，那也不是，這可難猜了。我本來想猜，是不是你已拼好了圖樣呢？不過昨晚見到還有二三百片沒拼起，最快也總得再有五六天時光。」雙兒雙眼中閃耀著喜悅的光芒，微笑道：「倘若偏偏是今天拼起了呢？」韋小寶搖頭道：「你騙人，我才不信。」雙兒道：「相公，你來瞧瞧，這是甚麼？」

韋小寶跟著她走到桌邊，只見桌上大白布上釘滿了幾千枚繡花針，幾千塊碎片已拼成一幅完整無缺的大地圖，難得的是幾千片碎皮拼在一起，既沒多出一片，也沒少了一片。

韋小寶大叫一聲，反手將雙兒一把抱住，叫道：「大功告成，親個嘴兒。」說著向她嘴上吻去。雙兒羞得滿臉通紅，頭一側，韋小寶的嘴吻到了她耳垂上。雙兒只覺全身酸軟，驚叫：「不，不要！」

韋小寶笑著放開了她，拉著她手，和她並肩看那圖形，不住口的嘖嘖稱讚，說道：「雙兒，若不是你幫我辦這件事，要是我自己來幹哪，就算拼上三年零六個月，也不知拼不拼得成。」雙兒道：「你有多少大事要辦，那有時光做這種笨功夫？」韋小寶道：「啊喲，這是笨功夫麼？這是天下最聰明的功夫了。」雙兒聽他稱讚，甚是開心。

韋小寶指著圖形，說道：「這是高山，這是大河。」指著一條大河轉彎處聚在一起的八個顏色小圈，說道：「全幅地圖都是墨筆畫的，這八個小圈卻有紅、有白、有黃、有藍，還有黃圈鑲紅邊兒的。啊，是了，這是滿洲人的八旗。這八個小圈的所在，定然大有古怪。只不知山是甚麼山，河是甚麼河。」

雙兒取出一疊薄棉紙來，一共三十幾張，每一張上都寫了彎彎曲曲的滿洲文字，交給韋小寶。韋小寶道：「這是甚麼？是誰寫的？」雙兒道：「是我寫的。」韋小寶又驚又喜，道：「原來你識得滿洲字，前幾天還騙我呢。」說著張開雙臂，作勢要抱。雙兒急忙逃開，笑道：「沒騙你，我不識滿洲字，這是將薄紙印在圖上，一筆一劃印著寫的。」

韋小寶喜道：「妙計，妙計。我拿去叫滿洲師爺認了出來，註上咱們的中國字，就知道圖中寫的是甚麼了。好雙兒，寶貝雙兒，你眞細心，知道這圖關係重大，把滿洲字分成幾十張紙來寫。我去分別問人，就不會洩漏了機密。」

雙兒微笑道：「好相公，聰明相公，你一見就猜到我的用意。」

韋小寶笑道：「大功告成，親個嘴兒。」雙兒反身一躍，逃出了房外。

韋小寶來到廳上，吩咐親兵去叫了驍騎營中的一名滿洲筆帖式來，取出一張棉紙，問他那幾個滿洲字是甚麼意思。

那筆帖式道：「回都統大人：這『額爾古納河』、『精奇里江』、『呼瑪爾窩集山』，都是咱們關外滿洲的地名。」韋小寶道：「甚麼嘰哩咕嚕江，呼你媽的山，這樣難聽。」那筆帖式道：「回都統大人：額爾古納河、精奇里江、呼瑪爾窩集山，都是咱們滿洲的大山大江。」韋小寶問：「那在甚麼地方？」那筆帖式道：「回都統大人：是在關外極北之地。」

韋小寶心下暗喜：「是了，這果然是滿洲人藏寶的所在。他們把金銀珠寶搬到關外，定然要藏得越遠越好。」說道：「你把這些唏哩呼嚕江、呼你媽的山的名字，都用漢字寫了出來。」那筆帖式依言寫了。

韋小寶又取出一張棉紙，問道：「這又是甚麼江、甚麼山了？」那筆帖式道：「回都統大人：這是西里木的河、阿穆爾山、阿穆爾河。」韋小寶道：「他媽的，越來越奇啦！你這不是胡說八道嗎？好好的名字不取，甚麼希你媽的河，甚麼阿媽兒、阿爸兒的。」

那筆帖式滿臉惶恐，請了個安，說道：「卑職不敢胡說八道，在滿洲話裏，那是另有意思的。」韋小寶道：「好，你把阿媽兒、阿爸兒，還有希你媽的河，都用漢字註在這紙上。回頭我還得去問問旁人，瞧你是不是瞎說。」那筆帖式道：「是，是。卑職便有天大膽子，也不敢跟都統大人胡說。」韋小寶道：「哈，你有天大膽子麼？」那筆帖式道：「不，不，卑職膽小如鼠。」

韋小寶哈哈大笑，說道：「來人哪，拿五十兩銀子，賞給這個膽小如鼠的朋友。喂，這些希你媽的河，希你爸的山，你要是出去跟人說了，給我一知道，立即追還你五十兩銀子，連本帶利，一共是一百五十兩銀子。」

那筆帖式大喜過望，他一個月餉銀，也不過十二兩銀子，都統大人這一賞就是五十兩，忙請安道謝，連稱：「卑職決不敢亂說。」心想：「本錢五十兩，利息卻要一百兩。我的媽啊，好重的利息，殺了頭我也還不起。」

數日之間，韋小寶已問明了七八十個地名，拿去覆在圖上一看，原來那八個四色小圈，是在黑龍江之北，正當阿穆爾河和黑龍江合流之處，在呼瑪爾窩集山正北，阿穆爾山西北。八個小圈之間寫著兩個黃色滿洲字，譯成漢字，乃「鹿鼎山」三字。

韋小寶把圖形和地名牢記在心，要雙兒也幫著記住，心想這些碎皮片要是給人搶了去，不免洩漏秘密，於是投入火爐，一把燒了。見到火光熊熊升起，心頭說不出的愉悅。尋思：「師父要我分成數包，分別埋在不同的地方，說不定仍會給人盜了去。現下藏在我心裏，就算把我的心挖了去，也找不到這幅地圖啦。不過這顆心，自然是挖不得的。」

一轉頭，見火光照在雙兒臉上，紅撲撲的甚是嬌艷，心下大讚：「我的小雙兒可美得緊哪。」雙兒給他瞧得有些害羞，低下了頭。韋小寶道：「好雙兒，咱們圖兒也拼起啦，地名也查到啦，甚麼希你媽的河，希你爸的山，也都記在心中了，那算不算是大功告成了呢？」雙兒忙跳起身來，笑道：「不，不，沒……沒有。」韋小寶道：「怎麼還沒有？」雙兒笑著奪門而出，說道：「我不知道。」

韋小寶追出去，笑道：「你不知道，我可知道。」忽見一名親兵匆匆進來，說道：「啓稟都統：皇上傳召，要你快去。」韋小寶向雙兒做個鬼臉，出門來到宮中。

只見宮門口已排了鹵簿，康熙的車駕正從宮中出來。韋小寶繞到儀仗之後，跪在道旁磕頭。康熙見到了他，微笑道：「小桂子，跟我看外國人試砲去。」韋小寶喜道：「好極了，這大砲可造得挺快哪。」

一行人來到左安門內的龍潭砲廠，南懷仁和湯若望已遠遠跪在道旁迎駕。康熙道：「起來，起來，大砲在那裏？」南懷仁道：「回聖上：大砲便在城外。恭請聖上移駕御覽。」康熙道：「好！」從車中出來，侍衛前後擁護，出了左安門，只見三尊大砲並排而列。

康熙走近前去，見三門大砲閃閃發出青光，砲身粗大，砲輪、承軸等等無不造得極爲結實，心下甚喜，說道：「很好，咱們就試放幾砲。」

南懷仁親自在砲筒裏倒入火藥，用鐵條舂實，拿起一枚砲彈，裝入砲筒，轉身道：「回皇上：這一砲可以射到一里半，靶子已安在那邊。」康熙順著他手指望去，見遠處約莫一里半以外，有十個土墩並列，點頭道：「好，你放罷。」南懷仁道：「恭請皇上移駕十丈以外，以策萬全。」康熙微微一笑，退了開去。

韋小寶自告奮勇，道：「這第一砲，讓奴才來放罷。」康熙點點頭。韋小寶走到大砲之旁，向南懷仁道：「外國老兄，你來瞄準，我來點火。」南懷仁已校準了砲口高低，這時再核校一次。韋小寶接過火把，點燃砲上藥線，急忙跳開，丟開火把，雙手緊緊塞住耳朵。

只見火光一閃，轟的一聲大響，黑煙瀰漫，跟著遠處一個土墩炸了開來，一個火柱升天而起。原來那土墩中藏了大量硫磺，砲彈落下，立時燃燒，更顯得威勢驚人。

眾軍士齊聲歡呼，向著康熙大呼：「萬歲，萬歲，萬萬歲！」

三尊大砲輪流施放，一共開了十砲，打中了七個土墩，只三個土墩偏了少些沒打中。

康熙十分歡喜，對南懷仁和湯若望大加獎勉，當即升南懷仁爲欽天監監正。湯若望原爲太常寺卿加通政使，號「通玄教師」，在鰲拜手中遭革，康熙下旨恢復原官，改號「通微教師」。康熙名叫玄燁，「玄」字爲了避諱不能再用。三門大砲賜名爲「神武大砲」。

回到宮中，康熙把韋小寶叫進書房，笑吟吟的道：「小桂子，咱們日夜開工，造他幾百門神武大砲，一字排開，對準了吳三桂這老小子轟他媽的，你說他還造不造得成反？」

韋小寶笑道：「皇上神機妙算，本來就算沒神武大砲，吳三桂這老小子也是手到擒來。只不過有了神武大砲，那是更加如……如……如龍添翼了。」他本要說「如虎添翼」，但轉念一想，以皇帝比作老虎，可不大恭敬。康熙笑道：「你這句話太沒學問。飛龍在天，又用得著甚麼翼？」韋小寶笑道：「是，是。可見就算沒大砲，皇上也不怕吳三桂。」

康熙笑道：「你總有得說的。」眉頭一皺，道：「說到這裏，我倒想起一件事來。吳三桂跟蒙古、西藏、羅剎國勾結，還有一個神龍教。那個大逆不道的老婊子假太后，就是神龍教派來穢亂宮禁的，是不是？」韋小寶道：「正是。」康熙道：「這叛逆若不擒來千刀萬剮，如何得報母后被害之恨、太后被囚之辱？」說到這裏，咬牙切齒，甚是氣憤。

韋小寶心想：「皇帝這話，是要我去捉拿老婊子了。那老婊子跟那又矮又胖的瘦頭陀在一起，這時候不知是在那裏，要捉此人，可大大的不容易。」心下躊躇，不敢接口。

康熙果然說道：「小桂子，這件事萬分機密，除了派你去辦之外，可不能派別人。」韋小寶道：「是。就不知老婊子逃到了那裏？她那個奸夫一團肉球，看來會使妖法。」

康熙道：「老婊子如躲到了荒山野嶺之中，要找她果然不易。不過也有線索可尋。你帶領人馬，先去將神龍邪教剿滅了，把那些邪教的黨羽抓來，一一拷問，多半便會查得出老婊子的下落。」見韋小寶有爲難之色，說道：「我也知這件事猶如大海撈針，很不易辦。不過你一來能幹，二來是員大大的福將，別人辦來十分棘手之事，到了你手裏，往往便馬到成功。我也不限你時日，先派你到關外去辦幾件事。你到了關外，在奉天調動人馬，俟機去破神龍島。」

韋小寶心想：「皇帝在拍我馬屁了。這件事不答允也不成了。」說道：「奴才的福氣，都是皇上賜的。皇上對我特別多加恩典，我的福份自然大了。只盼這次又托賴皇上洪福，把老婊子擒來。」

康熙聽他肯去，心中甚喜，拍拍他肩頭，說道：「報仇雪恨雖是大事，但比之國家社稷的安危，又是小了。能捉到老婊子固然最好，第一要務，還是攻破神龍島。小桂子，關外是我大清龍興發祥之地，神龍教在旁虎視眈眈，可說是心腹之患。倘若它跟羅剎人聯手，佔了關外，大清便沒了根本。你破得神龍島，好比是斬斷了羅剎國人伸出來的五根手指。」

韋小寶笑道：「正是。」突然提高聲音叫道：「啊羅嗚！古嚕呼！」提起右手，不住亂甩。康熙笑問：「幹甚麼？」韋小寶道：「羅剎國斷了五根手指，自然痛得大叫羅剎話。」

康熙哈哈大笑，說道：「我升你為一等子爵，再賞你個『巴圖魯』的稱號，調動奉天駐防兵馬，撲滅神龍島反叛。」

韋小寶跪下謝恩，說道：「奴才的官兒做得越大，福份越大。」

康熙道：「這件事不可大張旗鼓，以防吳三桂、尚可喜他們得知訊息，心不自安，提早造反。須得神不知、鬼不覺，突然之間將神龍教滅了。這樣罷，我明兒派你為欽差大臣，去長白山祭天。長白山是我愛新覺羅家遠祖降生的聖地，我派你去祭祀，誰也不會疑心。」

韋小寶道：「皇上神機妙算，神龍教教主壽與蟲齊。」康熙問道：「甚麼壽與蟲齊？」韋小寶道：「那教主的壽命不過跟小蟲兒一般，再也活不多久了。」

他在康熙跟前，硬著頭皮應承了這件事，可是想到神龍教洪教主武功卓絕，教中高手如雲，自己帶一批只會掄刀射箭的兵馬去攻打神龍島，韋小寶多半是「壽與蟲齊」。

出得宮來，悶悶不樂，忽然轉念：「神龍島老子是決計不去的，小玄子待我再好，也犯不著爲他去枉送性命。我這官兒做到盡頭啦，不如到了關外之後，乘機到黑龍江北的鹿鼎山去，掘了寶藏，發他一筆大財，再悄悄到雲南去，把阿珂娶了到手，從此躲將起來，每天賭錢聽戲，豈不逍遙快樂？」言念及此，煩惱稍減，心想：「臨陣脫逃，雖然臉上無光，有負小玄子重託，可是性命交關之事，豈是開得玩笑的？掘了寶藏之後，不再挖斷滿洲人的龍脈，也就很對得住小玄子了。」

次日上朝，康熙頒下旨意，升了韋小寶的官，又派他去長白山祭天。

散朝之後，王公大臣紛紛道賀。索額圖與他交情與衆不同，特到子爵府敘話，見他有些意興闌珊，說道：「兄弟，去長白山祭天，當然不是怎麼的肥缺，比之到雲南去敲平西王府的竹槓，那是天差地遠了，也難怪你沒甚麼興致。」

韋小寶道：「不瞞大哥說，兄弟是南方人，一向就最怕冷，一想到關外冰天雪地，這會兒已冷得發抖，今兒晚非燒旺了火爐，好好來烤一下不可。」

索額圖哈哈大笑，安慰道：「那倒不用躭心，我回頭送一件火貂大氅來，給兄弟禦寒。暖轎之中加幾隻炭盆，就不怎麼冷了。兄弟，派差到關外，生發還是有的。」

韋小寶道：「原來在這遼東凍脫了人鼻子的地方，也能發財，倒要向大哥請教。」

索額圖道：「我們遼東地方，有三件寶貝……」韋小寶道：「好啊，有三件寶貝，取得一件來，也就花差花差了。」索額圖笑道：「我們遼東有一句話，兄弟聽見過沒有？那叫做『關東有三寶，人參貂皮烏拉草』。」韋小寶道：「這倒沒聽見過。人參和貂皮，都是貴重的物事。那烏拉草，又是甚麼寶貝了？」索額圖道：「那烏拉草是苦哈哈的寶貝。關東一到冬季，天寒地凍，窮人穿不起貂皮，坐不起暖轎，倘若凍掉了一雙腳，有誰給韋兄弟來抬轎子啊？烏拉草關東遍地都是，只要拉得一把來晒乾了，搗得稀爛，塞在鞋子裏，那就暖和得緊。」

韋小寶道：「原來如此。烏拉草這一寶，咱們是用不著的。人參卻不妨挑它幾十擔，貂皮也提它幾千張回來，像索大哥這般至愛親朋，也可分分。」索額圖哈哈大笑。

正說話間，親兵來報，說是福建水師提督施琅來拜。韋小寶登時想起那日鄭克塽說過的話來，說他是武夷派高手，曾教過鄭克塽武功，後來投降了大清的，不禁臉上變色，心想這姓施的莫非受鄭克塽之託，來跟自己爲難，馮錫範如此兇悍厲害，這姓施的也決非甚麼好相與，對親兵道：「他來幹甚麼？我不要見。」那親兵答應了，出去辭客。韋小寶兀自不放心，向另一名親兵道：「快傳阿三、阿六兩人來。」阿三、阿六是胖頭陀和陸高軒的假名。

索額圖笑道：「施靖海跟韋兄弟的交情怎樣？」韋小寶心神不定，問道：「施……施靖甚麼？」索額圖道：「施提督爵封靖海將軍，韋兄弟跟他不熟嗎？」韋小寶搖頭道：「從來沒見過。」

說話間胖頭陀和陸高軒二人到來，站在身後。韋小寶有這兩大高手相護，略覺放心。

親兵回進內廳，捧著一隻盤子，說道：「施將軍送給子爵大人的禮物。」韋小寶見盤中放著一隻開了蓋的錦盒，盒裏是一隻白玉碗，碗中刻著幾行字。玉碗純淨溫潤，玉質極佳，刻工也甚精致，心想：「他送禮給我，那麼不是來對付我了，但也不可不防。」

索額圖笑道：「這份禮可不輕哪，老施花的心血也眞不小。」韋小寶問道：「怎麼？」索額圖道：「玉碗中刻了你老弟的名諱，還有『加官晉爵』四字，下面刻著『眷晚生施琅敬贈』。」韋小寶沉吟道：「這人跟我素不相識，如此客氣，定然不懷好意。」

索額圖笑道：「老施的用意，那是再明白不過的。他一心一意要打臺灣，爲父母妻兒報仇。這些年來老纏著我們，要我們向皇上進言，爲了這件事，花的銀子沒二十萬，也有十五萬了。他知道兄弟是皇上駕前的第一位大紅人，自然要來鑽這門路。」

韋小寶心中一寬，說道：「原來如此。他爲甚麼非打臺灣不可？」

索額圖道：「老施本來是鄭成功部下大將，後來鄭成功疑心他要反，要拿他，卻給他逃走了，鄭成功氣不過，將他的父母妻兒都……」說著右掌向左揮動，作個殺頭的姿勢，又道：「他要打臺灣，報仇是私心，其實也有一份爲國爲民之心。他曾對我說，臺灣孤懸海外，曾給紅毛國鬼子佔去，殺了島上不少居民，好容易鄭成功率兵趕走紅毛鬼子，爲我漢人百姓出了口氣。鄭氏子孫昏庸無能，佔得臺灣久了，遲早又會給外國鬼子佔去，我大清該當先去佔了來，統一版圖，建萬年不拔之基。他這番用心，倒是公忠爲國，値得嘉許。這人打水戰是有一手的，降了大清之後，曾跟鄭成功打過一仗，居然將鄭成功打敗了。」

韋小寶伸伸舌頭，說道：「連鄭成功這樣的英雄豪傑，也在他手下吃過敗仗，這人倒不可不見。」對親兵道：「施將軍倘若沒走，跟他說，我這就出去。」向索額圖道：「大哥，咱們一起去見他罷。」他雖有胖陸二人保護，對這施琅總是心存畏懼。索額圖是朝中一品大臣，有他在旁，諒來施琅不敢貿然動粗。索額圖笑著點頭，兩人攜手走進大廳。

施琅坐在最下首一張椅上，聽到靴聲，便即站起，見兩人從內堂出來，當即搶上幾步，躬身請安，朗聲道：「索大人、韋大人，卑職施琅參見。」韋小寶拱手還禮，笑道：「不敢當。你是將軍，我只是個小小都統，怎地行起這個禮來？請坐，請坐，大家別客氣。」

施琅恭恭敬敬的道：「韋大人如此謙下，令人好生佩服。韋大人是一等子爵，爵位比卑職高得多，何況韋大人少年早發，封公封侯，那是指日之間的事，不出十年，韋大人必定封王。」韋小寶哈哈大笑，說道：「倘若眞有這一日，那要多謝你的金口了。」

索額圖笑道：「老施，在北京這幾年，可學會了油嘴滑舌啦，再不像初來北京之時，動不動就得罪人。」施琅道：「卑職是粗魯武夫，不懂規矩，全仗各位大人大量包涵，現下卑職已痛改前非。」索額圖笑道：「你甚麼都學乖了，居然知道韋大人是皇上駕前第一位紅官兒，走他的門路，可勝於去求懇十位百位王公大臣。」

施琅恭恭敬敬的向兩人請了個安，說道：「全仗二位大人栽培，卑職永感恩德。」

韋小寶打量施琅，見他五十歲左右年紀，筋骨結實，目光炯炯，甚是英悍，但容顏憔悴，頗有風塵之色，說道：「施將軍給我那隻玉碗，可名貴得很了，就只一樁不好。」

施琅頗為惶恐，站起身來，說道：「卑職胡塗，不知那隻玉碗中有甚麼岔子，請大人指點。」韋小寶笑道：「岔子是沒有，就是太過名貴，吃飯的時候捧在手裏，有些戰戰兢兢，生怕一個不小心，打碎了飯碗，哈哈。」索額圖哈哈大笑。施琅陪著乾笑幾聲。

韋小寶問道：「施將軍幾時來北京的？」施琅道：「卑職到北京來，已整整三年了。」韋小寶奇道：「施將軍是福建水師提督，不去福建帶兵，卻在北京玩兒，那為甚麼？啊，我知道啦，施將軍定是在北京堂子裏有了相好的姐兒，不捨得回去了。」

施琅道：「韋大人取笑了。皇上召卑職來京，垂詢平臺灣的方略，卑職說話胡塗，應對失旨，皇上一直沒吩咐下來。卑職在京，是恭候皇上旨意。」

韋小寶心想：「小皇帝十分精明，他心中所想的大事，除了削平三藩，就是如何攻取臺灣。你說話就算不中聽，只要當眞有辦法，皇上必可原諒，此中一定另有原因。」想到索額圖先前的說話，又想：「這人立過不少功勞，想是十分驕傲，皇上召他來京，他就甚麼都不賣帳，一定得罪了不少權要，以致許多人故意跟他為難。」笑道：「皇上英明之極，要施將軍在京候旨，定有深意。你也不用心急，時辰未到，著急也是無用。」

施琅站起身來，說道：「今日得蒙韋大人指點，茅塞頓開。卑職這三年來，一直心中惶恐，只怕是忤犯了皇上，原來皇上另有深意，卑職這就安心得多了。韋大人這番開導，眞是恩德無量。卑職今日回去，飯也吃得下了，睡也睡得著了。」

韋小寶善於拍馬，對別人的諂諛也就不會當眞，但聽人奉承，畢竟開心，說道：「皇上曾說，一個人太驕傲了，就不中用，須得挫折一下他的驕氣。別說皇上沒降你的官，就算充你的軍，將你打入天牢，那也是栽培你的一番美意啊。」施琅連聲稱是，不禁掌心出汗。

索額圖捋了捋鬍子，說道：「是啊，韋爵爺說得再對也沒有了。玉不琢，不成器，你這隻玉碗若不是又車又磨，只是一塊粗糙石頭，有甚麼用？」施琅應道：「是，是。」

韋小寶道：「施將軍，請坐。聽說你從前在鄭成功部下，爲了甚麼事跟他鬧翻的啊？」施琅道：「回大人的話：卑職本來是鄭成功之父鄭芝龍將軍的部下，後來撥歸鄭成功統屬。鄭成功稱兵造反，卑職見事不明，胡裏胡塗的，也就跟著統帥辦事。」韋小寶道：「嗯，你反清復……」他本想說「你反清復明，原也是應當的」，他平時跟天地會的弟兄們在一起，說順了口，險些兒漏了出來，幸好及時縮住，忙道：「後來怎樣？」

施琅道：「那一年鄭成功在福建打仗，他的根本之地是在廈門，大清兵忽施奇襲，攻克了廈門。鄭成功進退無路，十分狼狽。卑職罪該萬死，不明白該當效忠王師，竟帶兵又將廈門從大清兵手中奪了過去。」韋小寶道：「你這可給鄭成功立了一件大功啊。」施琅道：「當時鄭成功也升了卑職的官，賞賜了不少東西，可是後來爲了一件小事，卻鬧翻了。」韋小寶問道：「那是甚麼事？」

施琅道：「卑職屬下有一名小校，卑職派他去打探軍情。不料這人又怕死又偷懶，出去在荒山裏睡了幾天，就回來胡說八道一番。我聽他說得不對頭，仔細一問，查明了眞相，就吩咐關了起來，第二天斬首。不料這小校狡猾得緊，半夜裏逃了出去，逃到鄭成功府中，向鄭成功的夫人董夫人哭訴。董夫人心腸軟，派人向我說情，要我饒了這小校，說甚麼用人之際，不可擅殺部屬，以免士卒寒心。」

韋小寶聽他說到董夫人，想起陳近南的話來，這董夫人喜歡次孫克塽，幾次三番要改立他爲世子，不由得怒氣勃發，罵道：「這老婊子，軍中之事，她婦道人家懂得甚麼？他奶奶的，天下大事，就敗在這種老婊子手裏。部將犯了軍法倘若不斬，人人都犯軍法了，那還能帶兵打仗麼？這老婊子胡塗透頂，就知道喜歡小白臉。」

施琅萬料不到他對此事竟會如此憤慨，登時大起知己之感，一拍大腿，說道：「韋大人說得再對也沒有了。您也是帶慣兵的，知道軍法如山，克敵制勝，全仗著號令嚴明。」韋小寶道：「老婊子的話你不用理，那個甚麼小校老校，抓過來喀嚓一刀就是。」施琅道：「卑職當時的想法，跟韋大人一模一樣。我對董夫人派來的人說，姓施的是國姓爺的部將，只奉國姓爺的將令。我意思是說，我不是董夫人的部將，可不奉夫人的將令。」韋小寶氣忿忿的道：「是極，誰做了老婊子的部將，那可倒足大霉了。」

索額圖和施琅聽他大罵董夫人爲「老婊子」，都覺好笑，又怎想得到他另有一番私心。

施琅道：「那老……那董夫人惱了卑職的話，竟派了那小校做府中親兵，還叫人傳話來說，有本事就把那小校抓來殺了。也是卑職一時忍不下這口氣，親自去把那小校一把抓住，一刀砍了他的腦袋。」

韋小寶鼓掌大讚：「殺得好，殺得妙！殺得乾淨利落，大快人心。」

施琅道：「卑職殺了這小校，自知闖了禍，便去向鄭成功謝罪。我想我立過大功，部屬犯了軍法，殺他並沒錯。可是鄭成功聽了婦人之言，說我犯上不敬，當即將我扣押起來。我想國姓爺英雄慷慨，一時之氣，關了我幾天也就算了。那知過不多時，我爹爹和弟弟，以及我的妻子都給拿了，送到牢裏來。這一來我才知大事不妙，鄭成功要殺我頭，乘著監守之人疏忽，逃了出來。後來得到訊息，鄭成功竟將我全家殺得一個不留。」

韋小寶搖頭嘆息，連稱：「都是董夫人那老婊子不好。」

施琅咬牙切齒的道：「鄭家和我仇深似海，只可惜鄭成功死得早了，此仇難報。卑職立下重誓，總有一天，也要把鄭家全家一個個殺得乾乾淨淨。」

韋小寶早知鄭成功海外為王，是個大大的英雄，但聽得施琅要殺鄭氏全家，那自然包括他的大對頭鄭克塽在內，益覺志同道合，連連點頭，說道：「該殺，該殺！你不報此仇，不是英雄好漢。」

施琅自從給康熙召來北京之後，只見到皇帝一次，從此便在北京投閒置散，做的官仍是福建水師提督，爵位仍是靖海將軍，但在北京領一份乾餉，無職無權，比之順天府衙門中一個小小公差的威勢尚有不如，以他如此雄心勃勃的漢子，自是坐困愁城，猶似熱鍋上螞蟻一般。這三年之中，他過不了幾天便到兵部去打個轉。送禮運動，錢是花得不少，歷年來宦囊所積，都已塡在北京官場這無底洞裏，但皇帝既不再召見，回任福建的上諭也不知何年何月才拿得到手。到得後來，兵部衙門一聽到施琅的名字就頭痛，他手頭已緊，沒錢送禮，誰也不再理他。此刻聽得韋小寶言語和他十分投機，登覺回任福建有望，臉上滿是興奮之色。

索額圖道：「施將軍，鄭成功殺你全家，確是不該。不過你也由此而因禍得福，棄暗投明。若非如此，只怕你此刻還在臺灣抗拒王師，做那叛逆造反之事了。」

施琅道：「索大人說得是。」

韋小寶問道：「鄭成功殺了你全家，你一怒之下，就向大清投誠了？」

施琅道：「是。卑職起義投誠，先帝派我在福建辦事。卑職感恩圖報，奮不顧身，立了些微功，升為福建同安副將。正逢鄭成功率兵來攻，卑職跟他拚命，仗著先帝洪福，大獲全勝。先帝大恩，升我為同安總兵。後來攻克了廈門、金門和梧嶼，又聯合一批紅毛兵，坐了夾板船，用了洋槍洋砲，把鄭成功打得落海而逃，先帝升卑職為福建水師提督，又加了靖海將軍的頭銜。其實卑職全無功勞，一來是我大清皇上福份大，二來是朝中諸位大人指示得宜。」

韋小寶微笑道：「你從前在鄭成功軍中，又跟他打過幾場硬仗，臺灣的情形自然是很明白的。皇上召你來問攻臺方略，你怎麼說了？」

施琅道：「卑職啓奏皇上：臺灣孤懸海外，易守難攻。臺灣將士，又都是當年跟隨鄭成功的百戰精兵。如要攻臺，統兵官須得事權統一，內無掣肘，便宜行事，方得成功。」韋小寶道：「你說要獨當一面，讓你一個人來發號施令？」

施琅道：「卑職不敢如此狂妄。不過攻打臺灣，須得出其不意，攻其無備。京師與福建相去數千里，遇有攻臺良機，上奏請示，待得朝中批示下來，說不定時機已失。臺灣諸將別人也就罷了，有一個陳永華足智多謀，又有一個劉國軒驍勇善戰，實是大大的勁敵，倘若貿然出兵，難有必勝把握。」

韋小寶點頭道：「那也說得是。皇上英明之極，不會怪你這些話說得不對。你又說了些甚麼？」

施琅道：「皇上又垂詢攻臺方略。卑職回奏說：臺灣雖然兵精，畢竟爲數不多。大清攻臺，該當雙管齊下。第一步是用間，使得他們內部不和。最好是散布謠言，說道陳永華有廢主自立之心，要和劉國軒兩人陰謀篡位。鄭經疑心一起，說不定就此殺了陳劉二人；就算不殺，也必不肯重用，削了二人的權柄。陳劉二人，一相一將，是臺灣的兩根柱子，能夠二人齊去，當然最好，就算只去一人，餘下一個也獨木難支大廈了。」

韋小寶暗暗心驚：「他媽的，你想害我師父。」問道：「還有個『一劍無血』馮錫範呢？」

施琅大爲驚奇，說道：「韋大人居然連馮錫範也知道。」韋小寶道：「我是聽皇上閒談時說起過的。皇上於臺灣的內情可清楚啦！皇上說，董夫人喜歡小白臉孫子鄭克塽，不喜歡世子鄭克壓，要兒子改立世子，可是鄭經不肯。可有這件事？」施琅又驚又佩，說道：「聖天子聰明智慧，曠古少有，身居深宮之中，明見萬里之外。皇上這話，半點不錯。」

韋小寶道：「你說攻打臺灣，有兩條法子，一條是用計害死陳永華和劉國軒，另一條是甚麼啊？」施琅道：「另一條就是水師進攻了。單攻一路，不易成功，須得三路齊攻。北攻雞籠港，中攻臺灣府，南攻打狗港，只要有一路成功，上陸立定了腳根，臺灣人心一亂，那就勢如破竹了。」

韋小寶道：「統帶水師，海上打仗，你倒內行得很。」施琅道：「卑職一生都在水師，熟識海戰。」韋小寶心念一動，尋思：「這人要去殺姓鄭的一家，幹掉了鄭克塽這小子，倒也不錯。不過鄭成功是大大的英雄好漢，殺了他全家，可說不過去。何況他攻臺灣，就是要害我師父，那可不行。此人善打海戰，派他去幹這件事，倒是一舉兩得。」轉頭問索額圖：「大哥，你以為這件事該當怎麼辦？」

索額圖道：「皇上英明，高瞻遠矚，算無遺策，咱們做奴才的，一切聽皇上吩咐辦事就是了。」韋小寶心想：「你倒滑頭得很，不肯擔干係。」端起茶碗。侍候的長隨高聲叫道：「送客！」施琅起身行禮，辭了出去。索額圖說了一會閒話，也即辭去。

韋小寶進宮去見皇帝，稟告施琅欲攻臺灣之事。康熙道：「先除三藩，再平臺灣，這是根本的先後次序。施琅這人才具是有的，我怕放他回福建之後，這人急於立功報仇，輕舉妄動，反讓臺灣有了戒備，因此一直留著他在北京。」

韋小寶登時恍然大悟，說道：「對，對！施琅一到福建，定要打造戰船，操演兵馬，搞了個打草驚蛇。咱們攻臺灣，一定要神不知、鬼不覺，人人以為要打了，咱們偏不動手；人人以為不打，卻忽然打了，打那姓鄭的小子一個手忙腳亂。」

康熙微笑道：「用兵虛實之道，正該如此。再說，遣將不如激將，我留施琅在京，讓他全身力氣沒處使，悶他個半死，等到一派出去，那就奮力效命，不敢偷懶了。」

韋小寶道：「皇上這條計策，諸葛亮也不過如此。奴才看過一齣〈定軍山〉的戲，諸葛亮激得老黃忠拚命狠打，就此一刀斬了那個春夏秋冬甚麼的大花面。」康熙微笑道：「夏侯淵。」韋小寶道：「是，是。皇上記性眞好，看過了戲，連大花面的名字也記得。」康熙笑道：「這大花面的名字，書上寫得有的。施琅送了甚麼禮物給你？」

韋小寶奇道：「皇上甚麼都知道。那施琅送了我一隻玉碗，我可不大喜歡。」康熙問道：「玉碗有甚麼不好？」韋小寶道：「玉碗雖然珍貴，可是一打就爛。奴才跟著皇上辦事，雙手捧的是一隻千年打不爛、萬年不生鏽的金飯碗，那可大大的不同。」康熙哈哈大笑。

韋小寶道：「皇上，奴才忽然想到一個主意，請皇上瞧著能不能辦？」康熙道：「甚麼主意？」韋小寶道：「那施琅說道他統帶水師，很會打海戰……」康熙左手在桌上一拍，道：「好主意，好主意。小桂子，你聰明得很，你就帶他去遼東，派他去打神龍島。」

韋小寶心下駭然，瞪視著康熙，過了半晌，說道：「皇上定是神仙下凡，怎麼奴才心中想的主意還沒說出口，皇上就知道了。」

康熙微笑道：「馬屁拍得夠了。小桂子，這法子大妙。我本在躭心，你去攻打神龍島，不知能不能成功。這施琅是個打海戰的人才，叫他先去神龍島操練操練，不過事先可不能洩漏了風聲。」韋小寶忙道：「是，是。」

康熙當即派人去傳了施琅來，對他說道：「朕派韋小寶去長白山祭天，他一力舉薦，說你辦事能幹，要帶你同去。朕將就聽著，也不怎麼相信。」

韋小寶暗暗好笑：「諸葛亮在激老黃忠了。」

施琅連連磕頭，說道：「臣跟著韋都統去辦事，一定盡忠效命，奮不顧身，以報皇上天恩。」康熙道：「這一次是先試你一試，倘若果然可用，將來再派你去辦別的事。」施琅大喜，磕頭道：「皇上天恩浩蕩。」康熙道：「此事機密，除韋小寶一人之外，朝中無人得知。你一切遵從韋小寶的差遣便是，這就下去罷。」

施琅磕了頭，正要退出，康熙微笑道：「韋都統待你不錯，你打一隻大大的金飯碗送他罷。」施琅答應了，心中大惑不解，不明皇上用意，眼見天顏甚喜，料想決非壞事。

韋小寶回到子爵府時，見施琅已等在門口，說了不少感恩提拔的話。韋小寶笑道：「施將軍，這一次只好委屈你一下，請你在我營中做個小小參領，以防外人知覺。」施琅大喜，說道：「一切遵從都統大人吩咐。」他知韋小寶派他的職司越小，越當他是自己人，將來飛黃騰達的機會越多，如派他當個親兵，那更加妙了；又道：「皇上吩咐卑職打造一隻金飯碗奉呈都統。不知都統大人喜歡甚麼款式，卑職好監督高手匠人連夜趕著打造。」韋小寶笑道：「那是皇上的恩典，不論甚麼款式，咱們做奴才的雙手捧著金飯碗吃飯，心中都感激皇恩如山如海。」施琅連聲稱是。

韋小寶心想：「老子本想逃之夭夭，辭官不幹了。現下找到了你這替死鬼，最好你去跟洪教主拚個同歸於盡，哥兒倆壽與蟲齊。」

施琅去後，韋小寶去把李力世、風際中、徐天川、玄貞道人等天地會兄弟叫來，將經過情形詳細說了。李力世道：「這姓施的傢伙反叛國姓爺，又要攻打臺灣、陷害總舵主，天幸教他撞在韋香主手裏，咱們怎生擺布他才好？」韋小寶道：「神龍教勾結吳三桂和羅剎國，現下皇帝派我領施琅去剿神龍教，讓這姓施的跟神龍教打個昏天黑地，兩敗俱傷，咱們再來個漁翁得利。」眾人齊聲讚好。

韋小寶道：「這姓施的精明能幹，我要靠他打神龍島，可不能先將他殺了。眾位哥哥須得小心，別讓他瞧出破綻來。」高彥超道：「我們都扮作驍騎營的韃子，平日少跟他見面，就算見到，諒他也不敢得罪韃子。」

次日下午，施琅捧著一隻錦盒，到子爵府來求見。韋小寶打開錦盒，果然是一隻大大的金飯碗，怕不有六七兩重。施琅道：「卑職本該再打造得大些，就怕……就怕都統大人用起來不方便。」韋小寶左手將金飯碗在手裏掂了掂，笑道：「已夠重了。施將軍，這許多字寫的是甚麼哪？」施琅道：「中間四個大字，是『公忠體國』。上面這行小字是：『欽賜領內侍衛副大臣、兼驍騎營正黃旗都統、賜穿黃馬褂、巴圖魯勇號、一等子爵韋小寶。』下面更小的字是：『臣靖海將軍施琅奉旨監造』。」韋小寶甚喜，笑道：「這可當眞多謝了。」心道：「是啊，我的金飯碗是皇上賜的，你能給我甚麼金飯碗了？這老施倒也不是笨蛋。」

過得兩日，康熙頒下上諭，命韋小寶帶同十門神武大砲，自大沽出海，渡遼東灣北上，先祭遼海，再登陸遼東，到長白山放砲祭天。

韋小寶接了上諭，心想這次是去攻打神龍教，胖頭陀和陸高軒可不能帶，命他二人留在北京，帶了雙兒和天地會兄弟，率領驍騎營人馬，來到天津。

文武百官迎接欽差大臣，或恭謹逾恆，馬屁十足；或奉承得體，恰到好處，惟有一個大鬍子武官卻神色傲慢，行禮之時顯是敷衍了事，渾不將韋小寶瞧在眼裏。韋小寶大怒，立時便要發作，轉念一想：「皇上吩咐了的，這次一切要辦得十分隱秘，不可多生事端，惹人談論。你瞧不起我，難道老子就瞧得起你這大鬍子了？咱哥兒倆來比比，誰做的官大些？」跟著有個官兒大讚他手刃鰲拜的英雄事蹟，韋小寶洋洋自得，便不去理那大鬍子了。

當晚韋小寶將天津水師營總兵請來，取出康熙密旨。那水師營總兵名叫黃甫，見密旨中吩咐他帶領水師營官兵船隻，聽由欽差大臣指揮，幹辦軍情要務，接旨後躬身聽訓。韋小寶問了水師營的官兵人數，船隻多少，便傳施琅到來，要他和黃甫計議出海之事，自到後營，去和衆兵將推牌九賭錢去了。

在天津停留三日，水師營辦了糧食、清水，搬運大砲、彈藥、弓箭等物上船。韋小寶率領水師營及驍騎營官兵，大戰船十艘，二號戰船三十八艘，出海揚帆而去。

離了大沽，來到海上，韋小寶才宣示聖旨，此行是去剿滅神龍島，上下官兵務須用命，成功之後，各有升賞。衆官兵眼見己方人多勢衆，欽差大臣又帶有十門西洋大砲，那神龍島不過是一羣海盜盤踞之地，大砲轟得幾砲，海盜還不打個精光，這次立功升官是一定的了。當下人人歡呼，精神百倍。

韋小寶坐在主艦之中，想起上次去神龍島是給方怡騙去的，這姑娘雖然狡猾，但那幾日在海上共處的溫柔滋味，此時追憶，大為神往，尋思：「到得島邊，倘若大砲亂轟，將神龍教的教眾先轟死大半，幾千官兵一擁而上，洪教主武功再高，那也抵敵不住。只不過這樣一來，說不定把我那方怡小娘皮一砲轟死了，這可大大不妙。就算不死，轟掉了一條手臂甚麼的，也可惜得很。」他本來害怕洪教主，只想腳底抹油，溜之大吉，但此刻有施琅主持，幾十艘大戰船在海上揚帆而前，又有新造的十門神武大砲，這一仗有勝無敗，但想怎生既能保得方怡無恙，又須滅了神龍教，那才兩全其美。於是把施琅叫來，問他攻島之計。

施琅打開手中帶著的卷宗，取出一張大地圖來，攤在桌上，指著海中的一個小島，說道：「這是神龍島。」

韋小寶見神龍島上已畫了個紅圈，三個紅色的箭頭分從北、東、南三方指向紅圈，大為佩服，說道：「原來你早已想好了攻打神龍島的計策。我是離了大沽之後，才頒示皇上的密旨，你怎地早就預備好了海圖？」施琅道：「卑職聽說大人是要從大沽經海道前赴遼東，是以預備了這一帶的海圖。卑職一向喜歡海上生涯，海圖是看慣了的。」韋小寶道：「原來如此，看來咱們這一戰定是旗開得勝，船到成功。」

施琅道：「那是托賴皇上的聖德，韋大人的威望。依卑職淺見，咱們分兵三路，從島北、島東、島南三路進攻，留下島西一路不攻，轟了一陣大砲之後，島上匪徒抵擋不住，多半會從島西落海而逃，咱們在島西三十里外這個小島背後，埋伏了二十艘船。一等匪徒逃來，這二十艘戰船擁出來攔住去路，大砲一響，北、東、南三路戰船也圍將上來，將海盜的船隻圍在垓心。那時一網打盡，沒一個海盜能逃得性命。」

韋小寶鼓掌叫好，連稱妙計。

施琅道：「請大人率領中軍，在這無名小島上坐鎮督戰，務請不要上船出戰。中軍之地必須穩若泰山。統帥的旗艦若有稍微損傷，給大風吹壞了桅桿甚麼的，不免動搖軍心。卑職統率戰船，三路進攻。黃總兵統率伏兵攔截。十艘小艇來往報告軍情，如何行動，請大人隨時發號施令，以便卑職和黃總兵遵行。」

韋小寶大喜，心道：「你這人倒乖覺得很，明知我怕死，便讓我在這三十里外的小島上坐鎮，當眞萬無一失。就算你們全軍覆沒，老子也還來得及趕上快船，溜之乎也，妙計，妙計！」當下大讚了他一番。

施琅道：「卑職久仰韋大人威名，得知韋大人當年手刃滿洲第一勇士鰲拜，從此號稱滿漢第一勇士，欽賜『巴圖魯』勇號，武勇天下揚名。卑職只躭心一件事，就怕大人要報上天恩，打仗之時奮不顧身，倘若給砲火損傷了大人一個小指頭兒，皇上必定大大怪罪。卑職這一生的前程就此毀了，倒不打緊，卻辜負了大人提拔重用的知遇大恩，卑職萬死莫贖。因此務請大人體諒，保重萬金之體。」韋小寶嘆了口氣，說道：「坐船打仗，那是挺有趣的玩意兒。我本想親自衝鋒，將那神龍教的教主揪了過來。你既這麼說，那只好讓你去幹了。」施琅道：「大人體諒下情，卑職感激不盡。」

韋小寶心想：「你在北京熬了三年，已精通做官的法門，老子本想幹了你，瞧你如此精乖，倒有些不忍了。『滿漢第一勇士』這個頭銜，今日倒是第一次聽見，虧你想得出。」說道：「那神龍島上有幾百名小姑娘，其中有幾個是從宮裏逃出去的，皇上吩咐了，務須生擒活捉。攻島之時須可小心在意，大砲不可亂轟，倘若轟死了那幾名宮女，皇上必定怪罪，你功勞再大，也是功不抵過。這是第一件大事。」

施琅吃了一驚，說道：「若非大人關照，卑職險些闖了大禍。這次攻島，只要是女的，就只能活捉，不能殺傷，盡數拿來，由大人發落便是。」韋小寶道：「這就是了。這幾名宮女，我是見過的，一見就認得出。不過這種皇宮裏的事，嗯，你知道啦。」施琅道：「是。大人望安，卑職守口如瓶。宮裏的事情，誰敢隨口亂說？」

衆戰船向東北進發，恰逢逆風，舟行甚慢。這日神龍島已經不遠，施琅指著左舷前方的一座小島，說道：「那便是都統大人的大營駐紮之地。這座小島向無名稱，請大人賜名。」韋小寶搔了搔頭皮，說道：「要我想名字，可要了我的老命啦。嗯，這次我做莊，你是我莊家手下的拆角，咱們推牌九，總得把神龍島吃個一乾二淨不可。這小島，就叫做『通吃島』罷。」施琅笑道：「妙極，妙極！韋大人坐鎭通吃島，那是大吉大利，不論敵軍多麼頑強厲害，總是吃他個精光。大人前關天牌寶一對，那是大人自己，後關至尊寶，那自然是皇上。這兩副牌攤出去，怎不通吃？」

韋小寶哈哈大笑，喝道：「衆將官，兵發通吃島去者！」這句話是他在看戲時學來的，此時呼喝出來，當眞威風凜凜，意氣風發之至。

數十艘戰船前後擁衛主帥旗艦，緩緩向通吃島駛去。忽然一艘小船上的兵士呼叫起來，不久小船駛近稟報，說是海中發見一具浮屍。

韋小寶眉頭一皺，心想：「出師不利，撞見浮屍！莫非這一莊要通賠？」

施琅道：「恭喜大人旗開得勝，還沒開砲放箭，敵人已先死了一名，眞是大大的吉兆。卑職過去瞧瞧。」說著跳下小船。

過了一會，施琅回上旗艦，說道：「啓稟都統大人：這具浮屍手足反綁，似乎是海盜謀財害命，推人落海。」剛說到這裏，小船上又叫喊起來，說道又發見了兩具浮屍。

韋小寶臉色甚是難看，這時施琅也說不出吉利話了，又再跳落小船察看，回上主艦時卻喜容滿臉，說道：「回大人：這三具浮屍，看來是神龍島上的。」韋小寶問道：「你怎知道？」施琅道：「第一具屍首還看不出甚麼，後面兩具顯然都是海盜，身子壯健，定是身有武功之人。」韋小寶道：「難道是神龍島起了內鬨？」施琅道：「風從神龍島吹來，這三具浮屍，多半是順風漂來的。倘若敵人起了內鬨，韋大人推這一莊就像是吃紅燒豆腐，咬都不用咬，一口通吃。」

韋小寶舉目向遠處望去，但見海上水氣蒸騰，白霧迷漫，瞧不見神龍島，忽覺海面上有個皮球般之物，載浮載沉，漸漸漂近，問道：「那是甚麼？」

施琅凝視了一會，道：「這東西倒有點兒奇怪。」傳令下去，吩咐小船駛過去撈來。一艘小船依令駛去撈起，船上軍官大聲叫道：「又是一具浮屍，是個矮胖子。」

韋小寶心中一動：「難道是他？」說道：「抬上來讓我瞧瞧。」三名水兵將那浮屍抬上旗艦，放在甲板上。這矮胖浮屍手足都給牛皮綁住了，韋小寶一見，果然便是瘦頭陀。他本已極肥，這時喝足了水，肚子高高鼓起，宛然便是個大皮球。只見海水從他口中汩汩流出，過了一會，肸肚子一起一伏，呼吸起來。衆官兵叫道：「浮屍活轉了。」施琅提起瘦頭陀，將他後腰放在船頭的鏈墩上，頭一低，口中海水流得更加快了。過了一會，瘦頭陀突然彈起，罵道：「你奶奶的！」跌下來時腰先著板，但屁股肥實，猶似不倒翁般一彈，自行坐起。衆官兵嚇了一跳，隨即哈哈大笑。

瘦頭陀雙手力掙，牛皮索浸濕了水，更加堅韌，卻那裏掙得斷？他搖了搖頭，雙目中盡是迷茫之色，說道：「他媽的，這是龍宮，還是陰世？」

韋小寶笑道：「這裏是龍宮，我是海龍王。」衆官兵又都笑了起來。瘦頭陀睜大了一對細眼，凝視著韋小寶，道：「你……你……你怎麼在這裏？」

韋小寶生怕他洩漏自己隱私，說道：「這漢子奇形怪狀，說不定知道神龍島的底細，快提到我艙中審問。」兩名親兵將瘦頭陀提入韋小寶坐艙。韋小寶吩咐：「你們在外侍候，不聽呼喚，不必進來。」

待親兵關上了艙門，韋小寶問道：「瘦頭陀，你武功高得很哪，怎會給人綁住了，投入大海？」瘦頭陀道：「老子又不是武功天下第一，怎麼不會給人綁住了投入大海？」韋小寶一怔，笑道：「啊，你打不過教主。」瘦頭陀道：「那又有甚麼好笑？又有誰能打得過教主？」韋小寶問道：「你怎地得罪教主了？」瘦頭陀道：「誰敢得罪教主他老人家？夫人說毛東珠在宮裏辦事不力，瞞騙教主，要將她送入神龍窟餵龍，我……我……我……」說到這裏凸睛露齒，一張肥臉上神情甚是憤激。

韋小寶登時恍然，那晚在慈寧宮中，假太后老婊子對他師父九難說，她是明朝大將毛甚麼龍的女兒，名叫毛東珠，笑道：「你在皇宮裏跟毛東珠睡一個被窩，可快活得很哪。」瘦頭陀臉有得色，說道：「可不是嗎？」

韋小寶道：「你這條性命是我救的，是不是？」瘦頭陀道：「就算是罷。」韋小寶道：「怎麼算不算的？你如說我沒救你性命，那也容易得很。」瘦頭陀問：「怎麼容易得很？」韋小寶道：「我再將你推入海中，就算沒救過你性命，也就是了。」瘦頭陀大叫：「不行，不行！你淹死我不打緊，我那東珠妹子可也活不成了。」韋小寶道：「她活不成就活不成，反正你也死了。」瘦頭陀大叫：「不行，不行！」

韋小寶問：「如我放了你，你便怎樣？」瘦頭陀道：「那我多謝你啦，我還得再上神龍島去救我那東珠妹子。」韋小寶大拇指一翹，讚道：「你有情有義！」尋思：「皇上要捉老婊子，我正發愁沒地方找她，現下從這矮胖子身上著落，老婊子是一定可找得到了。但這人武功高強，一放了他，那是放老虎容易捉老虎難。說不定啊嗬一下，反咬我一口。」

瘦頭陀道：「好在神龍島上正打得天翻地覆，再去救人，可方便得多了。」

韋小寶聽了，精神爲之一振，忙問：「神龍島上怎麼打得天翻地覆？」瘦頭陀道：「五龍門你打我，我打你，已打了十多天啦。誰讓對方捉到了，便給綁住手腳，投在大海裏餵海龜。」韋小寶問：「爲甚麼打起來的？」

瘦頭陀側過了一個胖胖的頭顱，斜眼看著韋小寶，說道：「東珠妹子說，你是本教白龍使，執掌五龍令，怎麼會不知道？」韋小寶道：「我奉教主之命赴中原辦事，島上的事情就不清楚了。」瘦頭陀突然大聲怪叫。韋小寶嚇了一跳，退開兩步。

門外四名親兵聽得怪聲，生怕這矮胖子傷了都統大人，手執佩刀，一齊衝進，見矮胖子手足牢綁，好端端的坐在地下，這才放心。韋小寶揮手道：「你們出去好了，沒事。」衆親兵退了出去。

韋小寶道：「你怪叫些甚麼？」瘦頭陀道：「糟糕！你是教主和夫人的心腹，我卻把甚麼事都對你說了。」韋小寶笑道：「那也沒甚麼糟糕。你就當我沒救你起來，你還在大海裏漂啊漂的，骨嘟骨嘟的喝海水好啦。」瘦頭陀道：「他奶奶的，這鹹水眞不好喝。」韋小寶道：「你不想喝鹹水，就老老實實跟我說，五龍門爲甚麼自己打了起來？」

瘦頭陀道：「我和東珠妹子回到神龍島時，他們已打了好幾天啦。我一問人，原來青龍使許雪亭一天晚上忽然給人殺死了，房裏地下有一柄血刀。後來查到，這把血刀，是赤龍使無根道人的大弟子何盛的。」

韋小寶聽到許雪亭爲人所殺，微微一驚，立即便想：「多半是洪教主派人殺的。」只聽瘦頭陀又道：「教主大爲震怒，問何盛爲甚麼暗算青龍使，何盛抵死不招，說沒殺青龍使。後來青龍門的門下爲掌門使報仇，把何盛殺了。赤龍門和青龍門就打了起來。」韋小寶道：「那只是赤龍跟青龍兩門的事啊，怎麼你說五龍門打得一塌胡塗？」瘦頭陀道：「也不知怎的，黑龍門去幫青龍門，黃龍門又幫赤龍門，你殺我，我殺你，打得不亦樂乎。」韋小寶道：「那我的白龍門呢？」瘦頭陀瞪眼道：「你是白龍使，怎麼自己門中的事也不知道？」韋小寶道：「我對你說過，我不在島上，自然不知。」瘦頭陀道：「你門下分成了兩派，老兄弟一派，幫青龍門；少年弟子是另一派，幫赤龍門。」韋小寶皺眉道：「五龍門打大架，教主難道不理麼？」瘦頭陀道：「大夥兒打發了興，教主也鎮壓不了。」

正說到這裏，忽覺船已停駛，船上水手吆喝，鐵鏈聲響，拋錨入海，已到了通吃島。

韋小寶走上船頭，只見島上樹木茂盛，山丘起伏，倒是好個所在，對施琅道：「神龍島上到處都是毒蛇，你派人先上去探探，通吃島上有沒有蛇。」施琅應令下去，便有十艘小艇向島上划去。

衆水兵上陸後入林搜索，不久舉火傳訊，島上平靜無事，並無敵蹤，也無毒蛇。當下先鋒隊上陸，搭起中軍營帳。一面繡著斗大「韋」字的帥字旗在營前升起。韋小寶這才下艇，施琅和黃總兵左右護衛，登陸通吃島。號角和鞭炮齊響，衆軍躬身行禮。

韋小寶昂然進中軍營坐定，吩咐親兵將瘦頭陀囚在帳後，拿些酒肉給他吃，卻不可解了他手腳上的皮索，還得再加幾條鐵鏈綁住，以策萬全。隨即傳下將令，命施琅率領三十艘戰船，分從神龍島東、北、南三面進攻；又命黃總兵率領其餘戰船，藏在通吃島西側，一聽施琅發出號砲，就駛出截攔。那一艘戰船居前，那一艘戰船接應，何隊衝鋒，何隊側擊，盡皆分派得井井有條，指示周詳。

黃總兵及水師營中的副將、參將、守備、驍騎營的參領、佐領等大小軍官，見都統大人小小年紀，居然深諳水戰策略，計謀精妙，指揮合宜，無不深爲嘆服，卻不知這些盡是出於施琅的策劃，都統大人只不過在台前依樣葫蘆、唱一齣雙簧而已。

當晚衆軍飽餐戰飯。傍晚時分，一艘艘戰船駛了出去，約定次晨卯時，三面進攻。

到第二日清晨，韋小寶登上軍士趕搭的瞭望台，向東瞭望，隱隱聽得遠處砲響，火花閃動，海面捲起一團團濃煙，知道施琅已在發砲進攻，不由得躭心方怡的安危，但想施琅行事謹愼，自己一再囑咐，不可傷了島上女子，料想他必定加意小心。

他在瞭望台上站了一會，腳酸起來，回進中軍帳，取得六粒骰子，心道：「這一次若大獲全勝，就擲個滿堂紅。」一把擲將出去，不料盡是黑色，連一粒紅也沒有。他出口罵道：「他媽的，你跟我搗蛋！」使起作弊手法，將六粒骰子都三點朝上，運手勁輕輕一轉，這次果然有五粒骰子是紅色的四點，卻仍有一粒黑色的五點。他明知自己作弊，算不得是好口采，卻也高興了些。

雙兒端上一碗茶來，說道：「相公，你放心好啦，這一次一定打個大勝仗。」韋小寶問道：「你怎知道？」雙兒道：「咱們這許多大砲開了起來，人家怎抵敵得住？」韋小寶道：「來，雙兒，我跟你擲骰子，你贏了，我給你打手心。我贏了，就算是大功告成。」雙兒臉上一紅，忙道：「我不來，我不來。」韋小寶笑道：「那麼咱們來賭錢。我贏了，你輸一錢銀子，你贏了，我輸一兩銀子給你。這樣你總佔便宜了罷？」雙兒笑道：「我沒銀子輸給你。」韋小寶道：「你要銀子，那還不容易。」掏出一把銀票來塞給她。雙兒笑道：「我要銀子沒用。」

韋小寶道：「唉，你沒賭性，不如去放了那矮胖子出來，我跟他賭錢。」正說到這裏，忽聽得號砲連響。韋小寶跳起身來，一把摟住了雙兒，說道：「大功告成，親個嘴兒。」雙兒忙笑著低頭。韋小寶在她後頸中吻了兩下，笑道：「你的頭頸眞白！」

只聽得號角嗚嘟嘟吹起，他奔出中軍帳，上了瞭望台，但見遠處神龍島上升起三個大火柱，直衝雲霄，全島已裹在黑煙之中，料想神龍島已轟成一片焦土；號砲聲中，又見一艘艘戰船向東駛去，心想：「施琅這傢伙算得是一個半臭皮匠，料事如神是說不上，料事如鬼，也就馬馬虎虎了。」

海上戰船來往，甚是緩慢，他在瞭望台上站了半天，也沒見神龍島上有船隻逃出來，更見不到施琅和黃總兵如何東西夾擊，於是又回進中軍帳休息。

等了兩個多時辰，親兵來報，適才見到煙花訊號，兩路戰船都向都統大人報捷。

韋小寶大喜，心想：「老子穩坐中軍帳，眼見捷報至，耳聽好消息。這一場大戰，勝來不費吹灰之力。但盼方怡這小娘皮，頭髮也沒給砲火燒焦了一根。」

注：臺灣延平郡王鄭經長子克𡒉是陳永華之婿，剛毅果斷，鄭經立爲世子，出征時命其監國。克𡒉執法一秉至公，諸叔及諸弟多怨之，揚言其母假娠，克𡒉爲屠夫李某之子。鄭經及陳永華死後，克𡒉爲董太妃及諸弟殺害，克塽繼位。

韋小寶一躍而起，騎上鹿背，雙手緊緊抱住鹿頸。

雙兒輕輕巧巧的也躍上一頭梅花鹿之背。

羣鹿受驚，撒蹄狂奔。

梅花鹿身高腿長，奔馳之速，不亞於駿馬。

第三十五回

曾隨東西南北路　獨結冰霜雨雪緣

又過了一個多時辰，天色向晚，親兵來報，有數艘小船押了俘虜，正向通吃島而來。韋小寶大喜，跳起身來，奔到海邊，果見五艘小船駛近島來。韋小寶命親兵喝問：「拿到了些甚麼人？」小船上喊話過來：「這一批都是娘們，男的在後面。」

韋小寶大喜：「施琅果然辦事穩當。」凝目眺望，只盼見到方怡的倩影。當然最好還能活捉到老婊子，如再將那千嬌百媚的洪夫人拿到，在船上每天瞧她幾眼，更加妙不可言。

等了良久，五艘船才靠岸，驍騎營官兵大聲吆喝，押上來三百多名女子。韋小寶一個個瞧去，只見都是赤龍門下的少女，人人垂頭喪氣，有的衣衫破爛，有的身上帶傷，直瞧到最後，始終不見方怡。韋小寶好生失望，問道：「還有女的沒有？」一名佐領道：「稟報都統大人：後面還有，正有三隊人在島上搜索，就是毒蛇太多，搜起來就慢了些。」韋小寶道：「那神龍教的教主捉到了沒有？這場仗是怎樣打的？」

那佐領道：「啓稟都統大人：今兒一清早，三十艘戰船就逼近岸邊，一齊發砲。大家遵從大人的吩咐，發三砲，停一停，打的只是島上空地。等到島上有人出來抵敵，那就排砲轟了出去。都統大人料事如神，用這法子只轟得三次，就轟死了教匪四五百餘人。後來有一大隊少年不怕死的衝鋒，口中大叫甚麼『洪教主百戰百勝，壽比南山』……」韋小寶搖頭道：「錯了。洪教主仙福永享，壽與天齊。」那佐領道：「是，是。都統大人原來對教匪早就瞭如指掌，無怪大軍一出，勢如破竹。教匪所叫的，的確是『壽與天齊』，卑職說錯了。」

韋小寶微笑道：「後來怎樣？」那佐領道：「這些少年好像瘋子一樣，衝到海邊，上了小船，想上我們大船奪砲。我們也不理會，等幾十艘小船一齊駛入海中，這才發砲，砰嘭砰嘭，三十幾艘小船一隻隻沉在海中，三千多名孩兒教匪個個葬身大海之中。這些小匪臨死之時，還在大叫洪教主壽與天齊。」

韋小寶心道：「你也來謊報軍情，誇大冒功。神龍教的少年教徒，最多也不過八九百人，那有三千多名之理？好在殺敵越多，功勞越大。反正死在海裏，只有海龍王點數，就算報他四千、五千，又有何妨？」

那佐領道：「孩兒教匪打光之後，又有一大羣人奔到島西，上船逃走。咱們各戰船遵照都統大人的方策，隨後追去。卑職率隊上島搜索，男的女的，一共已捉了三四百人。施大人吩咐，先將這批女教匪送到通吃島來，好讓都統大人盤查。」

韋小寶點了點頭，這一仗雖然打勝了，但見不到方怡，總是不放心，不知轟砲之時會不會轟死了她，轉過身來，再去看那批女子。

突然之間，見到一個圓圓臉蛋的少女，登時想起，那日教主集衆聚會，這少女曾說自己是胖頭陀的私生兒子，又曾在自己臉頰上捏了一把，屁股上踢了一腳，一想到這事，惡作劇之心登起，走到她身邊，伸手在她臉上重重捏了一把。那姑娘尖聲大叫起來，罵道：「狗韃子，你……你……」韋小寶笑嘻嘻的道：「媽，你不記得兒子了嗎？」那姑娘大奇，瞪眼瞧他，依稀覺得有些面善，但說甚麼也想不起這清兵大官，就是本教的白龍使。韋小寶問道：「你叫甚麼名字？」那姑娘道：「快殺了我。你要問甚麼，我一句也不答。」

韋小寶道：「好，你不答，來人哪！」數十名親兵一齊答應：「喳！」韋小寶道：「把這小妞兒帶下去，全身衣裳褲子剝得乾乾淨淨，打她一百板屁股。」眾親兵又齊聲應道：「喳！」上來便要拖拉。

那少女嚇得臉無人色，忙道：「不，不要！我說。」韋小寶揮手止住眾親兵，微笑道：「那你叫甚麼名字？」那少女驚惶已極，這時才流下淚來，說道：「我……我叫雲素梅。」韋小寶道：「你是赤龍門門下的，是不是？」雲素梅點點頭，低聲道：「是。」韋小寶道：「你赤龍門中有個方怡方姑娘，後來調去了白龍門，你認不認得？」雲素梅道：「認得。她到了白龍門後，已升作了小隊長。」韋小寶道：「好啊，升了官啦。她在那裏？」雲素梅道：「今天上午，你們……你們開砲的時候，我還見到過方姊姊的，後來……後來一亂，就沒再見到了。」

韋小寶聽說方怡今日還在島上，稍覺放心，心想那日你在我屁股上踢過一腳，這一腳，今日你的私生子可要踢還了，走到她身後，提起腳來，正要往她臀部踢去，帳外親兵報道：「啓稟都統大人：又捉了一批俘虜來啦。」

韋小寶心中一喜，這一腳就不踢了，奔到海邊，果見有艘小戰船揚帆而來。命親兵喊話過去：「俘虜是女的，還是男的？」初時相距尚遠，對方聽不到。過了一會，戰船駛近。船頭一名軍官叫道：「有男的，也有女的。」

又過一會，韋小寶看清楚船頭站著三四名女子，其中一人依稀便是方怡。他大喜之下，直奔下海灘，海水直浸至膝彎，凝目望去，那戰船又駛近了數丈，果然這女子便是方怡。他這一下歡喜當眞非同小可，叫道：「快，快，快駛過來。」

忽然之間，那艘戰船晃了幾晃，竟打了個圈子，船上幾名水手大叫起來：「啊喲，撞到了淺灘，擱淺啦。」

忽聽得方怡的聲音叫道：「小寶，小寶，是你嗎？」

韋小寶這時那裏還顧得甚麼都統大人的身分，叫道：「好姊姊，是我，小寶在這裏。」方怡叫道：「小寶，你快來救我。他們綁住了我，小寶，小寶，你快來！」韋小寶叫道：「不用躭心，我來救你。」縱身跳上一艘傳遞軍情的小艇，吩咐水手：「快划，快划過去。」

小艇上的四名水手提起槳來，便即划動。

忽然岸上一人縱身一躍，上了小艇，正是雙兒，說道：「相公，我跟你過去瞧瞧。」韋小寶心花怒放，說道：「雙兒，你道那人是誰？」雙兒微笑道：「我知道。你說是你的少奶奶，那日我『少奶奶』也叫過啦。不過……不過這位少奶奶不肯答應。」韋小寶笑道：「她那時怕羞。這次你再叫，非要她答應不可。」

那戰船仍在緩緩打轉，小艇迅速划近。方怡叫道：「小寶，果眞是你。」聲音中充滿了喜悅之情。韋小寶叫道：「是我。」向她身旁的軍官喝道：「快鬆了這位姑娘的綁。」那軍官道：「是。」俯身解開了方怡手上的繩索。方怡張開手臂，等候韋小寶過去。兩船靠近，戰船上的軍官說道：「都統大人小心。」韋小寶躍起身來，那軍官伸手扯了他一把。

韋小寶一上船頭，便撲在方怡懷裏，說道：「好姊姊，可想死我啦。」兩人緊緊的摟在一起。

韋小寶抱著方怡柔軟的身子，聞到她身上芬芳的氣息，已渾不知身在何處。上次他隨方怡來神龍島，其時情竇初開，還不大明白男女之事，其後在前赴雲南道上，和建寧公主胡天胡帝，這次再將方怡抱在懷裏，不禁面紅耳赤。

突然之間，船身晃動，韋小寶也不暇細想，只是抱住了方怡，便想去吻她嘴唇，忽覺後頸一緊，讓人一把揪住。一個嬌媚異常的聲音說道：「白龍使，你好啊，這次你帶人攻破神龍島，功勞當眞不小啊。」

韋小寶一聽得是洪夫人的聲音，不由得魂飛天外，情知大事不妙，出力掙扎，卻給方怡抱住了動彈不得，跟著腰間一痛，已給人點中了穴道。

這變故猝然而來，韋小寶一時之間如在夢中，心中只有一個念頭：「糟糕，糟糕，方怡這小婊子又騙了我！」張嘴大叫：「來人哪，來人哪，快來救我！」方怡輕輕放開了他，退在一旁。韋小寶穴道遭點，站立不定，頹然坐倒。但見坐船扯起了風帆，正向北疾駛，自己坐來的那艘小艇已在十餘丈之外，隱隱聽得岸上官兵大聲呼叫喝問。

他暗暗禱祝：「謝天謝地，施琅和黃總兵快快派船截攔，不過千萬不可開砲。」但聽得通吃島上衆官兵的呼叫聲漸漸遠去，終於再也聽不到了。放眼四望，大海茫茫，竟沒一艘船隻。他所統帶的戰船雖多，但都派了出去攻打神龍島，有的則在通吃島和神龍島之間截攔，別說這時不知主帥已經被俘，就算得知，海上相隔數十里之遙，又怎追趕得上？

他坐在艙板，緩緩抬起頭來，只見幾名驍騎營軍官向著他冷笑。他頭腦中一陣暈眩，定了定神，這才一個個看清楚，一張醜陋的胖圓臉是瘦頭陀，一張清癯的瘦臉是陸高軒，一張拉得極長的馬臉是胖頭陀。他心中一團迷惘：「矮東瓜給綁在中軍帳後，定是給陸高軒和胖頭陀救了出來，可是這兩人明明是在北京，怎地到了這裏？」再轉過頭去，一張秀麗異常、嬌美異常的臉蛋，那便是洪夫人了。

洪夫人笑吟吟瞧著韋小寶，伸手在他臉頰上捏了一把，笑道：「都統大人，你小小年紀，可厲害得很哪。」

韋小寶道：「教主與夫人仙福永享，壽與天齊。屬下這次辦事不妥，沒甚麼功勞。」

洪夫人笑道：「妥當得很啊，沒甚麼不妥。教主他老人家大大的稱讚你哪，說你帶領清兵，砲轟神龍島，轟得島上的樹木房屋，盡成灰燼。他老人家向來料事如神，這一次卻料錯了，他佩服你得很呢。」

韋小寶到此地步，料知命懸人手，哀求也是無用，眼前只有胡謅，再隨機應變，笑道：「教主他老人家福體安康，我真想念他得緊。屬下這些日子來，時時想起夫人，日日禱祝你越來越年輕美貌，好讓教主他老人家伴著你時，仙福永享！」

洪夫人格格而笑，說道：「你這小猴子，到這時候還不知死活，仍在跟我油嘴滑舌。你說我是不是越來越年輕美麗呢？」韋小寶嘆了口氣，說道：「夫人，你騙得我好苦。」洪夫人笑問：「我甚麼事騙你了？」韋小寶道：「剛才清兵捉來了一批島上的姊妹，都是赤龍門的年輕姑娘，後來說又有一船姊妹到來。我站在海邊張望，見到了夫人，一時認不出來，心中只說：『啊喲，赤龍門中幾時新來了一個這樣年輕貌美的小姑娘哪？是教主夫人的小妹子罷？這樣的美人兒，可得快些過去瞧瞧。』夫人，我心慌意亂，搶上船來瞧瞧這美貌小妞兒，那知道竟便是夫人你自己。」

洪夫人聽得直笑，身子亂顫。她雖穿著驍騎營軍官服色，仍掩不住身段的風流婀娜。瘦頭陀不耐煩了，喝道：「你這好色的小鬼，在夫人之前也膽敢這麼胡說八道，瞧我不抽你的筋，剝你的皮！」

韋小寶道：「你這人胡塗透頂，我也不想跟你多說廢話。」瘦頭陀怒道：「我怎地胡塗了？你自己才胡塗透頂。我浮在海裏假裝浮屍，你也瞧不出來，居然把我救了上來，打聽神龍島的事情。我遵照教主吩咐，跟你胡說八道一番，你卻句句信以爲眞。」

韋小寶肚裏暗罵：「胡塗，胡塗！韋小寶你這傢伙，當眞該死，怎沒想到瘦頭陀內功深湛，要假裝浮屍，那可容易得緊，我居然對他的話深信不疑，以爲神龍島上當眞起了內鬨，一切再也不防。」說道：「我中了教主和夫人的計，那不是我胡塗。」

瘦頭陀道：「哼，你不胡塗，難道你還聰明了？」

韋小寶道：「我自然十分聰明。不過我跟你說，就算是天下最聰明的人，只要在教主和夫人手下，也就誰都討不了好去。這是教主和夫人神機妙算，算無遺策，勢如破竹，大功告成……」他一說到「大功告成」四字，不禁向洪夫人紅如櫻桃、微微顫動的小嘴望了一眼。

洪夫人又是一笑，露出一排潔白的細齒，說道：「白龍使，你畢竟比瘦頭陀高明得多，他是說不過你的。你怎麼說他胡塗了？」

韋小寶道：「夫人，這瘦頭陀已見過了夫人這樣仙女一般的小姑娘，本來嘛，不論是誰只要見上了夫人一眼，那裏還會再去看第二個女人？我說他胡塗，因爲我知道他心中念念不忘，還記掛著第二個女子。瘦頭陀，這女人是誰，要不要我說出來？」

瘦頭陀一聲大吼，喝道：「不能說！」韋小寶笑道：「不說就不說。你師弟就比你高明得多。他自從見了夫人之後，就說從今而後，再也沒興致瞧第二個女子了。」

胖頭陀一張馬臉一紅，低聲道：「胡說，那有此事？」韋小寶奇道：「沒有？難道你見了夫人之後，還想再看第二個女人？」胖頭陀低下頭，說道：「老衲是出家人，六根清淨，四大皆空，心中早已無男女之事。」韋小寶道：「嘖嘖嘖！老和尚唸經，有口無心。你師哥跟你一般，也是個頭陀，又怎麼天天想著他的老相好？」心中不住思索：「我明明吩咐他跟陸先生留在北京等我，怎地他二人會跟夫人在一起，當眞奇哉怪也。」

胖頭陀道：「師哥是師哥，我是我，二人不能一概而論。」

韋小寶道：「我瞧你二人也差不多。你師哥爲人雖然胡塗，可比你還老實些。不過你師兄弟二人，都壞了教主和夫人的大事，實在罪大惡極。」

胖瘦二頭陀齊聲道：「胡說！我們怎地壞了教主和夫人的大事？」

韋小寶冷笑不答。他在一時之間，也說不出一番話來誣賴二人，不過先伏下一個因頭，待得明白胖陸二人如何從北京來到神龍島，再來揑造此言語，好讓洪夫人起疑。他回頭向海上望去，大海茫茫，竟無一艘船追來，偶爾隱隱聽到遠處幾下砲聲，想是施琅和黃總兵兀自率領戰船，在圍殲神龍教的逃船。

陸高軒見他目光閃爍，說道：「夫人，這人是本教大罪人，咱們稟告教主，就將他投入海中，餵了海龜罷。」韋小寶大吃一驚，心想：「我這小白龍是西貝貨，假白龍入海，那可沒命了。」洪夫人道：「教主還有話問他。」陸高軒應道：「是。」在韋小寶背上一推，道：「參見教主去！」

韋小寶暗暗叫苦：「在夫人前面還可花言巧語，哄得她歡喜。原來教主也在船中，今日小白龍倘若不入龍宮，眞正傷天害理之至了。」側頭向方怡瞧了她一眼，只見她神色木然，全無喜怒之色，心中大罵：「臭婊子，小娘皮！」說道：「方姑娘，恭喜你啊。」方怡道：「恭喜我甚麼？」韋小寶笑道：「你爲本教立了大功，教主還不升你的職麼？」方怡哼了一聲，並不答話。

洪夫人道：「大家都進來。」陸高軒抓住韋小寶後領，將他提入船艙。

只見洪教主赫然坐在艙中。韋小寶身在半空，便搶著道：「教主和夫人仙福永享，壽與天齊。屬下白龍使參見教主和夫人。」

陸高軒將他放下，方怡等一齊躬身，說道：「教主仙福永享，壽與天齊。」他們雖也想討好洪夫人，但這句話向來說慣了的，畢竟老不起臉皮，加上「和夫人」三字。

韋小寶見洪教主雙眼望著艙外大海，恍若不聞，又見他身旁站著四人，卻是赤龍使無根道人、黃龍使殷錦、青龍使許雪亭、黑龍使張淡月。

韋小寶心念一動，轉頭對瘦頭陀喝道：「你這傢伙瞎造謠言，說甚麼教主和夫人身遭危難。我不顧一切，趕來救駕，幸好教主和夫人一點沒事，幾位掌門使又那裏造反了？」

洪教主冷冷問道：「你說甚麼？」韋小寶道：「屬下奉教主和夫人之命，混進皇宮，得了兩部經書，後來到雲南吳三桂平西王府，又得了三部經書。」洪教主雙眉微微一揚，問道：「你得了五部？經書呢？」韋小寶道：「皇宮中所得那兩部，屬下已派陸高軒呈上教主和夫人了，教主和夫人說屬下辦事穩當，叫陸高軒賜了仙藥。」洪教主點了點頭。韋小寶道：「雲南所得的那三部，屬下放在北京一個十分穩妥的所在，命胖頭陀和陸高軒看守……」

胖頭陀和陸高軒登時臉色大變，忙道：「沒……沒有，那有此事？教主你老人家別聽這小子胡說八道。」

韋小寶道：「經書一共有八部，屬下得到了線索，另外三部多半也能拿得到手，預備取到之後，一併呈上神龍島來。已經到了手的那三部經書，屬下惟恐給人偷去，因此砌在牆裏。我吩咐陸高軒和胖頭陀寸步不離。陸高軒、胖頭陀，我叫你們在屋裏看守，不可外出，怎麼你二人到這裏來了？要是失了寶經，誤了教主和夫人的大事，這干係誰來擔當？」

胖陸二人面面相覷，無言可對。過了一會，陸高軒才道：「你又沒說牆裏砌有寶經，我們怎麼知道？」

韋小寶道：「教主和夫人吩咐下來的事，越機密越好，多一個人知道，就多一分洩漏的危險。我對你們兩個，老實說也不怎麼信任。我每天早晨起身，一定要大聲唸誦：『教主和夫人仙福永享，壽與天齊。』每次吃飯，每天睡覺，又必唸上一遍。可是你二人離了神龍島之後，沒稱讚過教主一句神通廣大，鳥生魚湯。」「堯舜禹湯」只有對皇帝歌功頌德才用得著，這時說了出來，衆人也不知「鳥生魚湯」是甚麼意思。

陸高軒和胖頭陀兩人臉上青一陣、白一陣，暗暗吃驚，離了神龍島之後，他二人的確沒唸過「教主仙福永享，壽與天齊」的話，沒料想給這小子抓住了把柄，可是這小子幾時又唸過了？陸高軒道：「你自己犯了滔天大罪，這時花言巧語，想討好教主和夫人，饒你一命。哼，咱們島上老少兄弟這次傷亡慘重，教主幾十年辛苦經營的基業，盡數毀在你手裏，你想活命，眞是休想。」

韋小寶道：「你這話大大錯了。我們投在教主和夫人屬下，這條性命，早就不是自己的了。教主和夫人差我們去辦甚麼事，人人應該忠字當頭，萬死不辭。教主和夫人要我們死，大家就死；要我們活，大家就活。你想自己作主，自把自爲，那就是對教主和夫人不夠死心塌地，不夠盡忠報國。」

洪教主聽他這麼說，伸手捋捋鬍子，緩緩點頭，問胖陸二人道：「你們說白龍使統率水師，要對本教不利，到底是怎麼一回事？」

陸高軒聽教主言語中略有不悅之意，忙道：「啓稟教主：我二人奉命監視白龍使，對他的一舉一動，時時留神，不敢有一刻疏忽。這天皇帝升了他官職，水師提督施琅前來拜訪，屬下二人將他們的說話聽得仔細，已啓稟了教主。過不多天，白龍使便帶了施琅出差，卻要他扮成驍騎營的一名小官兒，又不許屬下和胖頭陀隨行，屬下心中就極爲犯疑。」

韋小寶心道：「好啊，原來教主派了你二人來監視我的。」

又聽陸高軒稟報：「早得幾日，屬下搜查白龍使房裏字紙簍中倒出來的物事，發現了許多碎紙片，一經拼湊，原來是用滿漢文字寫的遼東地名。白龍使又不識字，更加不識滿文，這些地名，自然是皇帝寫給他的了。後來又打聽到，他這次出行，還帶了許多門大砲。屬下二人商議，都想白龍使奉了皇帝之命，前來遼東一帶，既有水師將領，又有大砲，自然是意欲不利於本教。因此一等白龍使離京，屬下二人便騎了快馬，日夜不休的趕回神龍島來稟報。夫人還說白龍使耿耿忠心，決不會這樣。那知道知人知面不知心，這白龍使狼心狗肺，辜負了教主的信任。」

韋小寶嘆了口氣，搖了搖頭，說道：「陸先生，你自以爲聰明能幹，卻那裏及得了教主和夫人的萬一？我跟你說，你錯了，只有教主和夫人才永遠是對的。」

陸高軒怒道：「你胡……」這兩字一出口，登時知道不妙，雖然立即把下面的話煞住，但人人都知，「你胡」二字之下，定然跟的是個「說」字。

韋小寶道：「你說我胡說？我說你錯了，只有教主和夫人才永遠是對的，你不服氣？難道教主和夫人永遠不對，只有你陸先生才永遠是對的？」

陸高軒脹紅了臉，道：「我不是這個意思。那是你說的，我可沒說過。」

韋小寶道：「教主和夫人說我白龍使忠心耿耿，決不會叛變。他二位老人家料事如神，怎會有錯？我跟你說，皇帝派我帶了水師大砲，前赴遼東，說的是去長白山祭天，其實……其實是……哼，你又知道甚麼？」心中亂轉念頭：「該說皇帝派我去幹甚麼？」

洪教主道：「你且說來，皇帝派你去幹甚麼？」

韋小寶道：「這件事本來萬分機密，無論如何是不能說的，一有洩漏，皇帝定要殺我的頭。不過教主既然問起，在屬下心中，教主和夫人比之皇帝高出百倍，他是萬歲，你是百萬歲。他是萬萬歲，你是百萬萬歲。教主要我說，自然不能隱瞞。」尋思：「怎樣說法，才騙得教主和夫人相信？」

洪教主聽韋小寶諛詞潮湧，絲毫不以爲嫌，撚鬚微笑，怡然自得，緩緩點頭。

韋小寶道：「啓稟教主和夫人：皇帝身邊，有兩個紅毛外國人，這兩人一個叫湯若望，一個叫南懷仁，封了欽天監監正的官。」洪教主道：「湯若望此人的名字，我倒也聽見過，聽說他懂得天文地理、陰陽曆數之學。」韋小寶讚道：「嘖，嘖，嘖！教主不出門，能知天下事。這湯若望算來算去，算到北方有個羅刹國，要對大清不利。」

洪教主雙眉一軒，問道：「那便如何？」

韋小寶曾聽那大鬍子蒙古人罕帖摩說過，吳三桂與羅刹國、神龍教勾結。吳三桂遠在雲南，拉扯不到他身上，羅刹國卻便在遼東之側，果然一提「羅刹國」三字，洪教主當即神情有異。韋小寶知道這話題對上了榫頭，心中大喜，說道：「小皇帝一聽之下，便心眼兒發愁，就問湯若望計將安出，快快獻來。湯若望奏道：『待臣回去夜觀天文，日算陰陽，仔細推算。』過得幾天，他向皇帝奏道，羅剎國的龍脈是在遼東，有座山叫做甚麼呼他媽的山，有條河叫做甚麼阿媽兒的河。」

洪安通久在遼東，於當地山川甚是熟悉，聽韋小寶這麼說，向洪夫人笑道：「夫人，你聽這孩子說得豈不可笑？將呼瑪爾窩集山說成了呼他媽的山，把阿穆爾河又說成阿媽兒的河，哈哈，哈哈！」洪夫人也格格嬌笑。

韋小寶道：「是，是，教主無所不知，無所不曉，屬下當眞佩服得緊。那外國紅毛鬼說了好幾遍，屬下總是記不住，小皇帝便用滿漢文字寫了下來，交了給我。可是屬下不識字，這呼他媽的甚麼山，阿媽兒的甚麼河，總是記不住。」

洪教主呵呵大笑，轉過頭來，向陸高軒橫了一眼，目光極是嚴厲。陸高軒和胖頭陀心中不住叫苦。

韋小寶道：「那湯若望說道，須得趕造十門紅毛大砲，從海道運往遼東，對準了這些甚麼山、甚麼河連轟兩百砲，打壞了羅剎國的龍脈，今後二百年大清國就太平無事，叫做一砲保一年平安。小皇帝說道：那麼連轟一千砲，豈不是保得千年平安？湯若望道：轟得太多，反而不靈，又說甚麼天機不可洩漏，黃道黑道，嘰哩咕嚕的說了半天，屬下半句也不懂，聽得好生氣悶。」

洪教主點頭道：「這湯若望編得有部《大清時憲曆》，確是只有二百年。看來滿清的氣運，最多也不過二百年而已。」

韋小寶說謊有個訣竅，一切細節不厭求詳，而且全部眞實無誤。只在重要關頭卻胡說一番，這是他從妓院裏學來的法門。恰好洪安通甚是淵博，知道湯若望這部《大清時憲曆》的內容，韋小寶這番謊話，竟全然合縫合榫。

洪夫人道：「這樣說來，是小皇帝派你去遼東開大砲麼？」韋小寶假作驚異道：「咦，夫人你怎麼又知道了？」洪夫人笑道：「我瞧你這番話還是不盡不實。小皇帝派你去遼東，你怎麼又上神龍島來了？」韋小寶道：「那紅毛鬼說道：羅剎人的龍脈，是條海龍，因此這十門大砲要從海上運去，對準了那條龍的龍口，算好了時辰，等它正要向海中取水之時，立即轟砲，這條龍身受重傷，那就動不了啦。若從陸地上砲轟，這條龍吃得一砲，立刻就飛天騰走了。一砲只保得一年平安，明年又要來轟過，實是麻煩之極。他說，我們的大砲從海上運去，還得遠兜圈子，免得驚動了龍脈。」

自來風水堪輿之說，「龍脈」原是十分注重的，但只說地形似龍，並非眞的有一條龍，甚麼龍脈會驚動了逃走云云，全是韋小寶的胡說八道。洪安通聽在耳裏，不由得有些將信將疑。

韋小寶鑒貌辨色，知他不大相信，忙道：「那外國鬼子是會說中國話的，他畫了好幾張圖畫給小皇帝看，用了幾把尺量來量去，這裏畫一個圈，那裏畫一條線，說明白爲甚麼這條龍脈會逃。屬下太笨，半點兒也不懂，小皇帝倒聽得津津有味。」

洪安通點了點頭，心想外國人看風水，必定另有一套本事，自比中國風水更加厲害。

韋小寶見他認可了此節，心中一寬，尋思：「這關一過，以後的法螺便嗚嘟嘟，不會破了！」說道：「那一天小皇帝叫欽天監選了個黃道吉日，下聖旨派我去長白山祭天。有一個福建水師提督施琅，是從臺灣投降過來的，說鄭成功也曾在他手下吃過敗仗，這人善於在船上開砲，小皇帝派他跟我同去。千萬叮囑，務須嚴守機密，如果洩漏了，這件大事可就壞了，說不定羅剎國會派海船阻攔。我們去到天津出海，遠兜圈子，要悄悄上遼東去。那知昨天下午，在海裏見到了不少浮屍，其中有眞有假，假的一具，就是這瘦頭陀了。我好心把他救了起來。他說乖乖不得了，神龍島上打得天翻地覆，洪教主派人殺了青龍使許雪亭。」

瘦頭陀大叫：「假的！我沒說教主殺了青龍使！」洪夫人妙目向他瞪了一眼，說道：「瘦頭陀，在教主跟前，不得大呼小叫。」瘦頭陀道：「是。」

韋小寶道：「你說青龍使給人殺了，是不是？」瘦頭陀說：「是，是教主吩咐要我這般騙你的。」韋小寶道：「教主叫你跟我開個玩笑，也是有的。可是你說教主爲了報仇，殺了青龍使和赤龍使。教主大公無私，大仁大義，決不會對屬下記恨！」他說一句，瘦頭陀便叫一句「假的！」韋小寶道：「你說教主爲了報仇，殺了青龍使和赤龍使！」瘦頭陀頭道：「假的，我沒說。」韋小寶道：「教主大公無私。」瘦頭陀道：「假的！」韋小寶道：「大仁大義。」瘦頭陀叫道：「假的！」韋小寶道：「決不會對屬下記恨。」瘦頭陀道：「假的！」

陸高軒知瘦頭陀暴躁老實，早已踏進了韋小寶的圈套，他不住大叫「假的」，每多叫一句，教主的臉色便難看了一分。陸高軒只怕瘦頭陀再叫下去，教主一發脾氣，那就不可收拾，於是扯了扯瘦頭陀的衣袖，說道：「聽他啓稟教主，別打斷他話頭。」瘦頭陀道：「這小子滿口胡柴，難道也由得他說個不休？」陸高軒道：「教主聰明智慧，無所不知，無所不曉。不用你著急，教主自然明白。」瘦頭陀道：「哼！只怕未必……」這一出口，突然張大了嘴，更無聲息，滿臉惶恐之色。

韋小寶雙目瞪視著他，突然扮個鬼臉。兩人身材都矮，瘦頭陀更矮，韋小寶低下頭扮鬼臉，旁人瞧不到，瘦頭陀卻看得清清楚楚，登時便欲發作，卻生怕激怒了教主，只有強自忍住，神色尷尬。一時之間，船艙中寂靜無聲，只聽得瘦頭陀呼呼喘氣。

過了好一會，洪教主問韋小寶道：「他又說了些甚麼？」

韋小寶道：「啓稟教主：他又說教主播弄是非，挑撥赤龍門去打青龍門……」

瘦頭陀叫道：「我沒說。」

洪教主向他怒目而視，喝道：「給我閉上了鳥嘴，你再怪叫一聲，我把你這矮冬瓜劈成了他媽的兩段。」

瘦頭陀滿臉紫脹，陸高軒和胖頭陀也駭然失色。衆人均知洪教主城府甚深，喜怒不形於色，極少如此出言粗魯，大發脾氣，這般喝罵瘦頭陀，實是憤怒已極。

韋小寶大喜，心想瘦頭陀既不能開口說話，自己不管如何瞎說，他總是難以反駁，便道：「請教主息怒。這瘦頭陀倒也沒說甚麼侮辱教主的言語，只是說教主爲人小氣。上次大家謀反不成，給屬下一個小孩子壞了大事，人人心中氣憤，教主卻要乘機報仇。他說教主派了一個名叫何盛的去幹事，這人是無根道人的大弟子，弟子卻不知本教有沒有這個人。」

洪夫人道：「何盛是有的，那又怎樣？」

韋小寶心念一動：「這何盛是無根道人的弟子，必是個年輕小夥子。」說道：「瘦頭陀說，這何盛見到夫人美貌，這幾年來跟夫人一直如何如何，怎樣怎樣，說了很多不中聽的說話。弟子大怒，惱他背後對夫人不敬，命人打他嘴巴。那時他還給牛皮索綁住了，反抗不得，打了十幾下，他才不敢說了。」

洪夫人氣得臉色鐵青，恨恨的道：「怎地將我拉扯上了？」瘦頭陀道：「我……我沒說。」韋小寶道：「教主不許你開口，你就不要說話。我問你，你說過有個叫做何盛的人沒有？是就點頭，不是就搖頭。」瘦頭陀點了點頭。

韋小寶道：「是啊，你說何盛跟許雪亭爭風喝醋，爭著要討好夫人，於是這何盛就把許雪亭殺了，夫人很歡喜，又說教主給蒙在鼓裏，甚麼也不知道。你說青龍使給何盛殺了，房裏地下有一把刀，那把刀是何盛的，是不是？你說過沒有？」

瘦頭陀點了點頭，道：「不過前面……」韋小寶道：「你既已說過，也就是了。」其實瘦頭陀說過的，只是後半截，前半截卻是韋小寶加上去的。瘦頭陀這一點頭，倒似整篇話都是他說的了。

韋小寶道：「你說青龍門、赤龍門、黃龍門、黑龍門，還有我的白龍門，大家打得一塌胡塗，教主已然失了權柄，毫無辦法鎮壓，是不是？」瘦頭陀點點頭。

韋小寶道：「你說神龍島上衆人造反，教主和夫人給捉了起來，夫人全身衣服給脫得清光，在島上遊行示衆。教主的鬍子給人拔光了，給倒吊著掛在樹上，已有三天三夜沒喝水，沒吃飯。這些說話，你現今當然不肯認了，是不是？」

對這句問話，點頭也不是，搖頭也不是，瘦頭陀滿臉通紅，皮膚中如要滲出血來。韋小寶道：「現下你當然要賴，不肯承認說過這些話，是不是？」瘦頭陀怒道：「我沒說過。」韋小寶道：「你說你跟教主動上了手，你踢了教主兩腳，打了教主三下耳光，不過教主武功比你高，你打不過，於是給教主綁起來投入大海，是不是？你說本教已鬧得天翻地覆，一塌胡塗。一大半人都已給教主綁了投入大海。餘下的你殺我，我殺你。教主和夫人已糟糕之極，就算眼下還沒死，那也活不長久了，是不是？」

瘦頭陀道：「我……我……我……」他給韋小寶弄得頭暈腦脹，不知如何回答才是。他確是說過他打不過教主，給教主綁起來投入大海，也說過神龍島上五龍門自相殘殺，一塌胡塗，但跟韋小寶的話卻又頗不相同。

韋小寶道：「啓稟教主：屬下本要率領水師船隻，前赴遼東，去轟羅刹國的龍脈，不過船隻駛到這裏，屬下記掛著教主和夫人，還有那個方姑娘，屬下本想……本想娶她爲妻的，也想瞧瞧她，最好能求得教主和夫人准我將她帶了去。於是吩咐海船緩緩駛近，就算遠遠向島上望上幾眼，也是好的。要是能見到教主和夫人一眼……」洪夫人微笑道：「還有那個方姑娘。」韋小寶道：「是，這是屬下存了自私之心，沒有一心一意對教主和夫人盡忠，實在該死。」洪教主點了點頭，道：「你再說下去。」

韋小寶道：「那知道在海中救起了瘦頭陀，不知他存了甚麼心眼，竟滿口咒詛教主和夫人。屬下也胡塗得緊，一聽之下，登時慌了手腳，恨不得插翅飛上神龍島來，站在教主和夫人身畔，和衆叛徒一決死戰。屬下當時破口大罵，說道當日教主鄭重吩咐過的，過去的事不能再算倒帳，連提也不能再提，怎可懷恨在心，又來反叛教主？屬下只記掛著教主和夫人的危險，心想教主給叛徒倒吊了起來，夫人給他們脫光了衣衫，那是一刻也挨不得的。我眞胡塗該死，全沒想教主神通廣大，若有人犯上作亂，教主伸出幾根手指，就把他們像螞蟻一般捏死了，那有會給叛徒欺辱之理？不過屬下心中焦急，立即命所有戰船一起出海，攻打神龍島。我吩咐他們說：島上的好人都已給壞人拿住了，如有人出來抵抗，你們開砲轟擊便是。一上了岸，快快查看，有沒有一位威風凜凜、相貌堂堂、又像玉皇大帝、又像神仙菩薩的一位老人家，那就是神龍教洪教主，大家要聽他指揮。屬下又說，島上所有女子，一概不可得罪，尤其那位如花似玉、相貌美麗、好像天仙下凡的年輕姑娘，那是洪夫人，大家更須恭恭敬敬。」

洪夫人格格一笑，說道：「照你說來，你派兵攻打神龍島，倒全是對教主的一番忠心？你不但無過，反而有功？」

韋小寶道：「屬下功勞是一點也沒有的，不過見到教主和夫人平平安安的，幾個掌門使仍忠心耿耿，好好的服侍教主和夫人，心中就高興得很。屬下第一盼望的，是教主和夫人仙福永享，壽與天齊。第二件事是要本教人人盡忠報國，教主說甚麼，大家就去幹甚麼。第三件……第三件……」洪夫人笑道：「第三件是要方姑娘給你做老婆。」

韋小寶道：「這是一件小事，屬下心中早就打定了主意，只要盡力辦事，討得教主和夫人的歡心，教主和夫人自然也不會虧待部下。」

洪安通點點頭，說道：「你這張嘴確是能說會道，可是你說掛念我和夫人，爲甚麼自己卻不帶兵上神龍島來？爲甚麼只派人開砲亂轟，自己卻遠遠的躲在後面？」

這一句話卻問中了要害，韋小寶張口結舌，一時無話回答，知道這句話只要答得不盡不實，洪教主一起疑心，先前的大篇謊話固全部拆穿，連小命也必不保，情急之下，只得說道：「屬下罪該萬死，實在是對教主和夫人不夠忠心。我聽瘦頭陀說起島上衆人如何兇狠，連教主和夫人也捉了，屬下害怕得很。上次……上次他們背叛教主，都是屬下壞了他們的大事，倘若給他們拿到，非抽我的筋、剝我的皮不可。屬下怕死，因此遠遠躲在後面，只差了手下兵將來救教主和夫人，這個……這個……實在該死之至。」

洪教主和夫人對望了一眼，緩緩點頭，均想這孩子自承怕死，可見說話非虛。洪教主道：「你這番話是眞是假，我要慢慢查問。倘若得知你是說謊，哼哼，你自己明白。」

韋小寶道：「是！教主和夫人要如何處罰，屬下心甘情願，可是千萬不能將屬下交在胖頭陀、瘦頭陀、陸高軒他們手裏。這一次……這一次他們安排巧計，騙得清兵砲轟神龍島，害死了不少兄弟姊妹，定有重大陰謀。屬下看來，這陸高軒定是想做陸教主。他在雲南時說：我也不要甚麼仙福永享，壽與天齊，只要享他五十年福，也就夠得很了……」

陸高軒怒叫：「你，你……」揮掌便向韋小寶後心拍來。

無根道人搶上一步，伸掌拍出，砰的一聲，陸高軒給震得退後兩步。無根道人卻只身子一晃，喝道：「陸高軒，你在教主座前，怎敢行兇傷人？」陸高軒臉色慘白，躬身道：「教主恕罪，屬下聽這小子揑造謊言，按捺不住，多有失禮。」

洪教主哼了一聲，對韋小寶道：「你且下去。」對無根道人道：「你親自看管他，不許旁人傷害，可也不能讓他到處亂走。你別跟他說話。這小孩兒鬼計多端，須得加意留神。」無根道人躬身答應。

此後數日，韋小寶日夜都和無根道人住在一間艙房，眼見每天早晨太陽從右舷昇起，晚間在左舷落下，坐船逕向北行。起初一兩天，他還盼望施琅和黃甫的水師能趕了上來，搭救自己，到得後來，也不存這指望了，心想：「我一番胡說八道，教主和夫人已信了九成，只不過我帶兵把神龍島轟得一塌胡塗，就算出於好心，總也不免有罪。幸虧那矮冬瓜扮了浮屍來騙我，是教主自己想出來的計策，否則他一怒之下，多半會將矮冬瓜和我兩個一起殺了，煮他一鍋小寶冬瓜湯。」又想：「這船向北駛去，難道仍是往遼東麼？」

向無根道人問了幾次，無根道人總是回答：「不知道。」韋小寶逗他說話，無根道人道：「教主吩咐，不可跟你說話。」又不許他走出艙房一步。

韋小寶好生無聊，又想：「方怡這死妞明明在這船裏，卻又不來陪伴老子散心解悶。」想起這次給神龍教擒獲，又是爲方怡所誘，心道：「老子這次若能脫險，以後再向方怡這小娘皮瞧上一眼，老子就不姓韋。上過兩次當，怎能再上第三次當？」但想到方怡容顏嬌艷，神態柔媚，心頭不禁怦然而動，轉念便想：「不姓韋就不姓韋，老子的爹爹是誰也不知道，又知道我姓甚麼？」

戰船不停北駛，天氣越來越冷。無根道人內力深厚，倒不覺得怎樣，韋小寶卻冷得不住發抖，牙齒相擊，格格作響。又行幾日，北風怒號，天空陰沉沉地，忽然下起大雪來。

韋小寶叫道：「這一下可凍死我也。」心想：「索額圖大哥送了我一件貂皮袍子，可惜留在大營，沒帶出來。唉，早知方怡這小娘皮要騙我上當，我就該著了貂皮袍子去抱她，也免得凍死在船中。冰凍白龍使，乖乖不得了。」

船行到半夜，忽聽得丁東聲不絕，韋小寶仔細聽去，才知是海中碎冰相撞，大吃一驚，叫道：「啊喲，不好！這隻船要是凍在大海之中，豈不糟糕？」無根道人道：「大海裏海水不會結冰，咱們這就要靠岸了。」韋小寶道：「到了遼東麼？」無根道人哼了一聲，不再答話。

次日清晨，推開船艙窗子向外張望，只見白茫茫地，滿海都是浮冰，冰上積了白雪，遠遠已可望到陸地。這天晚上，戰船駛到了岸邊拋錨，看來第二日一早便要乘小艇登陸。

這一晚韋小寶思潮起伏，洪教主到底要如何處置自己，實在不易猜想，他似乎信了自己的說話，似乎又是不信，來到這冰天雪地，又不知甚麼用意。想了一會，也就睡著了。

睡夢中忽見方怡坐在自己身邊，他伸出手去，一把摟住，迷迷糊糊間只聽得她說：「別胡鬧！」韋小寶道：「死老婆，我偏要胡鬧。」只覺方怡在懷中扭了幾扭，他似睡似醒，聽得懷中那人低聲道：「相公，咱們快走！」似乎是雙兒的聲音。

韋小寶吃了一驚，登時清醒，覺得懷中確是抱著一個柔軟的身子，黑暗之中，卻瞧不見是誰，心想：「是方怡？是洪夫人？」這戰船之上，便只兩個女子，心想：「管他是方怡還是洪夫人，親個嘴再說，先落得便宜！」將懷中人兒扳過身來，往她嘴上吻去。

那人輕輕一笑，轉頭避開。這一下笑聲雖輕，卻聽得明明白白，正是雙兒。

韋小寶又驚又喜，在她耳邊低聲問道：「雙兒，你怎麼來了？」雙兒道：「咱們快走，慢慢再跟你說。」韋小寶笑道：「我凍得要死，你快鑽進我被窩來，熱呼熱呼。」雙兒道：「唉，好相公，你就是愛鬧，也不想想這是甚麼時候。」

韋小寶緊緊摟住了她，問道：「逃到那裏去？」雙兒道：「咱們溜到船尾，划了小艇上岸，他們就算發覺了，也追不上。」韋小寶大喜，低聲叫道：「妙計，妙計！啊喲，那個道士呢？」雙兒道：「我偷偷摸進船艙，已點了他穴道。」

兩人悄悄溜出船艙。一陣冷風撲面，韋小寶全身幾要凍僵，忙轉身入艙，剝下無根道人身上道袍，裹在自己身上。其時鉛雲滿天，星月無光，大雪仍下個不止。兩人溜到後梢，耳聽得四下無聲，船已下錨，連掌舵的舵手也都入艙睡了。

雙兒拉著韋小寶的手，一步步走到船尾，低聲道：「我先跳下去，你再下來！」提一口氣，輕輕躍入繫在船尾的小艇。韋小寶向下望去，黑沉沉地有些害怕，當即閉住眼睛，踴身跳下。雙兒提起雙掌，托住他背心後臀，在艇中轉了個圈子，卸去了落下的力道，這才將他放下。

忽聽得船艙中有人喝問：「甚麼人？」正是洪教主的聲音。韋小寶和雙兒都大吃一驚，伏在艇底，不敢作聲。忽聽得嗒的一聲，艙房窗子中透出火光，雙兒知洪教主已聽見聲息，點火來查，忙提起艇中木槳，入水扳動。只扳得兩下，洪教主已在大聲呼喝：「是誰？不許動！」跟著小艇一晃，卻不前進，原來心慌意亂之下，竟忘了解開繫艇的繩索。

韋小寶忙伸手去解，觸手冰冷，卻是一條鐵鏈繫著小艇，只聽大船中好幾人都叫了起來：「白龍使不見了！」「這小子逃走了！」「逃到那裏去了？快追，快追！」韋小寶從靴筒中拔出匕首，用力揮去，唰的一聲，斬斷鐵鏈，小艇登時衝了出去。

這一聲響過，洪教主、洪夫人、胖瘦二頭陀、陸高軒等先後奔向船尾。冰雪光芒反映之下，見小艇離大船已有數丈。

洪教主一伸手，在船邊上抓下一塊木頭，使勁向小艇擲去。他內力雖強，但木頭終究太輕，飛到離小艇兩尺之處，啪的一聲，掉入了海中。初時陸高軒、胖頭陀等不知教主用意，不敢擅發暗器，只怕傷了白龍使，反而受責，待見教主隨手抓下船舷上的木塊擲擊，才明白他心思，身邊帶有暗器的便即取出發射。只這麼緩得片刻，小艇又向前划了兩丈，尋常細小暗器都難以及遠，偏生弓箭、鋼鏢、飛蝗石等物又不就手，眾人發出的袖箭、毒針等物，紛紛都跌入了海中。

瘦頭陀說道：「這小子狡猾得緊，我早知他不是好人，早就該一刀殺了。留著他自找麻煩。」洪教主本已怒極，瘦頭陀這幾句風涼話，顯是譏刺自己見事不明，左手伸出，抓住他後頸，叫道：「快去給我提他回來。」左手一舉，將瘦頭陀提在空中，右手抓住了他後臀，喝道：「快去！」雙臂一縮，全身內力都運到了臂上，往前送出。

瘦頭陀一個肉球般的身子飛了出去，直向小艇衝來。

雙兒拚力划槳。韋小寶大叫：「啊喲，不好！人肉炮彈打來了！」叫聲未畢，撲通一聲，瘦頭陀已掉入海中。

他落海之處與小艇只相差數尺，瘦頭陀一踴身，左手已抓上了艇邊。雙兒舉起木槳，用力擊下，正中他腦袋。瘦頭陀忍痛，哼了一聲，右手又已抓住艇邊。雙兒大急，用力再擊了下去，啪的一聲大響，木槳斷爲兩截，小艇登時在海中打橫。瘦頭陀頭腦一陣昏暈，搖了搖頭。韋小寶匕首劃出，瘦頭陀右手四根手指齊斷，劇痛之下，再也支持不住，左手鬆開，身子在海中一探一沉，大叫大罵。

雙兒拿起艙下的一柄槳，用力扳動，小艇又向岸邊駛去。駛得一會，離大船已遠，眼見是追不上了。大船上只有一艘小艇，洪教主等人武功再高，在這寒冷徹骨的天時，卻也不敢跳入水中游水追來，何況人在水中游泳，再快也追不上船艇。

韋小寶拿起艇底一塊木板幫著划水，隱隱聽得大船上衆人怒聲叫罵，又過一會，北風終於掩沒了衆人的聲息。韋小寶吁了口氣，說道：「謝天謝地，終於逃出來了。」

兩人划了小半個時辰，這才靠岸。

雙兒跳入水中，海水只浸到膝蓋，拉住艇頭的半截鐵鏈，將小艇扯到岸旁，說道：「行了！」韋小寶踴身一跳，便上了岸，叫道：「大功告成！」雙兒嘻嘻一笑，退開幾步，笑道：「相公，你別胡鬧。咱們可得快走，別讓洪教主他們追了上來。」

韋小寶吃了一驚，皺起眉頭，問道：「這是甚麼鬼地方？」四下張望，但見白雪皚皚的平原無邊無際，黑夜之中，也瞧不見別的東西。

雙兒道：「眞不知這是甚麼地方，相公。你說咱們逃去那裏才好？」韋小寶冷得只索索發抖，腦子似乎也凍僵了，竟想不出半條計策，罵道：「他奶奶的，都是方怡這死小娘皮不好，害得我們凍死在這雪地裏。」雙兒道：「咱們走罷，走動一會，身子便暖和些。」

兩人攜著手，便向雪地中走去。雪已積了一尺來厚，一步踏下去，整條小腿都淹沒了，拔腳跨步，甚是艱難。

韋小寶走得雖然辛苦，但想洪教主神通廣大，定有法子追上岸來。這雪地中腳印如此之深，又逃得到那裏去？就算逃出了幾天，多半還是會給追到，因此上片刻也不敢停留，不住趕路，隨即問起雙兒怎麼會在船裏。

原來那日韋小寶一見到方怡，便失魂落魄的趕過去敘話，雙兒跟隨在艇中。待得他失手遭擒，人人都注目於他，雙兒十分機警，立即在後梢躲了起來。這艘戰船是洪教主等從清兵手裏奪過來的，舵師水手都是清兵，她穿的本是驍騎營官兵服色，混在官兵之中，誰也沒發覺。直到戰船駛近岸邊，她才半夜裏出來相救。

韋小寶大讚她聰明機靈，說道：「方怡這死妞老是騙我、害我，雙兒這乖寶貝總是救我的命。我不要她做老婆了，要你做老婆。」雙兒忙放開了手，躲開幾步，說道：「我是你的小丫頭，自然一心一意服侍你。」韋小寶道：「我有了你這個小丫頭，定是前世敲穿了十七廿八個大木魚，翻爛了三七二十一部《四十二章經》，今生才有這樣好福氣。」雙兒格格嬌笑，說道：「相公總是有話說的。」

走到天明，離海邊已遠，回頭望去，雪地裏兩排清清楚楚的腳印，遠遠伸展出去。再向前望，平原似乎無窮無盡。洪教主等人雖沒追來，看來也不過是遲早之間而已。

韋小寶心中發愁，說道：「咱們就算再走十天十晚，還是會給他們追上了。」雙兒指著右側，說道：「那邊好像有些樹林，咱們走進了樹林，洪教主他們就不易找了。」韋小寶道：「如眞是樹林就好了，不過看起來不大像。」

兩人對準了那一團高起的雪丘，奮力快步走去，走了一個時辰，已經看得清楚，只不過是大平原上高起的一座小丘，並非樹林。韋小寶道：「到了小丘之後瞧瞧，或許有地方可以躲藏。」他走到這時，已氣喘吁吁，十分吃力。

又走了半個時辰，來到小丘之後，只見仍是白茫茫的一片，就如是白雪鋪成的大海，更無可以躲藏之處。韋小寶又疲又餓，在雪地上躺倒，說道：「好雙兒，你如不給我抱抱，親個嘴兒，我再也沒力氣走路了。」雙兒紅了臉，欲待答允，又覺此事十分不妥，正遲疑間，忽聽得身後忽喇一響。

兩人回過頭來，見七八隻大鹿從小丘後面轉將出來。韋小寶喜道：「肚子餓死啦！你有沒法子捉隻鹿來，殺了烤鹿肉吃？」雙兒道：「我試試看。」突然飛身撲出，向幾頭大鹿衝去。那知梅花鹿四腿極長，奔躍如飛，一轉身便奔出了數十丈，再也追趕不上。雙兒搖了搖頭，說道：「追不上的。」

這些梅花鹿卻並不畏人，見雙兒止步，又回過頭來。韋小寶道：「咱們躺在地下裝死，瞧鹿兒過不過來。」雙兒笑道：「好，我就試試看。」說著便橫身躺在雪地裏。韋小寶道：「我已經死了，我的老婆好雙兒也已經死了。我們兩個都已經埋在墳裏，再也動不了啦。我跟好雙兒生了八個兒子，九個女兒。他們都在墳前大哭，大叫我的爹啊，我的媽啊……」雙兒噗哧一笑，一張小臉羞得飛紅，說道：「誰跟你生這麼多兒子女兒！」韋小寶道：「好！八個兒子、九個女兒太多，那麼各生三個罷！」雙兒笑道：「不……」

幾頭梅花鹿慢慢走到兩人身邊，似乎十分好奇。動物之中，鹿的智慧甚低，遠不及犬馬狐狸，因此成語中有「蠢如鹿豕」的話。幾頭梅花鹿低下頭來，到韋小寶和雙兒的臉上擦擦嗅嗅，叫了幾聲。韋小寶叫道：「翻身上馬，狄青降龍！」彈身躍起，坐了上鹿背，雙手緊緊抱住鹿頸。雙兒輕輕巧巧的也躍上了一頭梅花鹿之背。

羣鹿受驚，撒蹄奔躍。雙兒叫道：「你用匕首殺鹿啊。」韋小寶道：「不忙殺，騎鹿逃命，洪教主便追不上了。」雙兒道：「是，對極。不過可別失散了。」她躭心兩頭鹿一往東竄，一向西奔，那可糟糕。

幸好梅花鹿性喜合羣，八頭大鹿聚在一起奔跑，奔得一會，又有七八頭大鹿過來合在一起。梅花鹿身高腿長，奔跑起來不亞於駿馬，只是騎在鹿背，顛簸極烈。

羣鹿向著西北一口氣衝出數里，這才緩了下來，背上騎了人的兩頭鹿用力跳躍，想將二人拋下，但韋小寶和雙兒緊緊抱住了鹿頸，說甚麼也拋不下來。韋小寶叫道：「一下鹿背，再上去可就難了，咱們逃得越遠越好。這叫做大丈夫一言既出，活鹿難追。」

這一日兩人雖餓得頭暈眼花，仍緊緊抱住鹿頸，抓住鹿角，任由鹿羣在茫茫無際的雪原中奔馳。兩人均知鹿羣多奔得一刻，便離洪教主等遠了一些，同時雪地中也沒了二人的足印。傍晚時分，鹿羣奔進了一座森林。

韋小寶道：「好啦，下來罷！」拔出匕首，割斷了胯下雄鹿的喉頭。那頭鹿奔得幾步，摔倒在地。雙兒道：「一頭鹿夠吃的了。饒了我那頭鹿罷。」從鹿背上躍了下來。

韋小寶筋疲力盡，全身骨骼便如要盡數散開，躺在地下只是喘氣，過了一會，爬在雄鹿頸邊，嘴巴對住了創口，骨嘟骨嘟的喝了十幾口熱血，叫道：「雙兒，你來喝。」大量鹿血入肚，精神爲之一振，身上也慢慢感到了暖意。

雙兒喝過鹿血，用匕首割了一條鹿腿，拾了些枯枝，生火燒烤，說道：「鹿啊鹿，你救了我們性命，我們反將你殺來吃了，實在對不住得很。」

兩人吃過烤鹿腿，更加興高采烈。韋小寶道：「好雙兒，我跟你在這樹林中做一對獵人公、獵人婆，再也不回北京去啦。」雙兒低下了頭，說道：「相公到那裏，我總是跟著服侍你。你回到北京做大官也好，在這裏做獵人也好，我總是你的小丫頭。」韋小寶眼見火光照射在她臉上，紅撲撲地嬌艷可愛，笑道：「那麼咱們是不是大功告成了呢？」雙兒「啊」的一聲，一躍上了頭頂松樹，笑道：「沒有，沒有。」

兩人蜷縮在火堆之旁睡了一夜。次日醒來，雙兒又燒烤鹿肉，兩人飽餐一頓。韋小寶的帽子昨日騎在鹿背上奔馳之時掉了，雙兒剝下鹿皮，給他做了一頂。

韋小寶道：「昨日奔了一天，洪教主他們不容易尋到我們了，不過還是有些危險。

最好騎了梅花鹿再向北奔得三四天，那麼我韋教主跟你雙兒夫人就仙福永享、壽與天齊了。」雙兒笑道：「甚麼雙兒夫人的，可多難聽？再要騎鹿，那也不難，這不是鹿羣過來了嗎？」

果然見到二十餘頭大鹿小鹿自東邊踏雪而來，伸高頭頸，嚼吃樹上的嫩葉。這森林中人跡罕至，羣鹿見了二人竟毫不害怕。雙兒道：「鹿兒和善得很，最好別多傷他們性命。昨天這頭大鹿，已夠我們吃得十幾天了。」在死鹿身上斬下幾大塊鹿肉，用鹿皮索兒綁了起來，與韋小寶分別負在背上，慢慢向羣鹿走去。

韋小寶伸手撫摸一頭大鹿，那鹿轉過頭來，舐舐他臉，毫無驚惶之意。韋小寶叫道：「啊喲，這鹿兒跟我大功告成。」雙兒格的一笑，說道：「你先騎上去罷。」兩人縱身上了鹿背，兩頭鹿才吃驚縱跳，向前疾奔。

羣鹿始終在森林之中奔跑。兩人抓住鹿角，控制方向，只須向北而行，便和洪教主越離越遠。韋小寶這時已知騎鹿不難，騎了兩個多時辰，便和雙兒跳下地來，任由羣鹿自去。

如此連接十餘日在密林中騎鹿而行。有時遇不上鹿羣，便緩緩步行，餓了便吃烤鹿肉。兩人身上原來的衣衫，早在林中給荊棘勾得破爛不堪，都已換上了雙兒新做的鹿皮衣褲，連鞋子也是鹿皮做的。

這一日出了大樹林，忽聽得水聲轟隆，走了一會，便到了一條大江之畔，只見江中水勢洶湧，流得甚急。兩人在密林中航了十幾日，陡然見到這條大江，胸襟爲之大爽。

沿江向北走了幾個時辰，忽然見到三名身穿獸皮的漢子，手持鋤頭鐵叉，看模樣似是獵人。韋小寶好久沒見生人，心中大喜，忙迎上去，問道：「三位大哥，你們上那裏去？」一名四十來歲的漢子道：「我們去牡丹江趕集，你們又去那裏？」口音甚爲怪異。韋小寶道：「啊喲，牡丹江是向那邊去嗎？我們走錯了，跟著三位大哥去，那再好不過了。」當下和三人並排而行，有一搭沒一搭的撩他們說話。原來三人是通古斯人，以打獵挖參爲生，常到牡丹江趕集，跟漢人做生意，因此會說一些漢話。

到得牡丹江，卻是好大一個市集。韋小寶身邊那大疊銀票一直帶著不失，邀那三個通古斯人去酒鋪喝酒。正飮之間，忽聽得鄰桌有人說道：「你這條棒槌兒，當然也是好得很了，上個月有人從呼瑪爾窩集山那邊下來……」韋小寶和雙兒聽到「呼瑪爾窩集山」，心中都是一凜，對望了一眼，齊向說話之人瞧去，見是兩個老漢，正在把玩一條帶葉的新挖人參。

韋小寶取出一錠銀子，交給酒保，吩咐多取酒肉，再切一大盤熟牛肉，打兩斤白酒，送去鄰桌。兩名老參客大爲奇怪，不知這小獵人何以如此好客，當下連聲道謝。韋小寶過去敬了幾杯酒，以他口才，三言兩語之間，便打聽到了呼瑪爾窩集山的所在，原來此去向北，尙有兩三千里，那兩個參客也從來沒去過。韋小寶把雙兒叫過去，要她說了些地圖上其餘山川的名字。兩名老參客一一指點，方位遠近，果與地圖上所載絲毫無異。

酒醉飯飽之後，與通古斯人及參客別過，韋小寶尋思：「那鹿鼎山原來離此地還有好幾千里，反正閒著也是閒著，不妨就去將寶貝掘了來。」其實掘不掘寶，他倒並不怎麼在乎，內心深處，實在是害怕跟洪教主、瘦頭陀一夥人遇上。洪教主等人在南，倘若再往北兩三千里，洪教主是無論如何找不到自己了，又想：「我跟雙兒在荒山野嶺裏等他十年八年，洪教主非死不可，難道他眞的還能他媽的壽與天齊？」

當下去皮鋪買了兩件上好的貂皮襖，和雙兒分別穿了，生怕給洪教主追上，貂皮襖外仍罩上粗陋鹿皮衣，用煤灰塗黑了臉，就算追上了，也盼他認不出來。僱了一輛大車，一路向北。在大車之中，跟雙兒談談說說，偶爾「大功告成」，其樂融融。

坐了二十餘日大車，越是往北，越加寒冷，道上冰封雪積，大車已不能通行。兩人改乘馬匹，到得後來，連馬也不能走了，便在密林雪原中徒步而行。好在韋小寶尋寶爲名，避難是實，眼見窮山惡水，四野無人，心中越覺平安。雙兒記心甚好，依循地圖上所繪方位，慢慢向北尋去，遇到獵人參客，便打聽地名，與圖上所載印證。

地圖上有八個四色小圈，便是鹿鼎山的所在，地當兩條大江合流之處，這一日算來相距該已不遠。兩人在一座大松林中正攜手而行，突然間東北角上砰的一聲大響，卻是火器射擊之聲。韋小寶驚道：「啊喲，不好，洪教主追來了。」忙拉著雙兒，躲入樹後長草叢中，接著聽得十餘人呼喝號叫，奔將過來，跟著又有馬蹄聲音。

韋小寶所怕的只是洪教主追來，將他擒住，抽筋剝皮，這時聽聲音似與洪教主無關，稍覺放心，從草叢中向外望去，只見十餘名通古斯獵人狂呼急奔。忽聽得砰砰砰之聲不絕，數名獵人摔倒在地，滾了幾滾，便即死去，身上滲出鮮血。韋小寶握住雙兒的手，心想：「這是外國鬼子的火槍。」馬蹄聲響，七八騎馬衝將過來，馬上所乘果然都是黃鬚碧眼的外國官兵，一個個身材魁梧，神情兇惡，有的拿著火槍，有的提了彎刀亂砍，片刻之間，便將餘下的通古斯獵人盡數砍死。外國官兵哈哈大笑，跳下馬來，搜檢獵人身上的物事，取去了幾張貂皮、六七張銀狐皮，嘰哩咕嚕的說了一陣，上馬而去。

韋小寶和雙兒耳聽得馬蹄聲遠去，才慢慢從草叢中出來，看衆獵人時，已沒一個活口。兩人面面相覷，從對方眼睛之中，都看到了恐懼之極的神色。韋小寶低聲道：「這些外國鬼子是強盜。」雙兒道：「比強盜還兇狠，搶了東西，還殺人。」

韋小寶突然想起一事，說道：「怎麼會有外國強盜？難道吳三桂已造反了嗎？」他知吳三桂和羅刹國有約，雲南一發兵，羅刹國就從北進攻，此刻突然見到許多外國兵，莫非數十日來不聞外事，吳三桂已經動手了？想到吳三桂手下兵馬衆多，不禁爲小玄子擔憂，望著地下一具具屍體，只是發愁。

雙兒嘆道：「這些獵人眞可憐，他們家裏的父母妻子，這時候正在等他們回去呢。」韋小寶唔了一聲，突然道：「我要見小皇帝去。」雙兒大爲奇怪，問道：「見小皇帝？」韋小寶道：「不錯。吳三桂起兵造反，小皇帝定有許多話要跟我商量，就算我想不出甚麼主意，跟他說話解解悶也是好的。咱們這就回北京去。」雙兒道：「鹿鼎山不去了？」

韋小寶道：「這次不去了，下次再去。」他雖貪財，但積下的金銀財寶說甚麼也已花不完，想到鹿鼎山與小玄子的龍脈有關，實在不想去眞的發掘，只怕一掘之下，就此害了小玄子的性命。他找出八部《四十二章經》中的碎羊皮，將之拼湊成圖，查知圖上山川的名字，一直十分熱心，但眞的來到鹿鼎山，忽然害怕起來，只盼找個甚麼藉口，離得越遠越好。若說全是爲了顧全對康熙的義氣，卻也未必，只「鹿鼎山掘寶」這件事實在太大，他身邊但有雙兒一人，事到臨頭，不免膽怯，倘若帶著數千名驍騎營官兵，說不定已經大叫：「他奶奶的，兵發鹿鼎山去者！」

雙兒沒甚麼主意，自然唯命是從。韋小寶道：「咱們回北京，可別跟外國強盜撞上了，還是沿著江邊走，瞧有沒有船。」當下穿出樹林，折向東行。

走到下午，到了一條大江之畔，遠遠望見有座城寨。韋小寶大喜，心想：「到了城中，僱船也好，乘馬也好，有錢就行。」當下快步走去。

行出數里，又見到一條大江，自西北蜿蜒而來，與這條波濤洶湧的大江會合。雙兒忽道：「相公，這便是阿穆爾河跟黑龍江了，那……那……那裏便是鹿鼎山啊。」說著伸手指著那座城寨。

韋小寶道：「你沒記錯麼？這可巧得很了。」雙兒道：「地圖上的的確確是這樣畫的，不過圖上只有八個顏色圈兒，卻沒說有座城寨。」韋小寶道：「鹿鼎山上有座城寨，眞是古怪得緊。我看這座城子不大靠得住，咱們還是別去。」雙兒道：「甚麼不大靠得住？」韋小寶道：「你瞧，城頭上有朵妖雲，看來城中有個大大的妖怪。」雙兒嚇了一跳，忙道：「啊喲！我是最怕妖怪的了，相公，咱們快走。」

便在此時，只聽得馬蹄聲響，數十騎馬沿著大江，自南而來。四周都是平原，沒處可躲，韋小寶一拉雙兒，兩人從江岸滾了下去，縮在江邊的大石之後，過不多時，便見一隊馬隊疾馳而過，騎在馬上的都是外國官兵。

韋小寶伸了伸舌頭，眼望著這隊外國兵走進城寨去了，說道：「可不是嗎？我說這座城子不大靠得住，果然不錯。原來這不是妖雲，是外國番雲。」

雙兒道：「咱們好容易找到了鹿鼎山，那知道這座山卻讓外國強盜佔了。」

韋小寶「啊喲」一聲，跳起身來，叫道：「糟糕，糟糕！」雙兒見他臉色大變，忙問：「怎麼？」韋小寶道：「外國強盜一定知道了地圖中的秘密，否則怎麼會找到這裏？這批寶藏和龍脈可都不保了。」

雙兒從沒聽他說過寶藏和龍脈之事，但那幅地圖砌得如此艱難，也早想到鹿鼎山必定事關重大，見他眉頭深皺，勸道：「相公，既然給外國兵先找到了，那也沒法子啦。外國強盜有火器，兇惡得緊，咱兩個鬥他們不過的。」

韋小寶嘆了口氣，說道：「這可奇怪了，咱們的地圖拼成之後，過不了幾天就燒了，怎會洩漏了機密？這些外國強盜是不是已掘了寶藏，破了小皇帝的龍脈，非得查個明明白白不可。」

想到適才外國兵在樹林中殺人的兇殘模樣，不由得打個寒噤，沉吟道：「我想去鹿鼎山探查清楚，就是太過危險，得想個法兒才好。好雙兒，咱們等到天黑才去，那就不容易給鬼子發覺。」

韋小寶一個倒翻觔斗，已騎上那營長的頭頸，
雙手食指壓上他兩眼，騎著他走回公主房中。
蘇菲亞又驚又喜，從營長身邊抽出短槍，抵住他背心。

第三十六回

犵鳥蠻花天萬里　朔雲邊雪路千盤

兩人吃了些鹿肉乾，便躺在江岸邊休息，等到二更時分，悄悄走向城寨。四下裏寂靜無聲，這一晚月色甚好，望見那城寨是用大木材和大石塊建成，方圓著實不小，決非一朝一夕之功。韋小寶心想：「這城寨早就建在這裏了，並非有人偷看了我的地圖，告知了羅刹人，再到這裏來建城。」一眼見自己和雙兒的影子映在地下，不禁慄慄危懼，暗想城頭若有羅刹兵守著，幾槍打來，韋小寶變成韋死寶了。當下扯了扯雙兒，伏低身子，察看動靜。只見城寨東南角上有座小木屋，窗子中透出亮光，看來是守兵所住。韋小寶在雙兒耳邊低聲道：「咱們到那邊瞧瞧。」兩人慢慢向那木屋爬去。

剛到窗外，忽聽得屋內傳出幾下女子的笑聲，笑得甚爲淫蕩。韋小寶和雙兒對望一眼，均感奇怪：「怎麼有女人？」韋小寶伸眼到窗縫上張望。當地天寒風大，窗縫塞得密密的，甚麼都瞧不見，屋內卻不斷傳出人聲，一男一女，又說又笑，嘰哩咕嚕的一句也不懂。

韋小寶知道這雙羅刹男女在不幹好事，心中一動，伸臂將雙兒摟在懷裏，雙兒聽到屋內的聲音，似懂非懂，隱隱知道不妥，給韋小寶摟住後，生怕給屋內之人發覺，不敢稍動。韋小寶得其所哉，左臂更摟得緊了些，右手輕輕撫摸她臉蛋。雙兒身子一軟，靠在他懷裏。不料地下結滿了冰，韋小寶得趣忘形，足下一滑，站立不定，砰的一響，腦袋重重撞上木窗，忍不住「啊喲」一聲，叫了出來。

屋內聲音頓歇，過了一會，一個男子聲音嘰哩咕嚕的喝問。韋小寶和雙兒伏在地下，不知如何是好，只聽得門閂拔下，木門推開，一人手提燈籠，向門外照看。韋小寶輕躍而起，挺匕首戳入了他胸膛。那人哼也沒哼，便即軟軟的癱下。

雙兒搶先入屋，見房中空空盪盪地不見有人，奇道：「咦，那女人呢？」韋小寶跟著進來，見房中有一張炕，一張木桌，一隻木箱，桌上點了一枝熊脂蠟燭，那女人卻已不知去向，說道：「快找，別讓她去報訊。」眼見房中除大門外，別無出路。他將死人拉了進來，關上大門。見那死人是個外國兵士，下身赤裸，沒穿褲子。

韋小寶抬頭向樑上望去，不見有何異狀，說道：「一定是在這裏。」搶到箱邊，揭開箱蓋，跟著身子向旁一閃，以防那羅剎女人在箱裏開槍。過了一會，不見動靜。雙兒道：「箱子裏也沒有，這可真奇了。」

韋小寶走近看時，見箱中放滿了皮毛，伸手一掏，下面也都是皮毛。忽然間聞到一陣濃香，顯是女子的脂粉香氣，說道：「這裏有點兒靠不住。」抓出皮毛，拋在地下，箱子底下赫然是個大洞，喜道：「在這裏了！」

雙兒道：「原來這裏有地道。」韋小寶道：「趕快得截住那羅剎女子。她一去報信，大隊外國強盜擁來，可乖乖不得了。」迅速脫下身上臃腫的皮衣，手持匕首，便從洞中鑽了進去。他對外國兵確感害怕，外國女人卻不放在心上。

那地道斜而向下，只能爬行，他瘦小靈活，在地道中爬行特別迅捷，爬出十餘丈，便聽得前面有聲。他手足加勁，爬得更快了，前面聲音已隔得甚近，左手前探，用力去抓，碰到一條光溜溜的小腿。那女子一聲低叫，忙向前逃。

韋小寶大喜，心想：「我如一劍刺死了你，不算英雄好漢。好男不與女鬥，中國好男不與羅剎鬼婆鬥。外國男鬼見得多了，外國女鬼是甚麼模樣，倒要好好瞧上一瞧。」將匕首插回劍鞘，衝前丈餘，兩手抓住了那女子小腿。

那女子在地道中不能轉身，拚命向前爬行。這女子力氣著實不小，韋小寶竟拉她不住，反給她拖得向前移了丈許。韋小寶雙足撐開，抵住了地道兩邊土壁，才不再給她拉前。那女子突然用力一掙，韋小寶手上一滑，竟給她掙脫。那女子迅即爬前，韋小寶撲了上去，一把抱住她腰，突然頭頂空了，原來到了一處較爲寬敞的所在。那女子兩聲低笑，轉過頭來，向他吻去，黑暗中卻吻在他鼻子上。

韋小寶只覺滿鼻子都是濃香，懷中抱著的那女子全身光溜溜地，竟然一絲不掛，又覺那女子反手過來，抱住了自已，心中一陣迷迷糊糊，聽得雙兒低聲問道：「相公，怎麼了？」韋小寶唔唔幾聲，待要答話，懷中那女子伸嘴吻住了他嘴巴，登時說不出話來。

忽聽得頭頂有人說道：「我們得知總督來到雅克薩，因此趕來相會。」

這句話鑽入耳中，宛似一桶冰水當頭淋將下來，說話之人，竟然便是神龍教洪教主。怎麼洪教主會在頭頂？自己懷中抱著的這羅剎女子，怎又如此風騷親熱？他生平所逢奇事著實不少，但今晚在這地道中的遭遇，卻從所未有，匪夷所思。懷中抱的是溫香軟玉，心中想的是洪教主要抽筋剝皮。他膽戰心驚之下，忙放開懷中女子，便欲轉身逃走，那知這女子竟緊緊摟住了他，不肯鬆手。韋小寶大急，在她耳邊低聲道：「嘰哩咕嚕，唏哩花拉，胡裏胡塗。」這幾句杜撰羅剎話，只盼她聽得懂。

那女子輕笑兩聲，也在他耳邊低聲說了幾句話，料想必是正宗羅剎話，跟著伸手過來，在他腮幫子上重重扭了一把。

便在這時，聽得頭頂一個男人嘰哩咕嚕的說了一連串外國話。他聲音一停，另一人道：「總督大人說：神龍教教主大駕光臨，他歡迎得很。總督大人祝賀洪教主長命百歲，多福多壽，事事如意，盼望跟洪教主做好朋友，同心協力，共圖大事。」

韋小寶心道：「這傳話的人沒學問，把『仙福永享，壽與天齊』傳成了長命百歲，多福多壽，事事如意。」

只聽洪教主道：「敝人祝賀羅剎國皇上萬壽無疆，祝賀總督大人福壽康寧，指日高升。敝人竭誠竭力，和羅剎國同心協力，共圖大事。從此有福共享，有難同當，雙方永遠不會背盟。」那傳話的人說了，羅剎國總督跟著又嘰哩咕嚕的說之不休。

韋小寶在那女子耳邊低聲問道：「你是誰？爲甚麼不穿衣服？」那女子低聲笑道：「你是誰？爲甚麼，衣服穿？」說著便來解韋小寶的內衣。韋小寶在這當口，那有心情幹這風流快活勾當？何況雙兒便在身後，更是萬萬不可。他聽過湯若望、南懷仁說中國話，這時聽這羅剎女子會說中國話，倒也不奇，忙道：「這裏危險得很，咱們快出去。」那女子低聲道：「不動，不動！動了，就聽見了。」她說的雖是中國話，但語氣生硬，聽來十分彆扭。

韋小寶當下不敢稍動，耳聽得洪教主和那羅剎國總督商議，如何吳三桂在雲南一起兵，雙方就夾攻滿清，所定方略，果然和那蒙古人大鬍子罕帖摩所說全然一樣。說到後來，洪教主又獻一計，說道羅剎國若從遼東進攻，路程既遠，沿途清兵防守又嚴，不如從海道在天津登陸，以火器大砲直攻北京，當可比吳三桂先取北京。那總督大喜，連稱妙計，說洪教主如此友好，將來一定劃出中國幾省，立他爲王。洪教主沒口子的稱謝。

韋小寶又驚又怒，心想：「洪教主這傢伙也是大漢奸，跟吳三桂沒半點分別。他這計策倒毒辣得很，我得去稟告小皇帝，在天津海口多裝大砲，羅剎國兵船來攻，就砰嘭、砰嘭，轟他媽的。」

只聽洪教主道：「總督大人遠道來到中國，我們沒甚麼好東西孝敬，這裏是大東珠一百顆、貂皮一百張、人參一百斤，送給總督大人，另外還有禮品，呈給羅剎國皇上。」

韋小寶聽到這裏，心道：「這老狗居然備了這許多禮物，倒也神通廣大。」突覺臉上一熱，那女子將臉頰貼了過來，跟著又覺她伸手來自己身上摸索。韋小寶低聲道：「你摸我，我也不客氣了。」伸手向她赤裸的胸膛摸去。那女子突然格的一聲，笑了出來。

這一下笑聲頗爲不輕，洪教主登時聽見了，但想總督大人房中藏了個女子，事屬尋常，當下詐作沒聽見，說了幾句客套話，說道明天再行詳談，便告辭了出去。

突然之間，韋小寶聽得頭頂啪的一聲，眼前耀眼生光，原來自己和那女子摟抱著縮在一隻大木箱中，箱蓋剛給人掀開。

那女子嘻嘻嬌笑，跳出木箱，取一件衣衫披在身上，對韋小寶笑道：「出來，出來！」韋小寶慢慢從木箱中跨了出來，只見箱旁站著個身材魁梧、手按佩劍的外國軍官。那女子笑道：「還有一個！」

雙兒本想躲在箱中，韋小寶倘若遇險，便可設法相救，聽她這麼說，也只得躍出。

韋小寶見那女子一頭黃金也似的頭髮，直披到肩頭，一雙眼珠碧綠，骨溜溜地轉動，皮色雪白，容貌美麗，只鼻子未免太高了點，身材也比他高了半個頭。韋小寶從來沒見過外國女子，瞧不出她有多大年紀，料想不過二十來歲。她笑吟吟的瞧著韋小寶，說道：「你，小孩子，摸我，壞蛋，嘻嘻！」

那總督沉著臉，嘰哩咕嚕的說了一會。那女子也是嘰哩咕嚕的一套。那總督神態恭敬，鞠了幾個躬。那女子又說起話來，跟著手指韋小寶。那總督打開門，又將那中國人傳譯叫了進來，一男一女不住口的說話。

韋小寶見屋中陳設了不少毛皮，榻上放了好幾件金光閃閃的女子衣服，看那女子露出雪白的一半酥胸，兩條小腿，膚光晶瑩，心想：「剛才把這女人抱在懷裏，怎地只這麼馬馬虎虎的摸得幾下，就此算了？抓到一副好牌，卻忘了吃注。我可給洪教主嚇胡塗了。」

忽聽那傳譯說道：「公主跟總督問你，你是甚麼人？」韋小寶奇道：「她是公主嗎？」那傳譯者道：「這位是羅剎國皇帝的御妹，蘇菲亞公主殿下，這位是高里津總督閣下，快跪下行禮。」

韋小寶心想：「公主殿下，那有這般亂七八糟的？」但隨即想到，康熙御妹建寧公主的亂七八糟，實不在這位羅剎公主之下，凡皇帝御姊御妹，必定美麗而亂七八糟，那麼這公主必是眞貨了，於是笑嘻嘻的請了個安，說道：「公主殿下，你好，你眞美貌之極，好像是天上仙女下凡。我們中國，從來沒有你這樣的美女。」

蘇菲亞會說一些最粗淺的中國話，聽了韋小寶的說話，知是稱讚自己美麗，登時心花怒放，說道：「小孩子，很好，有賞。」走到桌邊，拉開抽屜，取了十幾枚金幣，放在韋小寶手裏。韋小寶道：「多謝。」伸手過來，燭光之下，見到公主五根手指眞如玉蔥一般，忍不住伸手抓住，放在嘴邊一吻。那傳譯大驚，喝道：「不得無禮！」那知道吻手之禮通行於西洋外國，原是對高貴婦女十分尊敬的表示，韋小寶誤打誤撞，竟然行得對了。只不過吻手禮吻的是女子手背，他卻捉住了蘇菲亞公主的手掌，亂吮手指，顯得頗爲急色。蘇菲亞格格嬌笑，竟不抽回手掌。

蘇菲亞笑問：「小孩子，幹甚麼的？」韋小寶道：「小孩子，打獵的。」

突然門外一人朗聲說道：「這小孩是中國皇帝手下的大臣，不可給他瞞過了。」正是洪教主的聲音。

韋小寶只嚇得魂飛天外，一扯雙兒的衣袖，便即向門外衝出。一推開門，只見洪教主雙手張開，攔在門口。雙兒跳起身來，迎面一拳。洪教主左手格開，右手一指已點在她腰裏，雙兒嗯的一聲，摔倒在地。

韋小寶笑道：「洪教主，你老人家仙福永享，壽與天齊。夫人呢，她也來了嗎？」

洪教主不答，左手抓住了他後領，提進房來，說道：「啓稟公主殿下、總督大人：這人叫做韋小寶，是中國皇帝最親信的大臣，是皇帝的侍衛副總管、親兵都統、欽差大臣，封的是一等子爵。」那傳譯將這幾句話譯了。

蘇菲亞公主和總督臉上都現出不信的神色。蘇菲亞笑道：「小孩子，不是大臣。大臣，假的。」

洪教主道：「敝人有證據。」回頭吩咐：「把這小子的衣服取來。」只見陸高軒提了個包袱進來，一打開，赫然是韋小寶原來的衣帽服飾。

韋小寶大爲驚奇：「這些衣服怎地都到了他手裏？洪教主當眞神通廣大。」

洪教主吩咐陸高軒：「給他穿上了。」陸高軒答應了，抖開衣服，便給韋小寶穿上。這些衣衫連同黃馬褂，都在林中給荊棘扯破了，但穿在身上，顯然甚爲合身，戴上帽子和花翎，果然是個清廷大官。這些衣帽若不是韋小寶自己的，世上難有這等小號的大官服色。

韋小寶笑嘻嘻的道：「洪教主，你本事不小，我沿路丟衣衫，你就沿路拾。」

洪教主吩咐陸高軒：「搜他身上，看有甚麼東西。」

韋小寶道：「不用你搜，我拿出來便是。」從懷裏掏出一大疊銀票，數額甚巨。那總督在遼東已久，識得銀票，隨手翻了幾下，大爲驚奇，對公主嘰哩咕嚕，似乎是說：「這小孩果然很有來歷，身邊帶了這許多銀子。」

洪教主道：「這小鬼狡獪得很，搜他的身。」陸高軒將韋小寶身邊所有物事盡數搜了出來，其中有一道康熙親筆所寫的密諭，著令：「欽差大人、領內侍衛副大臣、兼驍騎營正黃旗滿洲都統、欽賜巴圖魯勇號、賜穿黃馬褂、一等子爵韋小寶前赴遼東一帶公幹，沿途文武百官，聽候調遣。」這道諭旨上蓋了御寶。

那傳譯用羅剎話讀了出來，蘇菲亞公主和高里津總督聽了，都嘖嘖稱奇。

洪教主道：「啓稟公主：中國皇帝是個小孩子，喜歡用小孩做大官。這個小孩跟中國小皇帝遊戲玩耍，會拍馬屁，會吹牛皮，小皇帝喜歡他。」

蘇菲亞不懂「拍馬屁、吹牛皮」是甚麼意思，問了傳譯之後，嘻嘻笑道：「我也喜歡人家拍馬屁，吹牛皮。」韋小寶登時大喜。洪教主的臉色卻十分難看。

蘇菲亞又問：「中國小皇帝，幾歲？」韋小寶道：「中國大皇帝，十七歲。」蘇菲亞笑道：「羅剎大沙皇，是我弟弟，也是小孩，二十歲，不是頭老子。」韋小寶一怔：「甚麼頭老子？啊，她說錯了，把老頭子說成頭老子。」便指指她，說道：「羅剎美麗公主，不是頭老子，很好。」指指自己，道：「中國大官，不是頭老子，很好！」指指洪教主，道：「中國壞蛋，是頭老子，不好！不好！」

蘇菲亞笑得彎下腰來。那羅剎國總督是個三十歲左右的年輕人，也大聲笑了起來。洪教主卻鐵青了臉，恨不得舉掌便將韋小寶殺了。

蘇菲亞問道：「中國小孩子大官，到這裏來，甚麼做？」

韋小寶道：「中國皇帝聽說羅剎國大人來到遼東，派我來瞧瞧。皇上知道羅剎國皇帝不是頭老子，知道羅剎公主美麗之極，派小人前來送禮，送給公主和總督大人大東珠兩百顆，人參兩百斤。不料路上遇到這個大強盜，把禮物搶了去……」

韋小寶話沒說完，洪教主已怒不可遏，提起右掌，便向韋小寶頭頂劈落。韋小寶先前在箱中聽到洪教主送了不少珍貴禮物給總督，於是拿來加上一倍，說成是皇帝送的。

他口中述說之時，全神貫注瞧著洪教主，一見他提起手掌，當即使開九難所授「神行百變」輕功，溜到了蘇菲亞公主身後。只聽得豁喇一聲大響，一張木椅給洪教主掌力擊得倒塌下來。

高里津吃了一驚，拔出短銃，將銃口指住洪教主，喝令不得亂動。

剛才韋小寶那番話說得太長，公主聽不懂，命傳譯傳話，聽完後向洪教主笑道：「你的禮物，搶他的，自己要一半，不好！」

洪教主急道：「不是。這小子最會胡說，公主千萬不可信他的。」他見羅剎總督以短銃指著自己，雖然西洋火器厲害，但以他武功，也自不懼，只是正當圖謀大事之際，要與羅剎國結盟聯手，不能因一時之忿而得罪了總督，當下慢慢退到門邊，並不反抗。

高里津收起了短銃，說了幾句。傳譯道：「總督大人請洪教主不要氣惱，他知這小孩子胡說。蘇菲亞公主秘密來到東方，中國皇帝決不知道。中國皇帝也不會送禮給羅剎國總督。」洪教主怒氣頓息，微笑道：「總督大人英明，見事明白，果然不受這小子蒙騙。」

高里津問起韋小寶的來歷。洪教主將他如何殺了大臣鰲拜，如何送御妹到雲南去完婚，如何吹牛拍馬、作惡多端、以致深得康熙寵幸等情加油添醬的說了，最後說道：「這小子是小皇帝的左右手，咱們殺了這小子，小皇帝一定大大不快活。咱們起兵幹事，成功也快得多。」他一面說，傳譯不停的譯成羅剎語。

蘇菲亞公主笑吟吟的瞧著韋小寶，大感興味，似乎洪教主說得韋小寶越十惡不赦，她聽來越開心。

高里津沉吟半晌，問道：「中國皇帝很喜歡這小孩？」洪教主道：「不錯。否則他小小年紀，怎會做這樣的大官？」高里津道：「這小孩不能殺，送信給中國皇帝，叫他拿大批金銀珠寶，來換他回去。」蘇菲亞大喜，在高里津左頰上輕輕一吻，說了幾句話。這幾句話那傳譯不譯出來，想來是讚他聰明。韋小寶暗喜：「只要不殺我就好，要小皇帝拿些金銀珠寶來贖，那容易得很。」洪教主神色不愉，卻也無可奈何。

韋小寶將那疊銀票分成了三疊，一疊送給蘇菲亞公主，另一疊送給高里津，從第三疊中抽了三張一百兩的出來，送給那傳譯，其餘的揣入了自己懷中。

蘇菲亞、高里津和那傳譯都很歡喜。蘇菲亞要那傳譯數過是多少銀兩，命他設法派人去關內兌換銀子。一數竟然共十萬兩有餘，無意間發了筆大財，不由得心花怒放，抱住韋小寶，在他兩邊面頰上連連親吻，說道：「銀子夠多啦，放了這孩子回去罷！」

韋小寶心想此刻放了自己，非給洪教主抽筋剝皮不可，忙道：「這樣美麗的公主，我從來沒見過，想多看幾天。」蘇菲亞格格嬌笑，說道：「我們，明天，回莫斯科去了。」韋小寶那知莫斯科在甚麼地方，說道：「美麗公主，去莫斯科，小孩子大官，也去莫斯科。美麗公主，去天上月亮，小孩子大官，也去天上月亮。」

蘇菲亞見他說話伶俐，討人歡喜，點頭道：「好，我帶你去莫斯科。」

高里津眉頭微皺，待要阻止，隨即微笑點頭，說道：「很好，我們帶你去莫斯科。」向洪教主揮了揮手。

洪教主只得告辭，出門時向韋小寶怒目而視。韋小寶向他伸伸舌頭，扮個鬼臉，說道：「洪教主仙福永享，壽與天齊。」洪教主怒極，帶了陸高軒等人逕自去了。

羅剎國皇帝稱為沙皇，今年二十歲，名叫西奧圖三世，蘇菲亞是他姊姊。這位西奧圖三世生有殘疾，行動不便，國家大事，經常在臥榻之上處理裁決。

羅剎風俗與中華禮義之邦大異，男女之防，向來隨便。蘇菲亞生性放縱，又生得美貌，朝中王公將相頗多是她情人。高里津總督英俊倜儻，很得公主歡心。他奉派來到東方，在尼布楚、雅克薩兩地築城，企圖進窺中國的蒙古、遼東等地。雅克薩城所在之處，便是滿洲八旗的藏寶地鹿鼎山。此處地當兩條大江合流的要衝，滿洲人和羅剎人竟不約而同的都選中了。公主天性好動貪玩，聽說東方神秘古怪，加之思念情人，竟萬里迢迢的從莫斯科追了來。

蘇菲亞雖喜歡高里津，卻做夢也沒想過甚麼堅貞專一。這日在高里津臥房中發現了一個地道，好奇心起，下去探察。這地道通到雅克薩城外，與哨崗聯絡，本是總督生怕城中有變，以備逃脫之用。蘇菲亞見到那守兵，出言挑逗，便跟他胡天胡帝起來。這時她聽韋小寶說要跟去莫斯科，覺得倒也有趣，便帶了他和雙兒同行。

蘇菲亞有一隊二百名哥薩克兵護衛，有時乘馬，有時坐雪橇，在無邊無際的大雪原中日日向西。

如此行得二十餘日，離雅克薩城已然極遠，洪教主再也不會追來，韋小寶一問去莫斯科竟尚有四個多月，不由得大吃一驚，說道：「那不到了天邊嗎？再走四個多月，中國小孩變成外國頭老子了。」蘇菲亞道：「你想回北京去嗎？你看厭我了？」韋小寶道：「美麗公主就是看一千年、一萬年，也看不厭。不過去得這樣遠，我害怕起來了。」

蘇菲亞這二十幾日中跟他說話解悶，多學了許多中國話。韋小寶聰明伶俐，也學了不少羅刹話。兩人旅途寂寥，一個本非貞女，一個也不是君子；一個既不會守身如玉，另一個決不肯坐懷不亂，自不免結下些露水姻緣。這時蘇菲亞聽他說要回北京，不由得有些戀戀不捨，說道：「我不許你走。你送我到莫斯科，陪我一年，然後讓你回去。」

韋小寶暗暗叫苦，這些日子相處下來，已知公主性格剛毅，倘若不聽她話，硬是要走，她多半會命哥薩克兵殺了自己，當下滿臉笑容，連稱十分歡喜。

到得傍晚，悄悄去和雙兒商量，是否有脫身之機。雙兒道：「相公要怎麼辦，我聽你吩咐便是。」韋小寶眼望茫茫雪原，長嘆一聲，搖了搖頭，心知兩人倘若逃走，如不帶足糧食，就算蘇菲亞不派人來追，在這大雪原中也非凍死餓死不可。以前在遼東森林雪原之中，雖然荒僻寒冷，還可打獵尋食，這時卻連雀鳥也極少，有時整整行走一日，雪地中見不到一隻野獸的足跡，更不用說梅花鹿了。無可奈何之下，只得隨伴蘇菲亞西去。

韋小寶初時還記掛小皇帝怎樣了，吳三桂有沒有造反，阿珂那美貌小妞不知是不是在昆明，洪教主和方怡又不知在那裏。在大雪原中又行得一個多月，連這些念頭也不想了，在這冰天雪地之中，似乎腦子也結成了冰。好在他生性快活，無憂無慮，有時和蘇菲亞說些不三不四的羅刹笑話，有時對雙兒胡謅些信口開河的故事，卻也頗不寂寞。

這一日終於到了莫斯科城外。那時已是四月天時，氣候漸暖，冰雪也起始消融。

但見那莫斯科城城牆雖堅厚巨大，卻建造得甚爲粗糙，遠望城中房屋，也頗污穢簡陋，別說不能跟北京、揚州這些大城相比，較之中土的中小城市，也遠爲不及。只幾座圓頂尖塔的大教堂倒還宏偉。韋小寶一見之下，登時瞧不起羅剎國：「狗屁羅剎國，甚麼了不起？拿到我們中國來，這種地方是養牛養豬的。虧這公主一路上還大吹莫斯科的繁華呢。」

離莫斯科數十里時，公主的衞隊便已飛馬進城稟報。只聽得號角聲響，城中一隊火槍營兵將騎馬出來。羅剎人性喜侵佔兼併，是以國土廣大，自東至西，達數萬里之遙，人種複雜。國中精銳的軍隊一是哥薩克騎兵，東征西戰，攻城掠地，壓服各族人民；另一是火槍營，火器犀利，是拱衞京師的沙皇親兵。

火槍手馳到近處，蘇菲亞吃了一驚，只見衆官兵頭上都插了黑色羽毛，火槍上懸了一條條黑布，那是國有大喪的標記，忙縱馬上前，高聲問道：「發生了甚麼事？」

火槍營營長翻身下馬，上前躬身說道：「啓稟公主：皇上蒙上帝召喚，已離開了國家人民，上天堂去了。」蘇菲亞心中悲痛，流下淚來，問道：「那是甚麼時候的事？」那營長道：「公主倘若早到四天，就可跟皇上訣別了。」蘇菲亞雖早知沙皇兄弟身子衰弱，命不長久，但乍聞凶耗，仍不勝傷感，伏在鞍上大哭起來。

韋小寶見公主忽然大哭，一問傳譯，才知是羅剎國皇帝死了，心頭一喜：「羅剎國皇帝仙福不享，國裏總要亂一陣子，要派兵去打中國，就沒這麼容易。」

蘇菲亞等一行隨著那營長進城，便要進宮。那營長道：「皇太后旨意，請公主到城外獵宮休息。」蘇菲亞又驚又怒，喝道：「甚麼皇太后？那個皇太后管得著我？」那營長左手一揮，火槍手提起火槍，對住了隨從公主的衛隊，繳下了他們的刀槍，吩咐衆衛士下馬。

公主怒道：「你們想造反嗎？」那營長道：「皇太后怕公主回京之後，不奉新皇諭旨，因此命小將保護公主。」蘇菲亞脹紅了臉，怒道：「新皇？新皇是誰？」那營長道：「新皇是彼得一世陛下。」蘇菲亞仰天大笑，說道：「彼得？彼得是個十歲小孩子，他會做甚麼沙皇？你說的甚麼皇太后，就是娜達麗亞了？」那營長道：「正是。」

蘇菲亞的父親阿萊克修斯·米海洛維支沙皇娶過兩位皇后。第一位皇后子女甚多，前皇西奧圖三世和蘇菲亞公主都是她所出，另有個小兒子叫做伊凡。第二位皇后娜達麗亞年輕得多，只生了一個兒子，便是彼得。這位娜達麗亞皇后機巧多智，善使權術，前沙皇去世，她即籠絡朝中大臣及火槍營總統領，立自己的兒子彼得爲皇，朝中大權便都掌握在她手裏。

蘇菲亞道：「你領我進宮，我見娜達麗亞評道理去。我弟弟伊凡年紀比彼得大，爲甚麼不立他做沙皇？朝裏的大臣怎樣了？大家都不講理麼？」

那營長道：「小將只奉皇太后和沙皇的命令，請公主別見怪。」說著拉了蘇菲亞坐騎的馬韁，折而向東。

蘇菲亞怒不可遏，她一生之中，有誰敢對她這樣無禮過，提起馬鞭，夾頭夾腦的向那營長頭上抽去。那營長微微一笑，閃身避開，翻身上了馬背，帶領隊伍，擁著公主，連同韋小寶和雙兒，一起送入了城外獵宮。火槍營在宮外布防守衛，誰也不許出來。

蘇菲亞公主大怒若狂，將寢室中的傢具物件砸得稀爛。獵宮的廚子按時送來酒水食物，也都給蘇菲亞劈面摔去。

如此過得數日，眼見獵宮外的守禦絲毫不見鬆懈，蘇菲亞把營長叫來，問他要把自己關到甚麼時候。那營長道：「皇太后御旨，請公主在這裏休息，等到彼得一世陛下慶祝登基五十週年，就放公主出去，參加慶典。」蘇菲亞大怒，說道：「你說甚麼？彼得慶祝登基五十週年，豈不是要把我在這裏關上五十年？」那營長微笑道：「小將今年四十歲了，相信不能再侍候公主五十年。過得十年、十五年，定有更年輕的營長前來接替。」

蘇菲亞想到要在這裏給關上五十年，登時不寒而慄，強笑道：「你過來，營長，我瞧你可生得挺英俊哪。」想以美色相誘，讓這營長拜倒石榴裙下，胡裏胡塗的放了自己出去。

那營長深深鞠了一躬，反退後一步，說道：「公主請原諒。皇太后有旨：火槍營的官兵之中，倘若有人碰到了公主的一根手指，立刻就要斬首。殺了營長，副營長升上；殺了副營長，第一小隊的小隊長升上。大家想升官，監視得緊緊的。」原來皇太后素知蘇菲亞美貌風流，若無這項規定，只怕關她不住。

那營長退出後，蘇菲亞無計可施，只有伏床痛哭，不住口的大罵皇太后。

韋小寶在獵宮中給關了多日，眼見公主每日裏只大發脾氣，監守的火槍手也甚粗暴無禮，心想鬼子的地方果然鬼裏鬼氣，和雙兒商量了幾次，總覺逃出獵宮當可辦到，要回去中土，卻難上加難。倘若無人帶領，定會在大草原中迷失。別說要乘車騎馬走上四五個月方能回到北京，多半只走得四五天，就已暈頭轉向、不辨東西南北了。兩人無計可施，韋小寶只好滿口胡柴，博得雙兒一笑，聊以遣懷。

這日正在說唐僧帶了孫悟空、沙和尚、豬八戒到西天取經。韋小寶道：「我跟你打賭，唐僧到的西天，一定沒莫斯科遠。所以哪，我比唐僧還厲害。你如不信，跟你賭甚麼？」雙兒毫無賭性，說道：「相公說比唐僧還厲害，就比唐僧厲害好了，我不跟你賭。我可沒豬八戒厲害。」說著抿嘴一笑。忽聽得那邊公主房中，又是一陣摔物、擂床、頓足、哭泣之聲。

韋小寶嘆了口氣，說道：「我去勸勸，老是哭鬧，有甚麼用？」走到公主房中，說道：「公主，你別哭，我說個笑話給你聽。」蘇菲亞俯伏在床，雙足反過來亂踢，哭道：「我不聽，我不聽。我要沙里紮進地獄去，要沙里紮娜達麗亞進地獄去。」

韋小寶不懂「沙里紮」是甚麼意思，一問原來是「沙皇的媽媽」，登時大為高興，說道：「我道沙里紮是甚麼惡人，原來就是皇太后。我跟你說，中國的沙里紮，叫做老婊子，也是個大大的惡人，後來我想了個法子，將她趕出皇宮去了。皇帝十分開心，就封我做中國大官。」蘇菲亞大喜，翻身坐起，問道：「你用甚麼法子？」

韋小寶心想：「我趕走老婊子，只因她是假太后。你這羅剎老婊子，卻是貨眞價實的沙里紮，我那法子自然不管用。」說道：「我這法子是串通了小皇帝，對付中國沙里桀。」

蘇菲亞皺眉道：「彼得很愛他媽媽，不會聽我的話去反對沙里桀。除非……除非……」搖搖頭，從床上起來，赤了一雙腳，在地氈走來走去，咬緊了牙思索。

韋小寶道：「我們中國有過一個女皇帝，叫作武則天。這女皇帝娶了許許多多男皇后、男老婆，快活得很。公主哪，我瞧你跟她倒差不多，不如自己來做女沙皇。」

蘇菲亞心中一動，這件事她可從來沒想到過，羅剎國從來沒女沙皇，她一直認為女子是不能做沙皇的。中國既有女皇帝，羅剎國為甚麼不能有女沙皇？

她自遭囚在獵宮中之後，驚懼憤怒，腦中所不停盤旋的，只是如何逃出獵宮，就算再到東方雅克薩，去跟高里津總督在一起，也比給皇太后監禁著好得多，這時忽然聽到韋小寶說起「女沙皇」，眼前陡然出現了一個新天地。她轉過身來，眼中放出光采，雙手按住韋小寶肩頭，在他左頰上輕輕一吻，微笑道：「我如做了女沙皇，就封你為皇后。」

韋小寶嚇了一跳，心想：「這可萬萬使不得。」忙道：「我，中國人，做不得羅剎國男皇后，你封我做大官罷。」蘇菲亞道：「你又做皇后，又做大官。」韋小寶心想：「眼前不知性命是不是能保，卻在窮快活，又封我做皇后，又做大官。」

蘇菲亞道：「你快給我想個法子，怎麼讓我做女沙皇。」

韋小寶皺起眉頭，說到軍國大事，他的見識實在平庸之極，和康熙固然天差地遠，也遠遠及不上陳近南、索額圖、吳三桂等人，說道：「公主，這種事難得很，我可不會想了。我即刻回去北京，請問我們的小皇帝，讓他給出個主意，然後我帶一批大本事的人回來，捉住那沙里紮羅剎老婊子，又捉住彼得小沙皇，這就大功告成了。」他說到「大功告成」四字，忍不住摟住蘇菲亞，吻了她一下。

蘇菲亞「唔」了一聲，說道：「不成，不成！你回去北京，再來莫斯科，一年也不夠，我，已經死了，上天堂了。」韋小寶心想這話倒也不錯，嘆了口氣，說道：「美麗公主，上天堂，中國小孩子大官，也跟著上天堂了。」蘇菲亞輕輕將他一推，說道：「中國小孩，就會說話騙人，哄人歡喜，沒用，拍……拍牛屁，吹馬皮。」

韋小寶聽她把「拍馬屁、吹牛皮」說成了相反，不由得哈哈大笑，隨即見她臉有鄙夷之色，顯是瞧不起自己，暗暗惱怒，尋思：「有甚麼法子讓她做女沙皇？武則天那女皇帝不知是怎麼做成的？咱們不妨在羅剎國也來個印板，就可惜離北京太遠，沒法子問小皇帝或索大哥。」韋小寶的學問，一是來自聽說書，二是來自看戲，自從做了大官之後，說書是不大聽了，戲卻看了不少，但武則天怎生做上女皇帝，這故事偏偏沒聽過、看過。

他眼望窗外，怔怔的出神，心中閃過許多說書和戲文中的故事：「女皇帝不知道，男皇帝是怎麼做成的？朱元璋是打出來的天下，手下有大將徐達、常遇春、胡大海、沐英……」這是評話《大明英烈傳》中的故事；又想：「李自成帶兵打到北京，我師父的爸爸崇禎皇帝就上吊死了，李自成自己做了皇帝。清兵打走李自成，順治老皇爺就做上了皇帝。吳三桂想做皇帝，就得起兵造反。看來不論是誰要做皇帝，都得帶了兵大戰一場，只殺得沙塵滾滾，血流成河，屍骨如山。」一想到打仗，登時便覺害怕。又想：

「我們給關在這裏，又有甚麼兵？打甚麼仗了？但如不打仗，做不做得成皇帝呢？」

他於中國歷史的知識有限之極，只知不打仗而做皇帝的，只康熙小皇帝一人，那是老皇爺出家而讓位給他的。這法子當然不能學樣。再想：看過的戲文之中，有一齣〈斬黃袍〉，宋朝皇帝趙匡胤殺了大將鄭恩，他妻子起兵爲夫報仇。趙匡胤打不過，只好苦苦哀求，脫下黃袍來讓她一刀斬爲兩截，算是皇帝的替身，好讓鄭夫人出氣，皇帝大大出醜。有一齣〈鹿台恨〉，紂王無道，姜太公幫周武王起兵，逼得紂王在鹿台上燒死，周武王做了皇帝。（韋小寶自然不知道，那時候還沒有皇帝。）曹操這大白臉奸臣是怎麼做了皇帝的呢？有一齣戲文〈逍遙津〉，曹操帶兵逼死了漢甚麼帝，自己就做了皇帝，他手下大將有個張甚麼、許甚麼，都是很厲害的。（韋小寶記錯了，曹操沒做皇帝。）劉備怎麼做皇帝的？不知道，一定是關公、張飛、趙雲給他打出來的。

總而言之，要做皇帝，非打不行。就算做了皇帝，如打不過人家，皇帝還是會給人家搶去做，就算不搶去，也會出醜倒霉。說書先生說《水滸傳》「林教頭火併王倫」，晁蓋要做強盜頭子，串通林冲，殺了梁山泊上原來的大頭子王倫。可見就算做強盜頭子，也是要打。

蘇菲亞見他咬牙切齒，揑緊了拳頭，虛打作勢，笑問：「你幹甚麼？」韋小寶一怔，從沉思中醒覺過來，說道：「要做皇帝，一定得打。」蘇菲亞一呆，問道：「打？跟誰打？」韋小寶道：「自然跟羅剎老婊子打。」

蘇菲亞聽他說過幾次「羅剎老婊子」，不懂「老婊子」三字是甚麼意思，正要詢問，忽然房門推開，那火槍營營長走進房來，一把抓住韋小寶胸口，嘰哩咕嚕說了一陣子話，將他抓了出去，又在他屁股上重重踢了一腳。

那營長哈哈大笑，第二腳又向他踢去。韋小寶大怒，忽然縱起，一個觔斗翻了過來，已騎在那營長頸中，正是當日洪教主所授的救命三招之一「狄青降龍」。這一招他並未練熟，倘若用以對付武學高手，差得還遠，但這羅剎營長怎會中土武功？韋小寶雖毛手毛腳的一翻一躍，竟能得手，雙手食指壓上他兩眼，喝道：「不許動！眼睛，死了！」他不知羅剎話如何說「不許動，否則挖出你眼珠。」只好說：「眼睛，死了！」

那營長悟性倒還真高，居然懂得，大驚之下，當即不動。韋小寶右手拉扯他右耳，叫道：「走！」便如騎馬一樣，騎著他走回公主房中，叫道：「關門！火槍，拿。」

蘇菲亞又驚又喜，忙關上了門，從營長身邊抽出短槍，抵住他背心。韋小寶從他肩頭躍下，解下他腰帶來綁了雙足，再解下他褲帶，反綁他雙手。那營長褲帶一去，褲子登時跌落，露出光光的下身。蘇菲亞和韋小寶哈哈大笑。那營長脹紅了臉，咬牙切齒，憤怒之極。

房門輕輕推開，雙兒探頭進來，問道：「相公，沒事嗎？」韋小寶招手叫她進來，又關上了房門。雙兒見到那營長狼狽的情狀，又好笑，又奇怪。

蘇菲亞問韋小寶：「捉住營長，有甚麼用？」

韋小寶捉住這營長，只是出於一時氣憤，沒想到有甚麼用，聽蘇菲亞問及，靈機一動，說道：「叫他帶兵造反。」他不會說羅剎話的「造反」，用中國話說了。又道：「叫他殺沙里紮，殺沙皇，你，做女沙皇。」

蘇菲亞不懂中國話「造反」是甚麼意思，但「殺沙里紮，殺沙皇，你，做女沙皇」的話卻懂得，一怔之下，隨即大喜，向那營長嘰哩咕嚕的說了起來。

韋小寶聽著兩人大說羅刹話，不知所云，只見那營長不住搖頭，料想他不肯答允，叫道：「他不聽話，殺了。」從靴筒中拔出匕首，在那營長左頰上一刮，嗤的一聲響，登時刮下了一大片鬍子。蘇菲亞笑道：「好鋒利的短劍。」那營長嚇得面如土色，心想：「這小蠻子原來有把短劍藏在皮靴裏，眞古怪，當時沒搜了出來。」

蘇菲亞問他：「到底肯不肯投降，擁我爲女沙皇？」

那營長道：「不是我不肯擁戴公主，我部下決計不會聽令的。莫斯科共有二十營火槍隊，我們只有一營，就算造反，也打不過其餘十九營。」

蘇菲亞心想，這話倒也有理，但要對韋小寶解釋，一時卻也說不明白，只得大打手勢，說到二十營火槍隊時，十根手指不夠用，只好除下鞋子，連十根腳趾也用上了，這才湊足二十營之數。

韋小寶好容易明白了，心想這件事倒頗爲難，坐在椅上，苦苦思索：「這營長不肯造反，殺了他也沒用。」對蘇菲亞道：「營長不肯，叫副營長來造反。」蘇菲亞道：「副營長？」韋小寶道：「對，叫副營長來。」

蘇菲亞把營長推到門邊，用火槍指住他後心，說道：「叫副營長來！你如警告了他，我立刻就開槍。」那營長無奈，只得大聲呼喝，叫副營長進來。

過了一會，副營長推門進來。雙兒早躲在門後，副營長一進門，雙兒伸指在他背心戳了幾下，登時點中了他穴道，動彈不得。雙兒喜道：「相公，外國鬼子的穴道倒是一樣的，我還怕鬼子的穴道不同。」

韋小寶笑道：「外國鬼子一樣有眼睛，有鼻子，有這個那個，自然也有穴道。」從副營長腰間拔出佩刀，對蘇菲亞道：「你叫他，殺營長造反，他不肯，叫小隊長來殺他。」

蘇菲亞心想此計甚妙，對副營長道：「你殺了營長，帶領火槍營，做營長，聽我命令。你不肯殺營長，我叫小隊長來殺了你和營長，由小隊長做營長。你殺不殺？」

韋小寶道：「雙兒，你解開他上身穴道，腿上的穴道可解不得。」雙兒依言解了他上身穴道，將佩刀交在他手裏。

蘇菲亞又問了一次。那營長破口大罵，連聲恐嚇。副營長平時和營長素有嫌隙，要他起兵造反，本是不敢，但聽營長罵得惡毒，不由得怒氣勃發，又想：「我若不殺你，第一小隊的小隊長想做營長，也必殺你，反而連我也殺了。」當即提起佩刀，嚓的一刀，砍下了那營長的腦袋。

這一刀砍下，蘇菲亞、韋小寶、雙兒三人齊聲叫好。不過蘇菲亞叫的是羅刹話「赫拉笑」，韋小寶和雙兒叫的自然是中國話了。

蘇菲亞拉住了副營長的手，連聲稱讚他英勇忠義，立即升他為火槍營營長，說道：「你坐下，咱們仔細商量。」

副營長皺起了眉頭，指著韋小寶和雙兒道：「這兩個外國小孩子，使了魔術，我下身動不了。」蘇菲亞對韋小寶道：「請你，魔法，去了！」

雙兒微微一笑，解開了副營長下身穴道。

蘇菲亞吩咐副營長（這時已升爲營長）：「你去傳六個小隊的小隊長和副小隊長進來，我要中國小孩子使魔法，每個人手動腳不動。」又跟韋小寶和雙兒說了。

副營長應命而去。過不多時，十二名正副小隊長排隊站在門外。副營長一個個叫進房來，雙兒逐個點了十二人腰間的「志室穴」和大腿的「環跳穴」。

蘇菲亞道：「副營長決心擁我爲女沙皇，已升爲營長，我們要出兵去殺了沙里桀，你們服不服從？」

十二名正副小隊長眼見營長屍橫就地，早知大事不妙，聽蘇菲亞這麼說，更心驚肉跳，面面相覷，誰也不敢開口。

韋小寶心想：「滿清來中國搶江山，韃子兵搞『揚州十日』，殺人放火，姦淫擄掠，老皇爺就此做了皇帝。他媽的，我叫他們搞『莫斯科十日』，搞得天下大亂，七暈八素。和尙打傘，無法無天！若不如此，怎搶得到皇帝做？」對蘇菲亞道：「你叫大家進莫斯科城打仗，殺人放火，答允他們做將軍大官，有很多很多金子銀子，大家搶美女做老婆！」

蘇菲亞一想不錯，對副營長道：「你去召集全體火槍手，我來跟他們說話。」

六百多名火槍手集合在獵宮廣場。副營長派了二十四名火槍手進來，將給點了穴道的十二名正副小隊長抬到廣場。

蘇菲亞站在階石上，大聲說道：「火槍手們，你們都是羅剎國的勇士，爲國家立過很大功勞。可是你們的餉銀太少了，你們沒有美麗的女人，沒有錢花，酒也喝不夠，住的屋子太小，太不舒服。莫斯科城裏有很多有錢人，他們有好大的屋子，有很多僕人，有很多美麗的女人，你們沒有。這公平不公平啊？」

衆火槍手一聽，齊聲叫道：「不公平！不公平！」

蘇菲亞道：「那些有錢人又肥又蠢，吃得好像一頭頭肥豬，如跟你們比武，打得過你們麼？這些富翁的槍法難道勝過了你們？他們的刀法難道勝過了你們？他們爲國家、爲沙皇立過功勞麼？」她問一句，衆火槍手就大聲回答：「年特！」

韋小寶只聽衆人一聲「年特」又是一聲「年特」，他知道在羅刹話中，這是「不」的意思，他不懂蘇菲亞的話，還道公主勸火槍手造反，大家不肯聽從，不禁擔憂。

蘇菲亞又道：「你們都應當做將軍，做富翁！你們個個應當升官發財。」衆火槍手大聲歡呼。有的問道：「蘇菲亞公主，你有甚麼法子讓我們升官發財？」蘇菲亞道：「你們想不想做將軍？」衆火槍手叫道：「要做啊。」蘇菲亞道：「你們想不想有很多很多錢？」衆火槍手道：「當然要啊！」蘇菲亞又問：「你們想不想美麗的女人？」衆火槍手都轟笑起來，叫道：「要！要！要！」

蘇菲亞道：「好！你們大家去莫斯科城裏，跟其他十九營的火槍手說，是我蘇菲亞公主下的命令，我是女沙皇，全羅刹國都聽我的話。我准許你們，每一個火槍手，可以挑一家有錢人家，跟主人肥豬大富翁比武，誰殺得了他，那個富翁的大房子，他的金子銀子，他的美麗女人、馬車、駿馬、衣服、僕人、婢女、美酒，甚麼都是這個勇敢火槍手的。你們有沒有勇氣？是不是男子漢、大丈夫？敢不敢去殺人、搶錢、搶女人？」

眾火槍手齊聲大叫：「敢，敢，敢！殺人、搶錢、搶女人，有甚麼不敢？」

蘇菲亞大喜，叫道：「那好得很，我還怕你們是膽小鬼，不敢去幹大事！快拿伏特加酒來！喂，你們到地窖裏去，把最好的伏特加酒都拿來。」

這沙皇獵宮的地窖之中，藏有數十年的陳酒，名貴之極，原是專供沙皇、皇后、公主、皇子以及王公大臣享用，這些火槍手本來那能嚐上一口？蘇菲亞這命令一下，眾兵士轟然大樂，登時便有數十人奔去取酒。

片刻之間，眾兵在廣場之上，將一瓶瓶伏特加酒敲去瓶頸，搶了痛飲，歡聲大叫：「蘇菲亞，女沙皇，烏拉，烏拉，烏拉！蘇菲亞，女沙皇，烏拉，烏拉，烏拉！」

羅剎話中，「烏拉」即是「萬歲」之意，韋小寶雖然不懂，但見眾兵歡呼暢飲，不住大叫「蘇菲亞，女沙皇，烏拉」，料想是熱誠擁戴。他拉拉蘇菲亞的衣袖，說道：「叫他們，十二個小隊長，通統殺了，就不會退回來。」

蘇菲亞連連點頭，朗聲叫道：「羅剎國英俊強壯的勇士們，大家聽了：我吩咐你們去殺富翁，搶錢、搶女人，可是沙里桀不許，派了這些壞蛋來，要治你們的罪！」說著向十二名正副小隊長一指。

當下便有十餘名火槍手抽出佩刀，大叫：「殺了壞蛋！」十幾把長刀砍將下來，立時將十二名正副小隊長砍死。羅剎人本來暴烈粗野，喝了伏特加酒後全身發燒，眼見得十二名小隊長血肉橫飛，更加不可抑制，大叫：「殺壞蛋去，搶錢、搶女人去！」

蘇菲亞道：「你們去向莫斯科城中十九營的火槍手說，大家一起幹，那一個營長、副營長、小隊長不肯，立刻殺了。那一個貴族、將軍、大臣不許，立刻殺了。到酒窖去，開了最好、最陳年的伏特加酒來喝了。把他家裏的金子銀子、美麗的妻子女兒，通統拿來分了。那些壞蛋的房子，放火燒了。」

衆兵大聲歡呼，紛紛抽出長刀，背負火槍，牽過坐騎，翻身上馬。過了一會，便聽得蹄聲急促，羣向莫斯科城奔去。

蘇菲亞對火槍營副營長道：「你也去搶啊，有甚麼客氣？最要緊的，不可跟別的火槍營衝突，大家一起搶。你帶人衝進克里姆林宮，把沙里紮和彼得捉了起來。宮裏的金銀珠寶，美麗宮女，叫大家儘量搶好了，都是我賜給你們的。」那已升爲營長的副營長大喜，應命上馬而去。

蘇菲亞嘆了口氣，只覺全身無力，坐倒在階石上，說道：「好累！」韋小寶道：「我扶你進去歇歇。」蘇菲亞搖搖頭，過了一會，說道：「咱們上碉樓去瞧瞧。」

這獵宮全以粗麻石砌成，碉樓高逾八九丈，原爲瞭望敵情之用。羅剎國立國之前，本是莫斯科的一個大公國，莫斯科大公爵翦平羣雄，自立爲沙皇。前朝沙皇生怕在出獵之時仇敵乘機偷襲，因此在莫斯科城外造了這座獵宮，以備倉卒遇敵之時守禦待援。

蘇菲亞帶了韋小寶和雙兒登上碉樓，向西望去，隱隱見到莫斯科城中燈火點點，黑夜之中，十分寧靜。蘇菲亞擔憂起來，說道：「怎麼不打？他們，怕了？」韋小寶不明羅剎兵的性格，不知會不會上陣退縮，只得安慰她道：「不怕，不怕！」蘇菲亞又問：「你怎知叫兵士殺人、搶錢、搶女人，就可以，殺沙里栔，殺彼得？」

韋小寶微笑道：「中國人，向來這樣。」他想到了當年在揚州城中，聽得老年人所說滿清兵攻城的情形。

清兵入關之後，在江浙等地遇到漢人猛烈抵抗，揚州尤其堅守不下。清軍將帥就允許士兵破城之後，可以奸淫擄掠，一共十天。這「揚州十日」，委實慘酷無比。韋小寶自幼生長揚州，清兵如何攻城不克，主帥如何允許部卒搶錢搶女人，清兵如何奮勇進攻，這些故事從小聽得多了。後來在北京，又聽人說起當年李自成的部下如何攻關攻城，如何在北京城裏搶錢搶女人，張獻忠又如何總是先答允部下，城破之後，大搶三天。看來要造反成功，便須搞得天下大亂，要天下大亂，便須讓兵士搶錢搶女人。因此眼見火槍營士兵不敢造反，他自然而然的將「搶錢搶女人」五字眞言說了出來。果然羅剎兵和中國兵一般無異，這五字秘訣，應驗如神。

等了良久，黑暗中忽見莫斯科城裏升起一團火燄。

蘇菲亞大喜，叫道：「動手了！」摟住韋小寶又吻又跳。

韋小寶喜道：「他們放火了，這就行啦。殺人放火，定是連在一起幹的。」

過不多時，但見莫斯科城中火頭四起，東邊一股黑煙，西邊一片火光。蘇菲亞拍手大叫：「大家在殺人放火了。小寶，你眞正聰明，想的計策眞妙。」

韋小寶微微一笑，心道：「說到殺人放火，造反作亂，我們中國人的本事，比你們羅剎鬼子可大上一百倍了。這些計策有甚麼希奇？我們向來就是這樣的。」

蘇菲亞道：「你叫大家殺了營長，殺了各隊小隊長，大家只好一直幹下去了，再想回頭也不行了。小孩子，眞聰明；中國大官，了不起！」韋小寶道：「這叫做投名狀。」蘇菲亞道：「甚麼？丟命上？」韋小寶哈哈大笑，說道：「是，丟了性命，拚命上啊。」心中暗罵羅剎人沒學問。

中國人綠林爲盜，入夥之時，盜魁必命新兄弟去做件案子，殺一個人。這人犯了殺人大罪之後，從此不會去出首告密。《水滸傳》中林冲上梁山泊入夥，王倫叫他去殺人做案，繳一個「投名狀」。韋小寶聽說書聽得多了，熟知這門規矩，心想：「我們中國人的法子，羅剎鬼子一竅不通，看來這些羅剎人雖兇狠横蠻，倒也不難對付。」

蘇菲亞眼見莫斯科城中火頭越來越旺，四處蔓延，又擔憂起來，不知火槍營官兵亂搶亂殺之後，變成怎生一番光景，問韋小寶：「殺人放火，搶錢搶女人，以後，怎樣？」

韋小寶一怔，他只知道要造反，就得縱容士兵殺人放火、搶錢搶女人，至於以後怎麼辦，可就不懂了，只得說道：「這個？搶夠了，不搶了。殺夠了，不殺了。」

蘇菲亞皺起眉頭，心想這可不是辦法，一時之間卻也無計可施。

二人瞧了一會，回入寢宮，靜候消息。

次日一早，那新升的火槍營營長帶了一小隊人馬，來到獵宮向蘇菲亞報告：二十營火槍隊昨晚遵奉女沙皇之命，燒殺了一夜，各隊長、隊員金銀美女，搶了不計其數，已把沙里紮娜達麗亞殺了。

蘇菲亞大喜，跳起身來，叫道：「娜達麗亞殺死了？彼得呢？」營長道：「小彼得已抓了起來，關在克里姆林宮的酒窖裏。」蘇菲亞大叫：「赫拉笑！赫拉笑！」

只聽得馬蹄聲響，又有大隊人馬疾馳而來。蘇菲亞臉上變色，驚問：「甚麼人？」營長道：「莫斯科城裏的王公、大臣、將軍們，齊來請陛下登位，做羅剎國女沙皇。」

蘇菲亞心花怒放，一把摟住韋小寶，在他左右頰上連吻數下，叫道：「中國小孩，好計策！」

耳聽得馬蹄聲在獵宮外停歇，跟著皮靴擊地聲響，一羣人走進宮來。當先一人是大臣波多尼茲親王。他走到蘇菲亞面前，躬身說道：「王公貴族、大臣將軍一致議決，請蘇菲亞公主回宮主持大局，平服動亂，恢復和平。」

蘇菲亞滿臉笑容，點頭接納，問道：「叛黨首領娜達麗亞，是不是已經殺了？」波多尼茲親王回稟：「娜達麗亞擾亂國家，殺害忠良，自私擅權，包藏禍心，已經遵奉上帝旨意，正法處決，大快人心。」蘇菲亞道：「很好，咱們去克里姆林宮。」

衆大臣和火槍營蜂擁著蘇菲亞，向莫斯科城而去，頃刻之間，獵宮中冷清清地只賸下韋小寶和雙兒兩人。

韋小寶心下氣憤，罵道：「他媽的，這羅剎公主過橋抽板，新人上了床，媒人丟過牆。她做了女沙皇，可不要我們啦。」雙兒微笑道：「你想女沙皇封你做男皇后，是不是？」韋小寶道：「啊，你取笑我？瞧我不捉住你，我要你做女皇后！」說著向雙兒撲去。雙兒嗤的一笑，閃身避過。

其時方當初夏，天氣和暖。獵宮中繁花如錦，百鳥爭鳴，只是羅剎國花卉蟲鳥和中土大異，花色麗而不香，鳥聲怪而不和，韋小寶乃市井鄙夫，於這等分別毫不理會，和雙兒在獵宮中到處遊蕩，無人前來打擾，倒也自得其樂。

如此過得七八日，蘇菲亞忽然派了一小隊兵來，接二人進宮。

韋小寶走進蘇菲亞的寢宮，只見她頭髮散亂，伸足狠踢傢具，只踢得砰嘭大響，正在大發脾氣。她見韋小寶到來，登時臉有喜色，叫道：「中國小孩快來，出主意，想法子。」

韋小寶心道：「你如不是遇上了難題，原也不會想到我。這一次可得敲筆竹槓，不能這麼容易便幫你想計策了。」問道：「女沙皇陛下，你有甚麼難題？」

蘇菲亞不住搖頭，說道：「我女沙皇，不是，他們，不肯，我，女沙皇，做的。」說了半天，韋小寶這才明白，原來羅剎國向來規矩，女子不能做沙皇。皇太后娜達麗亞雖然已死，仍有大批將軍擁戴小沙皇彼得，堅決不肯廢了他。這時城中亂事已然平定，蘇菲亞雖得火槍營擁戴，但眾大臣已經有備，調了大隊哥克薩騎兵駐在莫斯科城外，隨時可應召入城。蘇菲亞再要號召火槍營作亂，已大爲不易。

連日來克里姆林宮中會議，王公大臣分爲兩派，一派擁戴蘇菲亞，一派擁戴彼得，爭持不決。擁戴沙皇彼得的，都是手握實權的將軍大臣，生怕女沙皇登位，另行任用新人當權；而擁戴蘇菲亞的，則是一批不得意的貴族和商人，只盼新主上台，自己有油水好撈。蘇菲亞幸得火槍營擁戴，有兵權在手，保皇派還不敢怎樣，但保皇派能指揮哥薩克騎兵，實力殊不可侮。兩派如果開火，勝敗倒也難說。

韋小寶心想：「這種國家大事，我是弄不懂的，有甚麼屁計策想得出？不如溜之大吉，滾他媽的鹹鴨蛋，免得他們兩派混戰起來，把韋小寶轟成了羅剎魚子醬。」眼珠子一轉，說道：「那容易得很，法子自然有的。不過我有……我要敲竹槓。」他本想說「我有條款」，但羅剎話說不上來，索性說了揚州話「敲竹槓」。

蘇菲亞問道：「甚麼『敲豬缸』？」韋小寶道：「敲竹槓就是……這個……我的法子，不能夠，送給你。你給我東西，很多，很多，我再給你，法子。」蘇菲亞大喜，忙道：「很好，很好，很好，敲豬缸，我們大家敲豬缸！你要甚麼，我都答允。你是不是想做我的男皇后？」

韋小寶一驚：「這可不敢領教。要娶老婆，阿珂可比你好得多了。就是雙兒這小丫頭，也大大勝過你全身是毛的羅剎女人。」笑道：「做你的男皇后，當然很好，不過這樣一來，你可做不成女沙皇了。」

蘇菲亞忙問原因。韋小寶道：「因爲……這個那個辣塊媽媽不開花！」他一時之間想不出理由充份的說辭，便隨口講些揚州土話，甚麼「乖乖龍的東，豬油炒大葱」，蘇菲亞那裏懂得？問道：「是不是中國人做男皇后，羅剎人要不高興？」韋小寶忙道：「是呀！羅剎男人，自己，說自己美貌，做不成男皇后，恨你，打你。」蘇菲亞心想不錯，羅刹男人確要吃醋，說道：「你不做我男皇后，別的要甚麼，我都答允。」

韋小寶道：「第一，我要做羅刹大官。」蘇菲亞道：「這個容易，我做成了女沙皇後，便封你爲伯爵，去管東方的韃靼人。你黃面孔，低鼻子；韃靼人，也是黃面孔，低鼻子。他們服你。」韋小寶道：「第二件，你和中國皇帝，不可打仗。你寫信，我送去北京，羅刹女沙皇和中國皇帝，做好朋友，親親嘴，抱抱。中國兵很厲害，個個會魔法，手指一點，羅刹兵不會動了。打仗，羅刹人死了。我愛你，你死了，我哭了！」

蘇菲亞一聽之下，登時大爲感動。雙兒出手點穴，火槍營的副營長和十二名正副小隊長立時不會動彈，蘇菲亞是親眼所見。她不知這是中國的上乘武功，甚是難學，即令韋小寶也是不會，還道中國人當眞個個會此魔法，心想若和中國皇帝打仗，自是有輸無贏，難得這中國小孩對自己一片眞情，當即伸臂將他抱住，在他嘴上深深一吻，說道：「中國小孩，我也愛你。很好，羅刹兵打不過中國兵，大家不打，做好朋友。」嘖的一聲，又吻了他一下，問道：「還有甚麼敲豬釭？再敲，再敲好啦！」韋小寶想了一想，道：「沒有了。」

蘇菲亞道：「好，你快教我，怎樣做女沙皇。」韋小寶心想這件事可不容易，只得東拉西扯，詢問朝廷中的事情，想不出計較，便假裝聽不懂她話。蘇菲亞漸漸覺察他在使奸，臉色便難看起來，說道：「你如騙我，我把你殺了。」

韋小寶大急，忙道：「不騙，不騙！」蘇菲亞道：「那麼我要做女沙皇，甚麼法子？」韋小寶道：「這個……這個……」蘇菲亞怒道：「甚麼這個、這個？朝裏一派擁護我，一派反對我，兩派要打仗。我這派如果輸了，那怎麼辦？」

韋小寶忽然想起，曾聽小皇帝說過，滿洲太祖皇帝當年立了四大貝勒。大貝勒代善、二貝勒阿敏、三貝勒莽古爾泰、四貝勒皇太極（韋小寶當然記不清四個貝勒的名字）。四個貝勒當時都有大權，頗有紛爭，後來四貝勒皇太極得大貝勒代善支持，才壓倒了對方，接承大位。因此代善一系，頗有權勢，康親王傑書就是代善的後人。

他想到此事，便道：「不要打，慢慢來。你和彼得，都做沙皇。將來，反對你的大臣、將軍，一個一個，慢慢殺了。你再殺彼得，再做女沙皇。」

蘇菲亞覺得此計倒也甚妙，不過眾大臣一直說女子不能做沙皇，可眞氣人，於是將這情形說了。

韋小寶心想清朝開國之初，順治皇爺還是個小皇帝，大權都在攝政王多爾袞手中，便道：「你不能做女沙皇，就先做攝政王。」蘇菲亞問：「甚麼是攝政王？」韋小寶道：「攝政王，不是沙皇，但是可以下命令殺人，打人屁股，可以賞錢，升他們的官。沙皇，假的，沒力氣。攝政王，眞的，有力氣，能殺人，打人屁股，能給人升官，能賞錢，人人都怕，都聽攝政王的話，不聽沙皇的話。」

蘇菲亞大喜，大叫：「赫拉笑！赫拉笑！」

擁戴蘇菲亞的王公將軍人數較少，蘇菲亞將其中爲首的召進宮來，將韋小寶所獻的計策和衆人商議。蘇菲亞掌握了莫斯科的兵權，但不能登基爲女沙皇，主因在於無此先例。眾大臣聽到設立「攝政王」的計謀，都覺極妙，只須大權在手，做不做沙皇也沒多大分別。眾人商酌良久，又想了一條法子出來，立蘇菲亞的同胞弟弟伊凡爲大沙皇，讓彼得仍做沙皇，乃是小沙皇。大小沙皇並立，免得擁彼得一派的人反對。蘇菲亞公主則是「攝政女王」，處理一切朝政。

眾人計議已定，蘇菲亞立即聚集火槍營，再召集全體王公大臣，將這新法子宣示出來。她又向眾大臣擔保，決不任意罷免各人的職司，凡擁護這辦法的，一律升賞。眾王公大臣見自己權位利益並無所損，又不壞前朝規矩，當下均無異議。

「擁蘇派」中有人首先引導，向蘇菲亞女攝政王躬身行禮，餘人盡皆跟隨。

蘇菲亞大喜，命人去請弟弟伊凡到來，又將小沙皇彼得從酒窖中放了出來，兩人並爲大小沙皇。她自己坐在兩個弟弟的下首，百官奏事，升賞黜陟，都由攝政女王裁決。其時伊凡十六歲，彼得十歲，年幼識淺，一切全聽姊姊的主張。

蘇菲亞大權在握，心想此事那中國小孩大官厥功甚偉，若不是他接連想了幾個巧妙主意出來，自己此刻還是給關在獵宮之中，再過得幾個月，皇太后娜達麗亞多半會逼迫自己做修女，在修女院中幽閉一世。想到這悲慘命運，溫暖的夏天立時變成嚴冬，當下把韋小寶傳來，大大稱讚。

韋小寶心想我那些法子，在中國人看來半點也不希奇，我在中國是個臭皮匠，到了羅剎國卻變成了諸葛亮，眞正好笑。他正想吹幾句牛皮，忽然一想不妙，這個羅剎公主倘若從此要我做「羅剎諸葛亮」，把我留在身邊，從此不放我回去，那可乖乖不得了，便道：「攝政女王娘娘，你做了攝政王，將來再做女沙皇，那就容易得很了。只須遵守一件事，人人就都服你。」

蘇菲亞問道：「甚麼事？快快說給我聽。」

韋小寶道：「一言既出，三頭馬車難追。」原來羅剎人的馬車以三匹馬拖拉，不同中國人之四馬拖拉，因此中國的「駟馬難追」，在羅剎國成了「三頭馬車難追」。

蘇菲亞不懂，問道：「甚麼三頭馬車難追？」韋小寶道：「說過了的話，一定要算數。我們中國皇帝說的話，叫做皇帝的金口，那是決計反悔不得的。」蘇菲亞恍然大悟，笑道：「我答允過你的事，你怕我反悔，是不是？親愛的中國小孩，羅剎攝政女王的說話是寶石口，比你們中國皇帝的金口還要貴重。一言既出，兩輛三頭馬車難追！」

當下她以大小沙皇之名頒下諭旨，封韋小寶爲管領東方韃靼地方的伯爵，又命大臣寫了一通國書，致送中國皇帝，由韋小寶送去，再派一名俄國使臣，帶領兩隊哥薩克騎兵護送，金銀財物，賞賜了不少。韋小寶賄賂她的那十幾萬兩銀票，也都揀出來還他。此外並有許多送給中國皇帝的禮物，均是貂皮、寶石等羅剎國的貴重特產。

這時蘇菲亞已選了好幾名羅剎國俊男相陪，再也不來同韋小寶親熱。但韋小寶辭別那一天，蘇菲亞想起這幾個月來的恩情，又感激他建策首義的大功，甚爲戀戀不捨。

據俄羅斯正史所載，火槍手作亂，是在五月十五至十七的三日之中。五月廿九日，火槍營在蘇菲亞指使之下，上書請伊凡和彼得並爲沙皇，請蘇菲亞公主攝政，裁決軍國重事。亂事大定，已在六月中旬。

其時天氣和暖，韋小寶跨下駿馬，於兩隊哥薩克騎兵擁衛之下，在西伯利亞大草原上向東疾馳，和風拂面，蹄聲盈耳，左顧俏丫頭雙兒雪膚櫻唇，右盼羅剎國使臣碧眼黃鬚，貂皮財物，滿載相隨，當眞意氣風發之至，心想：「這次死裏逃生，不但保了小命，還幫羅剎公主立了一場大功，全靠老子平日聽的書多，看的戲多。」

中國立國數千年，梟雄爭奪帝皇權位、造反斫殺，經驗之豐，舉世無與倫比。韋小寶所知者只民間流傳的一些皮毛，卻已足以揚威異域，居然助人謀朝篡位，安邦定國。其實此事說來亦不希奇，滿清開國將帥粗鄙無學，行軍打仗的種種謀略，主要從一部《三國演義》小說中得來。當年清太宗使反間計，騙得崇禎皇帝自毀長城，殺了大將袁崇煥，就是抄襲《三國演義》中周瑜使計、令曹操斬了自己水軍都督的故事。實則周瑜騙得曹操殺水軍都督，歷史上並無其事，乃出於小說家杜撰，不料小說家言，後來竟爾化爲史實，關涉到中國數百年氣運，世事之奇，更勝於小說了。滿人入關後開疆拓土，使中國版圖幾爲明朝之三倍，遠勝於漢唐全盛之時，餘蔭直至今日，小說、戲劇、說書之功，亦殊不可沒。

（按：俄羅斯火槍手作亂，伊凡、彼得大小沙皇並立，蘇菲亞爲攝政女王等事，確爲史實。但韋小寶其人參與此事，則俄人以此事不雅，有辱國體，史書中並無記載。中國史官以未曾目睹，且蠻方異域之怪事，耳食傳聞，不宜錄之於中華正史，若非小說《鹿鼎記》補記，此事當致湮沒。）

韋小寶從懷裏摸出一隻錦緞袋子，提在手中，高高舉起，
人人見到袋上繡著「平西王府」四個紅字。
他打開袋口，俯身倒轉袋子，
數十件珍寶散在殿上，珠光寶氣，耀眼生花。

第三十七回

轅門誰上平蠻策　朝議先頒諭蜀文

韋小寶帶同羅剎國使臣，不一日來到北京。康親王、索額圖等王公大臣見他歸來，無不又驚又喜。那日他率領水師出海，從此不知所蹤，朝廷數次派人去查，都說大海茫茫，不見蹤跡，竟無一艘兵船、一名士兵回來。康熙只道他這一隊人在大洋中遭遇颶風，已然全軍覆沒，每當念及，常自鬱鬱。消息報進宮中，康熙立時傳見。

韋小寶見康熙滿臉笑容，叩拜之後，略述別來經過。康熙這次派他出海，主旨是剿滅神龍教、擒拿假太后，現下聽說神龍島已經攻破，假太后雖未擒到，卻和羅剎國結成了朋友。康熙自從盤問了蒙古派赴昆明的使臣罕帖摩後，得悉吳三桂勾結羅剎國、蒙古、西藏三處強援，深以為憂，至於尚耿二藩及臺灣鄭氏反較次要。他見韋小寶無恙歸來，已然歡喜得緊，得悉有羅剎國使臣到來修好，更加心中大悅，忙細問詳情。

韋小寶從頭至尾的說了，說到如何教唆蘇菲亞慫恿火槍營作亂、如何教她立兩個小沙皇而自為攝政王時，康熙哈哈大笑，說道：「他媽的，你學了我大清的乖，卻去教會了羅剎女鬼。」

次日康熙上朝，傳見羅剎使臣。朝中懂得羅剎話的，只韋小寶一人。其實羅剎話十分難學，他在短短時日之中，所學會的殊屬有限，羅剎使臣的一番頌詞，十句中倒有九句半不明白，他欺眾人不懂，當即編造一番，竟將當日陸高軒所作的碑文背了出來，甚麼「千載之下，爰有大清」，甚麼「威靈下濟，丕赫威能」說了幾句。他一面說，一面偷瞧康熙臉色，但見他笑咪咪的，料知這篇碑文倒也用得上，便朗聲唸道：「降妖伏魔，如日之昇。羽翼輔佐，吐故納新。萬瑞百祥，罔不豐登。仙福永享，普世崇敬。壽與天齊，文武仁聖。須臾，天現……」一背到「天現」兩字，當即住口，心想再背下去可要露出狐狸尾巴來了，說道：「羅剎國兩位沙皇，攝政女王，敬問中國大皇帝萬歲爺聖躬安康。」

這些句子，本是陸高軒作來頌揚洪教主的，此時韋小寶唸將出來，雖然微感不倫不類，但「萬瑞百祥，罔不豐登」、「普世崇敬」、「文武仁聖」等語，卻也是善禱善頌。衆大臣聽得都不住點頭。

康熙知韋小寶肚中全無貨色，這些文辭古雅的句子，決不能隨口譯出，必是預先請了槍手做好，然後在殿上背誦出來，卻萬萬想不到竟是稱頌邪教教主的文辭，給他移花接木、順手牽羊的用上了。

那羅剎使臣隨即獻上禮物。羅剎國比遼東氣候更冷，所產玄狐水貂之屬，毛皮比之遼東的更爲華美豐厚。滿洲大臣大都出於遼東，都是識貨之人，一見之下，無不稱賞。康熙當即吩咐韋小寶妥爲接待使臣，回賜中華禮品。

退朝之後，康熙召了湯若望和南懷仁二人來，命他們去見羅剎使臣。南懷仁是比利時國人，言語和法蘭西相同，其時羅剎國通行法語，那羅剎使臣會說法蘭西話，兩人言語相通。南懷仁稱頌康熙英明仁惠，古往今來帝王少有其比，說得那使臣大爲折服。

次日，康熙命湯若望、南懷仁二人在南苑操砲，由韋小寶陪了羅剎使臣觀操。那使臣見砲火犀利，射擊準確，暗暗欽服，請南懷仁轉告皇帝，羅剎國攝政女王決意和中國修好，永爲兄弟之邦。

羅剎使臣辭別歸國後，康熙心想韋小寶這次出征，一舉翦除了吳三桂兩個強援羅剎國及神龍教，功勞著實不小，降旨升他為三等忠勇伯。王公大臣自有一番慶賀。

韋小寶想起施琅、黃總兵等人，何以竟無一人還報，想必是因主帥在海上失蹤，他是皇上跟前的第一大紅人，大家生怕殺頭，皇上震怒，必定會以「失誤軍機、臨陣退縮、陷主帥於死地」等等罪名相加，就此流落在通吃島附近海島，再也不敢回來了。滿洲興兵之初，軍法極嚴，接戰時如一隊之長陣亡而部衆退卻奔逃，往往全隊處死，至康雍年間，當年遺法猶存，是以旗兵精甚，所向無敵。韋小寶於是派了兩名使者，指點了通吃島和神龍島的途徑，去召施琅等人回京。

這日康熙召韋小寶到上書房，指著桌上三通奏章，說道：「小桂子，這三道奏章，是分從三個地方來的，你倒猜猜，是誰的奏章？」韋小寶伸長了頭頸，向三道奏章看了幾眼，全無頭緒可尋，說道：「皇上得給一點兒因頭，奴才這才好猜。」

康熙微微一笑，提起右掌虛劈，連做了三下殺頭的姿勢。韋小寶笑道：「啊，是了，是大……大奸臣吳三桂、尚可喜、耿精忠三個傢伙的奏章。」康熙笑道：「你聰明得很。你再猜猜，這三道奏章中說的是甚麼？」韋小寶搔頭道：「這個可難猜得很了。三道奏章是一齊來的麼？」康熙道：「有先有後，日子相差也不很遠。」韋小寶道：「三個大奸臣都不懷好意，想的是一般心思。奴才猜想他們說的話都差不多。」

康熙伸掌在桌上輕輕一拍，說道：「正是。第一道奏章是尚可喜這老傢伙呈上的，他說他年紀大了，想歸老遼東，留他兒子尙之信鎭守廣東。我就批示說，尙可喜要回遼東，也不必留兒子在廣東了。吳三桂和耿精忠聽到了消息，便先後上了奏章。」拿起一道奏章，說道：「這是吳三桂這老小子的，他說：『念臣世受天恩，捐糜難報，惟期盡瘁藩籬，安敢遽請息肩？今聞平南王尙可喜有陳情之疏，已蒙恩覽，准撤全藩。仰持鴻慈，冒干天聽，請撤安插。』哼，他是試我來著，瞧我敢不敢撤他的藩？他不是獨個兒幹，而是聯絡了尙可喜、耿精忠，三個一起來嚇唬我！」

康熙又拿起另一道奏章，道：「這是耿精忠的，他說：『臣襲爵二載，心戀帝闕，只以海氛叵測，未敢遽議罷兵。近見平南王尙可喜乞歸一疏，已奉前旨。伏念臣部下官兵，南征二十餘載，仰懇皇仁，撤回安插。』一個在雲南，一個在福建，相隔萬里，爲甚麼兩道摺子上所說的話都差不多？一面說不能罷兵，一面又說懇求撤回。這幾個傢伙，還把我放在眼裏嗎？」說著氣忿忿的將奏章往桌上一擲。

韋小寶道：「是啊，這三道奏章大逆不道之至，其實就是造反的戰書。皇上，咱們這就發兵，把三個反賊都捉到京師裏來，滿門……哼，全家男的殺了，女的賞給功臣爲奴。」他本想說「滿門抄斬」，忽然想起阿珂和陳圓圓，於是中途改口。

康熙道：「咱們如先發兵，倒給天下百姓說我殺戮功臣，說甚麼鳥盡弓藏，兔死狗烹。不如先行撤藩，瞧瞧三人的動靜。倘若他們遵旨撤藩，恭順天命，那就罷了；否則的話，再發兵討伐，這就師出有名。」

韋小寶道：「皇上料事如神，奴才拜服之至。好比唱戲：皇上問道：『下面跪的是誰啊？』吳三桂道：『臣吳三桂見駕。』皇上喝道：『好大膽的吳三桂，你怎不抬起頭來？』吳三桂道：『臣有罪不敢抬頭。』皇上喝道：『你犯了何罪？』吳三桂道：『奴才不肯撤藩，想要造反。』皇上喝道：『呔，大膽的東西！韋小寶！』我就一個箭步，上前跪倒，應道：『小將在！』皇上叫道：『令箭在此！派你帶領十萬大兵，討伐反賊吳三桂去者！』奴才接過令箭，叫聲：『得令！』飛起一腿，往吳三桂屁股上踢去，登時將他踢得屁滾尿流，嗚呼哀哉！」

康熙哈哈大笑，問道：「你想帶兵去打吳三桂？」

韋小寶見他眼光中有嘲弄之色，知道小皇帝是跟自己開玩笑，說道：「奴才年紀這麼點兒，又沒甚麼本事，怎能統帶大軍？最好皇上親自做大元帥，我給你做先鋒官，逢山開路，遇水搭橋，浩浩蕩蕩，殺奔雲南去者。」

康熙給他說得心中躍躍欲動，覺得御駕親征吳三桂，這件事倒好玩得緊，說道：「待我仔細想想。」

次日清晨，康熙召集眾王公大臣，在太和殿上商議軍國大事。韋小寶雖連升了數級，但在朝廷中還是官小職微，本無資格上太和殿參與議政。康熙下了特旨，說他曾奉使雲南，知悉吳藩內情，欽命陪駕議政。小皇帝居中坐於龍椅，親王、郡王、貝子、大學士、尚書等大臣分班站立，韋小寶站在諸人之末。

康熙將尚可喜、吳三桂、耿精忠三道奏章，交給中和殿大學士兼禮部尚書巴泰，說道：「三藩上奏，懇求撤藩，該當如何，大家分別奏來。」

諸王公大臣傳閱奏章後，康親王傑書說道：「回皇上：依奴才愚見，三藩懇求撤藩，均非出於本心，似乎是在試探朝廷。」康熙道：「何以見得？你且說來。」傑書道：「三道奏章之中，都說當地軍務繁重，不敢擅離。既說軍務繁忙，卻又求撤藩，顯見是自相矛盾。」康熙點了點頭。

保和殿大學士衛周祚白髮白鬚，年紀甚老，說道：「以臣愚見，朝廷該當溫旨慰勉，說三藩功勳卓著，皇上甚爲倚重，須當用心辦事，爲王室屏藩。撤藩之事，應毋庸議。」康熙道：「照你看，三藩不撤的爲是？」衛周祚道：「聖上明鑒：老子言道：『佳兵不祥』，就算是好兵，也是不祥的。又有人考據，那『佳』字乃『惟』字之誤，『惟兵不祥』，那更加說得明白了。老子又有言道：『兵者不祥之器，非君子之器，不得已而用之。』」

韋小寶暗暗納罕：「這老傢伙好大的膽子，在皇上跟前，居然老子長、老子短的。皇上卻也不生氣。」他可不知這老子是古時的聖人李耳，卻不是市井之徒的自稱。

康熙點了點頭，說道：「兵凶戰危，古有明訓。一有征伐之事，不免生靈塗炭。你們說朕如下溫旨慰勉，不許撤藩，這事就可了結麼？」

文華殿大學士對喀納道：「皇上明鑒：吳三桂自鎮守雲南以來，地方安寧，蠻夷不擾，本朝南方迄無邊患，倘若將他遷往遼東，雲貴一帶或恐有他患。朝廷如不許撤藩，吳三桂感激圖報，耿尚二藩以及廣西孔軍，也必仰戴天恩，從此河清海晏，天下太平。」

康熙道：「你深恐撤藩之後，西南少了重鎮，說不定會有邊患？」對喀納道：「是。吳三桂兵甲精良，素具威望，蠻夷懾服。一加調動，是福是禍，難以逆料。以臣愚見，多一事不如少一事。」

戶部尚書米思翰道：「自古聖王治國，推重黃老之術。西漢天下大治，便因蕭規曹隨，爲政在求清淨無爲。皇上聖明，德邁三皇，漢唐盛世也少有其比。皇上沖年接位，秉政以來，與民休息，協和四夷，天下俱感恩德。以臣淺見，三藩的事，只是依老規矩辦理，不必另有更張，自必風調雨順，國泰民安。聖天子垂拱而治，也不必多操甚麼心。」

康熙問大學士杜立德：「你以爲如何？」

杜立德道：「三藩之設，本爲酬功。今三藩並無大過，倘若驟然撤去，恐有無知之徒，議論朝廷未能優容先朝功臣，或有礙聖朝政聲。」

衆王公大臣說來說去，都是主張不可撤藩。

韋小寶聽了衆人的言語，話中大掉書袋，雖然不大懂，也知均是主張不撤藩，心中焦急起來，忙向索額圖使個眼色，微微搖頭，要他出言反對衆人的主張。

索額圖見他搖頭，誤會其意，以爲是叫自己也反對撤藩，心想他明白皇上眞正心意，又見康熙對衆人的議論不置可否，料想小皇帝必定不敢跟吳三桂打仗，說道：「吳、尙、耿三人都善於用兵，倘若朝廷撤藩，三藩竟然抗命，雲南、貴州、廣東、福建、廣西五省同時發兵，說不定還有其他反叛出兵響應，倒也不易應付。照奴才看來，吳三桂和尙可喜年紀都老得很了，已不久人世，不妨等上幾年，讓二人壽終正寢。三藩身經百戰的老兵宿將也死上一大批，到那時候再來撤藩，就有把握得多了。」

康熙微微一笑，說道：「你這是老成持重的打算。」索額圖還道是皇上誇獎，忙磕頭謝恩，道：「奴才爲國家計議大事，不敢不盡忠竭慮，以策萬全。」

康熙問大學士圖海道：「你文武全才，深通三韜六略，善於用兵，以爲此事如何。」圖海道：「奴才才智平庸，全蒙皇上加恩提拔。皇上明見萬里，朝廷兵馬精良，三藩若有不軌之心，諒來也不成大事。只是若將三藩所部數十萬人一齊開赴遼東，卻也頗有可慮之處。」康熙問道：「甚麼事可慮？」圖海道：「遼東是我大清根本之地，列祖列宗的陵寢所在，三藩倘若眞有不臣之意，數十萬人在遼東作起亂來，倒也不易處置。」

康熙點了點頭。圖海又道：「三藩的軍隊撤離原地，朝廷須另調兵馬，前赴雲南、廣東、福建駐防。數十萬大軍北上，又有數十萬大軍南下，一來一往，耗費不小，也勢必滋擾地方。三藩駐軍和當地百姓相處頗爲融洽，不聞有何衝突。廣東和福建的言語十分古怪奇特，調了新軍過去，大家言語不通，習俗不同，倉卒之間，說不定會激起民變，有傷皇上愛民如子的聖意。」

韋小寶越聽越急，他知小皇帝決意撤藩，王公大臣卻個個膽小怕事，自己官小職卑，年紀又小，在朝廷之上又不能胡說八道，這可爲難得緊了。

康熙問兵部尙書明珠：「明珠，此事是兵部該管，你以爲如何？」

明珠道：「聖上天縱聰明，高瞻遠矚，見事比臣子們高上百倍。奴才想來想去，撤藩有撤的好處，不撤也有不撤的好處，心中好生委決不下，接連幾天睡不著覺。後來忽然想到一件事，登時放心，昨晚就睡得著了。原來奴才心想，皇上思慮周詳，算無遺策，滿朝奴才們所想到的事情，早已一一都在皇上的料中。奴才們想到的計策，再高也高不過皇上的指點。奴才只須聽皇上的吩咐辦事，皇上怎麼說，奴才們就死心塌地、勇往直前的去辦，最後定然大吉大利，萬事如意。」

韋小寶一聽，佩服之極，暗想：「滿朝文武，做官的本事誰也及不上這傢伙。此人馬屁功夫十分到家，老子得拜他為師才是。這傢伙日後飛黃騰達，功名富貴不可限量。」

康熙微微一笑，說道：「我是叫你想主意，可不是來聽你說歌功頌德的言語。」

明珠磕頭道：「聖上明鑒：奴才這不是歌功頌德，的的確確是實情。自從兵部得知三藩有不穩的訊息，奴才日夜躭心，思索如何應付，萬一要用兵，又如何調兵遣將，方有必勝之道，總是要讓主子不操半點心才是。可是想來想去，實在主子太聖明，而奴才們太膿包，我們苦思焦慮而得的方策，萬不及皇上隨隨便便的出個主意。聖天子是天上紫微星下凡，自不是奴才這種凡夫俗子能及得上。因此奴才心想，只要皇上吩咐下來，就必定是好的。就算奴才們一時不明白，只要用心幹去，到後來終於會恍然大悟的。」

眾大臣聽了，心中都暗暗罵他無恥，當衆諂諛，無所不用其極，但也只得隨聲附和。

康熙道：「韋小寶，你到過雲南，你倒說說看，這件事該當如何？」

韋小寶道：「皇上明鑒：奴才對國家大事是不懂的，只不過吳三桂對奴才說過一句話，他說：『韋都統，以後有甚麼變故，你不用發愁，你的都統職位，只有上升，不會下降。』奴才就不懂了，問他：『以後有甚麼變故啊？』吳三桂笑道：『時候到了，你自然知道。』皇上，吳三桂是想造反。這件事千眞萬確，這會兒只怕龍袍也已做好了。他把自己比作是猛虎，卻把皇上比作是黃鶯。」

康熙眉頭微蹙，問道：「甚麼猛虎、黃鶯的？」韋小寶磕了幾個頭，說道：「吳三桂這廝說了好些大逆不道的言語，奴才說甚麼也不敢轉述。」康熙道：「你說好了，又不是你自己說的。」韋小寶道：「是。吳三桂有三件寶貝，他說這三件寶貝雖好，可惜有點兒美中不足。第一件寶貝，是一塊鴿蛋那麼大的紅寶石，當眞雞血一般紅，他鑲在帽上，說道：『寶石很大，可惜帽子太小。』」康熙哼了一聲。

衆大臣你瞧瞧我，我瞧瞧你，均想：「寶石很大，可惜帽子太小。」這句話言下之意，顯是頭上想戴頂皇冠了。

韋小寶道：「他第二件寶貝，是一張白底黑紋的白老虎皮。奴才曾在宮裏服侍皇上，可也從來沒見過這樣的白老虎皮。吳三桂說，這種白老虎幾百年難得見一次，當年宋太祖趙匡胤打到過，朱元璋打到過，曹操和劉備也都打到過的。他把白老虎皮墊在椅上，說道：『白老虎皮難得，可惜椅子太也尋常。』」康熙又點點頭，心中暗暗好笑，知道韋小寶信口開河誣陷吳三桂；又知他毫無學問，以爲曹操也做過皇帝。

韋小寶道：「這第三件寶貝，是一塊大理石屛風，天然生成的風景，圖畫中有隻小黃鶯兒站在樹上，樹底下有一頭大老虎。吳三桂言道：『屛風倒也珍貴，就可惜猛虎是在樹下，小黃鶯兒卻站在高枝之上。』」

康熙道：「他這三句話都不過是比喻，未必是有心造反。」韋小寶道：「皇上寬宏大量，愛惜奴才。吳三桂倘若有三分良心，知道感恩圖報，那就好了。只可惜他就會向朝中的王公大臣送禮，這位黃金一千兩，那位白銀兩萬兩，出手闊綽得不得了。那三件寶貝，卻又不向皇上進貢。」康熙笑道：「我可不貪圖他甚麼東西。」

韋小寶道：「是啊，吳三桂老是向朝廷要餉銀，請犒賞，銀子拿到手，倒有一大半留在北京，送給了文武百官。奴才對他說：『王爺，你送金子銀子給當朝那些大官，出手實在太闊氣了，我都代你肉痛。』吳三桂笑道：『小兄弟，這些金子銀子，也不過暫且寄在他們家裏，讓他們個個幫我說好話，過得幾年，他們會乖乖的加上利錢，連本帶利的還我。』奴才這可不明白了，問道：『王爺，財物到了人家手裏，怎樣還會還你？這是你心甘情願送給他們的，又不是人家向你借的，怎麼還會有利錢？』吳三桂哈哈大笑，拍拍我肩膀，拿了一隻錦緞袋子給我，說著：『小兄弟，這是小王送給你的一點小意思，盼你在皇上跟前，多給我說幾句好話。皇上若要撤藩，你務必要說，這藩是千萬撤不得的。哈哈，你放心好了，這些東西，我將來不會向你討還。』」

韋小寶一面說，一面從懷裏摸出一隻錦緞袋子，提在手中，高高舉起，人人見到袋上繡著「平西王府」四個紅字。他俯下身來，打開袋口，倒了轉來，只聽得叮叮噹噹一陣響，珍珠、寶石、翡翠、美玉，數十件珍寶散在殿上，珠光寶氣，耀眼生花。這些珠寶有些固是吳三桂所贈，有些卻是韋小寶從別處納來的賄賂，一時之間，旁人又怎能分辨？

康熙微笑道：「你到雲南走這一遭，倒是大有所獲。」韋小寶道：「這些珍珠寶貝，奴才是不敢要的，請皇上賞了別人罷。」康熙笑嘻嘻的道：「是吳三桂送你的，我怎能拿來賞給別人？」韋小寶道：「吳三桂送給奴才，要我在皇上面前撒謊，幫他說好話，說萬萬不能撤藩。奴才對皇上忠心耿耿，不能貪圖一些金銀財寶，把反賊說成是忠臣。但這麼一來，收了吳三桂的東西，有點兒對他不起。反正普天下的金銀財寶，都是皇上的物事。皇上賞給誰，是皇上的恩德，用不著吳三桂拿來做好人，收買人心。」

康熙哈哈一笑，說道：「你倒對朕挺忠心，那麼這些珍珠寶貝，算是我重行賞給你的好了。」又從衣袋裏摸出一隻西洋彈簧金錶來，說道：「另外賞你一件西洋寶貝。」

韋小寶忙跪下磕頭，走上幾步，雙手將金錶接過。

他君臣二人這麼一番做作，衆大臣均是善觀氣色之人，那裏還不明白康熙的心意？衆大臣都收受過吳三桂的賄賂，最近這一批還是韋小寶轉交的，心想自己倘若再不識相，韋小寶把「滇敬」多少當朝抖了出來，皇上一震怒，以「交通外藩，圖謀不軌」的罪名論處，不殺頭也得充軍。韋小寶誣陷吳三桂的言語，甚是幼稚可笑，吳三桂就算眞有造反之心，也決不會在皇上派去的欽差面前透露；又說甚麼送了朝中大臣的金銀，將來要連本帶利收回，暗示日後造反成功，做了皇帝，要向各大臣討還金銀。這明明是沒見過世面的小孩子想法，吳三桂這等老謀深算之人，豈會斤斤計較於送了多少金銀？但明知韋小寶的言語不堪一駁，他有皇上撐腰，又有誰敢自討苦吃，出口辯駁？

明珠腦筋最快，立即說道：「韋都統少年英才，見事明白，對皇上赤膽忠心，深入吳三桂的虎穴，探到了事實眞相，當眞令人好生佩服。若不是皇上洞燭機先，派遣韋都統親去探察，我們在京裏辦事的，又怎知道吳三桂這老傢伙深蒙國恩，竟會心存反側？」他這幾句話既捧了康熙和韋小寶，又為自己和滿朝同僚輕輕開脫，跟著再坐實了吳三桂的罪名。太和殿上，人人均覺這幾句話甚為中聽，諸大臣本來惴惴不安，這時不由得都鬆了一口氣。

康親王和索額圖原跟韋小寶交好，這時自然會意，當即落井下石，大說吳三桂的不是。眾大臣你一句、我一句，都說該當撤藩，有的還痛責自己胡塗，幸蒙皇上開導指點，這才如撥雲霧而見青天。有的更貢獻方略，說道如何撤藩，如何將吳三桂鎖拿來京，如何去抄他的家。吳三桂富可敵國，一說到抄他家，人人均覺是個大大的優差，但轉念一想，又覺這件事可不好辦，吳三桂一翻臉，你還沒抄到他家，他先砍了你腦袋。

康熙待眾人都說過了，說道：「吳三桂雖有不軌之心，但反狀未露，今日此間的說話，誰也不許漏了一句出去。須得給他一個改過自新的機會。」眾大臣齊頌揚皇恩浩蕩，寬仁慈厚。康熙從懷中取出一張黃紙，說道：「這一道上諭，你們瞧瞧有甚麼不妥的。」

巴泰躬身接過，雙手捧定，大聲唸了起來：

「奉天承運皇帝詔曰：自古帝王平定天下，式賴師武臣力；及海宇寧謐，振旅班師，休息士卒，俾封疆重臣，優遊頤養，賞延奕世，寵固河山，甚盛典也！」

他唸到這裏，頓了一頓。眾大臣一齊發出嗡嗡、嘖嘖之聲，讚揚皇上的御製宏文。巴泰輕輕咳嗽一聲，把腦袋轉了兩個圈子，便如是欣賞韓柳歐蘇的絕妙文章一般，然後拉長調子，又唸了起來：

「王夙篤忠貞，克攄猷略，宣勞戮力，鎮守巖疆，釋朕南顧之憂，厥功懋焉！」

他唸到這裏，頓了一頓，輕輕嘆道：「眞是好文章！」索額圖道：「皇上天恩，吳三桂只要稍有人性，拜讀了這道上諭，只怕登時就慚愧死了。」巴泰又唸道：

「但念王年齒已高，師徒暴露，久駐遐荒，眷懷良切。近以地方底定，故允王所請，搬移安插。茲特遣某某、某某，前往宣諭朕意。王其率所屬官兵，趣裝北來，慰朕眷注；庶幾旦夕覯止，君臣偕樂，永保無疆之休。至一應安插事宜，已飭所司飭庀周詳。王到日，即有寧宇，無以爲念。欽此。」

巴泰音調鏗鏘，將這道上諭唸得抑揚頓挫。唸畢，衆臣無不大讚。明珠道：「『旦夕覯止，君臣偕樂』這八個字，眞叫人感激不能自勝。奴才們聽了，心窩兒裏也是一陣子暖烘烘的。」圖海道：「皇上思慮周到，預先跟他說，一到北京，就有地方住，免得他推三阻四，說要派人來京起樓建屋，推搪躭擱，又拖他三年五年。」

康熙道：「最好吳三桂能奉命歸朝，百姓免了一場刀兵之災，須得派兩個能說會道之人去雲南宣諭朕意。」

衆大臣聽皇帝這麼說，眼光都向韋小寶瞧去。韋小寶給衆人瞧得心慌，心想：「乖乖弄的東，這件事可不是玩的。上次送新媳婦去，還險些送了性命，這次去撤藩，吳三桂豈有不殺欽差大臣之理？」念及到了雲南可以見到阿珂，心頭不禁一熱，但終究還是性命要緊。

明珠見韋小寶面如土色，知他不敢去，便道：「皇上明鑒：以能說會道而言，本來都統韋小寶極是能幹。不過韋都統爲人嫉惡如仇，得知吳三桂對皇上不敬，恨他入骨，多半一見面就要申斥，只怕要壞事。奴才愚見，不如派禮部侍郎折爾肯、翰林院學士達爾禮二人前去雲南，宣示上諭。這兩人文質彬彬，頗具雅望，或能感化頑惡，亦未可知。」

康熙聽了，甚合心意，當即口諭折爾肯、達爾禮二人前往宣旨。

衆大臣見皇帝撤藩之意早決，連上諭也都寫定了帶在身邊，都深悔先前給吳三桂說了好話。這時人人口風大改，說了許多吳三桂無中生有的罪狀，當眞是大奸大惡，罪不可赦。

康熙點點頭，說道：「吳三桂雖壞，也不至於如此。大家實事求是，小心辦事罷。」站起身來，向韋小寶招招手，帶著他走到後殿。

韋小寶跟在皇帝身後，來到御花園中。康熙笑道：「小桂子，眞有你的。若不是你拿了那袋珍珠寶貝出來，抖在地下，他媽的那些老傢伙，還在給吳三桂說好話呢。」韋小寶道：「其實皇上只須說一聲『還是撤藩的好』，大家還不是個個都說『果然是撤藩的好』。只不過要他們自己說出口來，比較有趣些。」

康熙點點頭，說道：「老傢伙們做事力求穩當，所想的也不能說全都錯了。不過這樣一來，吳三桂想幾時動手，就幾時幹，全由他來拿主意，於咱們可大大不利。咱們先撤他的藩，就可打亂了他的腳步。」

韋小寶道：「是啊，好比賭牌九，那有老是讓吳三桂做莊之理？皇上也得擲幾把骰子啊。」康熙道：「這個比喻對了，不能老是讓他做莊。小桂子，咱們這把骰子是擲下去了，可是吳三桂這老傢伙當眞挺不好鬥呀。他部下的大將士卒，都是身經百戰的厲害腳色。他一起兵造反，倘若普天下漢人都響應他，那可糟了！」

韋小寶近年在各地行走，聽到漢人咒罵韃子的語言果是不少，漢人人數衆多，每有一百個漢人，未必就有一個滿洲人，倘若天下漢人都造起反來，滿洲人無論如何抵擋不住，然而咒罵韃子的人雖多，痛恨吳三桂的更多。他想到此節，說道：「皇上望安，普天下的漢人，沒一個喜歡吳三桂這傢伙。他要造反，除了自己的親信之外，不會有甚麼人捧他的場。」

康熙點點頭，道：「我也想到了此節。前明桂王逃到緬甸，是吳三桂去捉了來殺的。吳三桂要造反，只能說興漢反滿，卻不能說反清復明。」說到這裏，頓了一頓，問道：「前明崇禎皇帝，是那一天死的？」韋小寶搔了搔頭，囁嚅道：「這個……奴才那時候還沒出世，倒不……不大清楚。」康熙哈哈大笑，說道：「我這可問道於盲了。那時候我也沒出世。是了，到他忌辰那天，我派幾名親王貝勒，去崇禎陵上拜祭一番，好教天下百姓都感激我，心中痛恨吳三桂。」韋小寶道：「皇上神機妙算。但如崇禎皇帝的忌辰相隔時候還遠，吳三桂卻先造反起來呢？」

康熙踱了幾步，微笑道：「這些時候來你奉旨辦事，苦頭著實吃了不少。五台山、雲南、神龍島、遼東，最後連羅剎國也去了。我這次派你去個好地方調劑調劑。」

韋小寶道：「天下最好的地方，就是在皇上身邊。只要聽到皇上說一句話，見到皇上一眼，我就渾身有勁，心裏說不出的舒服。皇上，這話千眞萬確，可不是拍馬屁。」

康熙點頭道：「這是實情。我和你君臣投機，那也是緣份。我跟你是從小打架打出來的交情，與衆不同。我見到你，心裏也總很高興。小桂子，那些時候得不到你的消息，只道你在大海中淹死了，我一直好生後悔，不該派你去冒險，著實傷心難過。」

韋小寶心下激動，道：「但……但願我能一輩子服侍你。」說著語音已有些哽咽。

康熙道：「好啊，我做六十年皇帝，你就做六十年大官，咱君臣兩個有恩有義，有始有終。」皇帝對臣子說到這樣的話，那是難得之極了，一來康熙年少，說話爽直，二來他和韋小寶是總角之交，互相眞誠。

韋小寶道：「你做一百年皇帝，我就跟你當一百年差，做不做大官倒不在乎。」

康熙笑道：「做六十年皇帝還不夠麼？一個人也不可太不知足了。」頓了一頓，說道：「小桂子，這次我派你去揚州，讓你衣錦還鄉。」

韋小寶聽得「去揚州」三字，心中突的一跳，問道：「甚麼叫衣錦還鄉哪？」康熙道：「你在京裏做了大官，回到故鄉去見見親戚朋友，出出風頭，讓大家羡慕你，那不挺美嗎？你叫手下人幫你寫一道奏章，你的父親、母親，朝廷都可給他們誥命，風光風光。」韋小寶道：「是，是，多謝皇上恩典。」康熙見他神色有些尷尬，問道：「咦，你不喜歡？」韋小寶搖頭道：「我喜歡得緊，只不過……只不過我不知自己親生的爹爹是誰。」

康熙一怔，想到自己父親在五台山出家，跟他倒有些同病相憐，拍拍他肩膀，溫言道：「你到了揚州，不妨慢慢尋訪，上天或許垂憐，能讓你父子團圓。小桂子，你去揚州，這趟差使可易辦得緊了。我派你去造一座忠烈祠。」

韋小寶搔了搔頭，說道：「種栗子？皇上，你要吃栗子，我這就給你到街上去買，糖炒良鄉桂花栗子，又香又糯，不用到揚州去種。」康熙哈哈大笑，道：「他媽的，小桂子就是沒學問。我是說忠烈祠，你卻纏夾不清，搞成了種栗子。忠烈祠是一座祠堂，供奉忠臣烈士的。」韋小寶笑道：「奴才這可笨得緊了，原來是去起一座關帝廟甚麼的。」康熙道：「這就對了。清兵進關之後，在揚州、嘉定殺戮很慘，想到這些事，我心中總是不安。」

韋小寶道：「當時的確殺得很慘啊。揚州城裏到處都是死屍，隔了十多年，井裏河裏還常見到死人骷髏頭。不過那時候我還沒出世，您也沒出世，可怪不到咱們頭上。」康熙道：「話是這麼說，不過是我祖宗的事，也就是我的事。當時有個史可法，你聽說過嗎？」韋小寶道：「史閣部史大人死守揚州，那是一位大大的忠臣。我們揚州的老人家說起他來，都是要流眼淚的。我們院子裏供了一個牌位，寫的是『九紋龍史進之靈位』，初一月半，大夥兒都要向這牌位磕頭。我聽人說，其實就是史閣部，不過瞞著官府就是了。」

康熙點了點頭，道：「忠臣烈士，遺愛自在人心。原來百姓供奉了九紋龍史進的靈位，焚香跪拜，其實是紀念史可法。小桂子，你家那個是甚麼院子啊？」韋小寶臉上一紅，道：「皇上，這件事說起來又不大好聽了。我們家裏開了一家堂子，叫作麗春院，在揚州算是數一數二的大妓院。」康熙微微一笑，心道：「你滿口市井胡言，早知你決非出身於書香世家。你這小子對我倒很忠心，連這等醜事也不瞞我。」其實開妓院甚麼，韋小寶已是在大吹牛皮了，他母親只不過是個妓女而已，那裏是甚麼妓院老闆了。

康熙道：「你奉了我的上諭，到揚州去宣讀。我褒揚史可法盡忠報國，忠君愛民，是個大大的忠臣、大大的好漢。我們大清敬重忠臣義士，瞧不起反叛逆賊。我給史可法好好的起一座祠堂，把揚州當時守城殉難的忠臣勇將，都在祠堂裏供奉。再拿三十萬兩銀子去，撫卹救濟揚州、嘉定兩城的百姓。我再下旨，免這兩個地方三年錢糧。」

韋小寶長長吁了口氣，說道：「皇上，你這番恩典可眞太大了。我得向你眞心誠意的磕幾個頭才行。」說著爬下地來，鼕鼕鼕的磕了三個響頭。

康熙笑問：「你以前向我磕頭，不是眞心誠意的麼？」韋小寶微笑道：「有時是眞心誠意，有時不過敷衍了事。」康熙哈哈一笑，也不以爲忤，心想：「向我磕頭的那些人，一百個中，倒有九十九個是敷衍了事的，也只有小桂子才說出口來。」

韋小寶道：「皇上，你這個計策，當眞是一枝箭射下兩隻鳥兒。」康熙笑道：「甚麼一枝箭射下兩隻鳥兒？這叫做一箭雙鵰。你倒說說看，是兩隻甚麼鳥兒？」

韋小寶道：「這座忠烈祠一起，天下漢人都知道皇上待百姓很好。以前韃……以前清兵在揚州、嘉定亂殺漢人，皇上心中過意不去，想法子補報。如果吳三桂造反，又或是尙可喜、耿精忠造反，要恢復明朝甚麼的，老百姓就會說，滿清有甚麼不好？皇帝好得很哪。」

康熙點點頭，說道：「你這話是不錯，不過稍微有一點以小人之心，度君子之腹。我想到昔年揚州十日、嘉定三屠，確是心中惻然，發銀撫卹，減免錢糧，也不是全然爲了收買人心。那第二隻鳥兒又是甚麼？」韋小寶道：「皇上起這祠堂，大家知道做忠臣義士是好的，做反叛賊子是不好的。吳三桂要造反，那是反賊，老百姓就瞧他不起了。」

康熙伸手在他肩頭重重一拍，笑道：「對！咱們須得大肆宣揚，忠心報主才是好人。天下百姓那一個肯做壞人？吳三桂不起兵便罷，若是起兵，也沒人跟從他。」

韋小寶道：「我聽說書先生說故事，自來最了不起的忠臣義士，一位是岳飛岳爺爺，一位是關帝關王爺。皇上，咱們這次去揚州修忠烈祠，不如把岳爺爺、關王爺的廟也都修上一修。」康熙笑道：「你心眼兒挺靈，就可惜不讀書，沒學問。修關帝廟，那是很好，關羽忠心報主，大有義氣，我再來賜他一個封號。那岳飛打的是金兵。咱們大清，本來叫做後金，金就是清，金兵就是清兵。這岳王廟，就不用理會了。」韋小寶道：「是，是，原來如此。」心想：「原來你們韃子是金兀朮、哈迷蚩的後代。你們祖宗可差勁得很。」

康熙道：「河南省王屋山，好像有吳三桂伏下的一枝兵馬，是不是？」韋小寶一怔，應道：「是啊。」心想：「這件事你若不提，我倒忘了。」康熙道：「當時你查到吳三桂的逆謀，派人前來奏報，我反將你申斥一頓，你可知是甚麼原因？」韋小寶道：「想來咱們對付吳三桂的兵馬還沒調派好，因此皇上假裝不信，免得打草驚蛇。」

康熙笑道：「對了！打草驚蛇，這成語用得對了。朝廷之中，吳三桂一定伏有不少心腹，我們一舉一動，這老賊無不知道得清清楚楚。王屋山司徒伯雷的事，當時我如稍加查究，吳三桂立刻便知道了。他心裏一驚，說不定馬上就起兵造反。那時朝廷的虛實他甚麼都知道，他的兵力部署甚麼的，我可一點兒也不知，打起仗來，我們非輸不可。一定要知己知彼，才可百戰百勝。」

韋小寶道：「皇上當時派人來大罵我一頓，滿營軍官都知道了。吳三桂若有奸細在我營裏，必定去報告給老傢伙知道。老傢伙心裏，說不定還在暗笑皇上胡塗呢。」

康熙道：「你這次去揚州，隨帶五千兵馬，去到河南濟源，突然出其不意，便將王屋山上的匪窟給剿了。吳三桂這一枝伏兵離京師太近，是個心腹之患。」

韋小寶喜道：「那妙得緊。皇上，不如你御駕親征，殺吳三桂一個下馬威。」

康熙微笑道：「王屋山上只一二千土匪，其中一大半倒是老弱婦孺，那個姓元的張大其辭，說甚麼有三萬多人，全是假的。我早已派人上山去查得清清楚楚。一千多名土匪，要我御駕親征，未免叫人笑話罷。哈哈，哈哈！」韋小寶跟著乾笑幾聲，心想小皇帝精明之極，虛報大數可不成。康熙道：「怎麼剿滅王屋山土匪，你下去想想，過一兩天來回奏。」

韋小寶答應了退下，尋思：「這行軍打仗，老子可不大在行。當日水戰靠施琅，陸戰靠誰才是？有了，我去調廣東提督吳六奇來做副手，一切全聽他的。這人打仗是把好手。」轉念又想：「皇上叫我想好方略，一兩天回奏，到廣東去請吳六奇，來回最快也得一個月，那可來不及。北京城裏，可有甚麼打仗的好手？」

盤算半晌，北京城裏出名的武將倒不少，但大都是滿洲大官，不是已經封公封侯，就是將軍提督，自己小小一個都統，指揮他們不動。他爵位已封到伯爵，在滿清職官制度，子爵已是一品，伯爵以上，列入超品，比之大學士、尙書的品秩還高。但那是虛銜，雖然尊貴，卻無實權。他小小年紀，想要名臣勇將聽命於己，可就不易了。

他在房中踱來踱去尋思，瞧著案上施琅所贈的那隻玉碗，心想：「施琅在北京城裏不得意，這才來求我。北京城裏，不得意的武官該當還有不少哪。但又要不得意，又要有本事，一時之間，未必湊得齊在一起。沒本事而飛黃騰達之人，北京城裏倒也不少，像我韋小寶，就是一位了，哈哈！」

走過去將玉碗捧在手裏，心想：「『加官晉爵』，這四字的口采倒靈，他送我這隻玉碗時，我是子爵，現下可升到伯爵啦。我憑了甚麼本事加官進爵？最大的本事便是拍馬屁，拍得小皇帝舒舒服服，除此之外，老子的本事實在他媽的平常得緊。看來凡是有本事之人，不肯拍馬屁，喜歡拍馬屁的，便是跟老子差不多。」

仰起了頭思索，相識的武官之中，有那個是不肯拍馬屁的？天地會的英雄豪傑當然不會隨便拍人馬屁，只是除了師父陳近南和吳六奇之外，大家只會內功外功，不會帶兵打仗。師父的部將林興珠是會打仗的，可惜回去了臺灣。

突然之間，想起了一件事：那日他帶同施琅等人前赴天津，轉去塘沽出海，水師總兵黃甫對自己奉承周到，天津衛有一個大鬍子武官，卻對自己皺眉扁嘴，一副瞧不起的模樣，一句馬屁也不肯拍。這傢伙是誰哪？他當時沒記住這軍官的名字，這時候自然更加想不起來，心中只想：「拍馬屁的，就沒本事。這大鬍子不肯拍馬屁，定有本事。」

當下有了主意，即到兵部尚書衙門去找尚書明珠，請他儘快將天津衛的一名大鬍子軍官調來北京，這大鬍子的軍階不高也不低，不是副將，就是參將。

明珠覺得這件事有些奇怪，這大鬍子無名無姓，如何調法？但韋小寶眼前是皇帝最得寵之人，莫說只不過去天津調一名武官，就是再難十倍的題目出下來，也得想法子交差，當即含笑答應，親筆寫了一道六百里加急文書給天津衛總兵，命他將麾下所有的大鬍子軍官一齊調來北京，赴部進見。

次日中午時分，韋小寶剛吃完中飯，親兵來報，兵部尚書大人求見。

韋小寶迎出大門，只見明珠身後跟著二十來個大鬍子軍官，有的黑鬍子，有的白鬍子，有的花白鬍子，個個塵沙披面，大汗淋漓。明珠笑道：「韋爵爺，你要的人，兄弟給你找來了一批，請你挑選，不知那一個合式。」

韋小寶忽然見到這麼一大羣大鬍子軍官，一怔之下，不由得哈哈大笑，說道：「尚書大人，我只請你找一個大鬍子，你辦事可眞周到，一找就找了二十來個，哈哈，哈哈。」

明珠笑道：「就怕傳錯了人，不中韋爵爺的意啊。」

韋小寶又哈哈大笑，說道：「天津衛總兵麾下，原來有這麼許多個大鬍子……」話未說完，人叢中突然有人暴雷也似的喝道：「大鬍子便怎樣？你沒的拿人來開玩笑！」

韋小寶和明珠都吃了一驚，齊向那人瞧去，只見他身材魁梧，站在衆軍官之中，比旁人都高了半個頭，滿臉怒色，一叢大鬍子似乎一根根都翹了起來。

韋小寶一怔，隨即喜道：「對了，對了，正是老兄，我便是要找你。」

那大鬍子怒道：「上次你來到天津，我衝撞了你，早知你定要報復出氣。哼，我沒犯罪，要硬加我甚麼罪名，只怕也不容易。」

明珠斥道：「你叫甚麼名字？怎地在上官面前如此無禮？」那大鬍子適才到兵部衙門，已參見過明珠，他是該管的大上司，可也不敢胡亂頂撞，便躬身道：「回大人：卑職天津副將趙良棟。」明珠道：「這位韋都統官高爵尊，爲人寬仁，是本部的好朋友，你怎地得罪他了？快上前賠罪。」

趙良棟心頭一口氣難下，悻悻然斜睨韋小寶，心想：「你這乳臭未乾的黃口小子，我爲甚麼向你賠罪？」

韋小寶笑道：「趙大哥莫怪，是兄弟得罪了你，該當兄弟向你賠罪。」轉過頭來，向著衆軍官道：「兄弟有一件要事，要跟趙副將商議，一時記不起他尊姓大名，以致兵部大人邀了各位齊上北京來，累得各位連夜趕路，實在對不起得很。」說著連連拱手。

衆軍官忙即還禮。趙良棟見他言語謙和，倒是大出意料之外，心頭火氣也登時消了，便即向韋小寶說道：「小將得罪。」躬身行禮。

韋小寶拱拱手，笑道：「不用客氣。」轉身向明珠道：「大人光臨，請到裏面坐，兄弟敬酒道謝。天津衛的朋友們，也都請進去。」明珠有心要和他結納，欣然入內。

韋小寶大張筵席，請明珠坐了首席，請趙良棟坐次席，自己在主位相陪，其餘的天津武將另行坐了三桌。伯爵府的酒席自是十分豐盛，酒過三巡，做戲的在筵前演唱起來。這次進京的天津衆武將，有的只不過是個小小把總，只因天生了一把大鬍子，居然在伯爵府中與兵部尙書、伯爵大人一起喝酒聽戲，當眞是做夢也想不到的意外奇逢。

趙良棟脾氣雖然倔強，爲人卻也精細，見韋小寶在席上不提商議何事，也不出言相詢，只是聽著韋小寶說些羅剎國的奇風異俗，心想：「小孩子胡說八道，那有男人女人在大庭廣衆之間摟抱了跳啊跳的，天下怎會有如此不識羞恥之事？」

明珠喝了幾杯酒，聽了一齣戲，便起身告辭。韋小寶送出大門，回進大廳，陪著衆軍官看完了戲，吃飽了酒飯，這才請趙良棟到內書房詳談。

趙良棟見書架上擺滿了一套套書籍，不禁肅然起敬：「這小孩兒年紀雖小，學問倒是好的，可比我們粗胚高明了。」

韋小寶見他眼望書籍，笑道：「趙大哥，不瞞你說，這些書本子都是拿來擺樣子的。兄弟識得的字，加起來湊不滿十個。我自己的名字『韋小寶』三字，連在一起總算識得，分了開來，就靠不大住。除此之外，就只好對書本子他媽的乾瞪眼了。」

趙良棟哈哈大笑，心頭又是一鬆，覺得這小都統性子倒很直爽，不搭架子，說道：「韋大人，卑職先前言語冒犯，你別見怪。」韋小寶笑道：「見甚麼怪啊？你我不妨兄弟相稱，你年紀大，我叫你趙大哥，你就叫我韋兄弟。」趙良棟忙站起身來請安，說道：「都統大人可別說這等話，那太也折殺小人了。」

韋小寶笑道：「請坐，請坐。我不過運氣好，碰巧做了幾件讓皇上稱心滿意的事，你還道我眞有甚麼狗屁本事麼？我做這個官，實在慚愧得緊，那及得上趙大哥一刀一槍，功勞苦勞，全是憑眞本事幹起來的。」

趙良棟聽得心頭大悅，說道：「韋大人，我是粗人，你有甚麼事，儘管吩咐下來，只要小將做得到的，一定拚命給你去幹。就算當眞做不到，我也給你拚命去幹。」

韋小寶大喜，說道：「我也沒甚麼事，只是上次在天津衛見到趙大哥，見你相貌堂堂，一表人才，我是欽差大臣，人人都來拍我馬屁，偏生趙大哥就不賣帳。」趙良棟神色有些尷尬，說道：「小將是粗魯武人，不善奉承上司，倒不是有意對欽差大臣無禮。」韋小寶道：「我沒見怪，否則的話，也不會找你來了。我心中有個道理，凡是沒本事的，只好靠拍馬屁去升官發財；不肯拍馬屁的，定是有本事之人。」

趙良棟喜道：「韋大人這幾句話說得眞爽快極了。小將本事是沒有，可是聽到人家吹牛拍馬，心中就有氣。得罪了上司，跟同僚吵架，升不了官，都是爲了這個牛脾氣。」

韋小寶道：「你不肯拍馬屁，定是有本事的。」

趙良棟裂開了大嘴，不知說甚麼話才好，眞覺「生我者父母，知我者韋大人」也。

韋小寶吩咐在書房中開了酒席，兩人對酌閒談。趙良棟說起自己身世，是陝西省人氏，行伍出身，打仗時勇往直前，積功而升到副將，韋小寶聽他說善於打仗，心頭甚喜，暗想：「我果然沒看錯了人。」當下問起帶兵進攻一座山頭的法子。

趙良棟不讀兵書，但久經戰陣，經歷極富，聽韋小寶問起，只道是考較自己本事。

當下滔滔不絕的說了起來；說得興起，將書架上的四書五經一部部搬將下來，布成山峯、山谷、河流、道路之形，打仗時何處埋伏、何處佯攻、何處攔截、何處衝擊，一一細加解釋。他說的是雙方兵力相等的戰法。

韋小寶問道：「如敵人只一千人，咱們卻有五千兵馬，須得怎麼進攻，便可必勝？」趙良棟道：「打仗必勝，那是沒有的。不過我們兵力多了敵人幾倍，如由小將來帶，倘若再打輸了，那還算是人麼？總要將敵人盡數生擒活捉，一個也不漏網才好。」

韋小寶命家丁去取了幾千文銅錢來，當作兵馬。趙良棟便布起陣來。

韋小寶將他的話記在心中，當晚留他在府中歇宿。次日去見康熙，依樣葫蘆，便在上書房中布起陣來。韋小寶不敢胡亂搬動皇帝的書籍，大致粗具規模，也就是了。

康熙沉思半晌，問道：「這法子是誰教你的？」韋小寶也不隱瞞，將趙良棟之事說了。康熙聽說明珠連夜召了二十幾名大鬍子軍官，從天津趕來，供他挑選，不由得哈哈大笑，問道：「你又怎知趙良棟有本事？」

韋小寶可不敢說由於這大鬍子不拍馬屁，自己是馬屁大王，這秘訣決不能讓皇帝知道，便道：「上次皇上派奴才去天津，我見這大鬍子帶的兵操得好，心想總有一日要對吳三桂用兵，這大鬍子倒是個人才。」

康熙點頭道：「你念念不忘對付吳三桂，那好得很。朝裏那些老頭子啊，哼，念念不忘就是怎樣討好吳三桂，向他索取賄賂。那趙良棟現今是副將，是不是？你回頭答允他，一力保薦他升官，我特旨升他為總兵，讓他承你的情，以後盡心幫你辦事。」

韋小寶喜道：「皇上體貼臣下，當眞無微不至。」

他回到伯爵府，跟趙良棟說了。過得數日，兵部果然發下憑狀，升趙良棟為總兵，聽由都統韋小寶調遣。趙良棟自是感激不盡，心想跟著這位少年上司，不用拍馬屁而升官甚快，實是人生一大樂事。

這些日子中，朝中大臣惶惶不安，等待三藩的訊息，是奉旨撤藩，還是起兵造反。

這日韋小寶正和趙良棟在府中談論，有人求見，卻是額駙吳應熊請去府中小酌。那請客的親隨說道：「額駙很久沒見韋大人，很是牽掛，務請韋大人賞光。額駙說，謝媒酒還沒請您老人家喝過呢。」

韋小寶心想：「這駙馬爺有名無實，謝甚麼媒？不過說到這個『謝』字，你們姓吳的總不能請我喝一杯酒就此了事，不妨過去瞧瞧，順手發財，有何不可。」當下帶了趙良棟和驍騎營親兵，來到額駙府中。

吳應熊與建寧公主成婚後，在北京已有賜第，與先前暫居時的局面又自不同，吳應熊帶著幾名軍官，出大門迎接，說道：「韋大人，咱們是自己兄弟，今日大家敘敘，也沒外客。剛從雲南來了幾位朋友，正好請他們陪趙總兵喝酒。」

幾名軍官通名引見，一個留著長鬚、形貌威重的是雲南提督張勇；另外兩個都是副將，神情悍勇的名叫王進寶，溫和恭敬的名叫孫思克。

韋小寶拉著王進寶的手，說道：「王大哥，你是寶，我也是寶，不過你是大寶，我是小寶。咱哥兒倆『寶一對』，有殺沒賠。」雲南三將都哈哈大笑，見韋小寶性子隨和，均感欣喜。韋小寶對張勇道：「張大哥，上次兄弟到雲南，怎麼沒見到你們三位？」張勇道：「那時候王爺恰好派小將三人出去巡邊，沒能在昆明侍候韋大人。」韋小寶道：「唉，甚麼大人、小將的，大家爽爽快快，我叫你張大哥，你叫我韋兄弟，咱們這叫做『哥倆好，喜相逢』！」張勇笑道：「韋大人這般說，我們可怎麼敢當？」

幾個人說笑著走進廳去，剛坐定，家人獻上茶來，另一名家丁過來向吳應熊道：「公主請額駙陪著韋大人進去見見。」韋小寶心中怦的一跳，心想：「這位公主可不大好見。」想到昔日和她同去雲南，一路上風光旖旎，有如新婚夫婦，不由得熱血上湧，臉上紅了起來。吳應熊笑道：「公主常說，咱們的姻緣是韋大人撮成的，非好好敬一杯謝媒酒不可。」說著站起身來，向張勇等笑道：「各位寬坐。」陪著韋小寶走進內堂。

經過兩處廳堂，來到一間廂房，吳應熊反手帶上了房門，臉色鄭重，說道：「韋大人，這一件事，非請你幫個大忙不可。」韋小寶臉上又是一紅，心想：「你給公主閹了，做不來丈夫，要我幫這大忙嗎？」囁囁嚅嚅的道：「這個……這個……有些不大好意思罷。」吳應熊一愕，說道：「若不是韋大人仗義援手，解這急難，別人誰也沒此能耐。」韋小寶神色更加忸怩，心想：「定是公主逼他來求我的，否則爲甚麼非要我幫手不可，別人就不行？」

吳應熊見韋小寶神色有異，只道他不肯援手，說道：「這件事情，我也明白十分難辦，事成之後，父王和兄弟一定不會忘了韋大人給我們的好處。」韋小寶心想：「爲甚麼連吳三桂也要感激我？啊，是了，吳三桂定是沒孫子，要我幫他生一個。是不是能生孫子，那可拿不準啊。」說道：「駙馬爺，這件事是沒把握的。王爺跟你謝在前頭，要是辦不成，豈不是對不起人？」吳應熊道：「不打緊，不打緊。韋大人只要盡了力，我父子一樣承情，就是公主，也感激不盡。」韋小寶笑道：「你要我賣力，那是一定的。」隨即正色道：「不論成與不成，我一定守口如瓶，王爺與額駙倒可放一百二十個心。」吳應熊道：「這個自然，誰還敢洩漏了風聲？總得請韋大人鼎力，越快辦成越好。」

韋小寶微笑道：「也不爭在這一時三刻罷？」突然想起：「啊喲，不對！我幫他生個兒子倒不打緊，他父子倆要造反，不免滿門抄斬。那時豈不是連我的兒子也一刀斬了？」隨即又想：「小皇帝不會連建寧公主也殺了，公主的兒子，自然也網開這麼兩面三面。」

吳應熊見他臉色陰晴不定，走近一步，低聲道：「削藩的事，消息還沒傳到雲南，張提督他們還不知道。韋大人若能趕著向皇上進言，收回削藩的成命，六百里加急文書趕去雲南，準能將削藩的上諭截回來。」韋小寶一愕，問道：「你……你說的是削藩的事？」吳應熊道：「是啊，眼前大事，還有大得過削藩的？皇上對韋大人，可說得上是言聽計從，只有韋大人出馬，才能挽狂瀾於既倒。」

韋小寶心想：「原來我全然會錯了意，眞是好笑。」忍不住哈哈大笑。

吳應熊愕然道：「韋大人爲甚麼發笑，是我的話說錯了麼？」韋小寶忙道：「不是，不是。對不住，我忽然想起了另一件事好笑。」吳應熊臉上微有慍色，暗暗切齒：「眼前且由得你猖狂，日後父王舉起義旗，一路勢如破竹的打到北京，拿住了你這小子，瞧我不把你千刀萬剮才怪。」

韋小寶道：「駙馬爺，明兒一早我便去叩見皇上，說道吳額駙是皇上的妹夫，平西王是皇上的尊親，就算不再加官晉爵，總不能削了尊親的爵位，這可對不起公主哪。」

吳應熊喜道：「是，是。韋大人腦筋動得快，一時三刻之間，就想了大條道理出來，一切拜託。咱們這就見公主去。」

他帶領韋小寶，來到公主房外求見。公主房中出來一位宮女，吩咐韋小寶在房側的花廳中等候。

過不多時，公主便來到廳中，大聲喝道：「小桂子，你隔了這麼多時候也不來見我，你想死了？快給我滾過來！」韋小寶笑著請了個安，笑道：「公主萬福金安。小桂子天天記掛著公主，只是皇上派我出差，一直去到羅剎國，這幾天剛回來。」公主眼圈兒一紅，道：「你天天記著我？見你的鬼了，我……我……」說著淚水便撲簌簌的掉下。

韋小寶見公主玉容清減，料想她與吳應熊婚後，定然鬱鬱寡歡，心想：「吳應熊這小子是個太監，嫁給太監做老婆，自然沒甚麼快活。」眼見公主這般情況，想起昔日之情，不由得心生憐惜，說道：「公主記掛皇上，皇上也很記掛公主，說道過得幾天，要接公主進宮，敘敘兄妹之情。」這是他假傳聖旨，康熙可沒說過這話。

建寧公主好幾個月來住在額駙府中，氣悶無比，聽了韋小寶這句話，登時大喜，問道：「甚麼時候？你跟皇帝哥哥說，明天我就去瞧他。」韋小寶道：「好啊！額駙有一件事，吩咐我明天面奏皇上，我便奏請皇上接公主進宮便是。」吳應熊也很歡喜，說道：「有公主幫著說話，皇上是更加不會駁回的了。」公主小嘴一撇，說道：「哼，我只跟皇帝哥哥說家常話，可不幫你說甚麼國家大事。」吳應熊陪笑道：「好罷，你愛說甚麼，就說甚麼。」

公主慢慢站起身來，笑道：「小桂子，這麼久沒見你，你可長高了。聽說你在羅剎國有個鬼姑娘相好，是不是啊？」韋小寶笑道：「那有這回事？」突然之間，啪的一聲響，臉上已熱辣辣的吃了公主一記耳光。韋小寶叫道：「啊喲！」跳了起來。公主笑道：「你說話不盡不實，跟我也膽敢撒謊？」提起手來，又是一掌。韋小寶側頭避過，這一掌沒打著。

公主對吳應熊道：「我有事要審問小桂子，你不必在這裏聽著了。」吳應熊微笑道：「好，我陪外面的武官們喝酒去。」心想眼睜睜的瞧著韋小寶挨打，他面子上可不大好看，當下退出花廳。

公主一伸手，扭住韋小寶耳朵，喝道：「死小鬼，你忘了我啦。」說著重重一扭。韋小寶痛得大叫，忙道：「沒有，沒有！我這可不是瞧你來了嗎？」公主飛腿在他小腹上踢了一腳，罵道：「沒良心的，瞧我不剮了你？若不是我叫你來，你再過三年也不會來瞧我。」

韋小寶見廳上無人，伸手摟住了她，低聲道：「別動手動腳的，明兒我跟你在皇宮裏敘敘。」公主臉上一紅，道：「敘甚麼？敘你這小鬼頭！」伸手在他額頭上的一下，打了個爆栗。韋小寶抱著她的雙手緊了一緊，說道：「我使一招『雙龍搶珠』！」公主啐了他一口，掙扎了開去。韋小寶道：「咱們如在這裏親熱，只怕駙馬爺起疑，明兒在宮裏見。」

公主雙頰紅暈，說道：「他疑心甚麼？」媚眼如絲，橫了他一眼，似笑非笑的道：「小鬼頭兒，快滾你的罷！」

注：古時平蠻郡在今雲南曲靖一帶。「諭蜀文」的典故，是漢武帝通西南夷時，派司馬相如先赴巴蜀宣諭，要西南各地官民遵從朝旨。

只見大路旁躺著兩匹死馬，瞧模樣正是滇馬。

張勇喜道：「都統大人，王副將帶的路徑果然不錯。」

王進寶卻愁眉苦臉，不住嘆氣，說道：「唉，真可惜，真可惜！」

第三十八回

縱橫野馬羣飛路　跋扈風箏一線天

韋小寶笑咪咪的回到大廳，只見吳應熊陪著四名武將閒談。趙良棟和王進寶不知在爭辯甚麼，兩人都面紅耳赤，聲音極大。兩人見韋小寶出來，便住了口。

韋小寶笑問：「兩位爭甚麼啊？說給我聽聽成不成？」張勇道：「我們在談論馬匹。王副將相馬眼光獨到，憑他挑到的馬，必是良駒。剛才大家說起了牲口，王副將稱讚雲南的馬好。趙總兵不信，說道川馬、滇馬腿短，跑不快。王副將卻說川馬滇馬有長力，十里路內趕不上別的馬，跑到二三十里之後，就越奔越有精神。」

韋小寶道：「是嗎？兄弟有幾匹坐騎，請王副將相相。」吩咐親兵回府，將馬廄中的好馬牽來。

吳應熊道：「韋都統的坐騎，是康親王所贈，有名的大宛良駒，叫做玉花驄。我們的滇馬又怎及得上？」王進寶道：「韋大人的馬，自然是好的。大宛出好馬，卑職也聽到過。卑職在甘肅、陝西時，曾騎過不少大宛名駒，短途衝刺是極快的，甚麼馬匹也比不上。」

趙良棟道：「那麼賽長途呢？難道大宛馬還及不上滇馬？」王進寶道：「雲南馬本來並不好，只不過勝在刻苦耐勞，有長力。這些年來卑職在滇北養馬，將川馬、滇馬交配，這新種倒很不錯。」趙良棟道：「老兄，你這就外行了。馬匹向來講純種，種越純越好，沒聽說雜種馬反而更好的。」王進寶脹紅了臉，說道：「趙總兵，我不是說雜種馬一切都好。馬匹用途不同，有的用以衝鋒陷陣，有的用以負載輜重，就算是軍馬，也大有分別啊。有的是百里馬，有的是千里馬，長途短途，全然不同。」

趙良棟道：「哼，居然有人說還是雜種好。」王進寶大怒，霍地站起，喝道：「你罵誰是雜種？這般不乾不淨的亂說！」趙良棟冷笑道：「我是說馬，又不是說人。誰的種不純，作賊心虛，何必亂發脾氣。」王進寶更加怒了，說道：「這是額駙公的府上，不然的話，哼哼！」趙良棟道：「哼哼怎樣？你還想跟我動手打架不成？」

張勇勸道：「兩位初次相識，何必為了牲口的事生這閒氣？來來來，我陪兩位喝一杯，大家別爭了。」他是提督，官階比趙良棟、王進寶都高，兩人不敢不賣他面子，只得都喝了酒。兩人你瞪著眼瞧我，我瞪著眼瞧你，若不是上官在座，兩個火爆霹靂的人當場就要打將起來了。

過不多時，韋小寶府中的親兵、馬伕牽了坐騎到來，眾人同到後面馬廄中去看馬。王進寶倒也眞的懂馬，一眼之下，便說出每匹馬的長處缺點，甚至連性情脾氣也猜中了七八成。韋府的馬伕都十分佩服，大讚王副將好眼力。

最後看到韋小寶的坐騎玉花驄。這馬腿長膘肥，形貌神駿，全身雪白的毛上盡是胭脂斑點，毛色油光亮滑，漂亮之極，人人喝采不迭。王進寶卻不置可否，看了良久，說道：「這匹馬本質是極好的，只可惜養壞了。」韋小寶道：「怎地養壞了？倒要請教。」王進寶道：「韋大人這匹馬，說得上是天下少有的良駒。這等好馬，每天要騎了快跑十幾里，慢跑幾十里，越磨練越好。可是韋大人過於愛惜，不捨得多騎。這牲口過的日子太也舒服，吃的是上好精料，一年難得跑上一兩趟，唉，可惜，可惜，好像是富貴人家的子弟，給寵壞了。」

吳應熊聽了，臉色微變，輕輕哼了一聲。韋小寶瞧在眼裏，知王進寶最後這幾句話已得罪了吳應熊，心想：「我不妨乘機挑撥離間，讓他們雲南將帥不和。」便道：「王副將的話，恐怕只說對了一半，富貴人家子弟，也有本事極大的。好比額駙爺，他是你們王爺的世子，自幼兒便捧了金碗吃飯，端著玉碗喝湯，可半點沒給寵壞啊。」

王進寶脹紅了臉，忙道：「是，是。王爺世子，自然不同。卑職決不是說額駙爺。」

趙良棟冷冷的道：「在你心裏，只怕以爲也沒甚麼不同罷。」

王進寶怒道：「趙總兵，你爲甚麼老是跟兄弟過不去？兄弟可沒得罪你啊。」韋小寶笑道：「好了，別爲小事傷了和氣。做武官的，往往瞧不起朝裏年輕大臣，也是有的。」王進寶道：「回都統大人：卑職不敢瞧你不起。」趙良棟道：「你瞧不起額駙爺。」王進寶大聲道：「沒有。」

韋小寶道：「王副將，可惜你養的好馬都留在雲南，否則倒可讓我們見識見識。」王進寶道：「我養的馬……是，是，不敢當。」韋小寶心覺奇怪：「甚麼叫做『是，是，不敢當』？」趙良棟道：「反正王副將的好馬都在雲南，死無對證。韋都統，小將在關外養了幾百匹好馬，匹匹日行三千里，夜行二千里。就可惜隔得遠了，不能讓都統大人瞧瞧。」衆人哈哈大笑，都知他是故意譏刺王進寶。

王進寶氣得臉色鐵青，指著左首的馬廄，大聲道：「那邊的幾十匹馬，就是這次我從雲南帶來的。趙總兵，你挑十匹馬，跟我這裏隨便那十匹賽賽腳力，瞧是誰輸誰贏。」

趙良棟見那些滇馬又瘦又小，毛禿皮乾，一共有五六十匹，心道：「你這些叫化馬有甚麼了不起？」說道：「馬倒挺多，只不過有點兒五癆七傷。就是韋都統府裏隨便牽來的這幾匹牲口，也擔保勝過了王副將你親手調養的心肝寶貝兒。」韋小寶笑道：「大家空爭沒用。額駙爺，咱們各挑十匹，就來賽一賽馬，雙方賭個采頭。」

吳應熊道：「韋都統的大宛良馬，我們的雲南小馬那裏比得上？不用賽了，當然是我們輸。」韋小寶見王進寶氣鼓鼓地、一臉不服氣的神情，道：「額駙爺肯服輸，王副將卻不服輸。這樣罷，我拿一萬兩銀子出來，額駙爺也拿一萬兩銀子出來，待會兒咱們就去城外跑跑馬，那一個贏了六場，以後的就不用比了。你說好不好呢？」

吳應熊還待再推，突然心念一動：「這小子年少好勝，我就故意輸一萬兩銀子給他，讓他高興高興。」笑道：「好，就這麼辦。韋大人，你如輸了，可不許生氣。」

韋小寶笑道：「贏要漂亮，輸要光棍，那有輸了生氣之理？」一瞥眼間，見王進寶眼中閃爍著喜色，心道：「啊喲，瞧這王副將的神情，倒似乎挺有把握，莫非他這些癆病馬當眞挺有長力？不行，不行，非作弊搞鬼不可。」他生平賭錢，專愛作弊，眼見這場賽馬未必準贏，登時動了壞主意，心想今日賽馬，已來不及做手腳，說道：「既要賭賽，我得去好好挑選十匹馬。明天再賽怎樣？」

吳應熊決心拉馬，不盡全力，十場比賽中輸八九場給他，不論那一天賽都沒分別，當即點頭答應。

韋小寶在額駙府中飲酒聽戲，不再提賽馬之事。到得傍晚，邀請吳應熊帶同張勇、王進寶、孫思克三人到自己府中喝酒。吳應熊欣然應邀，一行人便到韋小寶的伯爵府來。

坐定獻上茶，韋小寶說聲：「少陪，兄弟去安排安排。」吳應熊笑道：「大家自己人，不用客氣。」韋小寶道：「貴客駕臨，可不能太寒傖了。」

來到後堂，吩咐總管預備酒席戲班，跟著叫了府裏的馬伕頭兒來，交給他三百兩銀子，說道：「我的玉花驄和別的馬兒還在額駙府中，你這就去牽回來，順便請額駙府裏的一班馬伕去喝酒，喝得他媽的個個稀巴爛。」那馬伕頭兒應了。韋小寶道：「給馬兒吃些甚麼，那就身疲腳軟，沒力氣跑路？可又不能毒死了。」馬伕頭兒道：「不知爵爺要怎麼樣，小人盡力去辦就是。」韋小寶笑道：「跟你說了也不打緊，額駙有一批馬，剛從雲南運來的，誇口說長力極好，明兒要跟咱們的馬比賽。咱們可不能輸了丟人，是不是？」那馬伕頭兒登時明白，笑道：「爵爺要小人弄點甚麼給額駙的馬兒吃了，明兒比賽，咱們就能準贏？」

韋小寶笑道：「對了，你聰明得很。明兒賽馬，是有采頭的，贏了再分賞金給你。你悄悄去辦這件事，可千萬不能讓額駙府裏的馬伕知道了。這三百兩銀子拿去請客，喝酒賭錢嫖堂子，他媽的甚麼都幹，攪得他們昏天黑地，這才下藥。」

那馬伕頭兒道：「爵爺望安。小人去買幾十斤巴豆，混在豆料之中，餵吳府的馬兒吃了，叫一匹匹馬兒全拉一夜稀屎，明日比賽起來，烏龜也跑贏牠們了。」

韋小寶隨即出去陪伴吳應熊等人飲酒。他生怕吳應熊等回去後，王進寶又去看馬，瞧出了破綻，是以殷勤接待，不住勸酒。趙良棟酒量極宏，一直跟王進寶鬥酒，喝到深夜，除韋小寶與吳應熊外，四員武將都醉倒了。

次日早朝後，韋小寶進宮去侍候皇帝。康熙笑容滿面，心情極好，說道：「小桂子，有個好消息跟你說，尚可喜和耿精忠都奉詔撤藩，日內就動身來京了。」

韋小寶道：「恭喜皇上，尚耿二藩奉詔，吳三桂老傢伙一隻手掌拍不來手……」康熙笑道：「孤掌難鳴！」韋小寶道：「對，孤掌難鳴！咱們這就打他個落花流水。」康熙笑道：「倘若他也奉詔撤藩呢？」韋小寶一怔，說道：「那也好得很啊。他來到北京，皇上要搓他圓，他不敢扁，皇上要搓他扁，他說甚麼也圓不起來。」

康熙微笑道：「你倒也明白這個道理。」韋小寶道：「那時候，他好比，似蛟龍，困在沙灘，這叫做虎落平陽……」說到這裏，伸伸舌頭，在自己額頭卜的一下，打了一記。康熙哈哈大笑，說道：「這叫做虎落平陽被你欺，那時候哪，別說他不敢得罪我，連你也不敢得罪啊。」韋小寶道：「是，是，那也好玩得緊。」

康熙道：「敕建揚州忠烈祠的文章，我已作好了，教翰林學士寫了，你帶去揚州刻在碑上。挑個好日子，這就動身罷。」韋小寶道：「是。如三藩都奉詔撤藩，這忠烈祠還是要建麼？」康熙道：「也不知吳三桂是不是奉詔。再說，褒揚忠烈，本是好事，就算吳三桂不造反，也是要辦的。」韋小寶答應了，閒談之際，說起建寧公主請求覲見。康熙點點頭，吩咐太監，即刻宣建寧公主入見。

康熙興致極好，詳細問他羅剎國的風土人物，當時火槍手如何造反，蘇菲亞公主如何平亂，大小沙皇如何並立，說了一回，公主來到了上書房。

一見之下，公主便伏在康熙腳邊，抱住了他腿，放聲大哭，說道：「皇帝哥哥，我今後在宮裏陪著你，再也不回去了。」康熙撫著她頭髮，問道：「怎麼啦？額駙欺侮你麼？」公主哭道：「諒他也不敢，他……他……」說著又哭了起來。康熙心道：「你閹割了他，使他做不了你丈夫，這可是你自作自受。」安慰了她幾句，說道：「好啦，不用哭啦，你陪我吃飯。」

皇帝吃飯，並無定時，一憑心之所喜，隨時隨刻就開飯。當下御膳房太監開上御膳，韋小寶在旁侍候。他雖極得皇帝寵愛，卻也不能陪伴飲食。康熙賞了他十幾碗大菜，命太監送到他府中，回家後再吃。

公主喝得幾杯酒，紅暈上臉，眼睛水汪汪地，向著韋小寶一瞟一瞟。在皇帝跟前，韋小寶可不敢有絲毫無禮，眼光始終不和公主相接，一顆心怦怦亂跳，暗想：「公主酒後倘若漏了口風，給皇上瞧破，我這顆腦袋可不大穩當了。」他奉旨護送公主去雲南完婚，路上卻監守自盜，和公主私通，罪名著實不小，心下懊悔，實不該向皇帝提起公主要求覲見。

公主忽道：「小桂子，給我裝飯。」說著將空飯碗伸到他面前。康熙笑道：「你飯量倒好。」公主道：「見到皇帝哥哥，我飯也吃得下了。」韋小寶裝了飯，雙手恭恭敬敬捧著，放在公主面前桌上，公主左手垂了下去，重重在他大腿上扭了一把。韋小寶吃痛，卻不敢聲張，連臉上的笑容也不敢少了半分，只未免笑得尷尬，卻是無可如何了，心中罵道：「死婊子，幾時瞧我不重重的扭還你。」心中罵聲未歇，腦袋不由得向後一仰，卻是公主伸手到他背後，拉住了他辮子用力一扯。

這一下卻給康熙瞧見了，微笑道：「公主嫁了人，仍是這樣頑皮。」公主指著韋小寶，笑道：「是他，是他……」韋小寶心中大急，不知她會說出甚麼話來，幸喜公主只格格的笑了幾聲，說道：「皇帝哥哥，你名聲越來越好。我在宮裏本來不知道，這次去雲南，一路來回，聽得百姓們都說，你做皇帝，普天下老百姓的日子過得眞好。就是這小子哪，」說著向韋小寶白了一眼，道：「官兒也越做越大。只有你的小妹子，卻越來越倒霉。」

康熙本來心情甚好，建寧公主這幾句恭維又恰到好處，笑道：「你是妻憑夫貴，吳應熊他父子倆要是好好地聽話撤藩，天下太平，我答允你升他的官便是。」公主小嘴一撇，說道：「你升不升吳應熊這小子的官，不關我事，我要你升我的官。」康熙笑道：「你做甚麼官哪？」公主道：「小桂子說，羅刹國的公主做甚麼攝政女王。你就封我做大元帥，派我去打番邦罷。」康熙哈哈大笑，道：「女子怎能做大元帥？」公主道：「從前樊梨花、佘太君、穆桂英，那一個不是抓印把子做大元帥？爲甚麼她們能做，我就不能？你說我武藝不行，咱們就來比劃比劃。」說著笑嘻嘻的站起。

康熙笑道：「你不肯讀書，跟小桂子一般的沒學問，就淨知道戲文裏的故事。前朝女子做元帥，倒眞是有的。唐太宗李世民的妹子平陽公主，幫助唐太宗打平天下。她做元帥，統率的一支軍隊，叫做娘子軍，她駐兵的關口，叫做娘子關，那就厲害得很了。」

公主拍手道：「這就是了。皇帝哥哥，你做皇帝勝過李世民。我就學學平陽公主。

小桂子，你學甚麼啊？學高力士呢？還是魏忠賢？」

康熙哈哈大笑，連連搖頭，說道：「又來胡說八道了。小桂子這太監是假的。再說，高力士、魏忠賢都是昏君手下的太監，你這可不是罵我嗎？」

公主笑道：「對不起，皇帝哥哥，你別見怪，我是不懂的。」想著「小桂子這太監是假的」這句話，瞟了韋小寶一眼，心頭不由得春意蕩漾，說道：「我該去叩見太后了。」

康熙一怔，心想：「假太后已換了眞太后，你的母親逃出宮去了。」他一直疼愛這個妹子，不忍令她難堪，說道：「太后這幾天身子很不舒服，你不用去煩她老人家了，到慈寧宮外磕頭請安就是了。」公主答應了，道：「皇帝哥哥，我去慈寧宮，回頭再跟你說話。小桂子，你陪我去。」

韋小寶不敢答應。康熙向他使個眼色，命他設法阻攔公主，別讓她見到太后。韋小寶會意，點頭領旨，當下陪著公主往慈寧宮去。

韋小寶囑咐小太監先趕去慈寧宮通報。果然太后吩咐下來，身子不適，不用叩見了。公主不見母親很久，心中記掛，說道：「太后身子不舒服，我更要瞧瞧。」說著拔足便往太后寢殿中闖了進去。一眾太監、宮女那敢阻攔？韋小寶急道：「殿下，殿下，太后她老人家著了涼，吹不得風。」

公主道：「我慢慢進門，一點兒風也不帶進去。」推開寢殿門，掀起門帷，只見羅帳低垂，太后睡在床上，四名宮女站在床前。

公主低聲道：「太后，女兒跟你磕頭來啦。」說著跪了下來，輕輕磕了幾個頭。只聽得太后在帳中唔了幾聲。公主走到床邊，伸手要揭帳子，一名宮女道：「殿下，太后吩咐，誰也別驚動了太后。」公主點點頭，揭開了帳子一條縫，向內張去，只見太后面向裏床，似乎睡得很沉。公主低喚：「太后，太后。」太后一聲不答。

公主無奈，只得放下帳子，悄悄退出，心中一陣酸苦，忍不住哭了出來。

韋小寶見她沒瞧破眞相，心頭一塊大石落地，勸道：「公主住在京裏，時時好進宮來請安。待太后大好之後，再來慈寧宮罷。」公主覺得有理，當即擦乾了眼淚，道：「我從前的住處不知怎樣了，這就去瞧瞧。」說著便向自己的寢宮走去，韋小寶跟隨在後。

公主以前所住的寧壽宮便在慈寧宮之側，片刻間就到了。公主嫁後，寧壽宮由太監、宮女洒掃看守，一如其舊。

公主來到寢殿門口，見韋小寶笑嘻嘻站在門外，不肯進來，紅著臉道：「死太監，你怎不進來？」韋小寶笑道：「我這太監是假的，公主的寢殿進來不得。」公主一伸手，扭住了他耳朵，喝道：「你不進來，我把你這狗耳朵扭了下來。」用力一拉，將他扯進寢殿，隨手關上殿門，上了門閂。韋小寶嚇得一顆心突突亂跳，低聲道：「公主，在宮裏可不能亂來，我……我……這可是要殺頭的哪！」

公主一雙眼水汪汪地如要滴出水來，昵聲道：「韋爵爺，我是你奴才，我來服侍你。」雙臂一伸，緊緊將他抱住了。韋小寶笑道：「不，不可以！」公主道：「好，我去跟皇帝哥哥說，你在路上引誘我，叫我閹了吳應熊那小子，現下又不睬我了。」伸手在他腿上重重扭了一把。

過了良久良久，兩人才從寢宮中出來。公主滿臉眉花眼笑，說道：「皇上吩咐你說羅剎國公主的事給我聽，怎地沒說完就走了？」韋小寶道：「奴才筋疲力盡，再也沒力氣說了。」公主笑道：「下次你來跟我說去遼東捉狐狸精的事。」韋小寶斜眼相睨，低聲道：「奴才再也說不動了。」公主格格一笑，一反手，啪的一聲，打了他一記巴掌。

寧壽宮的太監宮女都是舊人，素知公主又嬌又蠻的脾氣，見她出手打人，均想：「公主嫁了人，老脾氣可一點沒改。韋伯爵是皇上最寵愛的大臣，她居然也伸手便打。」

兩人回到上書房去向康熙告辭。天已傍晚，見康熙對著案上的一張大地圖，正在凝神思索。公主道：「皇帝哥哥，太后身子不適，沒能見著，過幾天我再來磕頭請安。」康熙點頭道：「下次等她傳見，你再來罷。」右手指著地圖，問韋小寶道：「你們從貴州進雲南，卻從廣西出來，那一條路容易走些？」原來他是在參詳雲南的地形。

韋小寶道：「雲南的山可高得很哪，不論從貴州去，還是從廣西去，都難走得緊。多數的山路不能行車，公主坐轎，奴才就騎馬。」康熙點點頭，忽然想起一事，吩咐太監：「傳兵部車駕司郎中。」轉頭對公主道：「你這就回府去罷，出來了一整天，額駙在等你了。」

公主小嘴一撇，道：「他才不等我呢。」她有心想等齊了韋小寶一同出宮，在路上多說幾句話兒也是好的，但聽皇帝傳見臣工，有國事諮詢，說道：「皇帝哥哥，天這麼晚了，你還要操心國家大事，從前父皇可沒你這麼勤勞政務。」

康熙心中一酸，想起父皇孤另另的在五台山出家，說道：「父皇聰明睿智，他辦一個時辰的事，我三個時辰也辦不了。」

公主微笑道：「我聽大家都說，皇帝哥哥天縱英明，曠古少有，大家不敢說你強過了父皇，卻說是中國幾千年來少有的好皇帝。」

康熙微微一笑，說道：「中國歷來的好皇帝可就多了。別說堯舜禹湯文武，三代以下，漢文帝、漢光武、唐太宗這些明主，那也令人欣慕得很。」

公主見康熙說話之時，仍目不轉瞬的瞧著地圖，不敢多說，向韋小寶飛了一眼，手臂仍然垂著，手指向他指指，回過來向自己指指，意思說要他時時來瞧自己。韋小寶會意，微微頷首。當下公主向康熙行禮，辭了出去。

過了一會，康熙抬起頭來，說道：「那麼咱們所造的大砲只怕太重太大，山道上不易拖拉。」韋小寶一怔，隨即明白康熙是要運大砲去雲南打吳三桂，說道：「是，是。奴才胡裏胡塗，沒想到這一節。最好是多造小砲，兩匹馬拉得動的，進雲南就方便得多。」康熙道：「山地會戰，不能千軍萬馬的全陣衝殺，步兵比馬兵更加要緊。」

過不多時，兵部車駕司三名滿郎中、一名漢郎中一齊到來，磕見畢，康熙問道：「馬匹預備得怎樣了？」兵部車駕司管的是驛遞和馬政之事，當即詳細奏報，已從西域和蒙古買了多少馬匹，從關外又運到了多少馬匹，眼前已共有八萬五千餘匹良馬，正繼續購置飼養。康熙甚喜，嘉獎了幾句。四名郎中磕頭謝恩。

韋小寶忽道：「皇上，聽說四川、雲南的馬匹和口外西域的馬不同，身軀雖小，卻有長力，善於行走山道，也不知是不是。」康熙問四名郎中道：「這話可眞？」那漢人郎中道：「回皇上：川馬、滇馬耐勞負重，很有長力，行走山道果然是好的。但平地上衝鋒陷陣，及不上口馬跟西域馬。因此軍中少用川馬、滇馬。」康熙向韋小寶望了一眼，問那郎中：「咱們有多少川馬、滇馬？」那郎中道：「回皇上：四川和雲南駐防軍中，川馬、滇馬不少，別地方就很少了。湖南駐防軍中有五百多匹。」康熙點了點頭，道：「出去罷。」

他不欲向臣下洩露布置攻滇的用意，待四名郎中退出後，向韋小寶道：「虧得你提醒。明日就得下旨，要四川總督急速採辦川馬。這件事可須做得十分隱秘才好。」

韋小寶忽然嘻嘻一笑，神色甚是得意。康熙問道：「怎麼啦？」韋小寶笑道：「吳額駙有一批滇馬，剛從雲南運來的，他誇口說這些馬長力極好。奴才不信，約好了要跟他賽上一賽。滇馬是不是眞有長力，待會兒賽過就知道了。」

康熙微笑道：「那你得跟他好好賽一賽，怎生賽法。」韋小寶道：「我們說好了一共賽十場，勝了六場的就算贏。」康熙道：「只賽十場，未必眞能知道滇馬的好處。你知道他有多少滇馬運來？」韋小寶道：「我看他馬廄之中，總有五六十匹，都是新運到的。」康熙道：「那你就跟他賽五六十場好了，要鬥長路，最好是去西山，跑山路。」見韋小寶臉色有點古怪，便道：「他媽的，沒出息，倘若輸了，采金我給你出好了。」

韋小寶不便直告皇帝，已在吳應熊馬廄中做下了手腳，這場比賽自己已贏了九成九，但一賽下來，皇帝如以爲滇馬不中用，將來行軍打仗，只怕誤了大事，微笑道：「那倒不是爲了采金……」

康熙忽然「咦」的一聲，說道：「滇馬有長力，吳應熊這小子，運這一大批滇馬到北京來幹甚麼？」韋小寶笑道：「他定是想出風頭，誇他雲南的馬好。」康熙皺起了眉頭，說道：「不對！這……這小子想逃跑。」韋小寶尙未明白，奇道：「逃跑？」

康熙道：「是了！」大聲叫道：「來人哪！」吩咐太監：「立即傳旨，閉緊九門，誰也不許出城，再傳額駙吳應熊入宮見朕。」幾名太監答應了出去傳旨。

韋小寶臉上微微變色，道：「皇上，你說吳應熊這小子如此大膽，竟要逃跑？」康熙搖了搖頭，道：「但願我所料不確，否則的話，立刻就得對吳三桂用兵，這時候咱們可還沒布置好。」韋小寶道：「咱們沒布置好，吳三桂也未必便布置好了。」康熙臉上深有憂色，道：「不是的。吳三桂還沒到雲南，就已在招兵買馬，起心造反了。他已搞了十幾年，我卻是這一兩年才著手大舉部署。」

韋小寶只有出言安慰：「不過皇上英明智慧，部署一年，抵得吳三桂部署二十年。」

康熙提起腳來，向他虛踢一腳，笑道：「我踢你一腳，抵得吳三桂那老小子踢你二十腳。他媽的，小桂子，你可別看輕了吳三桂，這老小子很會用兵打仗，李自成這麼厲害，都讓他打垮了。朝廷之中，沒一個將軍是他對手。」韋小寶道：「咱們以多爲勝，皇上派十個將軍出去，十個打他媽的一個。」康熙道：「那也得有個能幹的大元帥才成。我手下要是有個徐達、常遇春，或者是沐英，就不用擔憂了。」韋小寶道：「皇上御駕親征，勝過了徐達、常遇春、沐英。當年明太祖打陳友諒，他也是御駕親征。」

康熙道：「你拍馬屁容易，說甚麼鳥生魚湯，英明智慧。眞的英明，第一就得有自知之明。行軍打仗，非同小可。我從來沒打過仗，怎能是吳三桂的對手？幾十萬兵馬，一個指揮失當，不免一敗塗地。前明土木堡之變，皇帝信了太監王振的話，御駕親征，幾十萬大軍，都教這太監給胡裏胡塗的搞得全軍覆沒，連皇帝也給敵人捉了去。」

韋小寶嚇了一跳，忙道：「皇上，奴才這太監可是假的。」康熙哈哈大笑，說道：「你不用害怕，就算你這太監是眞的，我又不是前明英宗那樣的昏君，會讓你胡來？」韋小寶道：「對，對！皇上神機妙算，非同小可，戲文中是說得有的，叫做……叫做甚麼甚麼之中，甚麼千里之外。」康熙笑道：「這句句子太難，不教你了。」

說了一會話，太監來報，九門提督已奉旨閉城。康熙正稍覺放心，另一名太監接著來奏：「額駙出城打獵未歸，城門已閉，不能出城宣召。」

康熙在桌上一拍，站起身來，叫道：「果然走了。」問道：「建寧公主呢？」那太監道：「回皇上：公主殿下還在宮裏，尙未回府。」康熙恨恨的道：「這小子，竟沒半點夫妻情份。」

韋小寶道：「皇上，奴才這就去追那小子回來。他說好今兒要跟奴才賽馬，忽然出城打獵，的確路道不對。」康熙問那太監：「額駙幾時出城去的？」那太監：「回皇上：奴才去額駙府宣旨，額駙府的總管說道，今兒一清早，額駙就出城打獵去了。」

康熙哼了一聲，道：「這小子定是今早得到尙可喜、耿精忠奉旨撤藩的訊息，料知他老子立時要造反，便趕快開溜。」轉頭對韋小寶道：「他已走了六七個時辰，追不上啦。他從雲南運來幾十匹滇馬，就是要一路換馬，逃回昆明。」

韋小寶心想：「皇上腦筋轉得好快，又料事如神，一聽到他運來大批滇馬，就料到他要逃走。」見康熙臉色不佳，不敢亂拍馬屁，忽然想起一事，說道：「皇上望安，奴才或許有法子抓這小子回來。」康熙道：「你有甚麼法子？胡說八道！倘若滇馬眞有長力，他離北京一遠，喬裝改扮，再也追不上了。」

韋小寶不知馬伕頭兒是否已給吳應熊那批滇馬吃了巴豆，不敢在皇帝面前誇下海口，說道：「食君之祿，忠君之事。奴才這就去追追看，眞的追不上，那也沒法子。」

康熙點頭道：「好！」提筆迅速寫了一道上諭，蓋上玉璽，命九門提督開城門放韋小寶出去，說道：「你多帶驍騎營軍士，吳應熊倘若拒捕，就動手打好了。」將調兵的金符交了給他。韋小寶道：「得令！」接了上諭，便向宮外飛奔出去。

公主正在宮門相候，見他快步奔出，叫道：「小桂子，你幹甚麼？」韋小寶叫道：「乖乖不得了，你老公逃了。」竟不停留，反奔得更快。公主罵道：「死太監，沒規沒矩的，快給我站住。」韋小寶叫道：「我給公主捉老公去，赴湯蹈火，在所不辭，披星戴月，馬不停蹄……」胡言亂語，早去得遠了。

韋小寶來到宮外，跨上了馬，疾馳回府，只見趙良棟陪著張勇等三將在花廳喝酒，立即轉身，召來幾十名親兵，喝令將張勇等三將拿下。衆親兵當下將三將綁了。

張勇凜然道：「請問都統大人，小將等犯了甚麼罪？」

韋小寶道：「有上諭在此，沒空跟你多說話。」說著將手中上諭一揚，一連串的下令：「調驍騎營軍士一千人，御前侍衛五十人，立即來府前聽令。預備馬匹。」親兵接令去了。

韋小寶對趙良棟道：「趙總兵，吳應熊那小子逃走了。吳三桂要起兵造反。咱們趕快出城去追。」趙良棟叫道：「這小子好大膽，卑職聽由差遣。」張勇、王進寶、孫思克三人大吃一驚，面面相覷。韋小寶對親兵道：「好好看守這三人。趙總兵，咱們走。」

張勇叫道：「韋都統，我們是西涼人，做的是大清的官，從來不是平西王的嫡系。我們三個以前在甘肅當武官，後來調到雲南當差，一直受吳三桂排擠。他調卑職三人離開雲南，就是明知我們三人不肯附逆，怕壞了他的大事。」韋小寶道：「我怎知你這話是眞是假？」孫思克道：「吳三桂去年要殺我頭，全憑張提督力保，卑職才保住了腦袋。我心中恨這老混蛋入骨。」張勇道：「卑職三人如跟吳應熊同謀，怎不一起逃走？」

韋小寶心想這話倒也不錯，沉吟道：「好，你們是不是跟吳三桂一路，回頭再細細審問。趙總兵，追人要緊，咱們走罷。」張勇道：「都統大人，王副將善於察看馬跡，滇馬的蹄形，他一看便知。」韋小寶點頭道：「這本事挺有用處。不過帶了你們去，路上倘若搗起蛋來，老子可上了你們大當。」

孫思克朗聲道：「都統大人，你把小將綁在這裏，帶了張提督和王副將去追。他二人若有異動，你回來一刀把小將殺了便是。」

韋小寶道：「好，你倒挺有義氣。這件事我有些拿不定主意。來來來，張提督，我跟你擲三把骰子，要是你贏，就聽你的，倘若我贏，只好借三位的腦袋使使。」也不等張勇有何言語，當即大聲叫道：「來人哪，拿骰子來！」

王進寶道：「小將身邊有骰子，你鬆了我綁，小將跟你賭便是。」

韋小寶大奇，吩咐親兵鬆了他綁縛。王進寶伸手入袋，果然摸了三枚骰子出來，喇喇喇一把擲在桌上，手法甚是熟練。韋小寶問：「你身邊怎地帶著骰子？」王進寶道：「小將生平最愛賭博，骰子是隨身帶的。要是沒人對賭，左手便同右手賭。」韋小寶更加興味盎然，問道：「自己的左手跟右手賭，輸贏怎生算法？」王進寶道：「左手輸了，右手便打左臂一拳；右手輸了，左手打右臂一拳。」韋小寶哈哈大笑，連說：「有趣，有趣。」又道：「老兄跟我志同道合，定是好人。來，快把這兩位將軍也都放了。王副將，我跟你擲三把，不論是輸是贏，你們都跟我去追吳應熊。若是我贏，剛才得罪了三位這件事，就此抵過。如是你贏，我向三位磕頭賠罪。」張勇等三人哈哈大笑，都說：「這個可不敢當。」

韋小寶拿起骰子，正待要擲，親兵進來稟報，驍騎營軍士和御前侍衛都已聚集，在府外候令。韋小寶收起骰子，道：「事不宜遲，咱們追人要緊。四位將軍，這就去罷！」帶了張勇、趙良棟等四人，點齊驍騎營軍士和御前侍衛，向南出城追趕。

王進寶在前帶路，追了數里，下馬瞧了瞧路上馬蹄印，說道：「都統大人，奇怪得很，這一行折而向東去了。」韋小寶道：「這倒怪了，他逃回雲南，該當向南去才是。

好，大夥兒向東。」趙良棟心下起疑：「向東逃去，太沒道理。莫非王進寶故意引我們走上錯路，好讓吳應熊逃走？」說道：「都統大人，可否由小將另帶一路人馬向南追趕？」

韋小寶向王進寶瞧去，見他臉有怒色，便道：「不用了，大夥兒由王副將帶路好了。滇馬是他養的，他不會認錯。」吩咐親兵，取兵刃由張勇等三人挑選。

張勇拿了一桿大刀，說道：「都統大人年紀雖輕，這胸懷可眞了不起。我們是從雲南來的軍官，吳三桂造反，都統大人居然對我們推心置腹，毫不起疑。」

韋小寶笑道：「你不用誇獎。我這是押寶，所有銀子，都押在一門。贏就大贏，既抓到吳應熊，又交了你們三位好朋友。輸就大輸，至不濟給你老兄一刀砍了。」

張勇大喜，道：「我們西涼的好男兒，最愛結交英雄好漢。承蒙韋都統瞧得起，姓張的這一輩子給你賣命。」說著投刀於地，向韋小寶拜了下去。王進寶和孫思克跟著拜倒。

韋小寶跳下馬來，在大路上跪倒還禮。

四人跪拜了站起身來，相對哈哈大笑。韋小寶道：「趙總兵，你也請過來，大夥兒拜上一拜，今後就如結成了兄弟一般，有福共享，有難同當。」趙良棟道：「我可信不過這個王副將，等他抓到了吳應熊，我再跟他拜把子。」王進寶怒道：「我官階雖低，卻也是條好漢子，希罕跟你拜把子嗎？」說著一躍上馬，疾馳向前，追蹤而去。

向東馳出十餘里，王進寶跳下馬來，察看路上蹄印和馬糞，皺眉道：「奇怪，奇怪。」張勇忙問：「怎麼啦？」王進寶道：「馬糞是稀爛的，不知是甚麼緣故，這不像是咱們滇馬的馬糞。」韋小寶一聽大喜，哈哈大笑，說道：「這就是了，貨眞價實，童叟無欺，這的的確確是吳應熊的馬隊。」王進寶沉吟道：「蹄印是不錯的，就是馬糞太過奇怪。」韋小寶道：「不奇怪，不奇怪！滇馬到了北京，吃的草料不同，水土不服，一定要拉爛屎，總得拉上七八天才好。只要馬糞是稀爛的，那定是滇馬。」

王進寶向他瞧了一眼，見他臉色詭異，似笑非笑，不由得將信將疑，繼續向前追蹤。又奔了一陣，見馬跡折向東南。張勇道：「都統大人，吳應熊要逃去天津衛，從塘沽出海。他在海邊定是預備了船隻，從海道去廣西，再轉雲南，以免路上給官軍截攔了。」韋小寶點頭道：「對！從北京到昆明，十萬八千里路程，隨時隨刻會給官兵攔住，還是從海道去平安得多。」張勇道：「咱們可得更加快追。」韋小寶問道：「爲甚麼？」張勇道：「從京城到海邊，只不過幾百里路，他不必體卹馬力，儘可拚命快跑。」韋小寶道：「是，是。張大哥料事如神，果然是大將之才。」張勇聽他改口稱呼自己爲「大哥」，心下更喜。

韋小寶回頭傳令，命一隊驍騎營加急奔馳，去塘沽口水師傳令，封鎖海口，所有船隻不許出海。又吩咐沿途見到官軍便即傳令，阻截吳應熊等一行。一名佐領接了將令，領兵去了。

過不多時，只見道旁倒斃了兩匹馬匹，正是滇馬。張勇喜道：「都統大人，王副將帶的路徑果然不錯。」王進寶卻愁眉苦臉，神色甚爲煩惱。韋小寶道：「王三哥，你爲甚麼不開心？」王進寶心想：「我又不是行三，怎麼叫我三哥？」說道：「小將養的這些滇馬，每一匹都是千中挑一的良駒，怎地又拉稀屎，又倒斃在路？就算吳應熊拚命催趕，馬匹也不會如此不濟！唉，眞可惜，眞可惜！」

韋小寶知他愛馬，更不敢提偷餵巴豆之事，說道：「吳應熊這小子只管逃命，累死了好馬，枉費了王三哥一片心血，他媽的，這小子不是人養的。」王進寶道：「都統大人怎地叫小將王三哥，這可不敢當。」韋小寶笑道：「張大哥、趙二哥、王三哥、孫四哥，我瞧那一位的鬍子花白些，便算他年紀大些。」王進寶道：「原來如此。吳三桂一家人，沒一個是好種。當兵的不愛馬，總是沒好下場。」說著唉聲嘆氣。

行不數里，又見三匹馬倒斃道旁，越走死馬越多。張勇忽道：「都統大人，吳應熊的馬吃壞了東西，跑不動了。可得防他下馬，逃入鄉村躲避。」韋小寶道：「張大哥甚麼事都料早了一著，兄弟佩服之極。」當即傳令驍騎營，分開了包抄上去。

果然追不數里，北邊一隊驍騎營大聲歡叫：「抓住了吳應熊啦！」

韋小寶等大喜，循聲趕去，遠遠望見大路旁的麥田之中，數百名驍騎營軍士圍成一圈。這一帶昨天剛下了雨，麥田中一片泥濘。韋小寶等縱馬馳近，衆軍士已押著滿身泥污的幾人過來。當先一人正是吳應熊，只是身穿市井之徒服色，那還像是雍容華貴的金馬玉堂人物？

韋小寶跳下馬來，向他請了個安，笑道：「額駙爺，你扮戲文玩兒嗎？皇上忽然心血來潮，要想聽戲，吩咐小的來傳。你這就去演給皇上看，那可挺合式。哈哈，你扮的是個叫化兒，這可不是『金玉奴棒打薄情郎』中的莫稽麼？」

吳應熊早已驚得全身發抖，聽著韋小寶調侃，一句話也答不出來。

韋小寶興高采烈，押著吳應熊回京，來到皇宮時已是次日午間。康熙已先得到御前侍衛飛馬報知，立即傳見。韋小寶泥塵滿臉，故意不加抹拭。

康熙一見，自然覺得此人忠心辦事，勞苦功高之極，伸手拍他肩頭，笑問：「他媽的，小桂子，你到底有甚麼本事，居然將吳應熊抓了回來？」

韋小寶不再隱瞞，說了毒馬的詭計，笑道：「奴才本來只盼贏他一萬兩銀子，教他不敢誇口，同時奴才有錢花用，給皇上差去辦事的時候，也不用貪污了。那知道皇上洪福齊天，奴才胡鬧一番，居然也令吳三桂的奸計不能得逞。可見這老小子如要造反，準敗無疑。」

康熙哈哈大笑，也覺這件事冥冥中似有天意，自己福氣著實不小，笑道：「我是有福的天子，你是福將，這就下去休息罷。」韋小寶道：「吳應熊這小子已交御前侍衛看管，聽由聖意處分。」康熙沉吟道：「咱們暫且不動聲色，仍然放他回額駙府去，且看吳三桂有何動靜。最好他得知兒子給抓了回來，我又不殺他，就此感恩，不再造反。」韋小寶道：「是，是。皇上寬宏大量，鳥生魚湯。」

康熙道：「你派一隊驍騎營，前後把守額駙府門，有人出入，仔細盤查。他府裏的騾馬都拉了出來，一匹不留。」他說一句，韋小寶答應一句。康熙道：「這次的有功人員，你開單奏上，各有升賞，連那放巴豆的馬伕頭兒，也賞他個小官兒做做，哈哈。」

韋小寶跪下謝恩，將張勇、趙良棟、王進寶、孫思克四人的名字說了，又道：「張勇等三將是雲南的將領，但也明白效忠皇上，出力去抓吳應熊，可見吳三桂如想造反，他麾下將官必定紛紛投降。」康熙道：「張勇和那兩員副將不肯附逆，那好得很。張勇本來是甘肅的提督，另外兩員副將多半也不是吳三桂的舊部。」韋小寶道：「皇上聖明。」

韋小寶出得宮來，親自將吳應熊押回額駙府，說道：「駙馬爺，我在皇上面前替你說了不少好話，才保住了你這顆腦袋。你下次再逃，可連我的腦袋也不保了。」吳應熊連聲稱謝，心中不住咒罵，只是數十匹好馬如何在道上接連倒斃，以致功敗垂成，這道理卻始終不懂。

數日後朝旨下來，對韋小寶、張勇等獎勉一番，各升一級。康熙不欲張揚其事，以致激得吳三桂生變，因此上諭中含糊其事，只說各人辦事得力。連韋小寶的馬伕頭兒，也升了做把總。

吳應熊這麼一逃，康熙料知吳三桂造反已迫在眉睫，總算將吳應熊抓了回來，使他心有所忌，或能將造反之事緩得一緩。康熙這些日子來調兵遣將，造砲買馬，十分忙碌，只是庫房中銀兩頗有不足，倘若三藩齊反，再加上臺灣、蒙古、西藏三地，同時要對付六處兵馬，那時軍費花用如流水一般，支付著實不易，只要能緩得一日，便多了一天來籌餉備糧。

康熙心想多虧韋小寶破了神龍島，又籠絡了羅剎國，神龍島那也罷了，羅剎國卻實是大敵，此人不學無術，卻是一員福將，於是下了上諭，著他前赴揚州建造忠烈祠，暗中囑咐，南下時繞道河南，剿滅王屋山司徒伯雷的匪幫，除了近在肘腋的心腹之患。韋小寶奏請張勇等四將撥歸麾下，康熙自即准奏。

這日韋小寶帶同張勇等四將正要起行，忽然施琅、黃甫以及天地會的徐天川、風際中等一齊來到。相見之下，盡皆歡喜。原來韋小寶中了洪教主的美人計遭擒，施琅等倒不是不敢回來，卻是每日裏乘坐艦隻，在各處海島尋覓，盼能相救。徐天川等更分赴遼東、直隸、山東三省沿海陸上尋訪，直到接到韋小寶從京裏發出的訊息，這才回京相會。

韋小寶自不說遭擒的醜事，胡言亂語的掩飾一番。施琅等心中不信，卻也不敢多問。韋小寶又去奏明皇帝，說了施琅等人的功績，各人俱有封賞。徐天川等天地會兄弟不受清廷官祿，韋小寶自也不提。衆人在北京大宴一日，次日一齊起程。

不一日來到王屋山下，韋小寶悄悄對天地會兄弟說知，要去剿滅司徒伯雷。衆人都吃了一驚。李力世道：「韋香主，這件事卻幹不得。司徒伯雷志在興復明室，是一位大大的英雄好漢。咱們如去把王屋山挑了，那可是爲韃子出力。」

韋小寶道：「原來如此，我瞧司徒老兒那些徒兒，果然很有英雄氣概。可是我奉聖旨來剿王屋山，這件事倒爲難了。」

玄貞道人道：「韋香主在朝廷的官越做越大，只怕有些不妥。依我說，咱們跟司徒伯雷聯手，這就反了罷。」祁彪清搖頭道：「咱們第一步是借韃子之手，對付吳三桂這大漢奸。韋香主如在這時候造反，說不定韃子皇帝又去跟吳三桂聯成一氣，那可功虧一簣了。」韋小寶原不想對康熙造反，一聽這話，忙道：「對，對！咱們須得幹掉吳三桂再說，那是第一等大事。司徒伯雷只不過幾百人聚在王屋山，小事一件，不可因小失大。」

徐天川道：「眼前之事，是如何向韃子皇帝搪塞交代。再說，韃子皇帝有心在揚州為史閣部建忠烈祠，這件事，咱們也不能把他弄糟了。」史可法赤膽忠心，為國殉難，天下英雄豪傑無不欽佩。天地會羣雄聽徐天川一說，都點頭稱是。至於如何向皇帝交代敷衍，誰也及不上韋小寶的本事了，眾人都眼望他，聽由他自己出主意。

韋小寶笑道：「既然王屋山打不得，咱們就送個信給司徒老兒，請他老哥避開了罷。」眾人沉吟半晌，均覺還是這條計策可行。韋小寶想起那日擲骰子賭命，王屋派那小姑娘曾柔微圓的臉蛋，大大的眼睛，甚為秀美可愛，心想：「我跟司徒老兒又沒交情，要送人情，還不如送了給曾姑娘。」

正在此時，張勇和趙良棟分別遣人來報，已將王屋山團團圍住，四下通路俱已堵死。原來韋小寶一入河南省境，便將圍剿王屋山的上諭悄悄跟張勇、趙良棟等四將說了。四將不動聲色，分別帶領人馬，把守了王屋山下各處通道要地，只待接令攻山。

四將跟隨韋小寶後，只憑擒拿吳應熊這樣輕而易舉的一件差事，便各升官，都很感激，只盼這次出力立功，在各處通道上遍掘陷坑，布滿絆馬索。弓箭手、鉤鐮槍手守住了四面八方，要將山上人眾個個擒拿活捉，不讓走脫了一個。四將均想：「五千多名官兵，攻打山上千來名土匪，勝了有甚麼希奇？只有不讓一人漏網，才算有點兒小小功勞。」

韋小寶心想：「將司徒伯雷他們一古腦兒捉了，也不是甚麼大功，天地會眾兄弟又極不贊成。江湖上好漢，義氣為重，可不能得罪了朋友。」正自尋思如何向曾柔送信、放走王屋派衆師徒，忽聽得東面鼓聲響動，衆軍士喊聲大作。跟著哨探來報，山上有人衝殺下來。

韋小寶心想：「三軍之前，可不能下令放人，只有捉住了再說，慢慢設法釋放便是。」傳令：「個個要捉活的，一人都不許殺傷。」親兵傳令出去。韋小寶又加上一句：「尤其是女的，更加不可傷了。」一瞥眼見到徐天川、錢老本等人的神色，不禁臉上微微一紅，心道：「你們放心，這次不會再像神龍島那様，中美人計遭擒了。」

他帶了天地會羣雄，走向東首山道邊觀戰，只見半山裏百餘人衆疾衝而下。官兵得了主帥將令，不敢放箭，只擁上阻攔，但聽得吆喝聲此伏彼起，衝下來的人一個個落入陷坑，給鉤鐮槍手鉤起捉了。韋小寶想看曾柔是不是也拿住了，但隔得遠了，瞧不清楚。

忽見一人縱躍如飛，從一株大樹躍向另一株大樹，竄下山來。官兵上前攔阻，那人矯捷之極，竟阻他不住。玄貞道人讚嘆：「好身手！」

這人漸奔漸近，眼見再衝得數十丈便到山腳。錢老本道：「這人武功如此了得，莫非就是司徒伯雷麼？」徐天川道：「除了司徒老英雄，只怕旁人也無這等……」一言未畢，孫思克突然叫道：「這人好像是吳三桂的衛士。」說話之間，那人又已竄近了數丈。

韋小寶叫道：「先抓住他再說！」天地會羣雄紛向那人圍了上去。

那人手舞鋼刀，每一揮動，便砍翻了一名軍士。孫思克挺著長槍迎上，看清楚了面貌，叫道：「巴朗星，你在這裏幹甚麼？」這人正是吳三桂身邊的親信衛士巴朗星。他大聲叫道：「我奉平西親王將令，爲朝廷除害，殺了反賊司徒伯雷。你們爲甚麼阻我？」

徐天川等一聽，都大吃一驚，只見他腰間懸著一顆血肉模糊的頭顱，也不知是不是司徒伯雷。衆人一擁而上，團團圍住。

孫思克道：「韋都統在此，放下兵刃，上去參見，聽由都統大人發落。」

巴朗星道：「好！」將刀插入刀鞘，快步向韋小寶走去，大聲道：「參見都統大人。」韋小寶道：「你在這裏……」巴朗星突然急躍而起，雙手分抓韋小寶的面門胸口。

韋小寶大叫：「啊喲！我的媽！」轉身便逃。巴朗星武功精強，嗤的一聲，左手已扯下了他背上一片衣衫，右手往他頭頂抓落，突覺右側一足踢到，來勢極快。巴朗星側身避開，那人跟著迎面一掌，正是風際中。巴朗星舉掌擋格，身子一晃，突覺後腰一緊，已給徐天川抱住。錢老本伸指戳在他胸口，巴朗星哼了一聲。風際中左腿橫掃，巴朗星站立不定，倒了下去。錢老本將他牢牢按住，親兵過來綁了，推到韋小寶跟前。

巴朗星大聲道：「平西王大兵日內就到，那時叫你們一個個死無葬身之地，識時務的，這就快快投降。」韋小寶笑道：「平西王起兵了嗎？我倒不知道啊。他老人家身體好罷？」巴朗星見他神態和善，一時不明他用意，說道：「欽差大臣，你到過昆明，平西王也很看重你。你是聰明人，幹麼做韃子的奴才？還是早早歸順平西王罷。」徐天川在他屁股上踢了一腳，喝道：「吳三桂這大漢奸卑鄙無恥，你做他的奴才，更加無恥。」

巴朗星大怒，轉頭一口唾沫，向徐天川吐去。徐天川側身避過，這口唾沫吐中一名親兵的臉。韋小寶道：「巴老兄，有話好說，不必生氣。你要我歸降平西王，也不是不好商量。你到王屋山來貴幹啊？」巴朗星道：「跟你說了也不打緊，反正司徒伯雷我已殺了。」說著向掛在腰間的首級瞧了一眼。韋小寶道：「平西王爲甚麼要殺他？」巴朗星道：「你跟我去見平西王，他老人家自然會跟你說。」

徐天川等人大怒，拔拳要打。韋小寶使眼色制住，命親兵將巴朗星推入營中盤問。豈知這人十分倔強，對吳三桂又極忠心，不住勸韋小寶降吳，此外不肯吐露半句。搜他身邊，搜出一封蓋了朱紅大印的文書來。韋小寶命人一讀，原來是吳三桂所發的僞詔，封司徒伯雷爲「開國大將軍」，問他這文書的來歷，巴朗星瞪目不答。韋小寶眼見問不出甚麼，吩咐押了下去，將擒來的餘人拷打喝問，終於有人吃打不過，說了出來。

原來吳三桂部署日內起兵造反，派了親信巴朗星帶了一小隊手下，去見舊部司徒伯雷，要他響應，囑咐巴朗星，司徒伯雷倘若奉令，再好不過，否則就將他殺了，以防走漏密謀。司徒伯雷聽說要起兵反清，十分歡喜，立即答允共襄義舉，可是一問詳情，才知吳三桂不是要興復明室，而是自己要做皇帝，這「開國大將軍」的封號，更說得再也明白不過。司徒伯雷不肯接奉僞詔，要巴朗星回去告知吳三桂，倘若擁戴明帝後代，他決爲前驅，萬死不辭。但吳三桂當年殺害桂王，現下自己再想做皇帝，天下忠於明朝的志士決計不肯歸附。

巴朗星勸了幾句，司徒伯雷拍案大罵，說吳三桂斷送漢家江山，萬惡不赦，倘若改過自新，尚可將功贖罪，否則定當食其肉而寢其皮。巴朗星便不再說，當晚乘著司徒伯雷不備，突然將他刺死，割了他首級，率領同黨逃下山來。王屋派衆弟子出乎不意，追趕不及。不料官兵正在這時圍山，吳三桂的部屬一網遭擒。巴朗星突向韋小寶襲擊，用意是要擒住主帥，作爲要挾，以便脫逃。

韋小寶問明詳情，召集天地會羣雄密議。李力世道：「韋香主，司徒老英雄忠肝義膽，不幸喪命奸人之手，咱們可得好好給他收殮才是。」韋小寶道：「我倒有個主意在此。」於是將心中的計議說了。衆人一齊鼓掌稱善，當下分頭預備。

這日官兵並不攻山。王屋派人衆亦因首領被戕，亂成一團，只嚴守山口。

次日一早，韋小寶率領了天地會羣雄及一隊驍騎營官兵，帶備各物，來到半山，命官兵駐紮待命，自行與徐天川等及親兵上山。

行出里許，只見十餘名王屋派弟子手執兵刃，攔在當路。徐天川單身上前，雙手呈上一張素帖，帖上寫的是：「晚生韋小寶，率同李力世、祁彪清、玄貞道人、樊綱、風際中、錢老本、高彥超等，謹來司徒老英雄靈前致祭。」王屋派弟子見來人似無敵意，後面有人抬了一具棺材，又有香燭、紙錢等物，不禁大為奇怪，說道：「各位稍待，在下上去稟報。」當下一人飛奔上山，餘人仍嚴密守住山路。韋小寶等退開數十步，坐在山石上休息。

過不多時，山上走下數十人來，當先一人正是昔日會過的司徒鶴。他是司徒伯雷之子，山上首領逝世，王屋派就由他當家作主了。韋小寶一雙眼骨溜溜的只瞧他身後，只見一個姑娘身形苗條，頭戴白花，正是曾柔，不由得心中一陣歡喜。

司徒鶴朗聲道：「各位來到敝處，有甚麼用意？」說著手按腰間劍柄。錢老本上前抱拳說道：「敝上韋君，得悉司徒老英雄不幸為奸人所害，甚是痛悼，率領在下等人，前來到老英雄靈前致祭。」司徒鶴遠遠向韋小寶瞧了一眼，說道：「他是韃子朝廷的官員，率領官兵圍山，定然不懷好意。你們想使奸計，我們可不上你這個當。」

錢老本道：「請問殺害司徒老英雄的兇手是誰？」司徒鶴咬牙切齒的道：「是吳三桂的衛士巴朗星，還有他手下的一批惡賊。」錢老本點頭道：「司徒少俠不信敝上的好意，這也難怪。我們先把祭品呈上。」回頭叫道：「帶上來！」

兩名親兵推著一人緩緩上來。這人手上腳上都鎖了鐵鍊，頭上用一塊黑布罩住。王屋派衆弟子都大為奇怪，不知對方搗甚麼鬼。那人走到錢老本身後，親兵便拉住了鐵鍊，不讓他再走。錢老本道：「司徒少俠請看！」一伸手，拉開那人頭上罩著的黑布，只見那人橫眉怒目，正是巴朗星。

王屋派衆弟子一見，紛紛怒喝：「是這奸賊！快把他殺了！」嗆啷啷聲響，各人挺起兵刃，便要將巴朗星亂劍分屍。

司徒鶴雙手一攔，阻住各人，說道：「且慢！」抱拳向錢老本問道：「閣下拿得奸人，不知要如何處置？」錢老本道：「敝上對司徒老英雄素來敬仰，那日和司徒少俠又有一面之緣，今日拿到這行兇奸人，連同他所帶的一衆惡賊，盡數要在司徒老英雄靈前千刀萬剮，以慰老英雄在天之靈。」司徒鶴一怔，暗想天下那有這樣的好事？側頭瞧著巴朗星，心中將信將疑，尋思：「韃子狡獪，定有奸計。」

巴朗星突然破口大罵：「操你奶奶，你看老子個鳥，你那老傢伙都給老子殺了……」

錢老本右手一掌擊在他後心，左足飛起，踢在他臀上。巴朗星手足受縛，難以避讓，身子向前直跌，摔在司徒鶴身邊，再也爬不起來。

錢老本道：「這是敝上的一件小小禮物，這奸人全憑閣下處置。」回頭叫道：「都帶上來。」一隊親兵押著百餘名身繫銬鐐的犯人過來，每人頭上都罩著黑布。黑布揭去，露出面目，盡是巴朗星的部屬。錢老本道：「請司徒少俠一併帶去罷。」

到此地步，司徒鶴更無懷疑，向著韋小寶遙遙一躬到地，說道：「尊駕盛情，敝派感激莫名。」尋思：「他放給我們這樣一個大交情，不知想要我們幹甚麼，難道要我們投降韃子嗎？這可萬萬不能。」

韋小寶快步上前還禮，說道：「那天跟司徒兄、曾姑娘賭了一把骰子，一直記在心裏，只想那一天再來玩一手。」指著身後那具棺木，說道：「司徒老英雄的遺體，便在這棺木之中，便請抬上山去，縫在身軀之上安葬罷。」

司徒伯雷身首異處，首級給巴朗星帶了下山，王屋派衆弟子無不悲憤已極。司徒鶴仍恐有詐，走近棺木，見棺蓋並未上榫，揭開一看，果見父親的首級赫然在內，不由得大慟，拜伏在地，放聲大哭。其餘弟子見他如此，一齊跪倒哀哭。

司徒鶴站起身來，叫過四名師弟，抬了棺木上山，對韋小寶道：「便請尊駕赴先父靈前上一炷香。」韋小寶道：「自當去向老英雄靈前磕頭。」命衆親兵在山口等候，只帶了雙兒和天地會兄弟，隨著司徒鶴上山。

韋小寶走到曾柔身邊，低聲道：「曾姑娘，你好！」曾柔臉上淚痕未乾，一雙眼哭得紅地，更顯楚楚可憐，抬起頭來，抽抽噎噎的道：「你……你是花差……花差將軍？」韋小寶大喜，道：「你記得我名字？」曾柔低頭嗯了一聲，臉上微微一紅。

她臉上這麼一紅，韋小寶心中登時一蕩：「她為甚麼見了我要臉紅？『男人笑咪咪，不是好東西，女人面孔紅，心裏想老公。』莫非她想我做她老公？不知我給她的骰子還在不在？」低聲問道：「曾姑娘，上次我給你的東西，你還收著嗎？」曾柔臉上又是一紅，轉開了頭，問道：「甚麼東西？我忘啦！」韋小寶好生失望，嘆了口氣。曾柔回過頭來，輕輕一笑，低聲道：「蝟十！」韋小寶大喜，不由得心癢難搔，低聲道：「我是蝟十，你是至尊！」曾柔不再理他，快步向前，走到司徒鶴身畔。

那王屋山四面如削，形若王者車蓋，以此得名，絕頂處稱為天壇，東有日精峯，西有月華峯。一行人隨著司徒鶴來到天壇以北的王母洞。一路上蒼松翠柏，山景清幽。王屋山於道書中稱「清虛小有洞天」，天下三十六洞天中名列第一，相傳為黃帝會王母之處。王屋派人衆聚居於王母洞及附近各洞之中，冬暖夏涼，勝於屋宇。

司徒伯雷的靈位設在王母洞中。弟子將首級和身子縫上入殮。

韋小寶率領天地會衆兄弟在靈前上香致祭，跪下磕頭，心想：「要討好曾姑娘，須得越悲哀越好。」裝假哭原是他的拿手好戲，想起在宮中數次給老婊子毆擊的慘酷、為洪教主所擒後的驚險、一再遭方怡欺騙的倒霉、阿珂只愛鄭克塽的無可奈何，不由得悲從中來，放聲大哭。初哭時尚頗勉強，這一哭開頭，便即順理成章，越哭越悲切，大聲道：「司徒老英雄，晚輩久聞你是一位忠臣義士，大大的英雄好漢。當年見到你公子的劍法，更知你武功了得，只盼能拜在你的門下，做個徒子徒孫，學幾招武功，也好在江湖上揚眉吐氣。那知你老人家為奸人所害，嗚嗚……嗚嗚……真叫人傷心之極了。」

司徒鶴、曾柔等本已傷心欲絕，聽他這麼一哭，登時王母洞中哭聲震天，哀號動地。徐天川、錢老本等本來不想哭的，也不禁為眾人悲戚所感，洒了幾滴眼淚。

韋小寶搥胸頓足的大哭不休，反是王屋派弟子不住勸慰，這才收淚。他將巴朗星拉了過來，取過一柄鋼刀，交在司徒鶴手裏，說道：「司徒少俠，你殺了這奸賊，為令尊報仇。」

司徒鶴一刀割下巴朗星的首級，放上供桌。王屋派弟子齊向韋小寶拜謝大恩。

本來韋小寶小小年紀，原也想不出這個收買人心的計策，那是他從〈臥龍弔孝〉這齣戲中學來的。三國周瑜給諸葛亮氣死後，諸葛亮親往柴桑口致祭，哭拜盡哀，引得東吳諸將人人感懷。幸好戲中諸葛亮所唸的祭文太長，辭句又太古雅，韋小寶一句也記不得，否則在王屋山上依樣葫蘆的唸了出來，可就立時露出狐狸尾巴了。

這麼一來，王屋派諸人自然對韋小寶感恩戴德，何況當日他將司徒鶴等擒住之後，贈銀釋放，賣過一番大大的交情。但他是清廷貴官，何以如此，眾人始終不解。錢老本將司徒鶴叫在一旁，說明自己一夥人乃天地會青木堂兄弟。但韋小寶在朝廷為官，他的身分卻不能吐露，只怕一有洩漏，壞了大事，只含糊其辭，說他為人極有義氣，「身在曹營心在漢」，眾兄弟都當他是好朋友。司徒鶴一聽之下，恍然大悟，更連連稱謝，其時語出至誠，比之適才心中疑慮未釋，又是不同了。

跟著談起王屋派今後出處，司徒鶴說派中新遭大喪，又逢官兵圍山，也沒想過這回事。錢老本微露招攬之意。天地會在江湖上威名極盛，隱爲當世反清復明的領袖，王屋派向來敬慕，又是志同道合。司徒鶴一聽大喜，便與派中耆宿及諸師兄弟商議，人人贊同。他當即向錢老本請求加盟。錢老本這時才對他明言，韋小寶實是青木堂的香主。

當日下午，天地會青木堂在王母洞中大開香堂，接引王屋派諸人入會。衆人拜過香主，便都是韋小寶的部屬了。他心中歡喜，飲過結盟酒後，便想開賭，和新舊兄弟大賭一場。李力世、錢老本等連忙勸阻，說道興高采烈的賭錢，未免對剛逝世的司徒伯雷不敬。

韋小寶賭不成錢，有些掃興，問起王屋派的善後事宜。李力世道：「王屋山在山西、河南兩省交界，不屬咱們青木堂管轄。按照本會規矩，越界收兄弟入會，是不妨的，但各堂兄弟不能越界辦事，最好司徒兄弟各位移去直隸省居住。」錢老本道：「韃子皇帝差韋香主來攻打王屋山，司徒兄弟各位今後不在王屋山了，韋香主就易於上報。」司徒鶴道：「正是，小弟謹遵各位大哥吩咐。」

韋小寶道：「司徒大哥，現下我們要去揚州，給史閣部起一座忠烈祠。這祠堂起好，大夥兒就去打吳三桂了。」

司徒鶴站起身來，大聲道：「韋香主去打吳三桂，屬下願爲前鋒，率同師兄弟姊妹，跟吳三桂這惡賊拚個死活，爲先父報仇雪恨。」

韋小寶喜道：「那再好也沒有了，各位這就隨我去揚州罷。只不過須得扮作韃子官兵，委屈了一些。」司徒鶴道：「爲了打吳三桂，再大的委屈也所甘心。韋香主做得韃子官，我們自也做得韃子兵。何況李大哥、徐大哥各位，不也都扮作了韃子兵嗎？」

當晚衆人替司徒伯雷安葬後，收拾下山。會武功的男子隨著韋小寶前赴揚州。老弱婦孺則到保定府擇地安居，該處有天地會青木堂的分舵，自有人妥爲照應。

韋小寶對張勇等言道，王屋山匪徒眼見大軍圍住，情知難以脫逃，經一番開導，大家一起歸降。他已予以招安，收編爲官兵。張勇等齊向他慶賀，說道都統兵不血刃，平定了王屋山的悍匪，立下大功。韋小寶道：「這是四位將軍之功，若不是你們團團圍住，衆匪插翅難飛，他們也決不肯投降。待兄弟申報朝廷，各有升賞。」四將大喜，知兵部尚書明珠對他竭力奉承，只要是韋都統申報的功勞，兵部一定從優敘議。

韋小寶初時躭心曾柔跟隨王屋派婦孺，前赴保定府安居，如指定要她同去揚州，可有點說不出口。待見她換上男裝，與司徒鶴等同行，心中說不出的歡喜。一路之上，他總想尋個機會，跟她親熱一番。可是曾柔和衆位師兄寸步不離，見到了他，只靦靦腆腆的微笑不語。韋小寶想要和她說句親熱話兒，始終不得其便，不由得心癢難搔。倘若他只是清軍主帥，早就假公濟私，調這小親兵入營侍候，但身爲天地會香主，調戲會中婦女乃是厲禁，衆兄弟面上也不好看，只有乾咽饞涎，等候機會了。

韋小寶突覺後腦一緊，

給人拉住辮子，提了起來，跟著喉頭氣窒，

那人左手叉在他頸中，臉色似笑非笑，

低聲喝道：「小混蛋，你好大膽，居然連我也敢戲耍！」

第三十九回

先生樂事行如櫛　小子浮蹤寄若萍

沿途官員迎送，賄賂從豐。韋小寶自然來者不拒，迤邐南下，行李日重。跟天地會兄弟們說起，就道我們敗壞韃子的吏治，賄賂收得越多，百姓越是抱怨，各地官員名聲不好，將來起兵造反，越易成功，等於是「反清復明」。徐天川等深以爲然。

不一日來到揚州。兩江總督麻勒吉、江寧巡撫馬佑以下，布政使、按察使、學政、淮揚道、糧道、河工道、揚州府知府、江都縣知縣以及各級武官早已得訊，迎出數里之外。

欽差行轅設在淮揚道道台衙門，韋小寶覺得太過拘束，只住得一晚，便對道台說要另搬地方。他想行轅所在，最妙不過便是在舊居麗春院中，欽賜衣錦榮歸，自是以回去故居最爲風光。但欽差大臣將行轅設在妓院，畢竟說不過去，尋思當日在揚州之時，所懷抱的雄心大志，除了開幾家大妓院之外，便是將禪智寺前芍藥圃中的芍藥花盡數連根拔起。

揚州芍藥，擅名天下，禪智寺前的芍藥圃尤其宏偉，名種千百，花大如碗。韋小寶在十歲那一年上，曾和一羣頑童前去遊玩，見芍藥開得茂盛，折了兩朵拿在手中玩耍，給廟中和尚見到了，奪下花朵，還打了他兩個耳括子。韋小寶又踢又咬，跟那和尚打鬧起來，給那胖大和尚推在地下，踢了幾腳。衆頑童一鬨而前，亂拔芍藥。那和尚叫嚷起來，寺裏擁出一羣和尚與火工，手執棍棒，將衆頑童趕開。韋小寶因是禍首，身上著實吃了不少棍棒，頭上腫起了一個大塊，回到麗春院，又給母親罰一餐沒飯吃。雖然他終於到廚房中偷吃了一個飽，但對「禪智寺採花受辱」這一役卻引以奇恥。次日來到寺前，隔得遠遠的破口大罵，從如來佛的媽媽直罵到和尚的女兒，宣稱：「終有一日，老子要拔光這廟前的芍藥，把你這座臭廟踏爲平地，掘成糞坑。」直罵到廟中和尚追將出來、他拔足飛奔爲止。

過得數年，這件事早就忘了，這日回到揚州，要覓地作爲行轅，這才想起禪智寺來，當下跟淮揚道道台說了，有心去作踐一番。

那道台尋思：「禪智寺是佛門勝地，千年古剎。欽差住了進去，只怕攪得一場胡塗。」說道：「回大人：那禪智寺風景當眞極佳，大人高見，卑職欽佩之至。不過在廟裏動用葷酒，恐怕不甚方便。」韋小寶道：「有甚麼不便？把廟裏的菩薩搬了出去，也就是了。」那道台聽說要搬菩薩，更嚇了一跳，心想這可要闖出禍來，揚州城裏衆百姓如動了公憤，那可難以處理，當下陪笑請了個安，低聲道：「回大人：揚州煙花，那是天下有名的。大人一路上勞苦功高，來到敝處，卑職自當盡心服侍，已挑了不少善於彈琴唱曲的美貌妞兒，供大人賞鑒。和尚廟裏硬床硬板凳，只怕煞風景得很。」

韋小寶心想倒也有理，笑道：「依你說，那行轅設在何處才是？」

那道台道：「揚州鹽商有個姓何的，他家的何園，稱爲揚州名園第一。他有心巴結欽差大人，早就預備得妥妥貼貼，盼望大人光臨。只是他功名太小，不敢出口。大人若不嫌棄，不妨移駕過去瞧瞧。」

這姓何的鹽商家財豪富，韋小寶幼時常在他家高牆外走過，聽到牆裏傳出絲竹之聲，十分羨慕，只是從無機緣進去望上一眼，當下便道：「好啊，這就去住上幾天，如果住得不適意，咱們再搬便是。揚州鹽商多，咱們挨班兒住過去、吃過去，也吃不窮了他們。」

那何園棟宇連雲，泉石幽曲，亭舍雅致，建構精美，一看便知每一尺土地上都花了不少黃金白銀。韋小寶大爲稱意，吩咐親兵隨從都住入園中。張勇等四將率領官兵，分駐附近官舍民房。

其時揚州繁華，甲於天下。唐時便已有「十里珠簾，二十四橋風月」之說。到得清初，是大運河水運的樞紐，淮鹽集散於斯，更是興旺。據史籍所載，明末揚州府屬共三十七萬五千餘丁（十六歲以上的男子），明清之際，揚州慘遭清兵屠戮，順治三年只剩九千三百二十丁，但到康熙六年，又增至三十九萬七千九百餘丁，不但元氣已完全恢復，且更勝昔日。

次日清晨，揚州城大小官員排班到欽差行轅來參見。韋小寶接見後，宣讀聖旨。他不識康熙上諭上的字，早叫師爺教了唸熟，這時一個字一個字背將出來，總算記心甚好，倒也沒背錯，匆忙中將上諭倒拿了，旁人也沒發覺。

衆官員聽得皇帝下旨豁免揚州府所屬各縣三年錢糧，還要撫卹開國時兵災災戶的孤寡，興建忠烈祠祭祀史可法等忠臣，無不大呼萬歲，叩謝皇恩浩蕩。

韋小寶宣旨已畢，說道：「衆位大人，兄弟出京之時，皇上吩咐，江蘇一省出產殷富，但近年來吏治鬆弛，兵備也不整飭，命兄弟好好查察整頓。皇上對揚州百姓這麼愛惜，咱們居官的，該當盡心竭力，報答聖恩才是。」文武百官齊聲稱是，不由得都暗暗發愁。其實這幾句話是索額圖教他的。韋小寶知道想賄賂收得多，第一是要對方有所求，第二是要對方有所忌，因此對江蘇文武官員恐嚇一番，勢不可免，只不過這番話要說得不輕不重，恰到好處，又要文謅謅的官腔十足，卻非請教索額圖不可了。

官樣文章作過，自有當地官員去擇地興建忠烈祠，編造應卹災戶名冊，差人前赴四鄉，宣諭皇上豁免錢糧的德音。這些事情非一朝一夕所能辦妥，這段時候，便是讓他在揚州這銷金窩裏享福了。此後數日之中，總督、巡撫設宴，布政司、按察司設宴，諸道設宴，自是陳列方丈，羅列珍饈，極盡豪奢，不在話下。

每日裏韋小寶都想去麗春院探望母親，只是酬酢無虛，始終不得其便。欽差大人的母親在揚州做妓女，這件事可萬萬揭穿不得。丟臉出醜事小，失了朝廷體統事大，何況韋小寶做大官已久，一直不接母親赴京享福，任由她淪落風塵，實是大大的不孝，給御史參上一本，連皇帝也難迴護。心想只好等定了下來，悄悄換了打扮，去麗春院瞧瞧，然後命親兵把母親送回北京安居，務須做得神不知、鬼不覺才是。以前他一直打的是足底抹油的主意，一見風色不對，立刻快馬加鞭，逃之夭夭，不料官兒越做越大，越做越開心，這時竟想到要接母回京，那是有意把這官兒長做下去了。

過得數日，這一日是揚州府知府吳之榮設宴，爲欽差洗塵。吳之榮從道台那裏聽到，欽差曾有以禪智寺爲行轅之意，心想禪智寺的精華，不過是寺前一個芍藥圃，欽差大人屬意該寺，必是喜歡賞花。他善於逢迎，早於數日之前，便在芍藥圃畔搭了一個花棚，是命高手匠人以不去皮的松樹搭成，樹上枝葉一仍舊，棚內桌椅皆用天然樹石，棚內種滿花木青草，再以竹節引水，流轉棚周，淙淙有聲，端的是極見巧思，飲宴其間，便如置身山野一般，比之富貴人家雕樑玉砌的華堂，又別有一般風味。

那知韋小寶庸俗不堪，周身沒半根雅骨，來到花棚，第一句便問：「怎麼有個涼棚？啊，是了，定是廟裏和尚搭來做法事的，放了燄口，便在這裏施飯給餓鬼吃。」吳之榮一番心血全然白用了，不由得臉色尷尬，還道欽差大臣有意諷刺，只得陪笑道：「卑職見識淺陋，這裏布置不當大人的意，實在該死。」

韋小寶見衆賓客早就肅立恭候，招呼了便即就座。那兩江總督與韋小寶應酬了幾日，已回江寧治所。江蘇省巡撫、布政司等的治所在蘇州，這時都留在揚州，陪伴欽差大臣。其餘賓客不是名士，便是有功名頂戴的鹽商。

揚州的筵席十分考究繁富，單是酒席之前的茶果細點，便有數十種之多，韋小寶雖是本地土生，卻也不能盡識。

喝了一會茶，日影漸漸西斜。日光照在花棚外數千株芍藥之上，璀燦華美，眞如織錦一般。韋小寶卻越看越生氣，想起當年給寺中僧人毆辱之恨，登時便想將所有芍藥盡數拔起來燒了，只想須得找個藉口才好下手。正尋思間，巡撫馬佑笑道：「韋大人，聽大人口音，似乎也在淮揚一帶住過。淮揚水土厚，因此既出人才，也產好花。」衆官只知欽差是正黃旗滿洲人，那巡撫這幾日聽他說話，頗有揚州鄉音，於是乘機捧他一捧。

韋小寶正在想著禪智寺的僧人可惡，脫口而出：「揚州就是和尚不好。」

巡撫一怔，不明他眞意何指。布政司慕天顏是個乖覺而有學識之人，接口道：「韋大人所見甚是，揚州的和尚勢利，奉承官府，欺辱窮人，那是自古已然。」韋小寶大喜，笑道：「是啊，慕大人是讀書人，知道書上寫得有的。」慕天顏道：「唐朝王播碧紗籠的故事，不就出在揚州嗎？」韋小寶最愛聽故事，忙問：「甚麼『黃布比沙龍』的故事。」

慕天顏道：「這故事就出在揚州石塔寺。唐朝乾元年間，那石塔寺叫作木蘭院，詩人王播年輕時家中貧窮……」韋小寶心想：「原來這人名叫王播，不是一塊黃布。」聽他續道：「……在木蘭院寄居。廟裏和尚吃飯時撞鐘為號，王播聽到鐘聲，也就去飯堂吃飯。和尚們討厭他，有一次大家先吃飯，吃完了飯再撞鐘。王播聽到鐘聲，走進飯堂，只見僧眾早已散去，飯菜已吃得乾乾淨淨……」

韋小寶在桌上一拍，怒道：「他媽的和尚可惡。」慕天顏道：「是啊，吃一餐飯，費得幾何？當時王播心中慚愧，在壁上題詩道：『上堂已了各西東，慚愧闍黎飯後鐘。』」

韋小寶問道：「『闍黎』是甚麼傢伙？」眾官和他相處多日，已知這位欽差大人不是讀書人，旗人的功名富貴多不從讀書而來，也不以為奇。慕天顏道：「闍黎就是和尚了。」韋小寶點頭道：「原來就是賊禿。後來怎樣？」

慕天顏道：「後來王播做了大官，朝廷派他鎮守揚州，他又到木蘭院去。那些和尚自然對他大為奉承。他去瞧瞧當年牆上所題的詩還在不在，只見牆上黏了一塊名貴的碧紗，將他題的兩句詩籠了起來，以免損壞。王播很是感慨，在後面又續了兩句詩道：『三十年前塵土面，如今始得碧紗籠。』」韋小寶道：「他定是把那些賊禿捉來大打板子了？」慕天顏道：「王播是風雅之士，想來題兩句詩稍示譏諷，也就算了。」

韋小寶心道：「倘若是我，那有這麼容易罷手的？不過要我題詩，可也沒這本事。

老子只會拉屎，不會題詩。」那王播在唐朝做到宰相高位，是個大大貪官，韋小寶與之似可先後輝映。

說了一會故事，撤茶斟酒。韋小寶四下張望，隔座見王進寶一口一杯，喝得甚是爽快，心念一動，說道：「王將軍，你曾說戰馬吃了芍藥，那就特別雄壯，是不是？」一面說，一面大做眼色。王進寶不明其意，說道：「這個……」韋小寶道：「皇上選用名種好馬，甚麼蒙古馬、西域馬、川馬、滇馬，皇上都吩咐要小心飼養，是嗎？」康熙著意於蓄馬，王進寶是知道的，便道：「大人說得是。」韋小寶道：「你熟知馬性，在北京之時，你說如給戰馬吃了芍藥，奔跑起來便快上一倍。皇上這般愛馬，咱們做奴才的，自該上仰聖意。如把這裏的芍藥花掘起來送去京師，交給兵部車駕司餵馬，皇上得知，必定龍顏大悅。」

眾人一聽，個個神色古怪，芍藥能壯馬，倒是首次聽見，瞧王進寶唯唯否否的模樣，顯是不以為然，只不敢公然駁回而已。但韋小寶開口皇上，閉口皇上，抬出皇帝這頂大帽子來，又有誰敢稍示異議？眼見這千餘株名種芍藥要盡毀於他手，揚州從此少了一個名勝，卻不知這位韋大人何以如此痛恨這些芍藥？人人面面相覷，說不出話來。

知府吳之榮道：「韋大人學識淵博，眞教人敬佩。芍藥根叫做赤芍，《本草綱目》中是有的，說道功能去瘀活血。芍藥的名稱中有個『藥』字，可見古人就知它是良藥。馬匹吃了芍藥，血脈暢通，自然奔馳如飛。大人回京之時，卑職派人將這裏的芍藥花都掘了，請大人帶回京城。」眾官聽了，心中都暗罵吳之榮卑鄙無恥，為了迎逢上官，竟要毀去揚州的美景。韋小寶拍手笑道：「吳大人辦事幹練，好得很，好得很！」吳之榮大感榮幸，忙下座請安，說道：「謝大人誇獎。」

布政司慕天顏走出花棚，來到芍藥叢中，摘了一朵碗口大的芍藥花，回入座中雙手呈給韋小寶，笑道：「請大人將這朵花插在帽上，卑職有個故事說給大人聽。」

韋小寶一聽又有故事，便接過花來，只見那朵芍藥瓣作深紅，每一瓣花瓣攔腰有一條黃線，甚是嬌艷，便插在帽上。

慕天顏道：「恭喜大人，這芍藥有個名稱，叫作『金帶圍』，乃是十分罕見的名種。古書上記載得有，戴到這『金帶圍』的，日後會做宰相。」

韋小寶笑道：「那有這麼準？」慕天顏道：「這故事出於北宋年間。那時韓魏公韓琦鎮守揚州，就在這禪智寺前的芍藥圃中，忽有一株芍藥開了四朵大花，花瓣深紅，腰有金線，便是這金帶圍了。這種芍藥從所未有，極是珍異。下屬稟報上去，韓魏公駕臨觀賞，十分喜歡，見花有四朵，便想再請三位客人，一同賞花。」韋小寶從帽上將花取下再看，果覺紅黃相映，分外燦爛。那一條金色橫紋，更爲百花所無。

慕天顏道：「那時在揚州有兩位出名人物，一是王珪，一是王安石，都是大有才學見識之人。韓魏公心想，花有四朵，人只三個，未免美中不足，另外請一個人罷，名望卻又配不上。正在躊躇，忽有一人來拜，卻是陳升之，那也是一位大名士。韓魏公大喜，次日在這芍藥圃前大宴，將四朵金帶圍摘了下來，每人頭上簪了一朵。這故事叫做『四相簪花宴』，這四人後來先後都做了宰相。」

韋小寶笑道：「這倒有趣。這四位仁兄，都是有名的讀書人，會作詩作文章，兄弟可比不上了。」慕天顏道：「那也不然。北宋年間，講究讀書人做宰相。我大清以馬上得天下，皇上最看重的，卻是有勇有謀的英雄好漢。」韋小寶聽到「有勇有謀的英雄好漢」這九字評語，不由得大為歡喜，連連點頭。

慕天顏道：「韓魏公封為魏國公，那不用說了。王安石封荊國公，王珪封岐國公，陳升之封秀國公。四位名臣不但都做宰相，而且都封國公，個個既富貴，又壽考。韋大人少年早達，眼下已封了伯爵，再升一級，便是侯爵，再升上去，就是公爵了。就算封郡王、封親王，那也是指日間的事。」

韋小寶哈哈大笑，說道：「但願如慕大人金口，這裏每一位也都升官發財。」衆官一齊站起，端起酒杯，說道：「恭賀韋大人加官晉爵，公侯萬代。」

韋小寶站起身來，和衆官乾了一杯，心想：「這官兒既有學問，又有口才，會說故事，討人歡喜。要是叫他到北京辦事，時時聽他說說故事，不強似說書先生嗎？這人天生是馬屁大王，取個名兒叫慕天顏，擺明了想朝見皇上。可別讓他奪了我的寵。」

慕天顏又道：「韓魏公後來帶兵，鎮守西疆。西夏人見了他怕得要死，不敢興兵犯界。西夏人當時怕了宋朝兩位大臣，一位就是韓魏公韓琦，另一位是范文正公范仲淹。當時有兩句話道：『軍中有一韓，西賊聞之心膽寒；軍中有一范，西賊聞之驚破膽。』將來韋大人帶兵鎮守西疆，那是『軍中有一韋，西賊見之忙下跪！』」

韋小寶大樂，說道：「『西賊』兩字妙得很，平西王這西……」忽然心想：「吳三桂還沒起兵造反，還不能叫他『西賊』。」忙改口道：「平西王鎮守西疆，倒也太平無事，很有功勞。」

吳之榮道：「平西王智勇雙全，勞苦功高，爵封親王，世子做了額駙。將來韋大人大富大貴，壽比南山，定然也跟平西王一般無異。」

韋小寶心中大罵：「辣塊媽媽，你要我跟吳三桂這大漢奸一般無異。這老烏龜指日就要腦袋搬家，你叫我跟他一樣！」

慕天顏平日用心揣摩朝廷動向，日前見到邸報，皇上下了撤藩的旨意，便料到吳三桂要倒大霉，這時見韋小寶臉色略變，更心中雪亮，說道：「韋大人是皇上親手提拔的大臣，乃聖上心腹之寄，朝廷柱石，國家棟樑。平西王目下雖官高爵尊，終究是不能跟韋大人比的。吳府尊這個比喻，有點不大對了。韋大人祖上，唐朝的忠武王韋皋，曾大破吐蕃兵四十八萬，威震西陲。當年朱泚造反，派人邀韋忠武王一同起兵。忠武王對朝廷忠心不貳，那肯做這等大逆不道之事？立即將反賊的使者斬了，還發兵助朝廷打平反賊，立下大功。韋大人相貌堂堂，福氣之大，無與倫比，想必是韋忠武王傳下來的福澤。」

韋小寶微笑點頭。其實他連自己姓甚麼也不知道，只因母親叫作韋春芳，就跟了娘姓，想不到姓韋的還有這樣一位大有來頭人物，這布政司硬說是自己的祖先，那是定要往自己臉上貼金；聽他言中之意，居然揣摩到吳三桂要造反，這人的才智，也很了不起了。

吳之榮給慕天顏這麼一駁，心中不忿，但不敢公然和上司頂撞，說道：「聽說韋大人是正黃旗人。」言下之意自然是說：「他是滿洲人，又怎能跟唐朝的韋皋拉得上干係？」慕天顏笑道：「吳府尊只知其一，不知其二。方今聖天子在位，對天下萬民一視同仁，滿漢一家，又何必有畛域之見？」這幾句話實在有些強辭奪理，吳之榮卻不敢再辯，心想再多說得幾句，說不定更會得罪欽差，當下連聲稱是。

慕天顏道：「平西王是咱們揚州府高郵人，吳府尊跟平西王可是一家嗎？」吳之榮並非揚州高郵人，本來跟吳三桂沒甚麼干係，但其時吳三桂權勢薰天，他趨炎附勢，頗以姓吳為榮，說道：「照族譜的排行，卑職比平西王矮了一輩，該稱王爺為族叔。」

慕天顏點了點頭，不再理他，向韋小寶道：「韋大人，這金帶圍芍藥，雖已不如宋時少見，如此盛開，卻也異常難得。今日恰好在韋大人到來賞花時開放，這不是巧合，定是有天意的。卑職有一點小小意見，請大人定奪。」韋小寶道：「請老兄指教。」

慕天顏道：「指教二字，如何敢當？那芍藥花根，藥材行中是有的，大人要用來飼馬，想藥材鋪中製煉過的更有效力。卑職吩咐大量採購，運去京師備用。至於這裏的芍藥花，念著他們對大人報喜有功，是否可暫且留下？他日韋大人掛帥破賊，拜相封王，就如韓魏公、韋忠武王一般，再到這裏來賞花，那時金帶圍必又盛開，迎接貴人，豈不是一樁美事？據卑職推想，將來一定是戲文都有得做的。」

韋小寶興高采烈，道：「你說戲子扮了我唱戲？」慕天顏道：「是啊，那自然要一個俊雅漂亮的小生來扮韋大人了，還有些白鬍子、黑鬍子、大花臉、白鼻子小丑，就扮我們這些官兒。」衆官都哈哈大笑。韋小寶笑道：「這齣戲叫做甚麼？」慕天顏向巡撫馬佑道：「那得請撫台大人題個戲名。」他見巡撫一直不說話，心想不能冷落了他。

馬佑笑道：「韋大人將來要封王，這齣戲文就叫做『韋王簪花』罷？」衆官一齊讚賞。

韋小寶心中一樂，也就不再計較當年的舊怨了，心想：「老子做宰相是做不來的，大破西賊，弄個王爺玩玩，倒也幹得過，倘若拔了這些芍藥，只怕兆頭不好。」一眼望出去，見花圃中的金帶圍少說也還有幾十朵，心想：「那裏便有這許多宰相了，難道你們個個都做宰相不成？撫台、藩台還有些兒指望，這吳之榮賊頭狗腦，說甚麼也不像，將來戲文裏的白鼻子小丑定是扮他。」明知布政司轉彎抹角、大費心機的一番說話，意在保全這禪智寺前的數千株芍藥，做官的訣竅首在大家過得去，這叫做「花花轎子人抬人」，你既然捧了我，我就不能一意孤行，叫揚州通城的官兒臉上都下不來，當下不再提芍藥之事，笑道：「將來就算眞有這一齣戲，咱們也都看不著了，不如眼前先聽聽曲子罷！」

衆官齊聲稱是。吳之榮早有準備，吩咐下去。只聽得花棚外環珮玎璫，跟著傳來一陣香風。韋小寶精神一振，心道：「有美人看了。」果見一個女子娉娉婷婷的走進花棚，向韋小寶行下禮去，嬌滴滴的說道：「欽差大人和衆位大人萬福金安，小女子侍候唱曲。」

只見這女子三十甫過年紀，打扮華麗，姿色卻是平平。笛師吹起笛子，她便唱了起來，唱的是杜牧的兩首揚州詩：

「青山隱隱水迢迢，秋盡江南草未凋。二十四橋明月夜，玉人何處教吹簫？」

「落魄江南載酒行，楚腰纖細掌中輕。十年一覺揚州夢，贏得青樓薄倖名。」

笛韻悠揚，歌聲宛轉，甚是動聽。韋小寶瞧著這歌妓，心中卻有些不耐煩起來。

那女子唱罷，又進來一名歌妓。這女子三十四五歲年紀，舉止嫻雅，歌喉更是熟練，縱是最細微曲折之處，也唱得抑揚頓挫，變化多端。唱的是秦觀一首〈望海潮〉詞：

「星分牛斗，疆連淮海，揚州萬井提封。花發路香，鶯啼人起，珠簾十里東風。豪俊氣如虹。曳照春金紫，飛蓋相從。巷入垂楊，畫橋南北翠煙中。」

這首詞確是唱得極盡佳妙，但韋小寶聽得十分氣悶，忍不住大聲打了個哈欠。那〈望海潮〉一詞這時還只唱了半闋，吳之榮甚是乖覺，見欽差大人無甚興致，揮了揮手，那歌妓便停住不唱，行禮退下。吳之榮陪笑道：「韋大人，這兩個歌妓，都是揚州最出名的，唱的是揚州繁華之事，不知大人以為如何？」

那知韋小寶聽曲，第一要唱曲的年輕美貌，第二要唱的是風流小調，第三要唱得浪蕩風騷。當日陳圓圓以傾國傾城之貌，再加連說帶唱，一路解釋，才令他聽完一曲〈圓圓曲〉。眼前這兩個歌妓姿色平庸，神情呆板，所唱的又不知是甚麼東西，他打了個呵欠，已可算是客氣之極了，聽得吳之榮問起，便道：「還好，還好，就是太老了一點。這種陳年宿貨，兄弟沒甚麼胃口。」

吳之榮道：「是，是。杜牧之是唐人，秦少游是宋人，確是陳舊了。有一首新詩，是眼下一個新進詩人所作，此人叫作查慎行，成名不久，寫的是揚州田家女的風韻，新鮮得很，新鮮得很。」作個手勢，侍役傳出話去，又進來一名歌妓。

韋小寶說「陳年宿貨」，指的是歌妓，吳之榮卻以為是說詩詞太過陳舊。韋小寶對他所說的甚麼杜牧之、秦少游，自是不知所云，只懂了「揚州田家女的風韻，新鮮得很，新鮮得很」這句話。心想：「既是新鮮得很的揚州田家女，倒也不妨瞧瞧。」

那歌妓走進花棚，韋小寶不看倒也罷了，一看之下，不由得怒從心上起，惡向膽邊生，登時便要發作。原來這歌妓五十尚不足，四十頗有餘，鬢邊已見白髮，額頭大有皺紋，眼應大而偏細，嘴須小而反巨。見這歌妓手抱琵琶，韋小寶怒火更盛，心想：「憑你也來學陳圓圓！」卻聽絃索一動，宛如玉響珠躍，鸝轉燕語，倒也好聽。只聽她唱道：

「淮山浮遠翠，淮水漾深淥。倒影入樓台，滿欄花撲撲。誰知闤闠外，依舊有蘆屋。時見淡妝人，青裙曳長幅。」

歌聲清雅，每一句都配了琵琶的韻節，時而如流水淙淙，時而如銀鈴玎玎，最後「青裙曳長幅」那一句，琵琶聲若有若無，緩緩流動，眾官無不聽得心曠神怡，有的凝神閉目，有的搖頭晃腦。琵琶聲一歇，眾官齊聲喝采。慕天顏道：「詩好，曲子好，琵琶也好。當眞是荊釵布裙，不掩天香國色。不論作詩唱曲，從淡雅中見天然，那是第一等的功夫了。」

韋小寶哼了一聲，問那歌妓：「你會唱〈十八摸〉罷？唱一曲來聽聽。」

眾官一聽，盡皆失色。那歌妓更臉色大變，突然間淚水涔涔而下，轉身奔出，啪的一聲，琵琶掉在地下。那歌妓也不拾起，逕自奔出。

韋小寶哈哈大笑，說道：「你不會唱，我又不會罰你，何必嚇成這個樣子？」

那〈十八摸〉是出名的極淫穢小調，連摸女子身上十八處所在，每一摸有一樣比喻形容，淋漓盡致。眾官雖人人都曾聽過，但在這盛宴雅集的所在，怎能公然提到？豈不是大玷官箴？那歌妓的琵琶和歌喉，在揚州久負盛名，不但善於唱詩，且自己也會作詩，名動公卿，揚州的富商巨賈等閒要見她一面也不可得。韋小寶問這一句，於她自是極大的羞辱。

慕天顏低聲道：「韋大人愛聽小曲，幾時咱們找個會唱的來，好好聽一聽。」韋小寶道：「連〈十八摸〉也不會唱，這老婊子也差勁得很了。幾時我請你去鳴玉坊麗春院去，那邊的婊子會唱的小調多得很。」此言一出口，立覺不妥，心想：「麗春院是無論如何不能請他去的。好在揚州妓院子甚多，九大名院、九小名院，隨便那一家都好玩。」舉起酒杯，笑道：「喝酒，喝酒。」

衆文官聽他出語粗俗，都有些尷尬，借著喝酒，人人都裝作沒聽見。一干武將卻臉有歡容，均覺和欽差大人頗爲志同道合。

便在此時，只見一名差役低著頭走出花棚，韋小寶見了他的背影，心中一動：「這人的背影好熟，那是誰啊？」但後來這差役沒再進來，過得片刻，也就淡忘了。

又喝得幾杯酒，韋小寶只覺跟這些文官應酬索然無味，既不做戲，又不開賭，實在無聊之極，心裏只是在唱那〈十八摸〉：「一呀摸，二呀摸，摸到姊姊的頭髮邊……」再也忍耐不住，站起身來，說道：「兄弟酒已夠了，告辭。」向巡撫、布政司、按察司等幾位大員拱拱手，便走了出去。衆官齊出花棚，送他上了大轎。

韋小寶回到行轅，吩咐親兵說要休息，不論甚麼客來，一概擋駕不見，入房換上了一套破爛衣衫。那是數日前要雙兒去市上買來的一套舊衣，買來後扯破數處，在地下踐踏一遍，又倒上許多燈油，早已弄得污穢油膩不堪。帽子鞋襪，連結辮子的頭繩，也都換了破舊的劣貨。從炭爐裏抓了一把爐炭，用水調開了，在臉上、手上亂塗一起，在鏡子裏一照，果然回復了當年麗春院裏當小廝的模樣。

雙兒服侍他更換衣衫，笑道：「相公，戲文裏欽差大臣包龍圖改扮私訪，就是這個樣子嗎？」韋小寶道：「差不多了，不過包龍圖生來是黑炭臉，不用再搽黑灰。」雙兒道：「我跟你去好不好？你獨個兒的，要是遇上了甚麼事，沒個幫手。」韋小寶笑道：「我去的那地方，美貌的小妞兒是去不得的。」說著便哼了起來：「一呀摸，二呀摸，摸到我好雙兒的臉蛋邊……」伸手去摸她臉。雙兒紅著臉嘻嘻一笑，避了開去。

韋小寶將一大疊銀票塞在懷裏，又拿了一包碎銀子，捉住雙兒，在她臉上輕輕一吻，從後門溜了出去。守衛後門的親兵喝問：「幹甚麼的？」韋小寶道：「我是何家奶媽的兒子的表哥的妹夫，你管得著嗎？」那親兵一怔，心中還沒算清這親戚關係，韋小寶早已出門。

揚州的大街小巷他無不爛熟，閉了眼睛也不會走錯，不多時便來到瘦西湖畔的鳴玉坊，隱隱只聽得各處門戶中傳出簫鼓絲竹，夾著猜拳唱曲、呼么喝六。這些聲音一入耳，當眞比鈞天仙樂還好聽十倍，心中說不出的舒服受用。走到麗春院外，但見門庭依舊，跟當年離去時並無分別。他悄悄走到院側，推開邊門，溜了進去。

他躡手躡腳的走到母親房外，一張之下，見房裏無人，知道母親是在陪客，心道：

「辣塊媽媽，不知是那個瘟生這當兒在嫖我媽媽，做我的乾爹。」走進房中，見床上被褥還是從前那套，只是已破舊得多，心想：「媽媽的生意不大好，我乾爹不多。」側過頭來，見自己那張小床仍擺在一旁，床前放著自己的一對舊鞋，床上被褥倒漿洗得乾乾淨淨。走過去坐在床上，見自己的一件青竹布長衫摺好了放在床角，心頭微有歉意：「媽是在等我回來。他媽的，老子在北京快活，沒差人送錢給媽，實在記心不好。」橫臥在床，等母親回來。

妓院中規矩，嫖客留宿，另有鋪陳精潔的大房。衆妓女自住的小房卻頗為簡陋。年輕貌美的紅妓住房較佳，像韋小寶之母韋春芳年紀已經不小，生意冷落，老鴇待她自然也馬虎得很，所住的是一間薄板房。

韋小寶躺了一會，忽聽得隔房有人厲聲喝罵，正是老鴇的聲音：「老娘白花花的銀子買了你來，你推三阻四，總不肯接客，哼，買了你來當觀音菩薩，在院子裏供著好看麼？打，給我狠狠的打！」跟著鞭子著肉聲、呼痛聲、哭叫聲、喝罵聲，響成一片。

這種聲音韋小寶從小就聽慣了，知是老鴇買來了年輕姑娘，逼迫她接客，打一頓鞭子實是稀鬆平常。小姑娘倘若一定不肯，甚麼針刺指甲、鐵烙皮肉，種種酷刑都會逐一使出。這種聲音在妓院中必不可免，他睽別已久，這時又再聽到，頗有重溫舊夢之感，也不覺那小姑娘有甚麼可憐。

那小姑娘哭叫：「你打死我好了，我死也不接客，一頭撞死給你看！」老鴇吩咐龜奴狠打。又打了二三十鞭，小姑娘仍哭叫不屈。龜奴道：「今天不能打了，明天再說罷。」老鴇道：「拖這小賤貨出去。」龜奴將小姑娘扶了出去，一會兒又回進房來。老鴇道：「這賤貨用硬的不行，咱們用軟的，給她喝迷春酒。」龜奴道：「她就是不肯喝酒。」老鴇道：「蠢才！把迷春酒放在肉裏，不就成了。」龜奴道：「是，是。七姐，眞有你的。」

韋小寶湊眼到板壁縫去張望，見老鴇打開櫃子，取出一瓶酒來，倒了一杯，遞給龜奴。只聽她說道：「叫了春芳陪酒的那兩個公子，身邊錢鈔著實不少。他們說在院子裏借宿，等朋友。這種年輕雛兒，不會看中春芳的，待會我去跟他們說，要他們梳攏這賤貨，運氣好的話，賺他三四百兩銀子也不希奇。」龜奴笑道：「恭喜七姐招財進寶，我也好托你的福，還一筆賭債。」老鴇罵道：「路倒屍的賤胚，辛辛苦苦賺來幾兩銀子，都去送在三十二張骨牌裏。這件事辦不好，小心我割了你的烏龜尾巴。」

韋小寶知道「迷春酒」是一種藥酒，喝了之後就人事不知，各處妓院中用來迷倒不肯接客的雛妓，從前聽著只覺十分神奇，此時卻知不過是在酒中混了些蒙汗藥，可說尋常得緊，心想：「今日我的乾爹是兩個少年公子？是甚麼傢伙，倒要去瞧瞧。」

他悄悄溜到接待富商豪客的「甘露廳」外，站在向來站慣了的那個圓石墩上，湊眼向內張望。以往每逢有豪客到來，他必定站在這圓石墩窺探，此處窗縫特大，向廳內望去，一目瞭然，客人側坐，卻見不到窗外的人影。他過去已窺探了不知幾百次，從來沒碰過釘子。

只見廳內紅燭高燒，母親脂粉滿臉，穿著粉紅緞衫，頭上戴了朵紅花，正陪笑給兩個客人斟酒。韋小寶細細瞧著母親，心想：「原來媽年紀這麼大了，這門生意做不長啦，也只有這兩個瞎了眼的瘟生，才會叫她來陪酒。媽的小調唱得又不好聽，倘若是我來逛院子，如她不是我媽，倒貼我一千兩銀子也不會叫她。」只聽他母親笑道：「兩位公子爺喝了這杯，我來唱個〈相思五更調〉給兩位下酒。」

韋小寶暗暗嘆了口氣，心道：「媽的小調唱來唱去就只這幾支，不是〈相思五更調〉，就是〈一根紫竹直苗苗〉，再不然就是〈一把扇子七寸長，一人搧風二人涼〉，總不肯多學幾支。她做婊子也不用心。」轉念一想，險些笑了出來：「我學武功也不肯用心，原來我的懶性兒，倒是媽那裏傳下來的。」

忽聽得一個嬌嫩的聲音說道：「不用了！」這三字一入耳，韋小寶全身登時一震，險些從石墩上滑了下來，慢慢斜眼過去，只見一隻纖纖玉手擋住了酒杯，從那隻纖手順著衣袖瞧上去，見到一張俏麗臉龐的側面，卻不是阿珂是誰？

韋小寶心中大跳，驚喜之心難以抑制：「阿珂怎麼到了揚州？為甚麼到麗春院來，叫我媽陪酒？她女扮男裝來到這裏，不叫別人，單叫我媽，定是衝著我來了。原來她終究還有良心，記得我是跟她拜了天地的老公。啊哈，妙極，妙之極矣！你我夫妻團圓，今日洞房花燭，我將你雙手抱在懷裏……」

突然聽得一個男子聲音說道：「吳賢弟暫且不喝，待得那幾位蒙古朋友到來……」韋小寶耳中嗡的一聲，立知大事不妙，眼前天旋地轉，一時目不見物，閉目定得一定神，睜眼看去，坐在阿珂身側的那個少年公子，卻不是臺灣的二公子鄭克塽是誰？

韋小寶的母親韋春芳笑道：「小相公既然不喝，大相公就多喝一杯。」給鄭克塽斟了一杯酒，一屁股坐在他懷裏。阿珂道：「喂，你放尊重些。」韋春芳笑道：「啊喲，小相公臉皮嫩，看不慣這調調兒。你以後天天到這裏來玩兒，只怕還嫌人家不夠風情呢。小相公，我叫個小姑娘來陪你，好不好？」阿珂忙道：「不，不，不要！你好好坐在一旁！」韋春芳笑道：「啊，你喝醋了，怪我陪大相公，不陪你。」站起身來，往阿珂懷中坐下去。

韋小寶只看得又好氣，又好笑，心道：「天下竟有這樣的奇事，我的老婆來嫖我的媽媽。」只見阿珂伸手一推，韋春芳站立不定，一交坐倒。韋小寶大怒，心道：「小婊子，你推你婆婆，這般沒上沒下！」

韋春芳卻不生氣，笑嘻嘻的站起，說道：「小相公就是怕醜，你過來坐在我懷裏好不好？」阿珂怒道：「不好！」對鄭克塽道：「我要去了！甚麼地方不好跟人會面，爲甚麼定要在這裏？」鄭克塽道：「大家約好了在這裏的，不見不散。我也不知原來是這等骯髒地方。喂，你給我規規矩矩的坐著。」最後這句話是對韋春芳說的。

韋小寶越想越怒，心道：「那日在廣西柳江邊上，你哀求老子饒你狗命，罰下重誓，決不再跟我老婆說一句話，今日竟一同來嫖我媽媽。嫖我媽媽，倒也罷了，你跟我老婆卻不知已說了幾千句、幾萬句話。那日沒割下你舌頭，實是老子大大的失策。」

韋春芳打起精神，伸手去摟鄭克塽頭頸，鄭克塽一把推開她手臂，說道：「你到外面去罷，咱兄弟倆有幾句話說。等我叫你再進來。」韋春芳無奈，只得出廳。鄭克塽低聲道：「珂妹，小不忍則亂大謀。」阿珂道：「那葛爾丹王子不是好人，他爲甚麼約你到這裏來會面？」

韋小寶聽到「葛爾丹王子」五字，尋思：「這蒙古混蛋也來了，好極，好極，你們多半是在商量造反。老子調兵遣將，把你們一網打盡。」

只聽鄭克塽道：「這幾日揚州城裏盤查很緊，旅店客棧中的客人，只要不是熟客，衙役捕快就來問個不休，倘若露了行跡，那就不妙了。妓院中沒公差前來囉唣。咱們住在這裏，穩妥得多。我跟你倒也罷了，葛爾丹王子一行人那副蒙古模樣，可惹眼得很。再說，你這麼天仙般的相貌，倘若住了客店，通揚州的人都要來瞧你，遲早定會出事。」阿珂淺淺一笑，道：「不用你油嘴滑舌的討好。」鄭克塽伸臂摟住她肩頭，在她嘴角邊輕輕一吻，笑道：「我說的是眞話！要是天仙有你這麼美貌，甚麼呂純陽、鐵拐李，也不肯下凡了，每個神仙都留在天上，目不轉睛的瞧著你。」

韋小寶怒火衝天，不可抑制，伸手一摸匕首，便要衝進去火併，隨即轉念：「這小子武功比我強，阿珂又幫著他。我一衝進去，奸夫淫婦定要謀殺親夫。天下甚麼人都好做，就是武大郎做不得。」當下強忍怒火，對他二人的親熱之態只好閉目不看。

只聽鄭克塽道：「他在明裏，咱們在暗裏。包在我身上，這一次非在他身上刺幾個透明窟窿不可。」阿珂道：「這傢伙實在欺人太甚，此仇不報，我這一生總是不會快活。你知道，我本來是不肯認爹爹的，只因他答允爲我報仇，派了八名武功好手陪我來一同行事，我才認了他。」

韋小寶心道：「是誰得罪了你？你要報仇，跟你老公說好了，沒甚麼辦不到的事，又何必認了吳三桂這大漢奸做爹爹。」

鄭克塽道：「要刺死他也不是甚麼難事，只不過韃子官兵戒備嚴密，得手之後要全身而退，就不大容易。咱們總得想個萬全之策，才好下手。這幾日我察看他出入的情形，防護著實周密，要走近他身前，就爲難得很。我想來想去，這傢伙是好色之徒，倘若有人扮作歌妓甚麼的，便可挨近他身旁了。」

韋小寶心道：「好色之徒？他說的是撫台？還是藩台？」

阿珂道：「除非是我跟師姊倆假扮，不過這種女子的下賤模樣，我扮不來。」鄭克塽道：「不如設法買通廚子，在他酒裏放毒藥。」阿珂恨恨的道：「毒死了他，我這口氣不出。我要砍掉他一雙手，割掉他儘向我胡說八道的舌頭！這小鬼，我……我好恨！」

「這小鬼」三字一入耳，韋小寶腦中一陣暈眩，隨即恍然，心中不住說：「原來是要謀殺親夫。」他雖知阿珂一心一意的向著鄭克塽，可萬萬想不到對自己竟這般切齒痛恨，心想：「我又有甚麼對不住你了？」這個疑竇頃刻間便即解破，只聽鄭克塽道：「珂妹，這小子是迷上你啦，對你是從來不敢得罪半分的。我知道你要殺他，其實是爲了給我出氣。你這番情意，我……我眞不知如何報答才是。」

阿珂柔聲道：「他欺辱你一分，比欺辱我十分還令我痛恨。他如打我罵我，我瞧在師父面上，這口氣也還咽得下，可是他對你……對你一次又一次的這般無禮，叫人一想起來，恨不得立即將他千刀萬剮。」

韋小寶心中又酸又怒又苦，突然間頭頂一緊，辮子已給人抓住。他大吃一驚，跟著耳朵又讓人扭住，待要呼叫，聽到耳邊一個熟悉的聲音低喝：「小王八蛋，跟我來！」這句「小王八蛋」，平生不知已給這人罵過幾千百次，當下更不思索，乖乖的跟了便走。抓他辮子、扭他耳朵之人，手法熟練已極，那也是平生不知已抓過他、扭過他幾千百次了，正是他母親韋春芳。

兩人來到房中，韋春芳反腳踢上房門，鬆手放開他辮子和耳朵。韋小寶叫道：「媽！我回來了！」韋春芳向他凝視良久，突然雙臂將他抱住，嗚嗚咽咽的哭了起來。韋小寶笑道：「我不是回來見你了嗎？你怎麼哭了？」韋春芳抽抽噎噎的道：「你死到那裏去了？我在揚州城裏城外找遍了你，求神拜佛，也不知許了多少願心，磕了多少頭。乖小寶，你終於回到娘身邊了。」韋小寶笑道：「我又不是小孩子了，到外面逛逛，你不用躭心。」

韋春芳淚眼模糊，見兒子長得高了，人也粗壯了，心下一陣歡喜，又哭了起來，罵道：「你這小王八蛋，到外面逛，也不給娘說一聲，去了這麼久，這一次不狠狠給你吃一頓筍炒肉，小王八蛋還不知道老娘的厲害。」

所謂「筍炒肉」，乃是以毛竹板打屁股，韋小寶不吃已久，聽了忍不住好笑。韋春芳也笑了起來，摸出手帕，給他擦去臉上泥污；擦得幾擦，一低頭，見到自己一件緞子新衫的前襟上又是眼淚，又是鼻涕，還染了兒子臉上的許多炭灰，不由得肉痛起來，啪的一聲，重重打了他一個耳光，罵道：「我就是這一件新衣，還是大前年過年縫的，也沒穿過幾次。小王八蛋，你一回來也不幹好事，就弄髒了老娘的新衣，叫我怎麼去陪客人？」

韋小寶見母親愛惜新衣，鬧得紅了臉，怒氣勃發，笑道：「媽，你不用可惜。明兒我給你去縫一百套新衣，比這件好過十倍的。」韋春芳怒道：「小王八蛋就會吹牛，你有個屁本事？瞧你這副德性，在外邊還能發了財回來麼？」韋小寶道：「財是沒發到，不過賭錢手氣好，贏了些銀子。」

韋春芳對兒子賭錢作弊的本事倒有三分信心，攤開手掌，說道：「拿來！你身邊存不了錢，過不了半個時辰，又去花個乾淨。」韋小寶笑道：「這一次我贏得太多，說甚麼也花不了。」韋春芳提起手掌，又是一個耳光打過去。

韋小寶一低頭，讓了開去，心道：「一見到我伸手就打的，北有公主，南有老娘。」伸手入懷，正要去取銀子，外邊龜奴叫道：「春芳，客人叫你，快去！」

韋春芳道：「來了！」到桌上鏡箱豎起的鏡子前一照，匆匆補了些脂粉，說道：「你給我躺在這裏，老娘回來要好好審你，你……你可別走！」韋小寶見母親眼光中充滿擔憂的神色，生怕自己又走得不知去向，笑道：「我不走，你放心！」韋春芳罵了聲「小王八蛋」，臉有喜色，撣撣衣衫，走了出去。

韋小寶在床上躺下，拉過被來蓋上，只躺得片刻，韋春芳便走進房來，手裏拿著一把酒壺，她見兒子躺在床上，便放了心，轉身便要走出。韋小寶知道是鄭克塽要她去添酒，突然心念一動，道：「媽，你給客人添酒去嗎？」韋春芳道：「是了，你給我乖乖躺著，媽回頭弄些好東西給你吃。」韋小寶道：「你添了酒來，給我喝幾口。」韋春芳罵道：「饞嘴鬼，小孩兒家喝甚麼酒？」拿著酒壺走了。

韋小寶忙向板壁縫中一張，見隔房仍然無人，當即一個箭步衝出房來，走進隔房，打開櫃子，取了老鴇的那瓶「迷春酒」，回入自己房中，藏在被窩裏，拔開了瓶塞，心道：「鄭克塽你這小雜種，要在我酒裏放毒藥，老子今日給你來個先下手爲強！」

過不多時，韋春芳提著一把裝得滿滿的酒壺，走進房來，說道：「快喝兩口。」韋小寶躺在床上，接過了酒壺，坐起身來，喝了一口。韋春芳瞧著兒子偷嫖客的酒喝，臉上不自禁的流露愛憐橫溢之色。韋小寶道：「媽，你臉上有好大一塊煤灰。」韋春芳忙到鏡子前去察看。韋小寶提起酒壺往被中便倒，跟著將「迷春酒」倒了大半瓶入壺。

韋春芳見臉上乾乾淨淨，那裏有甚麼煤灰了，登時省起兒子又在搗鬼，要支使開自己，以便大口偷酒喝，當即轉身，搶過了酒壺，罵道：「小王八蛋是老娘肚裏鑽出來的，我還不知你的鬼計？哼，從前不會喝酒，外面去浪蕩了這些日子，甚麼壞事都學會了。」

韋小寶道：「媽，那小相公脾氣不好，你說甚麼得灌他多喝幾杯。他醉了不作聲，再騙那大相公的銀子就容易了。」

韋春芳道：「老娘做了一輩子生意，這玩意兒還用你教嗎？」心中卻頗以兒子的主意爲然，又想：「小王八蛋回家，眞是天大的喜事，今晚最好那瘟生不叫我陪過夜，老娘要陪兒子。」拿了酒壺，匆匆出去。

韋小寶躺在床上，一會兒氣憤，一會兒得意，尋思：「老子眞是福將，這姓鄭的臭賊甚麼人不好嫖，偏偏來討我便宜，想做老子的乾爹。今日還不嗤的一劍，再撒上些化屍粉？」想到在鄭克塽的傷口中撒上化屍粉後，過不多久，便化成一攤黃水，阿珂醉轉來，她的情哥哥從此無影無蹤，不知去向。她就是想破了腦袋，也猜不到是怎麼一回事。

他想得高興，爬起身來，又到甘露廳外向內張望，只見鄭克塽剛喝乾了一杯酒，阿珂舉杯就口，淺淺喝了一口。韋小寶大喜，只見母親又給鄭克塽斟酒。鄭克塽揮手道：「出去，出去，不用你伺候。」韋春芳答應了一聲，放下酒壺時衣袖遮住了一碟火腿片。

韋小寶微微一笑，心道：「我就有火腿吃了。」忙回入房中。

過不多時，韋春芳拿了那碟火腿片進來，笑道：「小王八蛋，你死在外面，有這好東西吃嗎？」笑咪咪的坐在床沿，瞧著兒子吃得津津有味，比自己吃還要歡喜十倍。

韋小寶道：「媽，你沒喝酒？」韋春芳道：「我已喝了好幾杯，再喝就怕醉了，你又溜走。」韋小寶心想：「不把媽媽迷倒，幹不了事。」說道：「我不走就是。媽，我好久沒陪你睡了，你今晚別去陪那兩個瘟生，在這裏陪我。」

韋春芳大喜，兒子對自己如此依戀，那還是他七八歲之前的事，想不到出外吃了一番苦頭，終究想起娘的好處來，不由得眉花眼笑，道：「好，今晚娘陪乖小寶睡。」

韋小寶道：「媽，我雖在外邊，可天天想著你。來，我給你解衣服。」他的馬屁功夫用之於皇帝、教主、公主、師父，無不極靈，此刻用在親娘身上，居然也立收奇效。韋春芳應酬得嫖客多了，男人的手摸上身來，便當他是木頭，但兒子的手伸過來替自己解衣扣，不由得全身酸軟，吃吃笑了起來。

韋小寶給母親解去了外衣，便去給她解褲帶。韋春芳呸的一聲，在他手上輕輕一拍，笑道：「我自己解。」忽然有些害羞，鑽入被中，脫下褲子，從被窩裏拿出來放在被上。韋小寶摸了兩錠銀子，共有三十幾兩，塞在母親手裏，道：「媽，這是我給你的。」韋春芳一陣歡喜，忽然流下淚來，道：「我……我給你收著，過得……過得幾年，給你娶媳婦。」

韋小寶心道：「我這就娶媳婦去了。」吹熄了油燈，道：「媽，你快睡，我等你睡著了再睡。」韋春芳笑罵：「小王八蛋，花樣眞多。」便閉上了眼。她累了一日，又喝了好幾杯酒，見到兒子回來，更喜悅不勝，一定下來，不多時便迷迷糊糊的睡去了。韋小寶聽到她鼾聲，躡手躡腳的輕步走到門邊，心中一動，又回來將母親的褲子抛在帳子頂上，心道：「待會你如醒轉，沒了褲子，就不能來捉我。」

走到甘露廳外一張，見鄭克塽仰在椅中，阿珂伏在桌上，都已一動不動，韋小寶大喜，待了片刻，見兩人仍然不動，當即走進廳去，反手待要帶門，隨即轉念：「不忙關門，倘若這小子是假醉，關上了門可逃不走啦。」拔了匕首在手，走近身去，伸右手推推鄭克塽，他全不動彈，果已昏迷，又推推阿珂。她唔唔兩聲，卻不坐起。韋小寶心想：「她喝酒太少，只怕不久就醒了，那可危險。」將匕首插入靴中，扶了她坐直。阿珂雙目緊閉，含含糊糊的道：「我……我不能喝了。」韋小寶低聲道：「乖，再喝一杯。」斟滿一杯酒，左手挖開她小嘴，將酒灌了下去。

眼見阿珂迷迷糊糊將這杯迷春藥酒呑入肚中，心道：「老子跟你明媒正娶的拜了天地，你不肯跟老公洞房花燭，卻到麗春院來做小婊子，要老公做瘟生來梳攏你，眞正犯賤。」

阿珂本就秀麗無儔，這時酒醉之後，紅燭之下更顯得千嬌百媚。韋小寶色心大動，再也不理會鄭克塽死活醉醒，將阿珂打橫抱起，走進甘露廳側的大房。

這間大房是接待豪客留宿的，一張大床足有六尺來闊，錦褥繡被，陳設華麗。韋小寶將阿珂輕輕放在床上，回出來拿了燭台，放在床頭桌上，只見阿珂臉上紅艷艷地，不由得一顆心撲通、撲通的亂跳，俯身給她脫去長袍，露出貼身穿著的淡綠褻衣。

他伸手去解她褻衣的扣子，突然聽得背後腳步聲響，一人衝了進來，正要回頭，辮子一緊，耳朵一痛，又已給韋春芳抓住了。韋小寶低聲道：「媽，快放手！」

韋春芳罵道：「小王八蛋，咱們人雖窮，院子裏的規矩可壞不得。揚州九大名院，那有偷客人錢的。快出去！」韋小寶急道：「我不是偷人錢啊。」

韋春芳用力拉他辮子，拚命扯了他回到自己房中，罵道：「你不偷客人錢，解人家衣服幹甚麼？這幾十兩銀子，定是做小賊偷來的。辛辛苦苦的養大你，想不到你竟會去做賊。」一陣氣苦，流下淚來，拿起床頭的兩錠銀子，摔在地下。

韋小寶難以解釋，若說這客人女扮男裝，其實是自己老婆，一則說來話長，二則母親說甚麼也不會相信，只道：「我爲甚麼要偷人家錢？你瞧，我身邊還有許多銀子。」從懷中掏出一大疊銀票，說道：「媽，這些銀子我都要給你的，怕一時嚇壞了你，慢慢再給你。」

韋春芳見幾百兩的銀票共有數十張之多，只嚇得睜大了眼，道：「這……這……小賊，你……你……你還不是從那兩個相公身上摸來的？你轉世投胎，再做十世小王八蛋，也掙不到這許多銀子，快去還了人家。咱們在院子裏做生意，有本事就騙人家十萬八萬，卻是要瘟生心甘情願，雙手奉送。只要偷了人家一個子兒，二郎神決不饒你，來世還是幹這營生。小寶，娘是爲你好！」說到後來，語氣轉柔，又道：「人家明日醒來，不見了這許多銀子，那有不吵起來的？衙門裏公差老爺來一查，捉了你去，還不打得皮開肉爛的嗎？乖小寶，咱們不能要人家這許多銀子。」說來說去，總是要兒子去還錢。

韋小寶心想：「媽纏七夾八，這件事一時說不明白了，鬧到老鴇、烏龜知道了，大家來一亂，這件事全壞啦。」心念一動，已有了主意，便道：「好，好，媽，就依你的。」攜了母親的手來到甘露廳，將一疊銀票都塞在鄭克塽懷裏，拉出自己兩個衣袋底，拍拍身上，道：「我一兩銀子也沒了，你放心罷？」韋春芳嘆了口氣，道：「好，要這樣才好。」

韋小寶回到自己房裏，見母親下身穿著一條舊褲，不由得嗤的一笑。韋春芳彎起手指，在他額頭卜的一記，罵道：「我起身解手，摸不到褲子，就知你不幹好事去了。」說著不禁笑了起來。韋小寶道：「啊喲，不好，要拉屎。」抱住肚子，匆匆走出。韋春芳怕他又去甘露廳，見他走向後院茅房，這才放心，心道：「你再要去花廳，總逃不過老娘的眼去。」

韋小寶走出邊門，飛奔回到何園。守門親兵伸手攔住，喝道：「幹甚麼？」韋小寶道：「我是欽差大人，你不認得了嗎？」那親兵一驚，仔細看去，果是欽差大人，忙道：「是，是大人……」韋小寶那等他說完，快步回到房中，說道：「好雙兒，快快，幫我變回欽差大人。」一面說，一面力扯身上長衫。

雙兒服侍他洗臉更衣，笑道：「欽差大人私行察訪，查到了眞相嗎？」韋小寶道：「查到了，咱們這就去拿人。你快穿親兵衣服，再叫八名親兵隨我去。」雙兒道：「要不要叫徐老爺子們？」韋小寶心想：「鄭克塽和阿珂已經迷倒，手到擒來，不費吹灰之力。徐天川他們要是跟了去，又不許我殺姓鄭的那臭小子了。叫了親兵同去，是擺架子嚇我娘、嚇老鴇龜兒的。」便道：「不用了。」

雙兒穿起親兵服色，道：「咱們叫曾姑娘同去，好不好？」親兵隊中只有她跟曾柔兩個是女扮男裝，兩個少女這些日子相處下來，已十分親密。韋小寶心想：「要抱阿珂到這裏來，她一個不行，須得兩個人抬才是。欽差大人不能當著下人動手，又不能讓親兵的臭手碰到我老婆的香身。」說道：「很好，你叫她一起去，可別叫王屋派那些人。」

曾柔本就穿著親兵裝束，片刻間便即就緒。韋小寶帶著二女和八名親兵，又到麗春院來。兩個親兵上去打門，喝道：「參將大人到，快開門迎接。」衆親兵得了囑咐，只說韋小寶是參將，要嚇嚇老鴇、龜兒，一名參將已綽綽有餘。

打了半天，大門才呀的一聲開了，一名龜奴迎了出來，叫道：「有客！」這兩個字叫得沒精打采。韋小寶怕他認得自己，不敢向他瞧去。一名親兵喝道：「參將老爺駕到，叫老鴇好好侍候。」

韋小寶來到廳上，老鴇出來迎接，對韋小寶瞧也不瞧，便道：「請老爺去花廳吃茶。」韋小寶心想：「你不瞧我最好，免得認了我出來，也不用見我媽了，吩咐他們抬了阿珂和鄭克塽走便是。」只是這老鴇平素接待客人十分周到，對官面上的更是恭敬客氣，今日卻這等冷淡，話聲也很古怪，不覺微感詫異。

他走進甘露廳，見酒席未收，鄭克塽仍仰坐在椅中，正待下令，只見一個衣著華麗之人走了過來，說道：「韋大人，你好！」

韋小寶一驚，心道：「你怎認得我？」向他瞧去，這一驚非同小可，彎腰伸手，便去摸靴中匕首。突覺手上一緊，身後有人抓住了他手腕，冷冷的道：「好好坐下罷，別動粗！」左手抓住他後領，提起他身子，往椅中一送。韋小寶暗暗叫苦，但聽得雙兒一呼嬌叱，已跟那人動上了手。曾柔上前夾擊，旁邊一個錦衣公子發掌向她劈去，兩人鬥了起來。

韋小寶凝目看時，這錦衣公子原來也是女扮男裝，正是阿珂的師姊阿琪。跟雙兒相鬥之人身材高瘦，卻是青海喇嘛桑結，這時身穿便裝，頭上戴帽，拖了個假辮。第一個衣著華麗之人則是蒙古王子葛爾丹。韋小寶心道：「我忒也胡塗，明明聽得鄭克塽說約了葛爾丹在此相會，怎不防到這一著？我一見阿珂，心裏就迷迷糊糊的，連老子姓甚麼也忘了。他媽的，我老子姓甚麼，本來就不知道，倒也難怪。」

只聽得雙兒「啊喲」一聲，腰裏已遭桑結點了穴道，摔倒在地。這時曾柔還在和阿琪狠鬥，阿琪招式雖精，苦於出手無力，幾次打中了曾柔，卻傷她不得。桑結走近身去，兩招之間就將曾柔點倒。八名親兵或爲桑結點倒，或給葛爾丹打死，摔在廳外天井中。

桑結嘿嘿一笑，坐了下來，說道：「韋大人，你師父呢？」說著伸出雙手，直伸到他面前。只見他十根手指都少了一截，本來手指各有三節，現下只賸下兩節，極爲詭異可怖，韋小寶暗暗叫苦：「那日他翻閱經書，手指沾上了我所下的毒，這人居然狠得起心，將十根手指都斬了下來。今日老子落在他手中，一報還一報，把我十根手指也都斬下一截，那倒還不打緊，怕的是把我腦袋斬下一截。」

桑結見他嚇得呆了，甚是得意，說道：「韋大人，當日我見你小小孩童，不知你是朝中大大的貴人，多有得罪。」韋小寶道：「不敢當。當日我只道你是一個尋常喇嘛，不知你是一位大大的英雄，多有得罪。」桑結哼了一聲，問道：「你怎知我是英雄了？」韋小寶道：「有人在經書上下了劇毒，想害我師父，給我師父識破了，不敢伸手去碰。你定要瞧這部經書，我師父無可奈何，只好給你。大喇嘛，你手指中毒之後，當機立斷，立刻就把毒手指斬去，眞正了不起！自己抹脖子自殺容易，自己斬去十根手指，古往今來，從來沒那一位大英雄幹過。想當年關雲長刮骨療毒，不皺一皺眉頭，那也是旁人給他刮骨，要他自己斬手指，那就萬萬不能。你比關雲長還厲害，這不是自古以來天下第一位大英雄麼？」

桑結明知他大拍馬屁，不過想自己對他手下留情，比之哀求饒命，相差也就無幾，不過這些言語聽在耳裏，倒也舒服受用。當日自己狠心砍下十根手指，這才保得性命，雖然雙手殘廢，許多武功大打折扣，但想到彼時生死懸於一線，自己竟有這般剛勇，心下也常自引以為傲。他帶同十二名師弟，前來中原劫奪《四十二章經》，結果十三人盡皆喪命，自己還鬧得雙手殘廢，如此倒霉之事，自然對人絕口不提，也從來沒人敢問他為何會斬去十根手指，因此韋小寶這番話，還是第一次聽見。

大喇嘛陰沉沉的臉上，不自禁多了幾絲笑意，說道：「韋大人，我們得知你駕臨揚州，大家便約齊了來跟你相會。你專門跟平西王搗蛋，壞了他老人家不少大事。額駙想回雲南探親，也是給你阻住的，是不是？」韋小寶道：「各位消息倒靈通，當真了得！這次我出京，皇上吩咐了甚麼話，各位知不知道？」桑結道：「倒要請教。」

韋小寶道：「好說，好說。皇上說道：『韋小寶，你去揚州辦事，只怕吳三桂要派人行刺，朕有些放心不下。好在他兒子在朕手裏，要是你有甚麼三長兩短，吳應熊這小子一模一樣的兩短三長便了。吳三桂派人割了你一根小指頭兒，吳應熊這小子也不免少一根小指頭兒。吳三桂這老小子派人殺你，等於殺他自己兒子。』我說：『皇上，別人的兒子我都可以做，吳三桂的兒子卻一定不做。』皇上哈哈大笑。就這麼著，我到揚州來啦。」

桑結和葛爾丹對望一眼，兩人臉色微變。桑結道：「我和王子殿下這次到揚州來找你，初時心想皇帝派出來的欽差，定是甚麼了不起的人物，那知我二人遠遠望了一望，卻原來是老相識，連這位阿琪姑娘，也識得你的。」韋小寶笑道：「咱們是老相好了。」

阿琪拿起桌上的一隻筷子，在他額頭一戳，啐道：「誰跟你是老相好？」

桑結道：「我們約了臺灣鄭二公子在這裏相會，原是要商量怎麼對你下手，想不到你竟會自己送上門來，可省了我們不少力氣。」

韋小寶道：「正是。皇上向王子手下那大鬍子罕帖摩盤問了三天，甚麼都知道了。」

桑結和葛爾丹聽到罕帖摩的名字，都大吃一驚，同時站起，問道：「甚麼？」

韋小寶道：「那也沒甚麼。皇上跟罕帖摩說的是蒙古話，嘰哩咕嚕的，我一句也不懂。後來皇上賞了他好多銀子，派他去兵部尙書明珠大人手下辦事，過不了三天，就派我去催他快些畫地圖。這些行軍打仗的事我也不懂。我對皇上說：『皇上，蒙古西藏，地方太冷，你要派兵去打仗，奴才跟你告個假，到揚州花花世界去逛逛罷。』」

葛爾丹滿臉憂色，問道：「你說小皇帝要派兵去打蒙古、西藏？」韋小寶搖頭道：「這種事情，我不大清楚了。皇上說：『咱們最好只對付一個老傢伙。蒙古、西藏要是幫咱們，咱們就當他們是朋友；他們要是幫老傢伙，咱們沒法子，只好先發制人。』」

桑結和葛爾丹對望了一眼，心中略寬，都坐了下來。葛爾丹問起罕帖摩的情形，韋小寶於他形貌舉止，描繪得活龍活現，不由葛爾丹和桑結不信。

韋小寶見他二人都眉頭微蹙，料想他二人得知罕帖摩降清，蒙古、西藏和吳三桂勾結之事已瞞不過小皇帝，生怕康熙先下手為強；眼見雙兒和曾柔都給點了穴道，躺在地下，那八名親兵多半均已嗚呼哀哉，他這次悄悄來到麗春院，生恐給人發見自己身世秘密，因此徐天川、張勇、趙齊賢等無一得知，看來等到自己給人剁成肉醬，做成了揚州出名的獅子頭，不論紅燒也罷，清蒸也罷，甚至再加蟹粉，還是無人來救；既無計脫身，只有信口開河，聊勝於坐以待斃，說道：「皇上聽說葛爾丹王子武功高強，英雄無敵，倒也是十分佩服的。」

葛爾丹微笑問道：「皇帝也練武功麼？怎知我有武功？」韋小寶道：「皇上自然會武的，還挺不錯呢。殿下那日在少林寺大顯身手，只打得少林寺方丈甘拜下風，達摩堂、羅漢堂、般若堂三堂首座望風披靡。兄弟都向皇上細細說了。」那日葛爾丹在少林鎩羽而去，此刻聽韋小寶爲他大吹法螺，在桑結之前大有面子，不禁臉現得意之色。

韋小寶道：「少林寺方丈晦聰大師的武功，在武林中也算是數一數二的了，可是王子殿下衣袖只這麼一拂，晦聰方丈便站立不定，一交坐倒，幸虧他坐下去時，屁股底下恰好有個蒲團，才不摔壞了那幾根老骨頭……」其實那天葛爾丹是給晦聰袍袖一拂，一交坐在椅上，再也站不起來，韋小寶卻把話倒轉來說了，心道：「晦聰師兄待我不錯，但今日做師弟的身遇血光之災，眼看就要圓寂坐化，前往西天，只好空即是色，色即是空，師兄勝即是敗，敗即是勝。」嘴裏胡言亂語，心中胡思亂想，一雙眼睛東張西望，一瞥眼間，只見阿琪似笑非笑，一雙妙目盯在葛爾丹臉上，眼光中充滿著情意。

韋小寶心念一動：「這惡姑娘想做蒙古王妃。」便道：「皇上說道：『葛爾丹王子武功既高，相貌又漂亮，他要娶王妃，該當娶一個年輕美貌、也有武功的姑娘才是……』」偷眼向阿琪瞧去，果見她臉上一紅，神色間十分關注，接著道：「『……那陳圓圓雖然號稱天下第一美人，可是現下年紀大了，葛爾丹又何必定要娶她呢？』」

阿琪忍不住道：「誰說他要娶陳圓圓了？又來瞎說！」葛爾丹搖頭道：「那有此事？」

韋小寶道：「是啊。我說：『啓稟皇上：葛爾丹王子殿下有個相好的姑娘，叫做阿琪姑娘……』」阿琪啐了一口，臉上神色卻十分歡喜。葛爾丹向她笑吟吟的望了一眼。韋小寶續道：「『……這位阿琪姑娘武功天下第三，只不及桑結大喇嘛、葛爾丹王子殿下，比之皇上，嘻嘻，似乎還強著一點兒，奴才說的是老實話，皇上可別見怪……』」

桑結本來聽得有些氣悶，但聽他居然對皇帝說自己是武功天下第一，明知這小鬼的說話十成中信不了半成，但也不自禁怡然自得，鼻中卻哼了一聲，示意不信。

韋小寶續道：「皇上說：『我不信。這小姑娘武功再好，難道還強得過她師父嗎？』我說：『皇上有所不知。這小姑娘的師父，是一位身穿白衣的尼姑，武功本來是很高的，算得上天下第三。可是有一次跟桑結大喇嘛動手，給桑結大喇嘛一掌劈過去，那師太抵擋不住，全身內功散得無影無蹤。因此武功天下第三的名號，就給她徒兒搶去了。』」

阿琪聽他說穿自己師承的來歷，心下驚疑不定：「他怎會知道我師父？」

桑結雖未和九難動過手，但十二名師弟盡數在她師徒手下死於非命，實是生平的奇恥大辱，此刻聽韋小寶宣稱九難給自己一掌劈得內功消散，實是往自己臉上大大貼金。他和葛爾丹先前最躭心的，都是怕韋小寶揭露自己的醜史，因此均想儘快殺了此人滅口，待聽他將自己的大敗說成大勝，倒也不忙殺他了。桑結向阿琪凝視片刻，心想：「我此刻才知，原來你是那白衣小尼姑的徒兒。這中間只怕有點兒古怪。」

阿琪問道：「你說陳圓圓甚麼的，又怎樣了？」

韋小寶道：「那陳圓圓，我在昆明是親眼見過的。不瞞姑娘說，她比我大了好幾歲，不過『天下第一美人』這六個字，的確名不虛傳。我一見之下，登時靈魂兒出竅，手腳冰冷，全身發抖，心中只說『世上那有這樣美貌的人兒？』阿琪姑娘，你的師妹阿珂，算得是很美了，但比之這個陳圓圓，容貌體態，那可差得太多。」

阿琪自然知道阿珂容顏絕美，遠勝於己，又知韋小寶對阿珂神魂顛倒，連他都這般說，只怕這話倒也不假，但嘴上兀自不肯服氣，說道：「你這小孩兒是個小色迷，見到人家三分姿色，就說成十分。陳圓圓今年至少也四十幾歲了，就算從前美貌，現今也不美了。」

韋小寶連連搖頭，道：「不對，不對。像你阿琪姑娘，今年不過十八九歲，當然美得不得了。再過三十年，一定仍然美麗之極，你如不信，我跟你打個賭。如果三十年後你相貌不美了，我割腦袋給你。」

阿琪嘻的一笑，任何女人聽人稱自己美貌，自然開心，而當著自己情郎之面稱讚，更加心花怒放，何況她對自己容色本就頗有自信，想來三十年後，自己也不會難看多少。

韋小寶只盼她答允打這賭，那麼葛爾丹說不定會看在意中人面上，便讓自己再活三十年，到那時再決輸贏，也還不遲。不料桑結哼了一聲，冷冷的道：「就可惜你活不過今晚了。阿琪姑娘三十年後的芳容，你沒福氣見到啦。」

韋小寶嘻嘻一笑，說道：「那也不打緊。只盼大喇嘛和王子殿下記得我這句話，到三十年後的今天，就知韋小寶有先見之明了。」桑結、葛爾丹、阿琪三人忍不住都哈哈大笑。韋小寶自也跟著大笑湊趣。

他又道：「我到昆明，還是去年的事，我是送建寧公主去嫁給吳三桂的兒子，你們三位都知道的了。本來這是大大的喜事，可是一進昆明城裏，只見每條街上都有人在號啕大哭，隔不了幾家，就是一口棺材，許多女人和小孩披麻戴孝，哭得昏天黑地。」

葛爾丹和阿琪齊問：「那爲了甚麼？」

韋小寶道：「我也奇怪得很哪。一問雲南的官兒，大家支支吾吾的都不肯說。後來我派親兵出去打聽，才知道了，原來這天早晨，陳圓圓聽說公主駕到，親自出來迎接。她從轎子裏一出來，昆明十幾萬男人就都發了瘋，個個擁過去看她，都說天下仙女下凡，你推我擁，踹死了好幾千人。平西王帳下的武官兵丁起初拚命彈壓，後來見到了陳圓圓，大家刀槍也都掉了下來，個個張大了口，口水直流，只是瞧著陳圓圓。」

桑結、葛爾丹、阿琪三人你瞧瞧我，我瞧瞧你，均想：「這小孩說話定然加油添醬，不過陳圓圓恐怕當眞美貌非凡，能見上一見就好了。」

韋小寶見三人漸漸相信，又道：「王子殿下，平西王麾下有個總兵，叫做馬寶，你聽過他名字麼？」葛爾丹和阿琪都點了點頭。他二人和馬寶曾同去少林寺，怎不認得？葛爾丹道：「那天在少林寺中，你也見過他的。」韋小寶道：「是他麼？我倒忘了。當日我只留神王子殿下大顯神功，打倒少林寺的高僧，沒空再瞧旁人，就算稍有一點兒空閒，也只顧到向阿琪姑娘的花容月貌偷偷多看上幾眼。」阿琪啐了他一口，心中卻甚歡喜。

葛爾丹問道：「馬總兵又怎麼了？」韋小寶嘆了口氣，說道：「馬總兵也就是這天出的事。他奉平西王將令保護陳圓圓，那知他看得陳圓圓幾眼，竟也胡裏胡塗了，居然過去摸了摸她那又白又嫩的小手。後來平西王知道了，打了他四十軍棍。馬總兵悄悄對人說：『我摸的是陳圓圓的左手，本來以爲王爺要割了我一隻手。早知只打四十軍棍，那麼連她右手也摸一摸了。八十下軍棍，未必就打得死我。』平西王麾下共有十大總兵，其餘九名總兵都羨慕得不得了。這句話傳到平西王耳裏，他就傳下將令，今後誰摸陳圓圓的手，非砍下雙手不可。平西王的女婿夏國相，也是十大總兵之一，他就叫高手匠人先做下一雙假手。他說自己有時會見到這個天仙似的岳母，萬一忍不住要上去摸手，不如自己先做下假手，以免臨時來不及定做，這叫做有甚麼無患。」

葛爾丹只聽得張大了口，呆呆出神。桑結不住搖頭，連說：「荒唐，荒唐！」也不知是說十大總兵荒唐，還是說韋小寶荒唐。阿琪道：「你見過陳圓圓，怎不去摸她的手？」

韋小寶道：「那是有緣故的。我去見陳圓圓之前，吳應熊先來瞧我，說我千里迢迢的送公主去給他做老婆，他很感激。他從懷裏掏出一副東西，金光閃閃，鑲滿了翡翠、美玉、紅寶石、貓兒眼，原來是一副黃金手銬。」

阿琪問道：「甚麼手銬，這般珍貴？」

韋小寶道：「是啊，當時我便問他是甚麼玩意兒，總以爲是他送給我的禮物。那知他喀喇一聲，把我雙手銬住了。我大吃一驚，叫道：『額駙，你幹麼拿我？我犯了甚麼罪？』吳應熊道：『欽差大人，你不可會錯了意，兄弟是一番好意。你要去見我陳姨娘，這副手銬是非戴不可的，免得你忍耐不住，伸手摸她。倘若單是摸摸她的手，父王衝著你欽差大人的面子，也不會怎樣。就只怕你一呀摸，二呀摸，三呀摸的摸起來，父王不免要犯殺害欽差大臣的大罪。大人固然不妥，我吳家可也糟了。』我嚇了一跳，就戴了手銬去見陳圓圓。」

阿琪越聽越好笑，道：「我可眞不信。」韋小寶道：「下次你到北京，向吳應熊要這副金手銬來瞧瞧，就不由你不信了。他是隨身攜帶的，以便一見陳圓圓，立刻取出戴上，只要慢得一步，那就乖乖不得了。」桑結哼了一聲道：「陳圓圓是他庶母，難道他也敢有非禮的舉動？」韋小寶道：「他當然不敢，因此隨身攜帶這副金手銬啊。」阿琪道：「他到了北京，又何必再隨身攜帶？」

韋小寶一怔，心道：「糟糕！牛皮吹破了。」但他腦筋轉得甚快，立即說道：「吳應熊本來想立刻回昆明的，又沒想在北京長住。留在北京，那是不得已。」桑結瞪了他一眼，道：「那是你恩將仇報了。人家借手銬給你，很夠交情，你卻阻攔了他，不讓他回雲南。」

韋小寶搖頭道：「吳應熊於我有甚麼恩？他跟我有不共戴天之仇。」桑結奇道：「他得罪你甚麼了？」韋小寶道：「還不得罪？借手銬給我，那比殺了我老子還惡毒。當時我若不是戴著這副手銬，陳圓圓的臉蛋也摸過了。唉，大喇嘛、王子殿下，只要我摸過陳圓圓那張比花瓣兒還美上一萬倍的臉蛋，吳三桂砍下我這一雙手又有甚麼相干？就算他再砍下我一雙腿，做成雲南宣威火腿，又算得甚麼？」

三人神馳天南，想像陳圓圓的絕世容光，聽了他這幾句話竟然不笑。

韋小寶壓低嗓子，裝出一副神秘莫測的模樣，悄聲道：「有個天大的秘密，三位聽了可不能洩漏。本來是不能說的，不過難得跟三位談得投機，不妨跟知己說說。」葛爾丹忙問：「甚麼機密？」韋小寶低聲道：「皇上調兵遣將，要打吳三桂。」桑結等三人相視一笑，都想：「那是甚麼機密了？皇上不打吳三桂，吳三桂也要起兵打皇上。」韋小寶道：「你們可知皇上爲甚麼要對雲南用兵？那就難猜些了。」

阿琪道：「難道也是爲了陳圓圓？」韋小寶一拍桌子，顯得驚異萬分，說道：「咦！你怎知道？」阿琪道：「我是隨便猜猜。」

韋小寶大爲讚嘆，說道：「姑娘眞是女諸葛，料事如神。皇上做了皇帝，甚麼都有了，就只少了這個『天下第一美人』。上次皇上爲甚麼派我這小孩子去雲南，卻不派甚麼德高望重、勞苦功高的大臣？就是要我親眼瞧瞧，到底這女子是不是當眞美得要命，再要我探探吳三桂的口風，肯不肯把陳圓圓獻進宮去。派白鬍子大臣去辦這件事，總有點不好意思，是不是？那知我只提得一句，吳三桂就拍案大怒，說道：『你送一個公主來，就想掉換我的活觀音？哼哼，就是一百個公主，我也不換。』」

桑結和葛爾丹對望一眼，隱隱覺得上了吳三桂的大當，原來其中還有這等美色的糾葛。吳三桂當年「衝冠一怒爲紅顏」，正是爲了陳圓圓，斷送了大明三百年的江山，此事天下皆知。小皇帝年少風流，這種事倒也是在情理之中。

韋小寶心道：「小玄子，你是烏生魚湯，決不貪圖老烏龜的老婆。我小桂子大難臨頭，只好說你幾句壞話，千萬不好當眞。」見桑結和葛爾丹都神色嚴重，又道：「我見吳三桂大大發怒，就不敢再提。那時我在雲南，雖帶得幾千兵馬，怎敵得過吳三桂手下的千軍萬馬？只好悶聲大發財了，是不是啊？」葛爾丹點了點頭。

韋小寶道：「一天晚上，那大鬍子罕帖摩來見我，他說是王子殿下派他去昆明跟吳三桂聯絡的。他在昆明卻發覺情勢不對，說蒙古人是成甚麼汗的子孫，都是英雄好漢，幹麼爲了吳三桂的一個美貌女子去打仗送死。他求我偷偷帶他去北京見皇帝，要親自對皇帝說，陳圓圓甚麼的，跟蒙古王子、青海喇嘛都不相干。蒙古葛爾丹王子早有了一位阿琪姑娘，不會再要陳圓圓的了。青海大喇嘛也有了……有了很多美貌的青海姑娘……」

桑結大喝：「胡說！我們黃教喇嘛嚴守清規戒律，決不貪花好色。」韋小寶忙道：「那是罕帖摩說的，可不關我事。大喇嘛，罕帖摩爲了討好皇帝，叫他放心，不用躭心你會搶陳圓圓，只怕是有的。」桑結哼了一聲，道：「下次見到罕帖摩，須得好好問他一問，到底是他說謊，還是你說謊，如此敗壞我的清譽。」

韋小寶心中一喜：「他要去質問罕帖摩，看來一時就不會殺我了。」忙道：「是，是。下次你叫我跟罕帖摩當面對證好了。你們幫吳三桂造反，實在沒甚麼好處。就算造反成功，你們兩位身邊若不帶備一副手銬，總還是心驚肉跳……」忽見桑結臉有怒色，忙道：「大喇嘛色即是空，空即是色，見了陳圓圓當然不會動心。不過，不過……唉！」

桑結問道：「不過甚麼？」韋小寶道：「上次我到昆明，陳圓圓出來迎接公主，不是擠死了好幾千人麼？這些死人的家裏做法事，和尚道士忽然請不到了。」阿琪問道：

「那爲甚麼？」韋小寶道：「許許多多和尙見到了陳圓圓，凡心大動，一天之中，昆明有幾千名和尙還俗，不出家了。你想，突然間少了幾千和尙，大做法事自然不夠人手了。」

葛爾丹等三人都將信將疑，覺他說得未免太玄，但於陳圓圓的美艷，卻已決無懷疑。

阿琪向葛爾丹晃了一眼，輕輕的道：「昆明地方這等古怪，我是不去的了。你要幫吳三桂，你自己去罷。」葛爾丹忙道：「誰說要去昆明了？我又不想見陳圓圓。我看我們的阿琪姑娘，也不見得會輸了給陳圓圓。」阿琪臉色沉了下來，說道：「你說我不見得會輸了給陳圓圓，明明說我不及她。你就是想去見她。」說著站起身來，道：「我走啦！」

葛爾丹大窘，忙道：「不，不！我對天發誓，這一生一世，決不看陳圓圓一眼。」阿琪回嗔作喜，坐了下來。韋小寶道：「你決不看陳圓圓一眼，這話是對的。不論是誰，一見到她，只看一眼怎麼夠？一百眼、一千眼也看不夠啊。」葛爾丹罵道：「你這小鬼，就是會瞎說。我立誓永遠不見陳圓圓的面就是。若是見了，教我兩隻眼睛立刻瞎了。」阿琪大喜，含情脈脈的凝視著他。

韋小寶道：「我聽小皇帝說，眞不明白你們兩位幫吳三桂是爲了甚麼。倘若是要得陳圓圓，那沒法子，天下只一個陳圓圓，連小皇帝也沒有。除了這美女之外，吳三桂有甚麼，小皇帝比他多十倍還不止。你們兩位只要幫皇帝，金銀財寶，要多少有多少。」

桑結冷冷的道：「青海和蒙古雖窮，卻也不貪圖金銀財寶。」韋小寶心想：「他二人不要金銀財寶，也不要美女，最想要的是甚麼？」念頭一轉，心道：「是了，小丈夫一日不可無錢，大丈夫一日不可無權。我韋小寶是小丈夫，他兩個是大丈夫。」便道：「小皇帝說，葛爾丹只是個王子，還不夠大，倘若幫我打吳三桂，我就封他為蒙古國王。」

葛爾丹雙目射出喜悅的光芒，顫聲問道：「皇……皇帝當眞說過這句話？」韋小寶道：「當然！我為甚麼騙你？」桑結道：「天下也沒蒙古國王這銜頭。皇帝如能幫著殿下做了準噶爾汗，殿下也就心滿意足了。」韋小寶道：「可以，可以！這『整個兒好』，皇帝一定肯封。」心想：「『整個兒好』是他媽的甚麼玩意兒？難道還有『一半兒好』的？」

桑結見他臉上神色，料想他不懂，說道：「蒙古分為幾部，準噶爾是其中最大的一部。蒙古的王不叫國王，叫做汗。王子殿下還沒做到汗。」韋小寶道：「原來如此。王子殿下只要幫皇上，做個把整個兒汗那還不容易？皇帝下一道聖旨，派幾萬兵馬去，別的蒙古人還會反抗嗎？」葛爾丹一聽大喜，道：「皇帝如肯如此，那自然易辦。」

韋小寶一拍胸膛，說道：「你不用躭心，包在我身上辦到就是。皇上只恨吳三桂一人。阿琪姑娘雖然美貌，只要不給皇上瞧見，他包管不會來搶你的。至於桑結大喇嘛呢，你幫了皇上的忙，皇上自會封你做管治全西藏的大官。」他不知這大官叫做甚麼，不敢亂說。

桑結道：「我是青海的喇嘛，全西藏是達賴活佛管的，可不能由皇上隨便來封。」韋小寶道：「你雖在青海，為甚麼不能去西藏做活佛？西藏一共有幾個活佛？」桑結道：「還有一個班禪活佛，一共是兩位。」韋小寶道：「是啊，一日不過三，甚麼都要有三個才是道理。咱們請皇上再封一位桑結活佛，桑結大活佛專管達甚麼、班甚麼的兩個小活佛。」桑結心中一動：「這小傢伙瞎說一氣，倒也有些道理。」想到此處，一張瘦削的臉上登時現出了笑容。

韋小寶此時只求活命脫身，對方不論有甚麼要求，都是一口答允，何況封準噶爾汗、西藏大活佛，又不用他費一兩銀子本錢，說道：「我不是吹牛，兄弟獻的計策，皇帝有九成九言聽計從。再說，兩位肯幫著打吳三桂，皇帝不但要封賞兩位，兄弟也算立了大功，非升官發財不可。常言道得好：『朝裏有人好做官。』兄弟在朝裏做大官，兩位分別在蒙古、西藏做大官。我說哪，咱三個不如拜把子做了結義兄弟，此後咱們三人有福共享，有難同當，不願同年同月同日生，但願同年同月同日死。天下除了小皇帝，就是咱三個大了，那豈不是美得很麼？」心想：「但願同年同月同日死，這句話是很要緊的。他二人只要一點了頭，就不能再殺我了。再要殺我，等於自殺。」

桑結和葛爾丹來到揚州之前，早已訪查清楚，知道這少年欽差是小皇帝駕前的第一大紅人，飛黃騰達，升官極快，只萬萬想不到原來便是那個早就認識的少年。葛爾丹原和他並無仇怨，桑結卻給他害死了十二名師弟，斬去了十根手指，本來恨之切骨，但聽了他這番言語後，心想眾師弟人死不能復生，指頭斬後不能重長，若將此人一掌打死，也不過出了一口惡氣，徒然幫了吳三桂一個大忙，於自己卻無甚利益，但如跟他結拜，倒十分實惠，好處甚多。兩人你瞧瞧我，我瞧瞧你，都緩緩點頭。

韋小寶大喜過望，想不到一番言辭，居然打動了兩個惡人之心，生怕二人反悔，忙道：「大哥、二哥、二嫂，咱們就結拜起來。二嫂拜不拜都成，你跟二哥拜了天地，那都是一家人了。」阿琪紅著臉啐了一口，只覺這小孩說話著實討人歡喜。

桑結突然一伸手，啪的一聲，將桌子角兒拍了下來。韋小寶吃了一驚，心道：「又幹甚麼了？」只聽桑結厲聲道：「韋大人，你今天這番話，我暫且信了你的。可是日後你如反覆無常，食言而肥，這桌子角兒便是你的榜樣。」

韋小寶笑道：「大哥說那裏話來，我兄弟三人一起幹事，大家都有好處。兄弟假如欺騙了你們，你們在蒙古、西藏發兵跟皇帝過不去，皇帝一怒之下，定要先砍了我的腦袋。兩位哥哥請想，兄弟敢不敢對你們不住？」桑結點點頭，道：「那也說得是。」

當下三人便在廳上擺起紅燭，向外跪拜，結拜兄弟，桑結居長，葛爾丹為次，韋小寶做了三弟。他向大哥、二哥拜過，又向阿琪磕頭，滿口「二嫂」，叫得好不親熱，心想：你做了我二嫂，以後見到我調戲我自己的老婆阿珂，總不好意思再來干涉了罷？

阿琪提起酒壺，斟了四杯酒，笑道：「今日你們哥兒三個結義，但願此後有始有終，做出好大的事業來。小妹敬你們三位一杯。」桑結笑道：「這杯酒自然是要喝的。」說著拿起了酒杯。

韋小寶忙道：「大哥，且慢！這是殘酒，不大乾淨。咱們叫人換過。」大聲叫道：「來人哪！快取酒來。」微覺奇怪：「麗春院裏怎麼搞的？這許久也不見有人來伺候。」又想：「是了。老鴇、龜奴見到打架，又殺死了官兵，都逃得乾乾淨淨了。」

正想到此處，卻見走進一名龜奴，低垂著頭，含含糊糊的道：「甚麼事？」韋小寶心道：「麗春院裏的龜奴，我那一個不識得？這傢伙是新來的，那有對客人這般沒規矩的？定是嚇得傻了。」喝道：「快去取兩壺酒來。」那龜奴道：「是了！」轉身走出。

韋小寶見到那龜奴的背影，心念一動：「咦！這人是誰？白天在禪智寺外賞芍藥就見過他，怎麼他到這裏來做龜奴？其中定有古怪。」凝神一想，不由得背上出了一身冷汗，「啊」的一聲，跳了起來。

桑結、葛爾丹、阿琪三人齊問：「怎麼？」韋小寶低聲道：「這人是吳三桂手下高手武士假扮的，咱們剛才的說話，定然都教他聽去啦。」桑結和葛爾丹吃了一驚，齊道：「那可留他不得。」韋小寶道：「二位哥哥且……且不忙動手。咱們假裝不知，且看他一共來了多少人，有……有甚麼鬼計。」他說這幾句話時，聲音也顫了。這龜奴倘若眞是吳三桂的衛士所扮，他倒也不會這般驚惶，原來此人卻是神龍教的陸高軒。

這人自神龍島隨著他同赴北京，相處日久，此時化裝極爲巧妙，面目已全然不識，但見到他的背影，卻感眼熟。日間在禪智寺外仍未省起，此刻在麗春院中再度相見，便知其中必有蹺蹊，仔細一想，這才恍然。單是陸高軒一人，倒也不懼，但他既在禪智寺外聽到自己無意中漏出的口風，說要到麗春院來聽曲，便即來此化裝成爲龜奴，那麼多半胖頭陀和瘦頭陀也來了，說不定洪教主也親自駕臨，要再說得洪教主跟自己也拜上把子，發誓同年同月同日死，那可千難萬難。他越想越怕，額頭上汗珠一顆顆的滲將出來。

只見陸高軒手托木盤，端了兩壺酒進來，低下頭，將酒壺放在桌上。韋小寶尋思：「他低下了頭，生怕我瞧出破綻，哼，不知還來了甚麼人？」說道：「你們院子裏怎麼只有你一個？快多叫些人進來伺候。」陸高軒「嗯」的一聲，忙轉身退出。

韋小寶低聲道：「大哥、二哥、二嫂，待會你們瞧我眼色行事。我如眼睛翻白，抬頭上望，你們立刻出手，將進來的人殺了。這些人武功高強，非同小可。」桑結等都點頭答應，心中卻想：「吳三桂手下的衛士，武功再高，也沒甚麼了不起，何必這樣大驚小怪？」

過了一會，陸高軒帶了四名妓女進來，分別坐在四人身畔。韋小寶一看，四名妓女都不相識，並不是麗春院中原來的姑娘。四妓相貌都極醜陋，有的吊眼，有的歪嘴，皮膚或黃或黑，或凹凸浮腫，或滿臉瘡疤。韋小寶笑道：「麗春院的姑娘，相貌可漂亮得緊哪。」只見那坐在桑結身邊、滿臉瘡疤的姑娘向他眨了眨眼，隨即又使個眼色。

韋小寶見她眼珠靈活，眼神甚美，心想：「這四人是神龍教的，故意扮成了這般模樣，她卻向我連使眼色，那是甚麼意思？」端起原來那壺迷春酒，給四名妓女都斟了一杯，說道：「大家都喝一杯罷！」

妓院之中，原無客人向妓女斟酒之理，客人一伸手去拿酒壺，妓女早就搶過去斟了。但四名妓女只垂首而坐，韋小寶給她們斟酒，四人竟一句話不說。韋小寶心道：「這四個女人假扮婊子，功夫差極。」說道：「你們來服侍客人，怎麼不懂規矩，自己不先喝一杯？」說著又斟了一杯，對陸高軒道：「你是新來的罷？連烏龜也不會做。你們不敬客人的酒，客人一生氣，還肯花錢麼？」

陸高軒和四女以爲妓院中的規矩確是如此，都答應了一聲：「是！」各人將酒喝了。

韋小寶笑道：「這才是了。院子裏還有烏龜婊子沒有？通統給我叫過來。偌大一家麗春院，怎麼只你們五個人？只怕有點兒古怪。」那臉孔黃腫的妓女向陸高軒使個眼色。陸高軒轉身而去，帶了兩名龜奴進來，沙啞著嗓子道：「婊子沒有了，烏龜倒還有兩隻。」

韋小寶暗暗好笑，心道：「婊子、烏龜，那是別人在背後叫的，你自己做龜奴，怎能口稱『婊子、烏龜』？就算是嫖院的客人，也不會這樣不客氣。院子裏只說『姑娘、伴當』。我試你一試，立刻就露出了馬腳。哼哼，洪教主神機妙算，可是做夢也算不到，我韋小寶就是在這麗春院中長大的。」

只見那兩名龜奴都高大肥胖，一個是胖頭陀假扮，一瞧就瞧出來了，另一個依稀是瘦頭陀，可是怎麼身材如此之高？微一轉念，已知他腳底踩了高蹺，若非心中先已有數，可眞萬萬瞧不出來。他又斟了兩杯酒，說道：「客人叫你們烏龜喝酒，你們兩隻烏龜快喝！」

胖頭陀一聲不響的舉杯喝酒，瘦頭陀脾氣暴躁，忍耐不住，罵道：「你這小雜種才是烏龜！」陸高軒忙一扯他袖子，喝道：「快喝酒！你怎敢得罪客人？」瘦頭陀這次假扮龜奴，曾受過教主的嚴誡，心中一驚，忙將酒喝了。

韋小寶問道：「都來齊了嗎？沒別的人了？」陸高軒道：「沒有了！」

韋小寶道：「洪教主沒扮烏龜麼？」說了這句話，雙眼一翻，抬頭上望。

陸高軒等七人一聽此言，都大吃一驚，四名妓女一齊站起。桑結早在運氣戒備，雙手齊出，登時點中了瘦頭陀和陸高軒二人的腰間。

這兩指點出，陸高軒應手而倒，瘦頭陀卻只哼了一聲，跟著揮掌向桑結當頭劈落。桑結吃了一驚，心想自己的「兩指禪」功夫左右齊發，算得天下無雙，自從十根手指中毒截去之後，手指短了一段，出手已不如先前靈活，但正因短了一段，若點中在敵人身上，力道可又比昔日強了三分。此時明明點中這大胖子腰間穴道，何以此人竟會若無其事？難道他也如韋小寶一般，已練成了「金剛護體神功」？

其實這兩人誰也沒有「金剛護體神功」。韋小寶所以刀槍不入，只因穿了護身寶衣，而瘦頭陀卻是腳下踩了高蹺，憑空高了一尺。桑結以為他身材當眞如此魁梧，伸指點他腰間，中指處卻是他大腿外側。瘦頭陀只一陣劇痛，穴道並沒封閉。

這時胖頭陀已和葛爾丹鬥在一起。滿臉瘡疤的妓女在和阿琪相鬥，另外一名妓女卻向韋小寶撲來。韋小寶笑道：「你發花癲麼？這般惡形惡狀幹甚麼？」眼見那妓女十指如鉤，來勢兇狠，心中一驚，一低頭便鑽到了桌子底下，伸手在那妓女的腿上一推。那妓女喝了迷春酒後，藥力發作，頭腦中本已迷迷糊糊，給他一推，站立不定，身子晃了幾晃，一交坐倒，再也站不起來。跟著其餘三名假妓女也都先後暈倒。

瘦頭陀和桑結拆得幾招，嫌足底高蹺不便，雙腳運勁，啪啪兩聲，將高蹺踹斷了。桑結罵道：「原來是個矮子。」瘦頭陀怒道：「老子從前可比你高得多，我喜歡做矮子，跟你甚麼相干？」桑結哈哈大笑，兩人口中說話，手上絲毫不停。兩個都是武功好手，數招之後，互相暗暗佩服。桑結心道：「吳三桂手下，居然有這樣一個武功了得的矮胖衛士。」

瘦頭陀心道：「你武功雖高，卻給韋小寶這小鬼做走狗，也不是甚麼好腳色。」

那邊廂葛爾丹數招間就敵不過胖頭陀了。只是胖頭陀喝了一杯迷春酒，手腳不甚靈便，才一時沒將他打倒。阿琪見跟自己相鬥的妓女招式靈活，可是使不了幾招，便即暈倒，暗暗奇怪，轉頭見葛爾丹不住倒退，忙向前相助。胖頭陀眼前一黑，身子晃了幾下，只感敵人在自己胸口拍了一掌，力道卻不厲害。他閉著眼睛，兩手一分，格開對方手臂，雙手食指點到了敵人腋下。阿琪登時全身酸軟，慢慢倒下，壓在陸高軒背上，正自驚惶，只見胖頭陀突然俯衝摔倒。

葛爾丹叫道：「阿琪，阿琪，你怎麼了？」驀地裏胖頭陀躍起身來，當胸一拳，將他打得摔出丈許，重重撞在牆上。胖瘦二頭陀內力甚深，雖然喝了迷春藥，但這不過是妓院中所調製的尋常迷藥，並不如何厲害，兩人雖感昏暈，還在勉力支撐。

這時瘦頭陀雙眼瞧出來白濛濛的一團，只見桑結一個人影模模糊糊的晃來晃去，他伸手去打，都給桑結輕易避過，自己左肩和右頰卻接連重重的吃了兩拳。桑結的拳力何等沉重，饒是瘦頭陀皮粗肉厚，卻也抵受不起，不禁連聲吼叫，轉身奪門而逃。陸高軒搖搖晃晃的站起，上身穴道未解，胡裏胡塗的跟著奔出。

葛爾丹給胖頭陀打得撞上牆壁，背脊如欲斷裂，正自心怯，卻見敵人左手扶住了桌子，閉著眼睛，右掌在面前胸口不住搖晃，似是怕人襲擊。葛爾丹瞧出便宜，躍將過去，猛力一腳，踢中他後臀。胖頭陀大叫一聲，左手反轉，抓住了葛爾丹胸口，將他身子提了起來。桑結搶上相救。胖頭陀睜開眼睛，抓著葛爾丹搶出甘露廳，飛身上牆。

桑結喝道：「放下人來！」追了出去，跟著上屋。但聽兩人呼喝之聲漸漸遠去。

韋小寶從桌底下鑽出，只見地下橫七豎八的躺了一大堆人。雙兒和曾柔躺在廳角落裏；四名假妓女暈倒在地；鄭克塽本來伏在桌上，打鬥中椅子給人推倒，滾到了桌子底下；阿琪下身擱在一張翻倒的椅上，上身躺在地下。有的是給點中了穴道，有的是為迷春酒所迷，一干人盡皆毫不動彈。

他最關心雙兒，忙將她扶起，見她雙目轉動，呼吸如常，便感放心，他不會解穴，只得將雙兒、曾柔、阿琪三人扶入椅中坐好。

心中又記掛母親，奔到母親房中，只見韋春芳倒在床邊，韋小寶大驚，忙搶上扶起，見她身子軟軟的，呼吸和心跳卻一如其常，料想是給神龍教的人點了穴道，麗春院中的婊子、烏龜，定然個個不免，穴道受點，過得幾個時辰自會解開，倒也不必躭心。

回到甘露廳中，側耳傾聽，胖瘦二頭陀或桑結、葛爾丹全無回轉的聲音，心想：「這滿臉瘡疤的假婊子向我大使眼色，似乎是叫我留心，這人良心倒好，不知是誰？」走過去俯身伸手，在那女子臉上抹了幾抹，一層灰泥應手而落，露出一張嬌嫩白膩的臉蛋。韋小寶一聲歡呼，原來竟是小郡主沐劍屏。他低下頭來，在她臉上輕輕一吻，說道：「你不是已隨兄長而去，怎麼又給神龍教抓了回去？究竟你對我有良心，你定是給他們逼著來騙我的。」

突然心中一跳：「還有那三個假婊子是誰？方姑娘不知在不在內？這小婊子專門想

法子害我，這次若不在內，倒奇怪得緊了。」想到了方怡，既感甜蜜，又感難過，眼見那臉蛋黃腫的女子身材苗條，看來多半是方怡，便伸手去抹她臉上化裝。

泥粉落下，露出一張姿媚嬌豔的臉蛋，年紀比方怡大了五六歲，容貌卻比她更美，竟是洪教主夫人。她酒醉之後，雙頰豔如桃花，肌膚中猶似要滲出水來。韋小寶過去雖覺洪夫人美貌動人，卻從來不敢以半分輕薄的眼色相覷，這時她爛醉如泥，卻是機會來了，伸出右手，在她臉頰上捏了一把，見她雙目緊閉，並無知覺，他一顆心怦怦亂跳，又在她另一邊臉頰上捏了一把，忍不住在她櫻唇上輕輕一吻。

轉過身來看另外兩個女子，見兩人都身材臃腫，決非方怡，其中一人曾惡狠狠的向自己撲擊。韋小寶提起酒壺，在她臉上淋了些酒水，然後拉起她衣襟在臉上一抹，現出眞容，赫然竟是假太后。韋小寶大喜，心道：「這場功勞當眞大得很了。皇上和太后要我捉拿這老婊子報仇，千方百計捉不到，那知她自己竟會到麗春院來做老婊子。可見我一直叫她老婊子，那是神機妙算，早有先見之明。」

再去抹掉第四個假婊子的化妝，露出容貌來卻是方怡。韋小寶大吃一驚：「她爲甚麼腰身這樣粗，難道跟人私通，懷了孩兒？天靈靈，地靈靈，老婊子眞的做了老婊子，韋小烏龜眞的做了小烏龜？」伸手到她內衣一摸，觸手之處不是肌膚，拉出來卻是個枕頭。

韋小寶哈哈大笑，笑道：「你的良心，可比小郡主壞得太多。她唯恐我遭了你們毒手，不住向我使眼色。你卻唯恐我瞧出來，連大肚婆娘也敢裝。哈哈，你這小婊子在麗春院裏大了肚皮，我給你打胎！早打胎，晚打胎，打下一個枕頭來！」

走到廳外一瞧，只見數名親兵死在地下，院中烏燈黑火，聲息全無，心想：「胖瘦二頭陀都喝了藥酒，終究打不過我那兩個結義哥哥，但如洪教主他們在外接應，結果就難說得很了。兩位哥哥，倘若你們今天歸位，小弟恕不同年同月同日死，對不住之至！」

回進廳來，但見洪夫人、方怡、沐劍屏、雙兒、曾柔、阿琪六個美人兒有的昏迷不醒，有的難以動彈，各有各的美貌，各有各的嬌媚，心中大動，心道：「裏邊床上還有一個美貌小姑娘，比這六個人還美得多。那是我已經拜過天地、卻未洞房花燭的元配老婆。今晚你巴巴的來尋我，你老公要是不來睬你，未免太過無情無義，太對你不住了罷？」

正要邁步入內，只見曾柔的一雙俏眼瞧向自己，臉上暈紅，神色嬌羞，心想：「從王屋山來到揚州，一路之上，你這小妞兒老是避我，要跟你多說一句話也不成。今晚可也不能跟你客氣了。」將她抱起，搬入內房，乘機在她嘴上一吻，將她放在阿珂之旁。

只見阿珂兀自沉睡，長長的睫毛垂了下來，口唇邊微露笑意。韋小寶心想：「一不做，二不休，把你們這批老婊子、假婊子、好姑娘、壞女人，一古腦兒都搬了進來。這裏是麗春院，女人來到妓院，還能有甚麼好事？這是你們自己來的，醒轉之後可不能怪我。」他從小就胸懷大志，要在揚州大開妓院，更要到麗春院來大擺花酒，叫全妓院妓女相陪，此刻情景雖與昔日雄圖頗有不符，卻也是非同小可的壯舉。

當下將雙兒、阿琪、洪夫人、方怡、沐劍屏一一抱了入內，最後連假太后也抱了進去，八個女子並列床上。忽然想到：「朋友妻，不可欺。二嫂，你是我嫂子，咱們英雄好漢，可得講義氣。」將阿琪又抱到廳上，放在椅中坐好，只見她目光中頗有嘉許之意。

韋小寶見她容顏嬌好，喘氣甚急，胸脯起伏不已，忽覺後悔：「我跟大喇嘛和蒙古王子拜把子，又不是情投意合，只不過是想個計策，騙得他們不來殺我。甚麼大哥、二哥，都是隨口瞎說的。這阿琪姑娘如此美貌，叫她二嫂，太過可惜，不如也做了我老婆罷。說書的說『三笑姻緣九美圖』，唐伯虎有九個老婆。我就把阿琪算在其內，也不過是八美，還差了一美。呸，呸，呸！老婊子又老又兇，怎麼也能算一美？」與唐伯虎相比，少他一美，還可將就，連少兩美，實在太也差勁，當下又抱起阿琪，走向室內。走了幾步，忽想：「關雲長千里送皇嫂，可沒將劉大嫂變成關二嫂。韋小寶七步送王嫂，總不能太不講義氣，少兩美就少兩美罷，還怕將來湊不齊？」於是立即轉身，又將阿琪放在椅中。

阿琪不知他心中反覆交戰，見他將自己抱著走來走去，不知搗甚麼鬼，只微感詫異。

韋小寶走進內室，說道：「方姑娘、小郡主、洪夫人，你們三個是自己到麗春院來做婊子的。雙兒、曾姑娘，你們兩個是自願跟我到麗春院來的。這是甚麼地方，你們來時雖不知道，不過小妞兒們既然來到這種地方，不陪我是不行的。阿珂，你是我老婆，到這裏來嫖我媽媽，也就是嫖你的婆婆，你老公要嫖還你了。」伸手將假太后遠遠推在床角，抖開大被，將餘下六個女子蓋住，踢下鞋子，大叫一聲，從被子底下鑽了進去。

胡天胡帝，也不知過了多少時候，桌上蠟燭點到盡頭，房中黑漆一團。

又過良久，韋小寶低聲哼起〈十八摸〉小調：「一百零七摸，摸到姊姊妹妹七隻手……一百零八摸，摸到姊姊妹妹八隻腳……」正在七手八腳之際，忽聽得一個嬌柔的聲音低聲道：「不……不要……鄭……鄭公子……是你麼？」正是阿珂的聲音。她飲迷春酒最早，昏睡良久，藥性漸退，慢慢醒轉。韋小寶大怒，心想：「你做夢也夢到鄭公子，只道是他爬上了你床，好快活麼？」壓低了聲音，說道：「是我。」

阿珂道：「不，不！你不要……」掙扎了幾下。

忽聽得鄭克塽在廳中叫道：「阿珂，阿珂，你在那裏？」喀喇一聲，嗆啷啷一片響亮，撞翻了一張椅子，桌上杯碟掉到地下。阿珂聽到他在廳上，那麼抱住自己的自然不是他了，一驚之下，又清醒了幾分，顫聲道：「你……你是誰？怎麼……我……我……」韋小寶笑道：「是你的親老公，你也聽不出？」阿珂這一驚非同小可，使力掙扎，想脫出他懷抱，卻全身酸軟無力，驚叫：「鄭公子，鄭公子！」

鄭克塽跌跌撞撞的衝進房來，房中沒半點光亮，砰的一聲，額頭在門框上一撞，叫道：「阿珂，你在那裏？」阿珂道：「我在這裏！放開手！小鬼，你幹……幹甚麼？」鄭克塽道：「甚麼？」他不知阿珂最後這兩句話是對韋小寶說的。

韋小寶意氣風發，如何肯放？阿珂央求道：「好師弟，求求你，快放開我。」韋小寶道：「我說過不放，就是不放！大丈夫一言既出，死馬難追。」

鄭克塽又驚又怒，喝道：「韋小寶，你在那裏？」韋小寶得意洋洋的道：「我在床上，抱著我老婆。我在洞房花燭，你來幹甚麼？要鬧新房麼？」鄭克塽大怒，罵道：「鬧你媽的新房！」韋小寶笑道：「你要鬧我媽的新房，今天可不成，因為她沒客人，除非你自己去做新郎。」

鄭克塽怒道：「胡說八道。」循聲撲向床上，來揪韋小寶，黑暗中抓到一人的手臂，問道：「阿珂，是你的手麼？」阿珂道：「不是。」

鄭克塽只道這手臂既然不是阿珂的，那麼定然是韋小寶的，當下狠狠用力一扯，不料所扯的卻是假太后毛東珠。她飲了迷春酒後昏昏沉沉，但覺有人扯她手臂，左手反過去拍一掌，正好擊在鄭克塽頂門。她功力已去了十之八九，這一掌無甚力道。鄭克塽卻大吃一驚，一交坐倒，腦袋在床腳上一撞，又暈了過去。

阿珂驚呼：「鄭公子，你怎麼了？」卻不聽見應聲。韋小寶道：「他來鬧新房，鑽到床底下去了。」阿珂哭道：「不是的。快放開我！」韋小寶道：「別動，別動！」阿珂手肘一挺，撞在他喉頭。韋小寶吃痛，向後一仰。阿珂脫卻束縛，忙要下床，身子一轉，壓在毛東珠胸口。毛東珠吃痛，一聲大叫，伸手牢牢抱住了她。阿珂在黑暗之中也不知抱住自己的是誰，極度驚恐之下，更沒了絲毫力道，忽覺右足又給人壓住了，只嚇得全身冷汗直冒：「床上有這許多男人！」

韋小寶在黑暗中找不到阿珂，說道：「阿珂，快出聲，你在那裏？」阿珂心道：「你就殺了我頭，我也不作聲。」韋小寶道：「好，你不說，我一呀摸，二呀摸，一個個的摸將過來，總要摸到你為止。」忽然唱起小調來：「一呀摸，二呀摸，摸到一個美人兒。美人臉蛋像瓜子，莫非你是老婊子？」口唱小調，雙手亂摸。

忽聽得院子外人聲喧嘩，有人傳呼號令，大隊兵馬將幾家妓院一起圍住了，跟著腳步聲響，有人走進麗春院來。韋小寶知道來人若非自己部下，便是揚州的官員，心中一喜，正要從被窩裏鑽出來，不料來人走動好快，火光亮處，已到了甘露廳中，只聽得玄貞道人叫道：「韋大人，你在這裏嗎？」語音焦急。韋小寶脫口答道：「我在這裏！」

天地會羣雄發覺不見了韋小寶，生怕他遇險，出來找尋，知他是帶了親兵向鳴玉坊這一帶而來，一查便查到麗春院中有人打架。進得院子，見幾名親兵死在地下，衆人大吃一驚，直聽到他親口答應，這才放心。

韋小寶耳聽得衆人大聲招呼，都向這邊擁來，忙站起來放下帳子，至於兩隻腳踏在誰的身上，也顧不得這許多了。

帳子剛放下，玄貞等已來到房間，各人手持火把，一眼見到鄭克塽暈倒在床前，都感詫異。又有人叫道：「韋大人，韋大人！」韋小寶叫道：「我在這裏，你們不可揭開帳子。」

衆人聽到他聲音，都歡呼起來。各人你瞧瞧我，我瞧瞧你，臉上都含笑容，均想：「大家擔足了心事，你卻在這裏風流快活。」

韋小寶藉著火光，穿好衣衫，找到帽子戴上，從床上爬了下來，穿上鞋子，說道：「我用計擒住了好幾名欽犯，都在床上，大夥兒這場功勞不小。」

衆人大爲奇怪，素知他行事神出鬼沒，其時也不便多問。

韋小寶吩咐將鄭克塽綁起，用轎子將阿琪送去行轅，隨即將帳子角牢牢塞入被底，傳進十餘名親兵，下令將大床抬回欽差行轅。親兵隊長道：「回大人：門口太小，抬不出去。」韋小寶罵道：「笨東西，不會拆了牆壁嗎？」那隊長立時領悟，連聲稱是，吆喝傳令。眾親兵一齊動手，將麗春院牆壁拆開了三堵。十餘人拿了六七條轎槓，橫在大床之底，將大床平平穩穩的抬了出去。

其時天已大明，大床在揚州大街上招搖過市。眾親兵提了「肅靜」、「迴避」的硬牌，鳴鑼喝道，前呼後擁。揚州百姓見了，無不嘖嘖稱奇。

大床來到何園，門口仍是太小。這時親兵隊長學了乖，不等欽差大人吩咐，立時下令拆牆，將大床抬入花廳，放在廳心。韋小寶傳下將令，床中擒有欽犯，非同小可，命數十名將領督率兵卒，弓上弦，刀出鞘，在花廳四周團團圍住，又命徐天川等人到屋外把守，以防瘦頭陀等前來劫奪。

花廳四周守禦之人雖眾，廳中卻只有一張大床，床旁贍下一個韋小寶。他心想：「剛才在麗春院中，如此良機，六個美女卻似乎抱不到一半，而且黑暗之中，也不知抱過了誰，還有誰沒抱。胡裏胡塗，不能算數。咱們從頭來過，還是打從一呀摸開始。」口中低哼：「一呀摸，二呀摸，摸到妹妹……」拉開帳子，撲上床去。

突覺後腦一緊，喉頭一痛，給人拉住辮子，提了起來，那人左手叉在他頸中，正是洪夫人。隔了這些時候，迷春藥酒力早過，洪夫人、毛東珠、方怡、沐劍屏四女都已醒轉。雙兒和曾柔身上受封的穴道也已漸漸解開。只是大床在揚州街上抬過，床周兵多將廣，床中七女誰也不敢動彈，不敢出聲。此刻韋小寶又想享溫柔艷福，一上床就遭洪夫人抓住。

洪夫人臉色似笑非笑，低聲喝道：「小混蛋，你好大膽，居然連我也敢戲耍！」韋小寶嚇得魂飛天外，陪笑道：「夫人，我……我不是戲耍，這個……那個……」洪夫人道：「你唱的是甚麼小調？」韋小寶笑道：「這是妓院裏胡亂聽來的，當不得眞。」洪夫人低聲道：「你要死還是要活？」韋小寶笑道：「屬下白龍使，恭祝夫人和教主仙福永享，壽與天齊。夫人號令，屬下遵奉不誤。」

洪夫人見他說這幾句話時嬉皮笑臉，殊少恭謹之意，啐了一口，說道：「你先撤了廳周的兵將。」韋小寶道：「好，那還不容易？你放開手，我去發號施令。」洪夫人道：「你在這裏傳令好了。」韋小寶無奈，只得大聲叫道：「廳外當差的總督、巡撫、兵部尙書、戶部尙書們大家聽著，所有的兵將通統退開，不許在這裏停留。」

洪夫人一扯他辮子，喝道：「甚麼兵部尙書、戶部尙書，胡說八道。」說著又用力一扯。韋小寶大叫：「唉唷，痛死啦！」

外面統兵官聽得他說甚麼總督、尙書，已然大爲起疑，待聽他大聲呼痛，登時便有數十人手執刀槍，奔進廳來，齊問：「欽差大人，有甚麼事？」韋小寶叫道：「沒……沒甚麼！唉唷，我的媽啊！」衆將官面面相覷，手足無措。

洪夫人心下氣惱，提起手來，啪的一聲，重重打了韋小寶一個耳光。韋小寶又叫：「我的媽啊，別打兒子！」洪夫人雖不知他叫人爲娘，就是罵人婊子，但見他如此憊懶，提掌又待再打，突然肩後「天宗」和「神堂」兩穴上一陣酸麻，右臂軟軟垂下。

洪夫人一驚，回頭看是誰點了她穴道，見背後跟自己挨得最近的是方怡，冷笑道：「方姑娘，你武功不錯哪！」左手疾向方怡眼中點去。方怡叫道：「不是我！」側頭讓開。洪夫人待要再攻，忽然身後兩隻手伸過來抱住了她左臂，正是沐劍屏。她叫道：「夫人，不是我師姊點你的！」她見到點洪夫人穴道的乃是雙兒。

毛東珠提起手來，打了沐劍屏一掌，幸好她已無內力，沐劍屏並沒受傷。毛東珠第二掌又即打來，方怡伸手格開。

阿珂見四個女子打成一團，翻身便要下床，右腳剛從被中伸出，「啊」的一聲，立即縮回。韋小寶拉住她左腳，說道：「別走！」阿珂用力一掙，叫道：「放開我！」韋小寶笑道：「你倒猜猜看，我肯不肯放？」阿珂急了，轉身便是一拳。韋小寶一讓，砰的一聲，打中在曾柔左頰。曾柔叫道：「你怎麼打我？」阿珂道：「對……對不起……唉唷！」卻是給方怡打中了一掌。霎時間床上亂成一團，七個女子亂打亂扭。

韋小寶大喜，心道：「這叫做天下大亂，羣雄……不，羣雌混戰！」正要混水摸魚，突然間喀喇喇一聲響，大床倒塌下來。八人你壓住我手，我壓住你腿。七個女子齊聲尖叫。

眾將官見到這等情景，無不目瞪口呆。

韋小寶哈哈大笑，想從人堆中爬出來，只是一條左腿不知給誰扭住了，叫：「大家放開手！眾將官，把我大小老婆們一齊抓了起來！」眾將官站成一個圈子，卻不敢動手。

韋小寶指著毛東珠道：「這老婊子乃是欽犯，千萬不可讓她逃走了。」眾將官都感奇怪：「怎麼這些女子都是你的大小老婆，其中一個是欽犯，兩個卻又扮作了親兵？」當下有人以刀槍指住毛東珠，另外有人拉她起來，喀喀兩聲，給她戴上了手銬。

韋小寶指著洪夫人道：「這位夫人，是我的上司，不過咱們也給她戴上副手銬罷。」眾將更奇，也給洪夫人上了手銬。洪夫人空有一身武藝，卻給雙兒點了兩處穴道，半身酸痲，難以反抗。

這時雙兒和曾柔才從人堆裏爬了出來，想起昨晚的經歷，又臉紅，又好笑。

韋小寶指著方怡道：「她是我大小老婆！」指著沐劍屏道：「她是我小小老婆，大小老婆要上了手銬，小小老婆不必。」眾將給方怡上了手銬。欽差大人的奇言怪語，層出不窮，眾將聽得多了，這時也已不以為異了。

這時坐在地下的只賸下了阿珂一人，只見她頭髮散亂，衣衫不整，穿的是男子打扮，卻是明艷絕倫，雙手緊緊抓住長袍的下擺，遮住裸露的雙腿，低下了頭，雙頰暈紅。

眾兵將均想：「欽差大人這幾個大小老婆，以這個老婆最美。」只聽韋小寶道：「她是我明媒正娶的元配夫人，待我扶她起來。」走上兩步，說道：「娘子請起！」伸手去扶。

忽聽得啪的一響，聲音清脆，欽差大人臉上已重重吃了一記耳光。阿珂垂頭哭道：「你就是會欺侮我，你殺了我好啦。我……我……我死也不嫁給你。」

眾將官面面相覷，無不愕然。欽差大人當眾遭毆，眾將官保護不力，人人有虧職守。只是毆辱欽差的乃是他的元配夫人，上前阻止固是不行，吆喝幾聲似乎也不合體統，一時不知如何是好。

韋小寶撫著遭打的半邊面頰，笑道：「我怎捨得殺你？娘子不用生氣，下官立時殺了鄭公子便是。」大聲問道：「麗春院裏抓來的那男子在那裏？」一名佐領道：「回都統：這小子上了足鐐手銬，好好的看守著。」韋小寶道：「很好。他如想逃走，先斬了他左腿，然後再斬他右腿……」阿珂嚇得急叫：「別……別……斬他腳……他……他不會逃走的。」韋小寶道：「你如逃走，我就斬鄭公子的雙手。」向方怡、沐劍屏等掃了一眼，道：「我這些大小老婆、小小老婆倘若逃走了，就割鄭公子的耳朵鼻子。」

阿珂急道：「你……你……這些女人，跟鄭公子有甚麼相干？為甚麼要怪在他頭上？」韋小寶道：「自然相干。我這些女人個個花容月貌，鄭公子是色鬼，一見之下，定會不懷好意。」阿珂心想：「那還是拉不上干係啊。」但這人不講道理，甚麼也說不明白，一急之下，又哭了出來。

韋小寶道：「戴手銬的女人都押了下去，好好的看守，再上了腳鐐。吩咐廚房，擺上酒筵，不戴手銬的好姑娘們，在這裏陪我喝酒。」眾親兵轟然答應。

阿珂哭道：「我……我不陪你喝酒，你給我戴上手銬好啦。」

曾柔一言不發，低頭出去。韋小寶道：「咦，你去那裏？」曾柔轉頭道：「你……你好不要臉！我再也不要見你！」韋小寶一怔，問道：「為甚麼？」曾柔道：「你……你還問為甚麼？人家不肯嫁你，你強逼人家。你做了大官，就可以這樣欺侮百姓嗎？我先前還當你是個……是個英雄，那知道……」韋小寶道：「那知道怎樣？」曾柔忽然哭了出來，掩面道：「我不知道！你……你是壞人，不是好人！」說著便向廳外走去。

兩名軍官挺刀攔住，喝道：「你侮慢欽差，不許走，聽候欽差大人發落。」

韋小寶給曾柔這番斥責，本來滿腔高興，登時化為烏有，覺得她的話倒也頗有道理，自己做了韃子大官，仗勢欺人，倒如是說書先生口中的奸臣惡霸一般，心想：「英雄做不成，那也罷了。做奸臣總不成話。」長長嘆了口氣，說道：「曾姑娘，你回來，我有話說。」

曾柔回過頭來，昂然道：「我得罪了你，你殺我的頭好了。」

雙兒跟她交好，忙勸道：「曾姊姊，你別生氣，相公不會殺你的。」

韋小寶黯然道：「你說得對，我如強要她們做我老婆，那是大花臉奸臣強搶民女，好比〈三笑姻緣〉中的王老虎搶親。」手指阿珂，對帶領親兵的佐領道：「你帶這位姑娘出去。再把那姓鄭的男子放了，讓他們做夫妻去罷。」說這幾句話時，委實心痛萬分。又指著方怡道：「開了手銬，也放她去罷，讓她去找她的親親劉師哥去。唉，我的元配夫人軋姘頭，我的大小老婆也軋姘頭。他媽的，我是甚麼欽差大人、都統大人？我是雙料烏龜大人。」

那佐領見他大發脾氣，嚇得低下了頭，不敢作聲。韋小寶道：「快快帶這兩個女人出去。」那佐領應了，帶了阿珂和方怡出去。韋小寶瞧著二女的背影，心中委實戀戀不捨。但見方怡和阿珂頭也不回的出去，既無一句話道謝，也無一個感激的眼色。

曾柔走上兩步，低聲道：「你是好人！你……罰我好了。」溫柔的神色中大有歉意。

韋小寶登時精神爲之一振，當即眉花眼笑，說道：「對，對！我確要罰你。雙兒、小郡主、曾姑娘，你們三個是好姑娘，來，咱們到裏邊說話。」

他正想帶了三女到內堂親熱一番，廳口走進一名軍官，說道：「啓稟都統大人：外面有一個人，說是奉了洪教主之命，求見大人。」韋小寶嚇了一跳，忙道：「甚麼紅教主、綠教主，不見，不見，快轟了出去。」那軍官躬身道：「是！」退了一步，又道：「那人說，他們手裏有兩個男人，要跟都統大人換兩個女人。」

韋小寶道：「換兩個女人？」眼光在洪夫人和毛東珠臉上掃過，搖頭道：「他倒開胃！這樣好的貨色，我怎麼肯換？」那軍官道：「是。卑職去把他轟走。」韋小寶問道：「他用甚麼男人來換？他媽的，男人有甚麼好？男人來換女人，倒虧他想得出。」那軍官道：「那人胡說八道，說甚麼一個是喇嘛，一個是王子，都是都統大人的把兄弟。」

韋小寶「啊」的一聲，心想：「原來桑結喇嘛和葛爾丹王子給洪教主拿住了。」說道：「又是喇嘛，又是王子，我要來幹甚麼？你去跟那傢伙說，這兩個女人，就是用兩百萬個男人來換，我也不換。」那軍官連聲稱是，便要退出。

韋小寶向曾柔望了一眼，心想：「她先前說我是壞人，不是好人。我把自己老婆放了，讓她們去軋姘頭，她才算我是好人。哼！要做好人，本錢著實不小。桑結和葛爾丹二人，總算是跟我拜了把子的，我不掉他們回來，定要給洪教主殺了。我扣著洪夫人有甚麼用？她雖然美貌之極，又不會肯跟我仙福永享，壽與天齊。他媽的重色輕友，不是英雄好漢！」喝道：「且慢！」那軍官應了聲：「是！」躬身聽令。

韋小寶道：「你去對他說，叫洪教主把那兩人放回來，我就送還洪夫人給他。這位夫人花容月貌，賽過了西施、楊貴妃，聰明智慧，勝過了武則天，實是世上的無價之寶，本來殺了我頭也不肯放的，掉他兩個男人，他是大大便宜了。另外這女人雖然差勁，卻是不能放的。」那軍官答應了出去。

洪夫人一直板起了臉，到這時才有笑容，說道：「欽差大人好會誇獎人哪。」韋小寶說道：「夫人，你美得不得了，還勝過貂嬋、王昭君，那又何必客氣？咱們好人做到底，蝕本也蝕到底。先送貨，後收錢。來人哪，快把我上司的手銬開了。」接過鑰匙，親自打開洪夫人手銬，陪著她出去。

來到大廳，只見那軍官正在跟陸高軒說話。韋小寶道：「陸先生，你這就好好伺候夫人回去。夫人，屬下恭送你老人家得勝回朝，祝你與教主仙福永享，壽與天齊。」

洪夫人格格嬌笑，說道：「祝欽差大人升官發財，嬌妻美妾，公侯萬代！」

韋小寶搖頭嘆道：「升官發財容易，嬌妻美妾，那就難了。」大聲吩咐：「奏樂，送客，備轎。」鼓樂聲中，親自送到大門口，滿心不捨的瞧著洪夫人上了轎子。

吳之榮跪在地下，雙手呈上書信，
說道：「這封信干係重大之極，大人請看！」
韋小寶不接，
問道：「又是些甚麼詩、甚麼文章？」

第四十回

待兔祇疑株可守　求魚方悔木難緣

洪夫人所乘轎子剛抬走，韋小寶正要轉身入內，門口來了一頂大轎，揚州府知府來拜。韋小寶眼見已到手的美人一個個離去，心情奇劣，沒好氣的問道：「你來幹甚麼？」

知府吳之榮請安行禮，說道：「卑職有機密軍情稟告大人。」韋小寶聽到「機密軍情」四字，這才讓他入內，心道：「倘若不是機密大事，我打你的屁股。」

來到內書房，韋小寶自行坐下，也不讓座，便問：「甚麼機密軍情？」吳之榮道：「請大人屏退左右。」韋小寶揮手命親兵出去。吳之榮走到他身前，低聲道：「欽差大人，這件事非同小可，大人奏了上去，是件了不起的大功。卑職也叨光大人的福蔭。因此卑職心想，還是別先稟告撫台、藩台兩位大人爲是。」韋小寶皺眉道：「甚麼大事，這麼要緊？」

吳之榮道：「回大人：皇上福氣大，大人福氣大，才教卑職打聽到了這個大消息。」韋小寶哼了一聲，道：「你吳大人福氣也大。」吳之榮道：「不敢。卑職受皇上恩典，欽差大人的提拔，日日夜夜只在想如何報答大恩。昨日在禪智寺陪著大人賞過芍藥之後，想到大人的談論風采，心中佩服仰慕得了不得，只盼能天天跟著大人當差，時時刻刻得到大人的指教。」韋小寶道：「那很好啊。你這知府也不用做了。我瞧你聰明伶俐，不如……不如……嗯……」吳之榮大喜，忙請個安，道：「謝大人栽培。」

韋小寶微笑道：「不如來給我做看門的門房，要不然就給我抬轎子。我天天出門，你就可見到我了，哈哈，哈哈！」吳之榮大怒，臉色微變，隨即陪笑道：「那好極了。給大人做門房，自然是勝於在揚州做知府。卑職平時派了不少閒人，到處打探消息，倘若有人心懷叛逆，誹謗皇上，誣衊大臣，卑職立刻就知道了。這等妖言惑衆、擾亂聽聞的大罪，卑職向來是嚴加懲處的。」韋小寶「唔」了一聲，心想這人話風一轉，輕輕就把門房、轎伕的事一句帶過，深通做官之道，很了不起。

吳之榮又道：「倘若是販夫走卒，市井小人，胡言亂語幾句也無大害，最須提防的是讀書人。這種人做詩寫文章，往往拿些古時候的事來譏刺朝政，平常人看了，往往想不到他們借古諷今的惡毒用意。」韋小寶道：「別人看了不懂，就沒甚麼害處啊。」

吳之榮道：「是，是。雖然如此，終究其心可誅，這等大逆不道的詩文，是萬萬不能讓其流毒天下的。」從袖中取出一個手抄本，雙手呈上，說道：「大人請看，這是卑職昨天得到的一部詩集。」倘若他袖中取出來的是一疊銀票，韋小寶立刻會改顏相向，見到是一本冊子，已頗爲失望，待聽得是詩集，登時便長長打了個呵欠，也不伸手去接，抬起了頭，毫不理睬。

吳之榮頗爲尷尬，雙手捧著詩集，慢慢縮回，說道：「昨天酒席之間，有個女子唱了首新詩，是描寫揚州鄉下女子的，大人聽了很不樂意。卑職便去調了這人的詩集來查察，發覺其中果然有不少大逆犯忌的句子。」韋小寶懶洋洋的道：「是嗎？」

吳之榮翻開冊子，指著一首詩道：「大人請看，這首詩題目叫做〈洪武銅砲歌〉。這查慎行所寫的，是前朝朱元璋用過的一尊銅砲。」韋小寶一聽，倒有了些興致，問道：「朱元璋也開過大砲嗎？」

吳之榮道：「是，是。眼下我大清聖天子在位，這姓查的卻去作詩歌頌朱元璋的銅砲，不是教大家懷念前朝嗎？這詩誇大朱元璋的威風，已是不該，最後四句說道：『我來見汝荊棘中，並與江山作憑弔。金狄摩挲總淚流，有情爭忍長登眺？』這人心懷異志，那是再也明白不過了。我大清奉天承運，驅除朱明，衆百姓歡欣鼓舞還來不及，這人卻爲何見了朱元璋的一尊大砲，就要憑弔江山？要流眼淚？」（按：查慎行早期詩作，頗有懷念前明者，後來爲康熙文學侍從之臣，詩風有變。）

韋小寶道：「這銅砲在那裏？我倒想去瞧瞧。還能放麼？皇上是最喜歡大砲的。」吳之榮道：「據詩中說，這銅砲是在荊州。」韋小寶臉一板，說道：「既不在揚州，你來囉唆甚麼？你做的是揚州知府，又不是荊州知府，幾時等你做了荊州知府，再去查考這銅砲罷。」吳之榮大吃一驚，荊州地處鄂西，遠比揚州爲小，去做荊州知縣，那是降級貶官了，此事不可再提。當即將詩集收入袖中，另行取出兩部書來，說道：「欽差大人，這查慎行的詩只略有不妥之處，大人恩典，不加查究。這兩部書，卻萬萬不能置之不理了。」韋小寶皺眉道：「那又是甚麼傢伙了？」

吳之榮道：「一部是查伊璜所作的《國壽錄》，其中文字全都是讚揚反清叛逆的。一部是顧炎武的詩集，更是無君無上、無法無天之至。」

韋小寶暗吃一驚：「顧炎武先生和我師父都是殺烏龜同盟的總軍師。他的書怎會落在這官兒手中？不知其中有沒提到我們天地會？」問道：「書裏寫了甚麼？你詳細說來。」

吳之榮見韋小寶突感關注，登時精神大振，翻開《國壽錄》來，說道：「回大人：這部書把反清的叛逆都說成是忠臣義士。這篇〈兵部主事贈監察御史查子傳〉，寫的是他堂兄弟查美繼抗拒我大清的逆事，說他如何勾結叛徒，和王師爲敵。」右手食指指著文字，讀道：「『會四月十七日，清兵攻袁花集，退經通袁。美繼監凌、揚、周、王諸義師，船五百號，衆五千餘人，皆白裹其頭，午餘競發，追及之，斬前百餘級，稱大捷，敵畏，登岸走。』大人你瞧，他把叛徒稱爲『義師』，卻稱我大清王師爲『敵』，豈非該死之至嗎？」

韋小寶問道：「顧炎武的書裏又寫甚麼了？」吳之榮放下《國壽錄》，拿起顧炎武的詩集，搖頭道：「這人作的詩，沒一首不是謀反叛逆的言語。這一首題目就叫做〈羌胡〉，那明明是誹謗我大清。」他手指詩句，讀了下去：

「我國金甌本無缺，亂之初生自夷孽。徵兵以建州，加餉以建州。土司一反西蜀憂，妖民一唱山東愁，以至神州半流賊，誰其嚆矢由夷酋。四入郊圻躪齊魯，破邑屠城不可數。刳腹絕腸，折頸摺頤，以澤量屍。幸而得囚，去乃爲夷，夷口呀呀，鑿齒鋸牙。建蚩旗，乘莽車。視千城之流血，擁豔女兮如花。嗚呼，夷德之殘如此，而謂天欲與之國家……」

韋小寶搖手道：「不用唸了，咦咦呀呀，不知說些甚麼東西。」吳之榮道：「回大人：這首詩，說咱們滿洲人是蠻夷，說明朝爲了跟建州的滿洲人打仗，這才徵兵加餉，弄得天下大亂。又說咱們滿洲人屠城殺人，剖肚子、斬腸子、強搶美女。」韋小寶道：「原來如此。強搶美女，那好得很啊。清兵打破揚州，不是殺了很多百姓嗎？若不是爲了這件事，皇上怎會豁免揚州三年錢糧？嗯，這個顧炎武，作的詩倒也老實。」

吳之榮大吃一驚，暗想：「你小小年紀，太也不知輕重。這些話幸好是你說的，倘若出於旁人之口，我奏告了上去，你頭上這頂紗帽還戴得牢麼？」但他知韋小寶深得皇帝寵幸，怎有膽子去跟欽差大臣作對？連說了幾個「是」字，陪笑道：「大人果然高見，卑職茅塞頓開。這一首〈井中心史歌〉，還得請大人指點。這首詩頭上有一篇長序，眞是狂悖之至。」捧起冊子，搖頭晃腦的讀了起來：

「崇禎十一年冬，蘇州府城中承天寺以久旱浚井，得一函，其外曰『大宋鐵函經』，錮之再重。（大人，那是說井裏找到了一隻鐵盒子。韋小寶道：「鐵盒子？裏面有金銀寶貝嗎？」）中有書一卷，名曰《心史》，稱『大宋孤臣鄭思肖百拜封』。思肖，號所南，宋之遺民，有聞於志乘者。其藏書之日爲德祐九年。宋已亡矣，而猶日夜望陳丞相、張少保統海外之兵，以復大宋三百年之土宇。（大人，文章中說的是宋朝，其實是影射大清，顧炎武盼望臺灣鄭逆統率海外叛兵，來恢復明朝的土宇。）而驅胡元於漠北，至於痛哭流涕，而禱之天地，盟之大神，謂氣化轉移，必有一日變夷爲夏者。（大人，他罵我們滿清人是韃子，要驅逐我們出去。韋小寶道：「你是滿洲人麼？」這個……這個……卑職做大清皇上的奴才，做滿洲大人的屬下，那是一心一意爲滿洲打算的了。）

「於是郡中之人見者無不稽首驚詫，而巡撫都院張公國維刻之以傳，又爲所南立祠堂，藏其函祠中。未幾而遭國難，一如德祐末年之事。嗚呼，悲矣！（大人，大清兵進關，弔民伐罪，這顧炎武卻說是國難，又說嗚呼悲矣，這人的用心，還堪問嗎？）

「其書傳至北方者少，而變故之後，又多諱而不出，不見此書者三十餘年，而今復睹之於富平朱氏。昔此書初出，太倉守錢君肅賦詩二章，崑山歸生莊和之八章。及浙東之陷，張公走歸東陽，赴池中死。錢君遯之海外，卒於瑯琦山。歸生更名祚明，爲人尤慷慨激烈，亦終窮餓以沒。（大人，這三個反逆，都是不臣服我大清的亂民，幸虧死得早，否則一個個都非滿門抄斬不可。）

「獨余不才，浮沉於世，悲年遠之日往，値禁網之愈密，（大人，他說朝廷查禁逆亂文字，越來越厲害，可是這傢伙偏偏膽上生毛，竟然不怕。）而見賢思齊，獨立不懼，將發揮其事，以示爲人臣處變之則焉，故作此歌。」

韋小寶聽得呵欠連連，只是要知道顧炎武的書中寫些甚麼，耐著性子聽了下去，終於聽他讀完了一段長序，問道：「完了嗎？」吳之榮道：「下面是詩了。」韋小寶道：「若是沒甚麼要緊的，就不用讀了。」吳之榮道：「要緊得很，要緊得很。」讀道：

「有宋遺臣鄭思肖，痛哭胡元移九廟，獨力難將漢鼎扶，孤忠欲向湘纍弔。著書一卷稱《心史》，萬古此心心此理。千尋幽井置鐵函，百拜丹心今未死。胡虜從來無百年，得逢聖祖再開天……（大人，這句「胡虜從來無百年」，眞是大大該死。他咒詛我大清享國不會過一百年，說漢人會出一個甚麼聖祖，再來開天。甚麼開天？那就是推翻我大清了！）」

韋小寶道：「我聽皇上說道，大清只要善待百姓，那就坐穩了江山，否則空口說甚麼千年萬年，也是枉然。有一個外國人叫作湯若望，他做欽天監監正，你知道麼？」吳之榮道：「是，卑職聽見過。」韋小寶道：「這人做了一部曆書，推算了二百年。有人告他一狀，說大清天下萬萬年，爲甚麼只算二百年。當時鰲拜當國，胡塗得緊，居然要殺他的頭。幸虧皇上聖明，將鰲拜痛罵了一頓，又將告狀的人砍了腦袋，滿門抄斬。皇上最不喜歡人家冤枉好人，拿甚麼大清一百年天下、二百年天下的鬼話來害人。皇上說，眞正的好官，一定愛惜百姓，好好給朝廷當差辦事。至於誣告旁人，老是在詩啊文章啊裏面挑岔子，這叫做雞蛋裏尋骨頭，那就是大花臉奸臣，吩咐我見到這種傢伙，立刻綁起來砍他媽的。」

韋小寶一意迴護顧炎武，生怕吳之榮在自己這裏告不通，又去向別的官兒出首，鬧出事來，越說越聲色俱厲，要嚇得吳之榮從此不敢再提此事。他可不知吳之榮所以能做到揚州知府，全是爲了舉告浙江湖州莊廷鑨所修的《明史》中使用明朝正朔，又有對清朝不敬的詞句。挑起文字獄以干求功名富貴，原是此人的拿手好戲。

這次吳之榮找到顧炎武、查伊璜等人詩文中的把柄，喜不自勝，以爲天賜福祿，又可連升三級，那知欽差大人竟會說出這番話來。他霎時之間，全身冷汗直淋，心想：「我那樁『明史』案子，是鰲拜大人親手經辦的。後來鰲拜大人給皇上革職重處，看來皇上的性子，確是和鰲拜大人完全不同，這一次可眞糟糕之極了。」康熙如何擒拿鰲拜，說來不大光采，衆大臣揣摩上意，官場中極少有人談及，吳之榮官卑職小，又在外地州縣居官，不知他生平唯一的知音鰲拜大人，便是死於眼前這位韋大人之手，否則的話，更加要魂飛魄散了。

韋小寶見他面如土色，簌簌發抖，心中暗喜，問道：「讀完了嗎？」吳之榮道：「這首詩，還……還……還有一半。」韋小寶道：「下面怎麼說？」吳之榮戰戰兢兢的讀道：

「黃河已清人不待，沉沉水府留光彩。忽見奇書出世間，又驚胡騎滿江山。天知世道將反覆，故出此書示臣鵠。三十餘年再見之，同心同調復同時。陸公已向厓門死，信國捐軀赴燕市。昔日吟詩弔古人，幽篁落木愁山鬼。嗚呼，蒲黃之輩何其多！所南見此當如何？」

他讀得上氣不接下氣，也不敢插言解說了，好容易讀完，書頁上已滴滿了汗水。

韋小寶笑道：「這詩也沒有甚麼，講的是甚麼山鬼，甚麼黃臉婆，倒也有趣。」吳之榮道：「回大人：詩中的『蒲黃』兩字，是指宋朝投降元朝做大官的蒲壽庚和黃萬石，那是譏刺漢人做大清官吏的。」韋小寶臉一沉，厲聲道：「我說黃臉婆，就是黃臉婆。你老婆的臉很黃麼？為甚麼有人作詩取笑黃臉婆，要你看不過？」

吳之榮退了一步，雙手發抖，啪的一聲，詩集落地，說道：「是，是。卑職該死。」

韋小寶乘機發作，喝道：「好大的膽子！我恭誦皇上聖諭，開導於你。你小小的官兒，竟敢對我摔東西，發脾氣！你瞧不起皇上聖諭，那不是造反麼？」

咕咚一聲，吳之榮雙膝跪地，連連磕頭，說道：「大……大人饒命，饒……饒了小人的胡塗。」韋小寶冷笑道：「你向我摔東西，發脾氣，那也罷了，最多不過是個侮慢欽差的罪名，重則殺頭，輕則充軍，那倒是小事……」吳之榮一聽比充軍殺頭還有更厲害的，越加磕頭如搗蒜，說道：「大人寬宏大量，小……小……小的知罪了。」韋小寶喝道：「你瞧不起皇上的聖諭，那還了得？你家中老婆、小姨、兒子、女兒、丈母、姑母、丫頭、姘頭，一古腦兒都拉出去砍了。」吳之榮全身篩糠般發抖，牙齒相擊，格格作聲，再也說不出話來。

韋小寶見嚇得他夠了，喝問：「那顧炎武在甚麼地方？」吳之榮顫聲道：「回……回大人……他……他……他是在……」牙齒咬破了舌頭，話也說不清楚了，過了好一會，才戰戰兢兢的道：「卑職大膽，將顧炎武和那姓查的，還……還有一個姓呂的，都……都扣押在府衙門裏。」韋小寶道：「你拷問過沒有？他們說了些甚麼？」

吳之榮道：「卑職只隨便問幾句口供，他三人甚麼也不肯招。」韋小寶道：「他們當眞甚麼也沒說？」吳榮之道：「沒……沒有。只不過……只不過在那姓查的身邊，搜出了一封書信，卻是干係很大。大人請看。」從身邊摸出一個布包，打了開來，裏面是一封信，雙手呈上。韋小寶不接，問道：「又是些甚麼詩、甚麼文章了？」

吳之榮道：「不，不是。這是廣東提督吳……吳六奇寫的。」

韋小寶聽到「廣東提督吳六奇」七個字，吃了一驚，忙問：「吳六奇？他也會作詩？」吳之榮道：「不是。吳六奇密謀造反，這封信是鐵證如山，他再也抵賴不了。卑職剛才說的機密軍情，大功一件，就是這件事。」韋小寶唔了一聲，心下暗叫：「糟糕！」

吳之榮又道：「回大人：讀書人作詩寫文章，有些叛逆的言語，大人英斷，說是不打緊的，卑職十分佩服。常言道得好：秀才造反，三年不成。料想也不成大患。不過這吳六奇總綰一省兵符，他要起兵作亂，朝廷如不先發制人，那……那可不得了。」說到吳六奇造反之事，口齒登時伶俐起來，他一直跪在地下，眼見得韋小寶臉上陰晴不定，顯見對此事十分關注，於是慢慢站起。韋小寶哼的一聲，瞪了他一眼。吳之榮一驚，又即跪倒。

韋小寶道：「信裏寫了些甚麼？」吳之榮道：「回大人：信裏的文字是十分隱晦的，他說西南即有大事，正是大丈夫建功立業之秋。他邀請這姓查的前赴廣東，指點機宜。信中說：『欲圖中山、開平之偉舉，非青田先生運籌不為功。』那的的確確是封反信。」韋小寶道：「你又來胡說八道了。西南即有大事，你可知是甚麼大事？你小小官兒，怎知道皇上和朝廷的機密決策？」吳之榮道：「是，是。不過他信中明明說要造反，實在輕忽不得。」

韋小寶接過信來，抽出信箋，但見箋上寫滿了核桃大的字，只知墨磨得很濃，筆劃很粗，卻一字不識，說道：「信上沒說要造反啊。」

吳之榮道：「回大人：造反的話，當然不會公然寫出來的。這吳六奇要做中山王、開平王，請那姓查的做青田先生，這就是造反了。」

韋小寶搖頭道：「胡說！做官的人，那一個不想封王封公？難道你不想麼？這吳軍門功勞很大，他想再為朝廷立一件大功，盼皇上封他一個王爺，那是忠心得很哪。」

吳之榮臉色極是尷尬，心道：「跟你這等不學無術之徒，當真甚麼也說不清楚。今日我已得罪了你，如不從這件事上立功，我這前程是再也保不住了。」於是耐著性子，陪笑道：「回大人：明朝有兩個大將軍，一個叫徐達，一個叫常遇春。」

韋小寶從小聽說書先生說《大明英烈傳》，明朝開國的故事聽得滾瓜爛熟，一聽他提起徐常二位大將，登時精神一振，全不似聽他誦唸詩文那般昏昏欲睡，笑道：「這兩個大將軍八面威風，那是厲害得很的。你可知徐達用甚麼兵器？常遇春又用甚麼兵器？」

這一下可考倒了吳之榮，他因「明史」一案飛黃騰達，於明朝史事甚是熟稔，但徐達、常遇春用甚麼兵器，卻說不上來，陪笑道：「卑職才疏學淺，委實不知。請大人指點。」

韋小寶十分得意，微笑道：「你們只會讀死書，這種事情就不知道了。我跟你說，徐大將軍是宋朝岳飛岳爺爺轉世，使一桿渾鐵點鋼槍，腰間帶一十八枝狼牙箭，百步穿楊，箭無虛發。常將軍是三國時燕人張翼德轉世，使一根丈八蛇矛，有萬夫不當之勇。」跟著說起徐常二將大破元兵的事跡。這些故事都是從說書先生口中聽來，自是荒唐的多，眞實的少。

吳之榮跪在地下聽他說故事，膝蓋越來越酸痛，爲了討他歡喜，只得裝作聽得津津有味，連聲讚嘆，好容易聽他說了個段落，才道：「大人博聞強記，卑職好生佩服。那徐達、常遇春二人功勞很大，死了之後，朱元璋封他二人爲王，一個是中山王，一個是開平王。朱元璋有個軍師……」韋小寶道：「對了。那軍師是劉伯溫，上知天文，下知地理，前知三千年，後知一千年。」跟著滔滔不絕的述說，劉伯溫如何有通天徹地之能，鬼神莫測之機，打仗時又如何甚麼甚麼之中，甚麼千里之外。

吳之榮雙腿麻木，再也忍耐不住，一交坐倒，陪笑道：「大人說故事實在好聽，卑職聽得出了神。大人恩典，卑職想站起來聽，不知可否？」韋小寶一笑，道：「好，起來罷。」

吳之榮扶著椅子，慢慢站起，道：「回大人：吳六奇信裏的青田先生，就是劉基劉伯溫了，那劉伯溫是浙江青田人。吳六奇自已想做徐達、常遇春，要那姓查的做劉伯溫。」

韋小寶道：「想做徐達、常遇春，那好得很啊。那姓查的想做劉伯溫，哼，他未必有這本事。你道劉伯溫很容易做嗎？劉伯溫的〈燒餅歌〉說：『手執鋼刀九十九，殺盡胡兒方罷手。』嘿，厲害，厲害！」

吳之榮道：「大人當眞聰明絕頂，一語中的。那徐達、常遇春、劉伯溫三人，都是打元兵的，幫著朱元璋趕走了胡人。吳六奇信中這句話，明明是說要起兵造反，想殺滿洲人。」

韋小寶吃了一驚，心道：「吳大哥的用意，我難道不知道？還用得著你說？這封信果然是極大的把柄，天幸撞在我手裏。」於是連連點頭，伸手拍拍他肩膀，說道：「好！運氣眞好！這件事倘若你不是來跟我說，那就大事不妙了。皇上說我是福將，果然是聖上的金口，再也不錯的。」

吳之榮肩頭給他拍了這幾下，登時全身骨頭也酥了，只覺自出娘胎以來，從未有過如此榮耀，不由得感激涕零，嗚咽道：「大人如此眷愛，此恩此德，卑職便粉身碎骨，也難報答。大人是福將，卑職跟著你，做個福兵福卒，做隻福犬福馬，那也是光宗耀祖的事。」

韋小寶哈哈大笑，提起手來，摸摸他腦袋，笑道：「很好，很好！」吳之榮身材高，見他伸手摸自己的頭不大方便，忙低下頭來，讓他摸到自己頭頂。先前韋小寶大發脾氣，吳之榮跪下磕頭，已除下了帽子，韋小寶手掌按在他剃得光滑的頭皮上，慢慢向後撫去，便如是撫摸一頭搖尾乞憐的狗子一般，手掌摸到他的後腦，心道：「我也不要你粉身碎骨，只須在這裏砍上他媽的一刀。」問道：「這件事情，除你之外，還有旁人得知麼？」

吳之榮道：「沒有，沒有。卑職知事關重大，決不敢洩漏半點風聲，倘若給吳六奇這反賊知道逆謀已經敗露，立即起事，大人和卑職就半點功勞也沒有了。」韋小寶道：「對，你想得挺周到。咱們可要小心，千萬別讓撫台、藩台他們得知，搶先呈報朝廷，奪了你的大功。」吳之榮心花怒放，接連請安，說道：「是，是。全仗大人維持栽培。」

韋小寶把顧炎武那封信揣入懷裏，說道：「這些詩集子且都留在這裏。你悄悄去把顧炎武那幾人都帶來，我盤問明白之後，就點了兵馬，派你押解，送去北京。我親自拜摺，啓奏皇上。這一場大功勞，你是第一，我叨光也得個第二。」吳之榮喜不自勝，忙道：「不，不。大人第一，卑職第二。」韋小寶笑道：「你見到皇上之後，說甚麼話，待會我再細細教你。只要皇上一歡喜，你做個巡撫、藩台，包在我身上就是。」

吳之榮歡喜得幾欲暈去，雙手將詩集文集放在桌上，咚咚咚的連磕響頭，這才辭出。韋小寶生怕中途有變，點了一隊驍騎營軍士，命一名佐領帶了，隨同吳之榮去提犯人。

他回到內堂，差人去傳李力世等前來商議。只見雙兒走到跟前，突然跪在他面前，嗚咽道：「相公，我求你一件事。」

韋小寶大爲奇怪，忙握住她手，拉了起來，卻不放手，柔聲道：「好雙兒，你是我的命根子，有甚麼事，我一定給你辦到。」見她臉頰上淚水不斷流下，提起左手，用衣袖給她抹眼淚。雙兒道：「相公，這件事爲難得很，可是我……我不能不求你。」韋小寶左臂摟住她腰，道：「越是爲難的事，我給你辦到，越顯得我寵愛我的好雙兒。甚麼事，快說。」

雙兒蒼白的臉上微現紅暈，低聲道：「相公，我……我要殺了剛才那個官兒，你可別生我的氣。」韋小寶心想：「這件事咱倆志同道合，你來求我，那是妙之極矣。」問道：「這官兒甚麼地方得罪你了？」雙兒抽抽噎噎的道：「他沒得罪我。這個吳之榮，是我家的大仇人，莊家的老爺、少爺，全是給他害死的。」

韋小寶登時省悟，那晚在莊家所見，個個是女子寡婦，屋中又設了許多靈位，原來罪魁禍首便是此人，依稀記得莊家三少奶似乎曾提過吳之榮的姓名，問道：「你沒認錯人嗎？」

雙兒淚水又撲簌簌的流下，嗚咽道：「不……不會認錯的。那日他……他帶了公差衙役來莊家捉人，我年紀還小，不過他那兇惡的模樣，我說甚麼也不會忘記。」

韋小寶心想：「我須當顯得十分爲難，她才會大大見我的情。」皺起眉頭，沉思半晌，躊躇道：「他是朝廷命官，揚州府的知府，皇帝剛好派我到揚州來辦事，我們如殺了他，只怕我的官也做不成了。剛才他又來跟我說一件大事，你要殺他，恐怕……恐怕……」

雙兒十分著急，流淚道：「我……我原知要教相公為難。可是，莊家的老太太、三少奶她們……每天在靈位之前磕頭，發誓要殺了這姓吳的惡官報仇雪恨。」

韋小寶一拍大腿，說道：「好！是我的好雙兒求我，就是你要我殺了皇帝、要我自殺，我都依你的，何況一個小小知府？可是你得給我親個嘴兒。」

雙兒滿臉飛紅，又喜又羞，轉過了頭，低聲道：「相公待我這樣好，我……我這個人早就是你的了。你……你……」說著低下了頭去。韋小寶見她婉孌柔順，心腸一軟，倒不忍就此對她輕薄，笑道：「好，等咱們大功告成，我要親嘴，你可不許逃走。」雙兒紅著臉，緩緩點了點頭。韋小寶道：「倘若你此刻殺他，這仇報得還是不夠痛快。我讓你帶他去莊家，教他跪在莊家眾位老爺、少爺的靈位之前，讓三少奶她們親手殺了這狗頭。你說可好？」

雙兒覺得此事實在太好，只怕未必是真，睜著圓圓的眼睛望著韋小寶，不敢相信，說道：「相公，你不是騙我麼？」韋小寶道：「我為甚麼騙你？這狗官既是你的仇人，也就是我的仇人了。他要送我一場大富貴，我也毫不希罕。只要小雙兒真心待我好，那比世上甚麼都強！」雙兒心中感激，撲在他身上，忍不住又哭了出來。

韋小寶摟著她柔軟的纖腰，心中大樂，尋思：「這等現成人情，每天便做它十個八個，也不嫌多。吳之榮這狗官怎不把阿珂的爹爹也害死了？阿珂倘若也來求我報仇，讓我摟摟抱抱，豈不是好？」隨即轉念：阿珂的爹爹不是李自成，就是吳三桂，怎能讓吳之榮害死？

只聽得室外腳步聲響，知是李力世等人到來，韋小寶道：「這件事放心好了。現下我有要事跟人商量，你到門外守著，別讓人進來，可也別偷聽我們說話。」雙兒應道：「是。我從來不偷聽你說話。」突然拉起韋小寶的右手，俯嘴親了一下，閃身出門。

李力世等天地會羣雄來到室中，分別坐下。韋小寶道：「眾位哥哥，昨晚我聽到一個大消息，事情緊急，來不及跟眾位商量，急忙趕到麗春院去。總算運氣不壞，雖然鬧得一塲胡塗，終於救了顧炎武先生和吳六奇大哥的性命。」

羣雄大爲詫異，韋香主昨晚之事確實太過荒唐。宿娼嫖院，那也罷了，卻從妓院裏抬了一張大床出來，搬了七個女子招搖過市，亂七八糟，無以復加，原來竟是爲了相救顧炎武和吳六奇，那當眞想破頭也想不到了，當下齊問端詳。

韋小寶笑道：「咱們在昆明之時，眾位哥哥假扮吳三桂的衞士，去妓院喝酒打架。兄弟覺得這計策不錯，昨晚依樣葫蘆，又來一次。」羣雄點頭，均想：「原來如此。」韋小寶心想若再多說，不免露出馬腳，便道：「這中間的詳情，也不用細說了。」伸手入懷，摸了吳六奇那封書信出來。

錢老本接了過來，攤在桌上，與眾同閱，只見信端寫的是「伊璜仁兄先生道鑒」，信末署名是「雪中鐵丐」四字。大家知道「雪中鐵丐」是吳六奇的外號，但「伊璜先生」是誰卻都不知。羣雄肚裏墨水都頗爲有限，猜到信中所云「西南即有大事」是指吳三桂將要造反，但甚麼「欲圖中山、開平之偉舉」，甚麼「非青田先生運籌不爲功」這些典故隱語，卻全然不懂，各人面面相覷，靜候韋小寶解說。

韋小寶笑道：「兄弟肚裏脹滿了揚州湯包和長魚麵，墨水是半點也沒有的。衆位哥哥肚裏，想必也是老酒多過墨水。顧炎武先生不久就要到來，咱們請他老先生解說便是。」

說話之間，親兵報道有客來訪，一個是大喇嘛，一個是蒙古王子。韋小寶請天地會羣雄以親兵身分隨同接見，生怕這兩個「結義兄長」翻臉無情，一面又去請阿琪出來相見之下，桑結和葛爾丹卻十分親熱，大讚韋小寶義氣深重。待得阿琪歡歡喜喜的出來相見，葛爾丹更心花怒放。這時阿琪手銬早已除去，重施脂粉，打扮齊整。

韋小寶笑道：「幸好兩位哥哥武功蓋世，殺退了妖人，否則的話，兄弟小命不保。這批妖人武藝不弱，人數又多。兩位哥哥以少勝多，打得他們屁滾尿流，落荒而逃，兄弟佩服之至。咱們來擺慶功宴，慶賀兩位哥哥威震天下，大勝而歸。」

桑結和葛爾丹明明爲神龍教所擒，幸得韋小寶釋放洪夫人，將他二人換回，但在韋小寶說來，倒似是他二人將敵人打得大敗虧輸一般。桑結臉有慚色，心中暗暗感激。葛爾丹卻眉飛色舞，在心上人之前得意洋洋。

欽差一聲擺酒，大堂中立即盛設酒筵。韋小寶起身和兩位義兄把盞，諛詞潮湧，說到後來，連桑結也忘了被擒之辱。只是韋小寶再讚他武功天下第一，桑結卻連連搖手，自知比之洪教主，實在遠爲不及。

喝了一會酒，桑結和葛爾丹起身告辭。韋小寶道：「兩位哥哥，最好請你們兩位各寫一道奏章，由兄弟呈上皇帝。將來大哥要做西藏活佛，二哥要做『整個兒好』，兄弟在皇帝跟前一定大打邊鼓。」說到這裏，放低了聲音，道：「日後吳三桂這老小子起兵造反，兩位哥哥幫著皇帝打這老小子，咱們的事那有不成功之理？」兩人大喜，齊說有理。

韋小寶領著二人來到書房。葛爾丹道：「愚兄文墨上不大來得，這道奏章，還是兄弟代寫了罷。」韋小寶笑道：「兄弟自己的名字，只有一個『小』字，寫來擔保是不會錯的，那個『韋』字就靠不住了。這個『寶』字，寫來寫去總有些兒不對頭。咱們叫師爺來代寫。」桑結道：「這事十分機密，不能讓人知道。愚兄文筆也不通順，對付著寫了便是。好在咱們不是考狀元，皇上也不來理會文筆好不好，只消意思不錯就是了。」他每根手指雖斬去了一節，倒還能寫字，於是寫了自己的奏章，又代葛爾丹寫了，由葛爾丹打了手印，畫上花押。

三人重申前盟，將來富貴與共，患難相扶，決不負結義之情。韋小寶命人托出三盤金子，分贈二位義兄和阿琪，備馬備轎，恭送出門。

回進廳來，親兵報道吳知府已押解犯人到來。韋小寶吩咐吳之榮在東廳等候，將顧炎武等三人帶到內堂，開了手銬，屏退親兵，只留下天地會羣雄，關上了門，躬身行禮，說道：「天地會青木堂香主韋小寶，率同衆兄弟參見顧軍師和查先生、呂先生。」

那日查伊璜接到吳六奇密函，大喜之下，約了呂留良同到揚州，來尋顧炎武商議，不料吳之榮剛好查到顧炎武的詩集，帶了差衙捕快去拿人，將查呂二人一起擒了去。一加抄檢，竟在查伊璜身上將吳六奇這通密函抄了出來。三人愧恨欲死，均想自己送了性命倒不打緊，吳六奇這密謀一洩漏，可壞了大事。不料想奇峯陡起，欽差大臣竟然自稱是天地會的香主，不由得驚喜交集，如在夢中。

當日河間府開殺龜大會，韋小寶並沒露面，但李力世、徐天川、玄貞道人、錢老本等人均和顧炎武相識。顧、呂二人當年在運河舟中遇險，曾蒙天地會總舵主陳近南相救，待知眼前這個少年欽差便是陳近南的弟子，當下更無懷疑，歡然敘話。查伊璜說了吳六奇信中「中山、開平、青田先生」的典故，天地會羣雄這才恍然，連說好險。

呂留良嘆道：「當年我和顧兄，還有一位黃梨洲黃兄，得蒙尊師相救，今日不愼惹禍，又得韋兄弟解難。唉，當眞百無一用是書生，賢師徒大恩大德，更無以爲報了。」

韋小寶道：「大家是自己人，呂先生又何必客氣？」

查伊璜道：「揚州府衙門的公差突然破門而入，眞如迅雷不及掩耳，我一見情勢不對，忙想拿起吳兄這封信來撕毀，卻已給公差抓住了手臂，反到背後。只道這場大禍闖得不小，兄弟已打定主意，刑審之時，招供這寫信的『雪中鐵丐』就是吳三桂。反正兄弟這條老命是不能保了，好歹要保得吳六奇吳兄的周全。」

衆人哈哈大笑，都說這計策眞妙。查伊璜道：「那也是迫不得已的下策。『雪中鐵丐』名揚天下，只怕拉不到吳三桂頭上。問官倘若調來吳兄的筆跡，一加查對，那就非揭露眞相不可了。」顧炎武道：「我們兩次洩漏了吳兄的秘密，兩次得救，可見冥冥中自有天意，韃子氣運不長，吳兄大功必成。可是自今以後，這件事再也不能出口，總不成第三次又有這般運氣。」衆人齊聲稱是。顧炎武問韋小寶：「韋香主，你看此事如何善後？」

韋小寶道：「難得和三位先生相見，便請三位在這裏盤桓幾日，大家一起喝酒。再把吳之榮這狗官叫來，讓他站在旁邊瞧著，就此嚇死了他。如狗官膽子大，嚇他不死，一刀砍了他狗頭便是。」顧炎武笑道：「這法兒雖是出了胸中惡氣，只怕洩漏風聲。這狗官是朝廷命官，韋香主要殺他，總也得有個罪名才是。」

韋小寶沉吟片刻，說道：「有了。就請查先生假造一封信，算是吳三桂寫給這狗官的。這狗官吹牛，說道依照排行算起來，吳三桂是他族叔甚麼的，要是假造書信嫌麻煩，就將吳六奇大哥這封信抄一遍就是了。只消換了上下的名字。不論是誰跟吳三桂勾結，我砍了他的腦袋，小皇帝一定御准。」

衆人一齊稱善。顧炎武笑道：「韋香主才思敏捷，這移花接木之計，可說是一箭雙鵰，即以其人之道，還治其人之身。伊璜兄，就請你大筆一揮罷。」查伊璜笑道：「想不到今日要給吳三桂這老賊做一次記室。」

韋小寶以己度人，只道假造一封書信甚難，因此提議原信照抄。但顧、查、呂三人乃當世名士，提筆寫信，便如韋小寶擲骰子、賭牌九一般，直是家常便飯，何足道哉？查伊璜提起了筆，正待要寫，問道：「不知吳之榮的別字叫作甚麼？吳三桂寫信給他，如用他別字，更加顯得熟絡些。」韋小寶道：「高大哥，請你去問問這狗官。」

高彥超出去詢問，回來笑道：「這狗官字『顯揚』。他問爲甚麼問他別字。我說欽差大臣要寫信給京裏吏部、刑部兩位尙書，詳細稱讚他的功勞，呈報他的官名別字。這狗官笑得嘴也合不攏來，賞了我十兩銀子。」說著將一錠銀子在手中一拋一拋。衆人又都大笑。

查伊璜一揮而就，交給顧炎武，道：「亭林兄你瞧使得嗎？」顧炎武接過，呂留良就著他手中一起看了，都道：「好極，好極。」呂留良笑道：「這句『豈知我太祖高皇帝首稱吳國，竟應三百年後我叔姪之姓氏』，將這個『吳』字可扣得極死，再也推搪不了。」顧炎武笑道：「這兩句『欲斬白蛇而賦大風，顧吾姪納圯下之履；思奮濠上而都應天，期賢阮取誠意之爵』，那是從六奇兄這句『欲圖中山、開平之偉舉，非青田先生運籌不為功』之中化出來的了。」查伊璜笑道：「依樣葫蘆，邯鄲學步。」

天地會羣雄面面相覷，不知他三人說些甚麼，只道是甚麼幫會暗語，江湖切口。

顧炎武於是向衆人解說，明太祖朱元璋初起之時自稱「吳國公」，後來又稱「吳王」，這剛好和吳三桂、吳之榮的姓氏相同；斬白蛇、賦大風是漢高祖劉邦的事，圯下納履是張良的故事；朱元璋起於濠上而定都應天，爵封誠意伯的就是劉伯溫；「賢阮」就是「吾姪」，是西晉阮籍、阮咸叔姪的典故。

韋小寶鼓掌道：「這封信寫得比吳六奇大哥的還要好，這吳三桂原是想做皇帝。只不過將他比做漢高祖、明太祖，未免太捧他了。」呂留良笑道：「這是吳三桂自己捧自己，可不是查先生捧他啊。」韋小寶笑道：「對，對！我忘了這是吳三桂自己寫的。」

查伊璜問道：「下面署甚麼名好？」顧炎武道：「這一封信，不論是誰一看，都知是吳三桂寫的，署名越含糊，越像眞的，就署『叔西手札』四字好了。」對錢老本道：「錢兄，這四個字請你來寫，我們的字有書生氣，不像帶兵的武人。」

錢老本拿起筆來，戰戰兢兢的寫了，歉然道：「這四個字歪歪斜斜的，太不成樣子。」顧炎武道：「吳三桂是武人，這信自然是要記室寫的。這四個字署名很好，沒有章法間架，然而很有力道，像武將的字。」

查伊璜在信封上寫了「親呈揚州府家知府老爺親拆」十二字，封入信箋，交給韋小寶，微笑道：「偽造書信，未免有損陰德，不是正人君子之所為。不過為了興復大業，也只好不拘小節了。」韋小寶心想：「對付吳之榮這種狗賊，造一封假信打甚麼緊？讀書人眞酸得可以。」收起書信，說道：「這件事辦好之後，咱們來喝酒，給三位先生接風。」

顧炎武道：「韋兄弟和六奇兄一文一武，定是明室中興的柱石，鄧高密、郭汾陽也不過如是。若能扳倒了吳三桂這老賊，更如去韃子之一臂。韋兄弟這杯酒，待得大功告成之時再喝罷。咱們三人這就告辭，以免在此多耽，走漏風聲，壞了大事。」

韋小寶心中雖對顧炎武頗為敬重，但這三位名士說話咬文嚼字，每句話都有典故，甚麼「鄧高密、郭汾陽」的不知所云，要聽懂一半也不大容易，跟他們多談得一會，便覺周身不自在，聽說要走，正是求之不得，心道：「你們三位老先生賭錢是一定不喜歡的，見了妓院裏的姑娘只怕要嚇得魂不附體。我若罵一句『他媽的』，你們非瞪眼珠、吹鬍子不可，還是快快的請罷。」

於是取出一疊銀票，每人分送三千兩，以作盤纏，請徐天川和高彥超出後門護送出城。

顧、查、呂三人一走，韋小寶全身暢快，心想：「朝廷裏那些做文官的，個個也都是讀書人，偏是那麼有趣。江蘇省那些大官，好比馬撫台、慕藩台，可也比顧先生、查先生他們好玩。若是交朋友哪，吳之榮這狗頭也勝於這三位老先生了。」正想到巡撫、布政司，親兵來報，巡撫和布政司求見。韋小寶一凜：「難道走漏了風聲？」

韋小寶出廳相見，見二人臉上神色肅然，心下不禁惴惴。賓主行禮坐下。巡撫馬佑從衣袖中取出一件公文，站起身來雙手呈上，說道：「欽差大人，出了大事啦。」韋小寶接過公文，交給布政司慕天顏，道：「兄弟不識字，請老兄唸唸。」慕天顏道：「是。」打開了公文，他早已知道內容，說道：「大人，京裏兵部六百里緊急來文，吩咐轉告大人，吳三桂這逆賊舉兵造反。」

韋小寶一聽大喜，忍不住跳起身來，叫道：「他媽的，這老小子果然幹起來啦。」馬佑和慕天顏面面相覷。欽差大人一聽到吳三桂造反的大消息，竟然大喜若狂，不知是何用意。

韋小寶笑道：「皇上神機妙算，早料到這件事了。兩位不必驚慌。皇上的兵馬、糧草、大砲、火藥、餉銀、器械，甚麼都預備得妥妥當當的。吳三桂這老小子不動手便罷，他這一造反，咱們非把他的陳圓圓捉來不可。」馬佑和慕天顏雖聽他言語不倫不類，但聽說皇上一切有備，倒也放心不少。吳三桂善於用兵，麾下兵強馬壯，一聽得他起兵造反，所有做官的都膽戰心驚，只怕頭上這頂烏紗帽要保不住。

韋小寶道：「有一件事倒奇怪得很。」二人齊道：「請道其詳。」韋小寶道：「這個消息，兩位是剛才得知嗎？」馬佑道：「是。卑職一接到兵部公文，即刻知會藩台大人，趕來大人行轅。」韋小寶道：「當眞沒洩漏？」兩人齊道：「這是軍國大事，須請大人定奪，卑職萬萬不敢洩漏。」韋小寶道：「可是揚州府知府卻先知道了，豈不是有點兒古怪嗎？」

馬佑和慕天顏對望了一眼，均感詫異。馬佑道：「請問大人，不知吳知府怎麼說？」韋小寶道：「他剛才鬼鬼祟祟的來跟我說，西南將有大事發生，有人要做朱元璋，他要做劉伯溫。勸我識時務，把你們兩位扣了起來。我聽了不懂，甚麼朱元璋、劉伯溫，胡說八道，正在罵他，你們兩位就來了。」

兩人大吃一驚，臉色大變。馬佑庸庸碌碌，慕天顏卻頗有應變之才，低聲道：「那吳某如此說，是勸大人造反。他不要腦袋了。」韋小寶道：「我要他說得明白些，他老是拋書袋，甚麼先發後發。我說老子年紀輕輕，已做了大官，還不算先發嗎？」

馬佑和慕天顏均想：「這吳知府說的，是先發制人，後發制於人。欽差大人沒學問，還道是先發達、後發達。」兩人老成練達，也不說穿。那知「先發制人」這句成語，韋小寶從小就聽說書先生說過無數遍，這一次卻不是沒學問，而是裝傻。

馬佑道：「這吳知府好大的膽子！不知他走了沒有？」韋小寶道：「他還在這裏候著，說要跟我商議大計。哼，他小小知府，有甚麼大計跟我商議？打吳三桂的大計，兄弟也只跟兩位商議，不會去聽他一個小小知府的囉唆。」馬佑道：「是，是。可否請大人把吳知府叫出來，讓卑職問他幾句話？」韋小寶道：「很好！」轉頭吩咐親兵：「請吳知府。」

吳之榮來到大廳，見巡撫和布政司在座，不由得又喜又憂，喜的是欽差大臣十分重視自己的密報，竟將撫藩都請了來一同商議，憂的是訊息一洩漏，巡撫和布政司不免分了自己的大功，當下上前請安參見，垂手站立。

韋小寶笑道：「吳知府請坐。」吳之榮道：「是，是。多謝大人賜座。」屁股沾著一點椅子邊兒坐了。韋小寶道：「吳知府，你有一件大事來跟兄弟商議，雖然你再三說道，不可讓撫台大人和藩台大人知道，不過這件事十分重大，只好請兩位大人一起來談談，請你不可見怪。」吳之榮神色十分尷尬，忙起身向韋小寶和撫藩三人請安，陪笑道：「卑職大膽，三位大人明鑒。這個……這個……」要待掩飾幾句，但韋小寶已開門見山的說了出來，不論說甚麼都難以掩飾。巡撫和布政司二人的臉色，自然要有多難看便有多難看了。

韋小寶微笑道：「吳知府訊息十分靈通，他說西南有一位手握兵馬大權的武將，日內就要起兵造反。他這一起兵，可乖乖不得了，天下震動，皇上的龍廷也坐不穩了，說不定咱們的人頭都要落地。是不是？」吳之榮道：「是。不過三位大人洪福齊天，那自然逢凶化吉，遇難呈祥，定是百無禁忌的。」

韋小寶道：「這是託吳大人的福了。吳大人，這位武將，跟你是同宗，也是姓吳？」吳之榮應道：「是。這是敝宗……」韋小寶搶著道：「你拿到了這武將的一封信，是他親筆所寫，這封信不會是假的罷？」吳之榮道：「千眞萬確，決計不假。」

韋小寶點頭道：「這信中雖然沒說要起兵造反，不過說到了朱元璋、劉伯溫甚麼的。兄弟沒讀過書，不明白信裏講些甚麼，吳大人跟兄弟詳細解說信裏意思，要兄弟立刻動手，甚麼先發後發的，說道這是一百年也難遇上的機會，一場大富貴是一定不會脫手的，兄弟可以封王，而吳大人也能封一個伯爵甚麼的，是不是？」吳之榮道：「這是卑職的謬見，大人明斷，勝於卑職百倍。那封信裏寫的，的確是這個意思。」

韋小寶從右手袖筒裏取出吳六奇那封信來，拿到吳之榮面前，身子一側，遮住了那信，說道：「就是這封信，是不是？你瞧清楚了，事關重大，可不能弄錯。」吳之榮道：「是，是。正是這封，那是決計不會錯的。」韋小寶道：「很好。」將那信收入右手袖筒，回坐椅上，說道：「吳知府，請你暫且退下，我跟撫台大人、藩台大人兩位商議。看來我們三人的功名富貴，要全靠你吳大人了，哈哈。」

吳之榮掩不住臉上得意之情，又向三人請安，道：「全仗三位大人恩典栽培。」側身慢慢退了下去。韋小寶待他退到門口，問道：「吳知府，你的別字叫作甚麼？」吳之榮道：「不敢。卑職賤名之榮，草字顯揚。」韋小寶點點頭，道：「這就是了。」

馬佑和慕天顏二人當韋小寶訊問吳之榮之時，心中都已大怒，只是官場規矩，上官正在說話，下屬不可插口。馬佑脾氣暴躁，待要申斥，韋小寶已命吳之榮退下，不由得額頭青筋突起，滿臉脹得通紅。

韋小寶從左手袖筒中取出查伊璜所寫的那封假信，說道：「兩位請看看這信。吳之榮這廝說得這信好不厲害，兄弟沒讀過書，也不知他說的是眞是假。」

馬佑接過信來，見封皮上寫的是「親呈揚州府家知府老爺親拆」，抽出信箋，和慕天顏同觀，見上款是「顯揚吾姪」。兩人越看越怒。馬佑不等看完全信，已拍案大叫：「這狗頭如此大膽，我親手一刀把他殺了。」慕天顏心細，覺得吳之榮膽敢公然勸上官造反，未免太過不合情理，然而剛才韋小寶當面訊問，雙方對答一句句親耳聽見，那裏更有懷疑？昨日在禪智寺前賞芍藥，吳之榮親口說過吳三桂是他族叔，看來吳之榮料定吳三桂造反必成，得意忘形，行事便肆無忌憚起來。

韋小寶道：「這封書信，當眞是吳三桂寫給他的？」馬佑道：「這狗頭自己說是千眞萬確。」韋小寶道：「信裏長篇大論，到底寫些甚麼，煩二位解給兄弟聽聽。」慕天顏於是一句句解釋，甚麼「斬白蛇而賦大風」、「納圯下之履」、甚麼「奮濠上而都應天」、「取誠意之爵」等典故，一一說明。馬佑道：「單是『我太祖高皇帝首稱吳國』這一句，就要叫他滅族。」慕天顏點頭道：「吳逆起事，聽說正是以甚麼朱三太子號召，說要規復明室。」

正議論間，忽報京中御前侍衞到來傳宣聖旨。韋小寶和馬佑、慕天顏跪下接旨，卻是康熙宣召韋小寶急速進京，至於敕建揚州忠烈祠之事，交由江蘇省布政司辦理。

韋小寶大喜，心想：「小皇帝打吳三桂，如派我當大元帥，那可威風得緊。」馬佑、慕天顏聽上諭中頗有獎勉之語，當即道賀，恭喜他加官晉爵。

韋小寶道：「兄弟明日就得回京，叩見皇上之時，自會稱讚二位是大大的好官。只不過二位的官做得到底如何好法，說來慚愧，兄弟實在不大明白，只好請二位說來聽聽。」

撫藩二人大喜，拱手稱謝。慕天顏便誇讚巡撫的政績，他揣摩康熙的性情，儘揀馬佑如何勤政愛民、宣教德化的事來說，其中九成倒是假的。只聽得馬佑笑得嘴也合不攏來。接著慕天顏也說了幾件自己得意的政績，雖言辭簡略，卻都是十分實在的功勞。

韋小寶道：「這些兄弟都記下了。咱們還得再加上一件大功勞。吳逆造反，皇上痛恨之極，這吳之榮要作內應，想叫江蘇全省文武百官一齊造反，幸虧給咱們三人查了出來。這一奏報上去，封賞是走不去的。兄弟明日就要動身回京，就請二位寫一道奏章罷。」撫藩二人齊道：「這是韋大人的大功，卑職不敢掠美。」韋小寶道：「不用客氣，算是咱們三人一齊立的功勞好了。」慕天顏又道：「總督麻大人回去了江寧，欽差大臣回奏聖上之時，最好也請給麻大人說幾句好話。」韋小寶道：「很好。說好話又不用本錢。」

馬佑、慕天顏又再稱謝，這才辭出。韋小寶吩咐徐天川等將吳之榮綁了起來，口中塞了麻核，叫他有口難言。吳之榮心中的驚懼和詫異，自是沒法形容了。

次日一早，揚州城裏的文武官員便一個個排著班等在廳中，候欽差大人接見。每個人自均有一份重禮。在揚州做官，那是天下最豐裕的缺份，每個官員也不想升官，只盼欽差大人回到北京說幾句好話，自己的職位能多做得幾年，那就心滿意足了。

總督昨日也已得到訊息，連夜趕到揚州，他和巡撫送的程儀自然更重。揚州一府豁免三年錢糧，經手之人自有回扣，韋小寶雖然來不及親辦，藩台早將他應得回扣備妥奉上。韋小寶隨身帶來的武將親隨，也都得了豐厚禮金。馬佑已寫了奏摺，請韋小寶面奏，奏章中將韋小寶如何明查暗訪、親入險地，這才破獲吳三桂、吳之榮的密謀等情，大大誇張了一番，而總督、巡撫、布政司三人從旁盡力襄助，也不無功勞。

慕天顏又道：「皇上對吳逆用兵，可惜卑職是文官，沒本事上陣殺賊。卑職已秉承總督大人、撫台大人的意思，十天之內，派人押解一批糧餉送去湖南，聽由皇上使用。」

韋小寶喜道：「大軍未發，糧草先行。三位想得周到，皇上一定十分歡喜。」

衆官辭出後，韋小寶派親兵去麗春院接來母親，換了便服，和母親相見。

韋春芳不知兒子做了大官，只道是賭錢作弊，贏了一筆大錢，聽他說要接自己去北京享福，當即搖頭，說道：「贏來的銀子，今天左手來，明天右手去。我到了北京，你卻又把錢輸了個乾淨，說不定把老娘賣入窯子。老娘要做生意，還是在揚州的好。北京地方，那些彎舌頭的官話老娘也說不來。」韋小寶笑道：「媽，你放一百二十個心。到了北京，你有丫頭老媽子服侍，甚麼事也不用做。我的銀子永遠輸不完的。」韋春芳不住搖頭，道：「甚麼事也不做，悶也悶死我了。丫頭老媽子服侍，老娘沒這個福份，沒的三天就翹了辮子。」

韋小寶知道母親脾氣，心想整天坐在大院子裏納悶，確也毫無味道，拿出一疊銀票，共五萬兩銀子，說道：「媽，這筆銀子給你。你去將麗春院買下來，自己做老闆娘罷。我看還可再買三間院子，咱們開麗春院、麗夏院、麗秋院、麗冬院，春夏秋冬，一年四季發財。」韋春芳卻胸無大志，笑道：「我去叫人瞧瞧，也不知銀票是眞的還是假的，倘若當眞兌得銀子，老娘小小的弄間院子，也很開心了。要開大院子，等你長大了，自己來做老闆罷。」低聲問道：「小寶，你這大筆錢，可不是偷來搶來的罷？」

韋小寶從袋裏摸出四粒骰子，叫道：「滿堂紅！」一把擲在桌上，果眞四粒骰子都是四點向天。韋春芳大喜，這才放心，笑道：「小王八蛋學會了這手本事，那是輸不窮你啦。」

注：顧炎武之詩，原刻本有不少隱語，以詩韻韻目作爲代字，如以「虞」代「胡」，以「支」代「夷」等，以免犯忌，後人不易索解。吾友潘重規先生著《亭林詩考索》，詳加解明。本文所引係據潘著考訂。

【金庸簡介】

本名查良鏞，浙江海寧人，一九二四年生。曾任報社記者、編譯、編輯，電影公司編劇、導演等；一九五九年在香港創辦明報機構，出版報紙、雜誌及書籍，一九九三年退休。先後撰寫武俠小說十五部，廣受當代讀者歡迎，至今已蔚爲全球華人的共同語言，並興起海內外金學研究風氣。曾獲頒衆多榮銜，包括英國政府O.B.E.勳銜，法國「榮譽軍團騎士」勳銜、「藝術文學高級騎士」勳章；香港大學、香港理工大學、香港公開大學、加拿大英屬哥倫比亞大學、日本創價大學和英國劍橋大學的榮譽博士學位；香港大學、加拿大UBC大學、北京大學、華東師範大學、中山大學、南開大學、蘇州大學和臺灣清華大學的名譽教授，以及英國牛津大學聖安東尼學院及慕蓮學院、英國劍橋大學魯賓森學院及李約瑟研究院、澳洲墨爾本大學和新加坡東亞研究所選爲榮譽院士。現任英國牛津大學漢學術研究院高級研究員、加拿大UBC大學文學院兼任教授、浙江大學人文學院院長、教授。其《金庸作品集》分由香港、臺灣及廣州出版，有英、日、韓、泰、越、印尼等多種譯文。

爲使全世界金庸迷能夠彼此分享閱讀心得，遠流特別架設「金庸茶館」網站，以整合、提供、聯結、傳播一切與金庸作品相關的資訊，站址是：http://jinyong.ylib.com

許容「興酣落筆搖五嶽」。

許容，生於康熙廿六年，江蘇如皋人，韋小寶的同鄉。韋小寶向康熙寫奏章告警及簽署尼布楚條約時，落筆殊有印中七字之意。

全世界華人的共同語言　金庸新校新序・全十五部

金庸作品集

從台北到紐約，從香港到倫敦，從東京到上海，中國人在不同的地方，
可能說不同的方言，可能吃不同的菜式，也可能有不同的政治立場，但他們都讀——金庸作品集。

【新修版共三十六冊，每冊定價二八〇元】另有典藏版・平裝版・文庫版・大字版

1. 書劍恩仇錄（全二冊）
2. 碧血劍（全二冊）
3. 射鵰英雄傳（全四冊）
4. 神鵰俠侶（全四冊）
5. 雪山飛狐（含「白馬嘯西風」及「鴛鴦刀」，全一冊）
6. 飛狐外傳（全二冊）
7. 倚天屠龍記（全四冊）
8. 連城訣（全一冊）
9. 天龍八部（全五冊）
10. 俠客行（含「越女劍」，全二冊）
11. 笑傲江湖（全四冊）
12. 鹿鼎記（全五冊）

鹿鼎記／金庸作.-- 四版. -- 臺北市：
遠流, 2006 [民95]
冊；　公分. --（金庸作品集；32-36）
ISBN 957-32-5805-6（全套：精裝）
857.9　　95011295

金庸作品集㉟

鹿鼎記 (四)〔公元2006年金庸新修版〕

The Duke of the Mount Deer, Vol. 4

作者　金庸

執行主編　李佳穎
執行副主編　鄭祥琳
特約編輯　許雅婷
封面設計　霍榮齡
內頁插畫　姜雲行
美術編輯　霍榮齡設計工作室
封面原圖　元 黃公望「富春山居圖」，國立故宮博物院（臺灣）藏品。

發 行 人　王榮文
出版・發行　遠流出版事業股份有限公司
臺北市南昌路二段81號6樓
電　話　886-2-23926899
傳　真　886-2-23926658
郵　撥　01894561

1987年2月1日　初版一刷
2011年8月1日　四版六刷
新修版　每冊280元（本作品全五冊，共1400元）
〔另有典藏版共36冊（不分售），平裝版共36冊，文庫版共72冊，大字版共72冊（陸續出版中）〕

行政院新聞局局版臺業字第1295號

ISBN 957-32-5805-6（套：精裝）
ISBN 957-32-5809-9（第四冊：精裝）
Printed in Taiwan

金庸茶館網站
http://jinyong.ylib.com E-mail:jinyong@ylib.com
YLib 遠流博識網
http://www.ylib.com E-mail:ylib@ylib.com